妾本庶出 4

目次

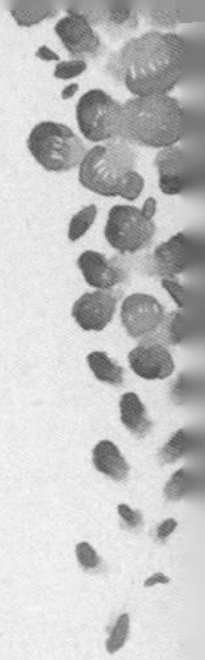

壹之章

淑妃貪婪現愚拙

宮裡就沒有什麼祕密可言。

赫雲連城和明子恆只能先暗中調查，皇上所賜的金牌必須在關鍵時刻才能拿出，目前還不能被旁人所知，因而他倆出宮之時，由黃公公帶著皇上的手諭，免了出宮檢查。

這事兒，很快就被朝中各個官員得知了。

旁人雖不知到底皇上為何要如此行事，也不敢輕易來問，但卻可以從這些小事上，看出皇上已經開始寵信赫雲連城和明子恆，故而時常有人宴請他倆。

有些人情往來，實在是無法拒絕。

這幾天，赫雲連城陪妻子的時間非常少，白天下了朝，先去禁軍營中，將軍務忙完，再去莊郡王府，與明子恆商議從何處開始著手調查案件，到了晚間還要去赴各種宴會。

因此，他回到家時，多半已經是深夜了。郁心蘭身子重了，渴睏，等不了那麼久，通常都已經睡熟了。待她再睜開眼睛，赫雲連城早就上朝去了。

這天，好不容易抽了個空，赫雲連城提早回府。

正趕上盛夏時節難得的陰天，不熱又不曬，赫雲連城便讓丫頭們將竹榻支到小花園的涼亭裡，陪小妻子一同去坐一坐，賞賞花。

郁心蘭很高興，讓錦兒帶了幾碟子小果脯、新鮮水果，一行人浩浩蕩蕩地開赴到了小花園。

安置好後，赫雲連城就打發丫頭們和侍衛們去遠處守著，兩個人說會子話。

幾日沒見著赫雲連城，郁心蘭憋了一肚子的話，非常想問清楚現在案情到底查得怎樣了，滿足她的八卦之心和關切之意。可是，在這麼空曠的地方，不大好問，只好聊家常，說起溫老爺子的府第。

「宅子都已經拾掇好了，門匾也讓人掛上去了，爹爹還請人算了黃道吉日，說是後日遷宅是最好的。」

赫雲連城應了一聲：「後日喬遷之喜我一定到。」

郁心蘭又絮叨了自己這幾日給寶寶做的小衣裳，赫雲連城問及她的身體狀況，有沒有好好吃飯，有沒有好好休息、適當運動……說著說著，身邊沒了聲音，郁心蘭回頭一看，赫雲連城呼吸輕淺均勻，竟然已經睡著了。

看著他眉間的疲憊，郁心蘭不由得心疼，這些日子他太累了吧，忙完公務還要調查案情，好不容易了得點閒，卻又要來陪著她，彌補忙時的疏忽。

郁心蘭輕嘆了一聲，她哪會為了這短暫的冷落就怨怪他？

將手中的絹帕對折幾次，輕輕蓋在他的眼睛上，擋住夏日明亮的光線，讓他睡得舒服一點。郁心蘭整日就是吃飯睡覺，這會兒倒是不睏，閒來無事，便打量起他來。

平日裡看連城，總是被他耀眼的風采所迷，心神都醉了，卻總也說不清，他到底好看在哪裡，應當是那一雙清亮如寒星的眼眸吧？只是，這會子被蒙上了，倒是將他的雙唇給突顯了出來。

她頭一次發現，赫雲連城的唇型甚是漂亮，唇瓣不豐，但也沒有薄到絕情；唇角微帶稜角，但整個線條不顯生硬，唇色更是潤澤得塗了晶瑩的唇彩，在日光下顯得分外誘人，讓郁心蘭很想拿指尖輕輕描摹，用唇輕輕品嚐。

心動不如馬上行動。

鬼使神差的，郁心蘭瞟了一下左右無人，便俯下頭，輕輕吻在他的唇上，只要吻一下就好。

哪知赫雲連城自幼習武，即使是在深睡中，感覺亦是十分敏感。她的唇還沒落下，他就發覺有異，微微睜開了眼睛。

即使隔著絹帕，他也感知是小妻子送吻，便安心地等待，待她的吻黏上他的之際，便伸手攬住她的肩頭，用力加深這個吻，享受美妙的芬芳。

郁心蘭柔柔地閉上眼睛，任他予取予求。

兩人直到吻得氣息紊亂，才不捨地分開。郁心蘭抬眸看著赫雲連城亮晶晶的眼睛，小臉上忍不住飛滿紅霞，忽地想到這裡是露天……我的神呀，她居然當眾表演兒童不宜的鏡頭！

赫雲連城輕笑出聲，「放心，他們不敢看。」一邊說，邊抱著她坐起身，「可惜妳身子重了，不然現在這時節，去白雲山裡小住些時日是最好不過的。」

郁心蘭立時來了精神，「真的嗎？我想去住呀，讓馬車走慢點就不會有事的！」

赫雲連城看著她道：「不安全。」

呃，好吧。

現在的確是非常時期，誰知道對方是不是知道了，他們已經開始在查案了呢。

眼見天色暗了，赫雲連城便牽了她的手，慢慢走回靜思園。

用過晚飯，赫雲連城回到書房看文書，郁心蘭不喜歡在燈下看書，火焰有些跳，看著眼睛累。她左右無事，便親自端著一壺茶，過了二門，到前院書房去服侍自家大爺。

陳社和喜來、賀塵、黃奇都站在院門口候著，見到郁心蘭，忙請了安。

郁心蘭讓蕪兒將準備好的零嘴拿了一盤給他們四人，「給你們嚐嚐。大爺呢？」

陳社忙道：「大爺在書房看書，囑咐小的不要前去打攪。」

郁心蘭點了點頭，從蕪兒的手中接過托盤，自行進去，蕪兒和錦兒則留在院子裡等候。

書案上，放著一疊整齊的文書，郁心蘭將托盤放到一旁的小几上，沏好了茶，一手托一杯，蹭到桌邊。

赫雲連城抬眸看了她一眼，輕輕一笑，將她拉到身邊坐下，「無聊？」

「有點。」郁心蘭的眼睛黏在那疊文書上，「這是……案宗？」

「嗯，七年前，皇上差人調查的祕檔。」

郁心蘭扭頭看向連城，赫雲連城揚了揚下巴，示意她可以自取。

郁心蘭便將那疊文書一一看過，皇上當年調查得十分仔細，五位皇子身邊的每一個人的身世背景都有記錄，可疑之處、可疑在哪裡、如何處置的，都有說明。

郁心蘭不由得暗暗咋舌，一直聽人說，當年因沒有任何證據，最後不得不了了之，卻沒想到，皇上暗中處死了這麼多人。五位皇子身邊服侍的宮女、太監，無一倖免，有些伴讀的家中人，也受了牽連。

赫雲連城挑出一張紙道：「這個楊威，就是那個額間長了朱砂痣的侍衛，他是孤兒，武舉出身，為人仗義，哼！」

因為他，之前收養他的那位鏢局老闆，也無端端受了牽連……當然，也有可能不是無端端的。楊威是之前與童普聯繫之人，到了秋山之後，就換成了校衛林軒，直到現在，都是林軒在與童普聯繫。

這疊文書中，有幾頁紙上的墨跡很新，正是赫雲連城他們這幾日來調查的，童普供出的幾個人的生平。

郁心蘭看完道：「林軒也是孤兒。」

赫雲連城的眸中露出訝異之色，沒想到她這麼快就發現了共通之處，緩緩地道：「我記得，王丞相的青衣衛多半都是挑選孤兒訓練。」

郁心蘭思索著道：「身為丞相，應當只能養些護院和鏢師，私養侍衛本就是逾制的，被人發現可不得了，他若要培養暗衛，的確是放在民間養大比較順理成章。」

赫雲連城點了點頭，「我和子恆也是這般想，王丞相以前就是支持謹親王的。」隨後又告訴她：「我們想悄悄將童普關押起來……吳為說，他的迷神香只能讓其將那晚的經歷暫忘一段時間，之後還是會想起來的。再者，現在我們開始著手調查了，對方總會有所察覺，萬一到時殺人滅口，就得不償失了。」

郁心蘭轉了轉眼珠，笑著問：「是不是又不想讓對方發覺童普失蹤？」

就知道她能聽明白，赫雲連城勾唇一笑，「沒錯。」

「童普是大證人，他們將他的命留著，應該還是看重他的爆破才能，想著日後還能用得上……所以他若是失蹤了，他們肯定會大肆尋找，那你們在暗中查案這事就很難瞞住，所以只有讓童普死。」

迎著赫雲連城驚訝的目光，郁心蘭笑得賊賊的，「假死，吳為肯定有這類藥。而且，還必須讓童普在大庭廣眾之下死，這樣，對方就不方便私下處置他的『屍體』。嘿嘿，童普不是偶爾會出去喝花酒嗎？身子掏空了，或是飲酒過量，都會猝死的。」

赫雲連城忍不住輕刮了一下她的小鼻子，笑道：「真不知道妳這些點子都是怎麼想出來的，一點也不像個大家閨秀，倒是跟江湖騙子差不多。」

郁心蘭佯裝大怒，掐著他的俊臉往兩邊拉，直拉到他的薄唇咧成一條縫，「我這麼盡心盡力地幫你，你居然說我像騙子！」

赫雲連城只好趕緊安撫她，「我其實是讚妳聰慧，騙子可都是聰明人。」

兩人又說笑了幾句，赫雲連城便揚聲吩咐陳社去請吳神醫過來。

不多時，吳為懶洋洋地來了，「找我什麼事？」

赫雲連城也不拐彎抹角，「你有沒有能讓人看起來像是猝死的藥？我有用。」

吳為眼睛一亮，興奮地道：「連城，你真是我的知己，你怎麼知道我剛剛研製出這種藥？你是不是偷偷地在注意我？」

愈說愈不像話！

郁心蘭在一旁摸著下巴，原來還是剛剛研製出來的，這傢伙的醫術也不怎麼樣嘛。

吳為又說了一大通語意曖昧的話，可惜這夫妻倆，一個冷峻如山，一個淡漠如塵，完全不將他的挑撥放在眼裡，他的聲音也就漸漸小了，長嘆一聲：「有，可以讓人假死三個時辰。」

郁心蘭直皺眉，「時間太短了，能不能再長一點？」

「能，加大其中一味藥的劑量就成，只不過，事後這個人可救不過來了。」

呃……也是，心臟停止跳動那麼久，身體裡的細胞怕也缺氧了。

赫雲連城聞言也是有些失望，仔細盤算了一下，覺得下手快一點的話，應當沒有問題，便道：「那行，你將藥給我吧。」

「別急！」吳為尋了張椅子，瀟灑地坐下，掏出夾片開始修指甲，神態悠閒，「先說說報酬，這藥可難配了，怎麼也值一匹良駒……」

「作夢！」他話沒說完，就被郁心蘭給截斷了，「別以為我不知道，你上回為相公治病，從相公的馬廄裡挑走了一匹胭脂馬，這陣子給三弟治病，父親又送了你一匹千里駒，你一個人騎得了這麼多馬嗎？」

最主要的是，她纏著赫雲連城要了好久，赫雲連城都不肯送她一匹，這叫她情何以堪？

吳為從來自持風度，認為好男不跟女鬥，當下只得好言解釋：「妳相公，妳公爹，哪個不是有好幾匹駿馬的？我也就這麼點愛好，喜歡良駒。」

「喜歡你不會自己去買嗎？你賺的錢還少了嗎？」

真的是，隨便給人看個病，診金就要幾千兩的人，難道會沒銀子買馬？

吳為一臉尷尬，就連赫雲連城冷峻的俊顏都露出了幾絲笑容，「他是個馬癡不假，可惜也是個馬呆，根本不會相馬。」

郁心蘭將小嘴喔成一個圓。

吳為不自在地摸了摸鼻子，「是，我不會相馬。」

他會與赫雲連城認識，還是在一次的馬匹交易會上，他被一個賣家欺騙，打算用一千兩金換一匹樣子威風，實則普通的「駿馬」，連城好心提醒了他，因而兩人才會結交。

這還只是他買馬糗事中的一樁而已。

郁心蘭聽赫雲連城講完，笑得捧著肚子打滾，吳為的表情非常無奈，「我很高興能取悅妳，不過妳也小心著點，別動了胎氣。」

此言一出，赫雲連城立即便衝過去，輕捂住小妻子的嘴，說什麼也不許她再笑了。

鬧了這一通，吳為只好乖乖地將藥丸拿出來，囑咐道：「化在酒裡最好。」

赫雲連城道了謝，也沒心思再看卷宗，帶著小妻子回房。

好些日子沒相擁著睡覺，兩人又說了許久的悄悄話兒，才安然入睡。

次日清晨，郁心蘭醒來時，便聞到一股玫瑰的芳香，睜大眼睛一看，床頭擺著一大叢鮮豔奪目的玫瑰花，花瓣上尚有晶瑩的露水，用一根紅綢綁著，連莖上的小刺都清理得乾乾淨淨。

她忙坐起來，將花束捧在懷裡，仔細數了數，十四支，一生一世。低頭聞到一陣芬芳，不由得綻開一個比玫瑰更嬌美的笑容。昨晚向赫雲連城提及她喜歡大束的玫瑰花，沒想到，今日一早他就摘了一束過來。

紫菱聽到屋內的動靜，忙帶著幾個大丫頭進屋服侍，幾人見到那束玫瑰花，都不由得露出一絲笑意，卻又覺得奇怪。

畢竟，在這世間，花朵採集後，只是用來戴在頭上，除了擺花瓶，丫頭們給小姐摘花，都只會各樣摘一朵。平日裡，小姐們手執紈扇，卻沒有捧花束的，男人們贈花也只贈一朵兩朵，不可能贈這麼大一束。

郁心蘭懶得跟她們解釋，面帶微笑地任人服侍，好心情保持到佟孝遞名帖，請求入府拜見。

佟孝會這麼急匆匆地趕來，是因為鋪子裡出了大事。今日一早，就有幾位客人到店裡來退貨，說是擦了店裡的花水後，臉上起了水泡，又紅又腫，幾乎毀容，強烈要求退貨，並賠償他們損失，否則就要到衙門裡去打官司。

現在，那幾位客人帶著家僕，將店門都給堵了起來，大有不給個說法，就不許他們營業的架勢。雖然香雪坊的聲譽一向很好，可經商這事兒最怕有人搗亂，因為總是會有不明真相的百姓，相信某些人的說詞，再加上不少人的仇富心理，就很容易將一點小事變成滔天大浪。

再者，郁心蘭是定遠侯府的大少奶奶，如果被人告上了衙門，可是很丟臉的事情。

郁心蘭初一聽，也嚇了一跳，化妝品如果保管不得當，的確是很容易產生細菌，也不排除會讓人過敏。

自己店鋪的夥計，她已經嚴格培訓過，知道要如何保管這些化妝品，但是顧客嘛，雖然每瓶產品都附贈了使用說明書一份，可有些人卻是不看的……

她思量著問：「你有沒有查店裡的記錄，那幾位客人都是什麼時候買的貨品？」

佟孝忙答道：「都是月初才買的，至今還不到十日。小的也怕是倉庫中的貨品出了問題，剛剛才讓亦兒和婆娘帶人全部查看了一遍，沒有發覺變質的。」

那就是說，這幾個人應當是自身皮膚過敏了。雖然她每種香露裡都添加了防過敏的玫瑰露和洋甘菊露，可也不敢擔保對每個人都適用。不過，這一類的皮膚過敏很容易治好，只要停止使用就能慢慢痊癒，若她們等不及，她手中也有好用的藥方。

佟孝還在解釋：「所以小的也跟她們理論，或許是她們自己保管不當，畢竟現在天兒這麼熱……可她們一口咬定是買回去當晚就發覺長了泡，一開始還自己治，現在治不好了，才來店裡要賠償。」

郁心蘭點了點頭，「嗯，聽起來倒是合理。只是這花水都能存上幾個月，現在生意好，都是現產現賣，沒得會變質的理兒，應當是她們自身的原因才對。」

「只怕很難分清責任。」

郁心蘭想了想，而後道：「的確，我得親自去看看才行。錦兒，去車馬處要車，蕪兒、巧兒，為我更衣。」

這樣一說，佟孝的心才安定了幾分，卻還是擔心，「大奶奶，那幾個人兇神惡煞的……」

郁心蘭輕輕一笑，「鬧得這麼大，必定是為了銀子，怕什麼，我反正會帶上侍衛。」

帶足了侍衛、小廝和丫頭，郁心蘭才乘著馬車出了府，走後門進入店中，站在三樓的天井處，往一樓店面內張望。

佟孝將營業記錄拿給郁心蘭看，一一指出這是某某，於何時購買的何種商品，那是某某……郁心蘭看得直皺眉頭，這些人買的都是最普通的貨品，價格相對較低，城中不少商戶的女眷也會買了使用，若真有問題，不可能到此時才出這麼幾位過敏的。

會不會是競爭對手故意汙衊？

她想了想，低聲吩咐，讓安娘子去請幾位女顧客到二樓的執事房裡去，她躲到屏風後，仔細觀察一下再說。

那幾位女顧客很快就被請了上來，一進門便蠻橫地道：「可別想隨意拿幾個錢糊弄奴家，奴家可不怕鬧大。」

安娘子忙陪笑道：「姑娘這是哪裡話，請姑娘們進來，就是商量要怎麼賠償才好。」

那女子這才笑了，輕挑地捏起杯蓋兒，喝了一口茶後，慢條斯理地道：「奴家這張臉可算是毀了，日後還不知能不能嫁個好人家，少了可不行，多了也不要，就一千兩銀子好了。」

在這裡，十兩銀子就夠一家四口過上一年了，她一開口就是一千兩銀子，還說多了不要。店裡的幾名女夥計聽了，都不由得倒抽了一口涼氣。

其餘四人聽到她這麼一說，紛紛附和：「沒錯，就要一千兩紋銀，大同銀樓的銀票。」

郁心蘭讓蕪兒給安娘子使了個眼色，安娘子立時會意，輕嘆一聲：「不瞞姑娘說，我也只是個管事，作不了這麼大的主，請等我回了我東家之後，再給姑娘回話成嗎？」

那姑娘立時瞪大眼睛，「妳是想趕我們走，好繼續開張賣這些害人的東西？哼！我告訴妳，妳休想！」又衝另外四人道：「走！我們到店門口坐著去，今日不給個說法，我就告到官府去！」

五人說罷，就怒氣騰騰地直衝出了房門。

安娘子有些不知所措，「大奶奶，您看，這樣如何是好？」

郁心蘭輕輕一笑，「怕什麼，她們口口聲聲說怕嫁不出去，妳一會兒讓店裡的男夥計全數到店門口去吆喝，多在她幾人之間穿梭幾次。我倒要看看她們有多厚的臉皮，敢當著大街上那麼多人的面，跟這麼多男人同處一屋，還處這麼久。」

安娘子眼睛一亮，「這可真是個好主意！」說罷，忙去安排。

蕪兒好奇地問道：「奶奶是不是覺得她們是來訛詐的？」

郁心蘭點了點頭，「沒錯。」

郁心蘭前世長得就挺不錯，可惜皮膚差了，所以最愛美容，一週要往美容院跑兩次，沒少見過皮膚過敏，或者使用產品不當造成過敏的人。那些人，有的臉上有紅痘，有的沒有，但一般都有脫皮的現像。

可這幾個姑娘卻沒有，而且症狀完全是一樣的，都是臉頰和下巴處長了黃豆大小的紅痘，還生了膿，看著噁心，其他地方的皮膚卻還是好好的。

花水這類的商品，頂多是皮膚受不住刺激，產生一點小痘，不會比痱子大多少，而且絕不會生膿，另外，皮膚應當會紅腫，再者，個別皮膚不適應，不可能症狀一致。

何況，那幾位姑娘名字登記是商戶千金，就算不是大家閨秀，也應當是小家碧玉，可她們坐在那兒，說一句話，腰肢要扭三扭，看人時都喜歡垂頭斜挑著眼，這分明是青樓妓子的作派。

蕪兒和錦兒聽了，不由得大怒，「哪個無恥小人用這麼卑鄙的手法來擠我們的生意！」

郁心蘭淡淡一笑，「幕後之人很快會與我聯繫的。」

雖然不能特別肯定，可她的心中已有一個人選。

郁心蘭又吩咐安娘子道：「不用理她們，若她們鬧事，就只管問為何旁人都不會生瘡，是不是她們壞事幹多了。最好能逼得她們去衙門告狀，鬧得愈大愈好。」

若真是那個人，她若想玩，她就奉陪到底！

次日是溫良大人的喬遷之喜，不少官員都趕到溫府恭賀。溫府的府第不大，溫老爺子就將席面擺在樓外樓。

一大早的，佟孝就使人傳了話進府，告訴郁心蘭，那幾位姑娘還真的去衙門告狀了。

這麼大的事，自然人在市井間流傳開來，百姓們不知道香雪坊的東家是誰，但官員們卻大多是知道的，於是在酒宴上，便有人「好心」地告訴了溫老爺子，並且勸道：「這事兒鬧大起來可不得了，香雪坊可是給宮裡供香粉的，若是傳到宮中，或是宮中的貴人之中有人毀了容，令外孫女可就擔待不起了。不若老爺子勸她去尋個保山，趁著還沒鬧大，先將事情壓下去。」

郁心蘭一早就給家人打過了預防針，溫良聞言只是嘆息，「嫁出去的女兒是潑出去的水，何況她還只是我的外孫女，我如何能管得了？要不要尋靠山我是不知，但我想，長公主殿下應當會多少幫襯著一點。」

話說到這兒，又有官員過來敬酒，於是就打住了。

郁心蘭聽到下人們回了話，咯咯直笑，「想不到外公說起話來滴水不漏。」既指出了長公主會為她出頭，又沒讓人抓到任何把柄。

赫雲連城皺眉了皺眉，「妳不會真要去衙門對簿公堂吧？」

郁心蘭笑道：「哪用得著？吳神醫有的是辦法讓她們原形畢露，且看明日還有誰會長出那種痘子來吧。」

她愈來愈相信，明日某個等不及的人應當就會行動了。

畢竟再不將她和她的店鋪拿下，那些姑娘臉上的痘子只怕就要消了。

❖ ❖ ❖

莊郡王府的觀荷水榭建在人工湖心，有曲橋與岸邊相通。

此時，赫雲連城與明子恆靠在水榭的欄杆邊，輕聲商議著案情。隔著一道月亮門和琉璃珠簾，郁心蘭與唐寧坐在亭子內的小圓桌邊，邊嗑著瓜子，邊聊閒天。

唐寧笑吟吟地問郁心蘭：「聽說妳的店鋪門前天天有人鬧騰，妳倒是悠閒，還陪著連城四處玩耍，也不怕她們把妳的生意給弄垮了。」

郁心蘭笑了笑道：「有本事只管弄垮，恐怕連城還會暗自拍手稱快。」

唐寧噗就笑了，揚聲道：「連城，你媳婦說你不喜歡她開香粉鋪子呢！」

赫雲連城聽到喊話，回頭笑了笑。

明子恆也笑著打趣：「這麼賺錢的生意，你竟不許你媳婦做？」

赫雲連城一本正經地道：「我沒說過，你別妄想離間我們夫妻的感情。」

唐寧俏臉一紅，壓低了聲音對郁心蘭道：「這冷面傢伙趁機向妳表白呢！」

郁心蘭咯咯直笑，其實赫雲連城之前跟她說過，等她生完孩子，隨便她想開多少家鋪子都成，只是現在不喜歡她總往外跑。

不過，在外人面前，他是很注意維護她的顏面的，縱有什麼不滿，也不會告訴外人知曉，就是長公主和侯爺，他也不會說。

唐寧忍不住啐她一口，「妳肯定是知道他會這麼說的吧？」

郁心蘭點了點頭，「我肯定是不知道妳會想離間我們的夫妻感情啊！」

唐寧終於繃不住臉紅了，「就沒見過你們倆這樣的，總拿旁人取笑！」

郁心蘭笑了起來，「難道妳剛才不是想拿我們取笑？這叫天理昭昭，報應不爽。」

明子恆聽到此話，不由得彎起了唇角，朝赫雲連城道：「這也能說到天理上去。」

郁心蘭閒著沒事，便開始磨牙練嘴：「可不是，天理這東西是絕對存在的，要不然，七年前一點頭緒都沒有的案子，怎麼事隔七年反倒開始有了頭緒？這說明啊，有人的好運要到頭了。」

明子恆輕嘆一聲：「但願如妳所言。」

說完，他和赫雲連城都沉默了。

郁心蘭這才發覺自己似乎說了一個不大好的話題，身為皇子，被冷置了七年，這份失落和打擊，不是她這個局外人能想像的。記得清史裡面說過，當年的十三爺被老康關了十幾年，雍正將他放出來的時候，整個人就像隻驚弓之鳥……

唐寧也察覺了氣氛的低迷，忙笑道：「過幾日是我的生辰，請幾個閨中密友過來聚一聚，不會大宴賓客，就是談得來的幾位夫人，妳一定要來。」

郁心蘭接話道：「當然好，既然不是正式宴客，那禮品我就隨意準備了。」

唐寧輕笑，「妳不準備都沒事兒。」

郁心蘭抿了抿唇，恰到好處地微笑。此時再看唐寧，就覺得她真是個偉大的妻子，她也是王府中的郡主，金枝玉葉，卻在莊郡王最落魄的時候嫁過來，不但不嫌棄他，反而還用自己的溫柔溫暖著他，能娶到這樣的妻子，不得不說是莊郡王的福氣。

唐寧是真的關心郁心蘭的店鋪，擔心她的生意會受影響，主動提出：「要不要我幫妳想想法子？明日喚上幾府的夫人，多去妳店裡訂些貨。」

這樣一來，圍觀的群眾看到香雪坊仍是生意興隆，應當就不會相信那幾位姑娘的說詞了。

她想了想又道：「或者讓京兆尹夫人出面做個保，退了她們的貨品了事。」

郁心蘭淡淡一笑，「多謝了。不過，我確信不是我的貨品有問題，而是她們有問題，所以不論是退貨還是賠償，我都不會接受。若是退了貨，或者賠了銀子，她們反倒有理了。」

本以為幕後之人前天就會發作的，沒想到這人還真沉得住氣。那日沒等到宮中派人來傳喚，郁心蘭就覺得不大對勁，思量了許久，想來想去，對手應該就是在等她做出一般性的賠償行為了。

換成了一般的商戶，肯定不願意自家店鋪門前總有那麼幾個人在吵鬧著說貨品不好，為了息事寧人，多半是選擇花錢消災。可這樣一來，就等於是在承認自己的貨品有問題。她們都已經告到京兆尹衙門去了，正愁沒實質性的證據呢！

所以，她寧可讓她們在店鋪門前鬧騰，也堅持不賠償。

反正她的生意並沒受到什麼實質性的影響，她的產品針對的是高消費群體，這些太太小姐們基本都是足不出戶的，看不見那幾個人的鬧騰。

這些人還真是不知如何打擊對手，郁心蘭都覺得自己有必要去提醒她們一下，再哭再鬧也沒用呀，這些普通老百姓是不買咱的產品的呀。

唐寧見她一副信心十足的樣子，也就沒再提相助的事，只是笑道：「難怪相公總說，妳若是個男子，定能成國之棟樑的。」

郁心蘭大汗。

赫雲連城和郁心蘭沒在莊郡王府留多久，因為侯府差人來催了，說是宮中派了位公公前來尋郁心蘭問話。

赫雲連城拉著郁心蘭的手，一同坐進馬車裡，問她：「妳猜會是什麼事？」

郁心蘭毫不意外地道：「應當是宮裡哪位貴人。」

算著時間，也應該是了，硬是撐到了今天，真是難得了。

回到侯府，許公公早就等得不耐煩了，郁心蘭笑吟吟地讓錦兒送上一個鼓鼓的荷包，那許公公的態度立時一百八十度大轉彎，笑容可掬地道：「皇上差咱家來問一問赫雲少夫人，貴店中最近幾批的貨品是不是有問題。」

郁心蘭忙正色答道：「我可以擔保我的貨品是沒有問題，卻不知皇上為何要如此問？」

只是差人來問，而不是宣她入宮，說明皇上並未怎麼將此事放在心上。

許公公遲疑了一下，郁心蘭忙又遞上一個荷包，他不動聲色地收下，這才道：「淑妃娘娘近日臉上生了幾顆小痘，太醫請了脈後說，應當是有什麼香粉使用不當才造成的。」

郁心蘭贊同地點頭，「臉上起了痘，自然一般是抹的香粉不大好。不過，宮中的香粉不是由另外兩家供的嗎？」

許公公這才將話說開：「但是淑妃娘娘以前抹香粉沒生過痘，娘娘之前懷有身孕，按少夫人店裡供的花水和香露的使用說明上標註的，可是不能使用花水的。後來，娘娘出了小月子，因天兒熱了，一直沒用，這陣子聽說皇上也喜歡聞花水的味兒，才開始用的。自從抹了後……就生了痘。」

郁心蘭輕笑道：「我這店裡的香露和花水，供入宮中也有大半年了，從來不曾聽說有人生過痘，獨獨淑妃娘娘生了痘，會不會是娘娘那兒的花水放置不當才造成的？」

皇上只是差他來問話，並沒說要拿赫雲少夫人如何，於是許公公聞言，也只能先一一記下，回宮稟報。

郁心蘭卻也沒閒著，立即到宜靜居找長公主，向長公主彙報了一下事情的經過，「讓娘娘玉容有礙，是我的罪過，正好，醫仙的弟子吳神醫在侯府作客，不如去向皇上討個恩典，讓吳神醫為淑妃娘娘請個脈，母親以為如何？」

長公主聽說此事還牽扯到了淑妃，不由得頭疼，一疊聲地應道：「若是能請動吳神醫，那自是最好不過。」

郁心蘭端莊地笑了笑，「還得請母親相助，明日帶吳神醫入宮，向皇上求個恩典。不過，之前，還請母親不向宮中細說。您知道的，吳神醫是江湖中人，並不太看重這些禮儀規矩，若是萬一不願入宮，咱們豈不是成了欺君？」

長公主也覺得有道理，便差柯嬤嬤遞拜請摺子，只說要帶兩個人入宮，很快就得了皇后的許可，差人送了入宮的腰牌給郁心蘭和吳為，因知道郁心蘭身子重，時間上給得很寬裕。

❖ ❖ ❖

下晌，剛剛歇過午，溫氏便遞帖子入府，見到郁心蘭，立即紅了眼眶。

把個郁心蘭嚇了一大跳，「娘親這是怎麼了？受了什麼委屈？」一想又不對，以前郁老爹和郁老太太就很滿意溫氏，如今外祖父成了正三品的朝廷命官，郁家就更不可能給娘親臉子瞧了才對，只怕是為了自己的事來的。

果然，溫氏便哽咽著道：「怎麼出了這麼大的事兒，妳都不差個人來告訴我？還想瞞我到什麼時候？若不是今日和哥兒說漏了嘴，我還不知道妳就獨獨瞞了我一個！」

瞞著娘親，還不就是怕她瞎想？

郁心蘭輕輕一笑，軟軟地道：「娘親，就是幾個人來鬧場子，能有什麼事兒？」

「休想騙我，明明宮裡的貴人都出事了！」

居然連娘親都知道了？不過是上午的事，到現在也才兩個時辰而已。

郁心蘭不動聲色地想了一圈，是不是有人為了把事情鬧大，故意將這話兒傳出去？

她仍是笑道：「若真是宮裡的貴人出了事，我哪還能在府中歇午，睡得這麼舒服？」

溫氏狐疑地看著她，「真的沒事？」

郁心蘭的笑容溫溫軟軟的，讓溫氏漸漸安心，「真的沒事！對了，心和弟弟有沒有說，他是聽誰說起的？」

溫氏想了想，「好像是他們的上司閒聊時說起的……」

那就是了，淑妃的二哥是郁心和的上司。什麼閒聊，故意的！

郁心蘭心中更加有了底，淑妃她要鬧，那就鬧得愈大愈好，到時看她怎麼收場。

她笑了笑道：「這只是一場誤會，明日就不會再有人說了。」

溫氏見女兒一臉的恬淡安逸，也就真的放了心，又問起她的身子：「可有什麼不舒服的沒？」

「沒有呢，您隔三差五地差人來問，相公也每天請了大夫來診脈，哪次說過有問題？」

「妳年輕不知事，不知道這裡面的厲害，頭胎可是最關鍵的，若是頭胎懷得好，月子裡少受些罪，日後再懷也容易。」

溫氏猶是不放心，有種恨不得替女兒懷孕受罪的衝動，將她從頭關心到腳，事無巨細地又交代了一遍：「好好在府中養身子，若是店中的確沒事，就讓佟孝他們去處置就好，大不了就是多出幾兩銀子的事兒。沒什麼比生孩子更重要的，妳如今有了身子，還得等孩兒落地才算在夫家站穩了腳跟。頭一胎又最是艱難，可不能大意。」

能說這種體己話的，天下就只會有娘親了。

郁心蘭的眼眶一熱，仔細地將娘親的叮囑記在心裡。

「有什麼為難的事，只管差人到郁府來尋我，總得讓人知道妳是有娘家依靠的。」溫氏說著，壓低了聲音：「紫玉已經生了，是個閨女。我原本是想抬了她做姨娘的，可是後來發現她不是很規矩，還沒正式升名分，就開始攛掇著府中的下人叫她姨娘了……實在是不願了，才去跟妳爹爹說。」

「妳爹爹一開始還不高興，這陣子卻不再說什麼了，為什麼呢，還不是因為妳外祖父入了仕，他也不好再為難我了。」說到這兒，溫氏重重一嘆，神情頗為寂寥，「當正室夫人有當正室夫人的苦，可是女人啊，出嫁後一定要有娘家人支持，前些年我們娘兒幾個在外頭，我算知道裡面的苦。」

郁心蘭點了點頭，又怕娘親善心大發，去把同是受苦的正室王氏給接回來，忙叮囑道：「王夫人那兒可是皇后娘娘發了話的，您可別沒事去擔心她。」

溫氏不甚舒心地瞪了女兒一眼，「我哪會這般沒分寸？」說著又遲疑，「就是紫槿那孩子，當初是被我給買入郁府的，給了妳爹爹，現如今妳爹爹也上了幾分心，卻又不是很在意。我前陣子才知道，她以前在家裡時，就有個青梅竹馬的鄰居……按說她只是個通房丫頭，我也可以作主將她配出去，可是怕妳爹爹……」

郁心蘭按住娘親的手道：「娘親是想成全了他們？」

溫氏點頭道：「是，紫槿還說，那個小夥子不嫌她跟過人。」

「娘親若是覺得這樣做對紫槿好，就只管做，不用擔心父親心裡怎麼想。男主外，女主內，這郁府後宅的事是您管著的，您要將紫槿配出去，爹爹也不能說您什麼。再者，對男人是不能太順了，否則爹爹只會一個又一個地女人帶回府來。」

溫氏聽到女兒的支持，心中不由得感動，娘倆又說了一陣子閒話，溫氏才起身告辭。

❖　❖　❖

第二日，郁心蘭睡到辰時一刻才起身，梳洗更衣後，便與長公主坐上了馬車，一臉心不甘情不願的吳為，則騎馬跟在車旁。

郁心蘭挑起了車簾，彎眼笑道：「吳神醫得了良駒，為何還愁眉不展？」

吳為沒好氣地瞥她一眼，「入宮就得下跪，這豈是一匹馬能換來的？」說著順了順馬鬃，心裡嘀咕，妳昨日答應得那麼痛快，不會是有問題吧？

他深深地懷疑，這匹馬只是長得漂亮而已，實則並非良駒……誰教他不會認馬呢？

郁心蘭嘿嘿一笑，「馬自然是好馬！禮你都收下了，我教你的話可別忘了說！」末了放下車簾，心道：吳為啊吳為，你的確是猜中了啊！

入了宮，向皇后請過安，郁心蘭便提出去探望淑妃娘娘，「聽說娘娘身子不適，臣婦想去看望一番，也好查一查梓雲宮中的花水和香露是否有問題。」

皇后輕輕頷首，「如是甚好。」說著差了一名女官引路，又吩咐了肩輿，抬郁心蘭過去。

長公主只嘆息，「希望不是蘭兒店裡的貨品有問題。」

皇后輕描淡寫地道：「就算是也沒什麼，這玩意兒放久了，難免不好，再者，也不過是生了幾顆痘子而已，哪裡有那麼金貴了。」

神色間很是鄙夷。

這幾日，淑妃藉故撒嬌，一直纏著皇上不放，皇后很是看不慣她那副妖嬈的樣子。

長公主只是陪著笑了笑，宮中的恩怨，她可不想多嘴說些什麼。

❖ ❖ ❖

梓雲宮內，淑妃正在對鏡梳妝，聽到外面唱名，嘴角忍不住勾起一抹得意的笑花，故作聽不見，繼續拿簪子倚在鬢邊比著，誓要挑出一支最適合今日衣裳的簪子出來。

蔡嬤嬤等了片刻，輕聲提醒：「娘娘，赫雲少夫人有六個月的身子了，讓她站久了不好。」

淑妃這才將一支百合花簪插到髮髻上，緩緩地站起身，輕哼了一聲：「誰讓她敬酒不吃，要吃罰酒！」

蔡嬤嬤陪著笑，「就是，真是不識抬舉！」

轉到正殿，郁心蘭挺著大肚子站在正殿中央，見到淑妃，忙蹲身福了一禮，「給淑妃娘娘請安。」說著微抬了眸，瞧了一眼淑妃雪白的俏臉，心中不禁暗笑，還真是臭美，只用了那麼一點點藥粉，也就臉側生出了幾顆小痘痘，從正面看，還根本就不明顯。

淑妃假笑道：「平身，快賜座。」

「謝娘娘。」

郁心蘭道了謝，在小錦杌上坐下，接過宮女奉上的茶盅，揭開蓋兒，低頭聞了聞茶香，並不急著說話。

淑妃亦在那廂思量，昨日皇上聽了她的話後，只是差人去問話，卻不曾宣郁心蘭入宮喝問。許公公回來回話後，皇上也沒什麼表示，只說讓她按照太醫開的藥方服用，今日她若不能盡早將郁心蘭唬住，只怕很難拿到她店裡的股份。

想了想，淑妃便給蔡嬤嬤使了個眼色，悄悄將玉指往天上一指。

蔡嬤嬤立即會意，沉聲道：「赫雲大少夫人，淑妃娘娘因抹了妳店裡的花水，玉容受損，昨晚服侍皇上時，竟驚了聖駕。原本皇上差人問過妳的話後，淑妃娘娘還替您求了情，皇上本是要作罷了，可昨晚一驚之後，龍顏大怒，說要嚴懲不怠，妳可知罪？」

郁心蘭的眼睛猛地睜圓，雖只露出一點兒怯意，可手中的茶盅卻咯咯作響，顯然受驚不小。

淑妃對她的反應十分滿意，含笑衝蔡嬤嬤點了點頭，示意她繼續說下去。蔡嬤嬤立時又繪聲繪色將聖上如何震怒，如何要當即就處罰郁心蘭，以及淑妃如何苦苦求情描述了一遍。

郁心蘭仔細聽了，小臉上的驚惶愈來愈重，粉嫩的下唇都已經被她的編貝玉齒給咬破了。

最後，蔡嬤嬤話峰一轉：「皇上說，若是淑妃娘娘不追究，他老人家也不追究了。」

郁心蘭忙揚起小臉，渴望地看向淑妃。

淑妃微微蹙了蹙眉，「不是我不想幫妳，而是我這臉上的痘，想了許多法子都消不了，妳那店裡的夥計真該好好管一管。是不是做事不用心，疏漏了什麼？這可是宮裡的生意，不是我說得重，若是遇上個性子急躁的，一定會讓皇上直接捆了妳去。我也是看在咱們一場親戚的分上，才容忍一二，否則，這副樣子得不到皇上的青睞，我又怎麼能幫妳？」

郁心蘭喏喏地應了，「娘娘所言極是，讓娘娘費心了，臣婦店裡的確是出了幾宗這樣的事兒，聽管事的說已經安頓好了，臣婦便以為沒事了。」

淑妃說著輕嘆：「妳呀，就是太年輕了些，太相信那些個管事了。」說到這兒，用目光上下打量了郁心蘭幾眼，問道：「妳現在身子這麼重，也沒去管店鋪裡的事了吧？」

郁心蘭點了點頭，「是，好一陣子沒出府了。」

「所以啦，那起子惡奴就開始怠慢了。」淑妃說得篤定，覺得離成功已經非常接近了，心中非常得意，取茶盅喝了一口茶，又瞟了蔡嬤嬤一眼。

蔡嬤嬤十分老練地插口道：「要是少夫人願聽奴才一言，奴才倒是有個主意，少夫人為何不多邀幾個人入股呢？銀子是賺不完的，就算京城裡的營利會攤少一些，但是人多了，本金也多了，還可以將鋪子開到鄰城，甚至是全玥國去。到那時，少夫人只會比現在賺得更多。只不過，生意大了，上頭就得有人為您撐腰才行。依奴才看，娘娘就是個熱心人，定會願意幫上少夫人一把。」

淑妃放下手中茶杯，顯出千難萬難的樣子，「我成日在宮中，也不方便管事兒，不如這樣吧，讓我母親，就是妳的姨母，入幾股，有她幫妳管著，妳店裡的夥計也不敢偷懶。否則的話，就算這一回我幫著妳掩飾過去了，日後還是會出類似之事，畢竟要等妳坐完月子，還有好幾個月呢。」

這最後一句話，就叫赤裸裸的威脅了。

郁心蘭低了頭，似是在算計什麼，良久，才緩緩抬了頭，定定地看向淑妃，問道：「說來說去，娘娘就是想要我店子裡的股份是吧？」

淑妃不防她會這麼直接地說出來，俏臉一熱，隨即又強硬地道：「我入股，也是為了妳的店鋪好！」

郁心蘭露出奇怪的笑，「不論什麼原因，我只想問，娘娘是不是想入股我的香雪坊？」

淑妃淡淡地道：「是。」

郁心蘭也就不客氣了，「那也成吧，我這鋪子如今做得大了，股金就按一萬五千兩算一成，娘娘想占幾成？」

淑妃差點沒被這個數字給驚到，「一萬五千兩一股？妳不如去搶呀！」

郁心蘭歪著頭，誠懇又天真地問道：「原來娘娘不想入股嗎？本金雖是說多了些，可是日後總能賺回來的。」

淑妃氣得再不想跟她轉圈子，直截了當地道：「我的確是要入股，不過是占兩成乾股，日後我就幫妳擔待這宮裡的事兒，定不會教人犯到妳的頭上。」

「哦？愛妃昨日才說蘭丫頭店裡的貨品不好，今日就願意入股了嗎？」

建安帝的聲音忽然從門外傳入，把個淑妃嚇得俏臉煞白，失措得直想大吼，哪個守在門外的，怎麼皇上來了不通報？

建安帝背負雙手，昂首闊步走進來，臉上還是和煦的笑容，看向淑妃的眼神也沒有半分責備，讓淑妃安心不少。

只是皇上身後還跟進來一位俊美的年輕公子，讓淑妃有些不明所以，不知該不該避讓。

殿內眾人向皇上行過大禮，建安帝便笑著拉住淑妃的手道：「愛妃還沒回答朕的。」

淑妃勉強擠出個笑容，「臣妾是……是……怕赫雲少夫人沒有經驗，所以……才想入些股，好指點她……」

建安帝似乎相信了，「哦，此事愛妃就不必擔心了，再者說，愛妃又不能出宮，如何指點？」然後指著身後的年輕公子道：「這位是醫仙的關門弟子，姓吳，在江湖中有神醫之稱，朕特意宣他入宮，要他為愛妃妳請個脈，免得日後臉上留下什麼疤痕，毀了這張小臉，朕可是會心疼的。」

說罷，也不待淑妃反應，直接命令蔡嬤嬤，「快點！」

蔡嬤嬤忙支使宮女們將屏風拉開，又在淑妃的手腕上墊上絹帕，才施禮請吳為過來診脈。

吳為走到屏風邊，按住淑妃伸出來的手腕，凝神聽了會子脈，便放開手，淡淡地道：「娘娘並非塗抹了什麼東西導致過敏，而是中了毒。」

此言一出，建安帝的臉色大變，騰地便從榻上站了起來，「什麼人竟敢對朕的愛妃下毒？是什麼毒？」

淑妃的臉色亦是一變，張嘴想說幾句，卻又怕說多錯多。

吳為淡淡地道：「不是什麼嚴重的毒，就是會讓人生些痘子而已。每日用清水淨面，不要抹任何東西，過陣子就會漸漸消下去。若是想快些醫好，也可以服藥。」

建安帝十分緊張淑妃的小臉，立即吩咐吳為開方子。吳為提筆飛速寫了一張方子，交給蔡嬤嬤道：「煎藥前先用冷水浸泡上半個時辰，五碗水煎一碗，每日服三次。」

蔡嬤嬤恭敬地道了謝，眸光掃了一眼藥方，詫異地問：「為何要這麼多的黃連？」

吳為收斂表情，故作高人狀，「黃連最是下火，我察覺娘娘體內虛火過旺，特意開的，否則，熱火之軀難以受孕。」

淑妃原本聽說有黃連，便想向皇上撒嬌不吃這藥的，聽了這句話後，立即吩咐蔡嬤嬤道：「還不快去太醫院取藥？」

建安帝給吳高人賜了座。吳高人坐下後，連眼皮子都沒抬一下，目光只盯著腳尖前的那一小方地面。建安帝對他十分有好感，很想收攏到太醫院來，「吳公子如此高深之醫術，若是浪費了，實是可惜。」

吳為淡淡地答曰：「行走江湖之時，也常常行醫，這身醫術也不算是浪費。」

淑妃還不知這位吳高人是郁心蘭帶進宮的，她卻是知道醫仙的大名的，也起了收攏之心，幫著皇上勸了幾句。

吳高人聽得不耐煩，想早些完成郁心蘭交代的任務，蹙了蹙眉道：「皇上為何還不派人搜查此宮？若是尋出些什麼古怪的東西，吳某在此，還能幫著分辨分辨。」

淑妃聽了心中一緊，就想推辭掉。建安帝卻是覺得如此甚好，立即令黃公公帶上執事太監進來搜查。

淑妃一聽就急了，偏偏蔡嬤嬤已經被她打發去太醫院揀藥了，身邊的人又不是很信得過，沒有人能幫她將那包東西藏好……

不多時，太監們便從內殿中搜出一個小小的牛皮紙包，裡面有一些藥粉。

建安帝令太監將紙包交給吳為，吳為放在鼻子下嗅了嗅，篤定地道：「正是此物。赫雲大奶奶店裡鬧事的幾人，也是中了此種毒藥。你是在哪裡搜到的？」

那名太監覺得自己立了大功，立即大聲答道：「就在淑妃娘娘的枕下找到的。」

話音剛落，連樹上的知了都靜了一下。

淑妃的俏臉一陣紅一陣白，望見建安帝的目光投過來，忙支吾著搪塞：「這……臣妾……也、也不知枕下會有此物……真的，請皇上相信臣妾！」

建安帝的眸光微微閃動，臉上的笑容卻是分外和藹，「朕自然相信愛妃，愛妃又不用鋪床疊被，如何會知道枕下放了些什麼，定是宮中的宮女幹的。」說罷，轉頭吩咐：「來人呀，將梓雲宮中一干人等全部看押起來，交給內廷用刑，直到她們招供為止。」

淑妃嚇得一張俏臉煞白，天知道她為了將整個梓雲宮的太監宮女收買過來，花了多少銀兩。雖說此事從頭到尾只有她和蔡嬤嬤兩人知曉，卻擔心哪個扛不住刑的會胡亂說話。只要有人開了口，必定會牽扯出一大串來，那她的銀子就白花了。再退一步說，就算沒查出人來，事後她也得花大量的銀錢來安置，免得這些個奴婢心中懷恨。

這廂，建安帝還在溫言安慰：「愛妃放心，朕一定會讓皇后立即為妳補齊宮中的侍人，斷不會讓妳無人服侍。」

淑妃直抹眼淚，「皇上如此疼愛臣妾，臣妾真是感激不盡……只是，此事應當不會是這麼多人犯下的，還是不要如此大動干戈吧？臣妾怕因此連累了皇上的一世英名。」

建安帝搖頭道：「愛妃真是體貼，可是朕若是連最心愛的妃子都保護不了，還叫什麼皇帝？此事妳不必再管，安心服藥休養就是。」

正說著，蔡嬤嬤揀了藥回來，輕聲稟報道：「已著太醫院煎藥了。」

建安帝點了點頭，「嗯，妳回來得正好，黃公公，就從她抓起來吧。」

淑妃頓時急了，「皇上，蔡嬤嬤是臣妾的乳娘，斷不會做出對臣妾不利之事，還請皇上開恩，放過蔡嬤嬤吧！」

建安帝輕輕拍了拍淑妃的手，語重心長地道：「愛妃不可太過於相信奴才。再者，剛才朕就說了，要將梓雲宮中一干人等全數拿下，蔡嬤嬤既是梓雲宮的奴婢，豈能出爾反爾，獨獨放過一個？」

無論淑妃怎麼求情，建安帝都不肯鬆口，她也只能眼睜睜地看著蔡嬤嬤被太監給綁了下去。

建安帝這才想起來問道：「吳神醫，剛才你說，蘭丫頭店子裡也有幾個客人中了這種毒？」

吳為欠了欠身，恭敬地答道：「是，只是她們與娘娘不同，娘娘恩寵過人，許是被人嫉妒，可她們卻很有可能是想到店鋪裡來汙銀子的。」

建安帝問郁心蘭：「是這樣嗎？」

郁心蘭這時才作勢抹了抹眼淚，「臣婦一直就懷疑，所以不願付她們賠償銀子，想等京兆尹大人為臣婦申冤。」

建安帝點了點頭，吩咐黃公公道：「你立即去京師衙門，傳朕的口諭，讓劉儉好好兒地審。若真是來訛銀子的，就重重地處罰。蘭丫頭就不必過堂了，使個管事的去就成了。」

黃公公領了命退下。

郁心蘭謝了恩，藉機告退，臨走前衝淑妃一笑，讓淑妃本就沒有血色的小臉更慘白了幾分。

❖ ❖ ❖

京兆尹得了皇上的口諭，自是立即提人審案，問不了兩句就上刑，那幾個姑娘哪裡受得住，才將刑具搬出來，就嚇得什麼都招了。

原來居然是忠義伯府的一位管事嬤嬤找了她們，給了銀兩和藥粉，要她們去香雪坊鬧事。忠義伯府可是皇上最寵愛的淑妃娘娘的娘家，一個小小的京兆尹哪裡敢到忠義伯府去提人？只得立即上摺給皇上，請皇上定奪。

建安帝看了摺子後，直接跑到梓雲宮，將奏摺砸到淑妃的臉上，「妳且好好跟朕解釋解釋，這是怎麼回事？」

淑妃自然是什麼都不會認的，期期艾艾地邊哭邊推得個乾乾淨淨。

建安帝又差人連夜將忠義伯和大王氏宣到御書房，責問他們是何緣故。

一開始，忠義伯和大王氏不肯承認。

建安帝便問：「是不是真的要我派人將忠義伯府中的管事嬤嬤都抓起來，讓那幾個人指認？」此時，大王氏才不得不認下是自己幹的，但也怕將女兒給繞上，只道是自己見郁心蘭賺了些銀子，所以眼紅嫉妒到不擇手段。

建安帝陰惻惻地問：「不是因為朕寵愛淑妃，所以你們恃寵生驕？」

這個罪名可就大了，而且一個弄不好，就會將淑妃給牽連進去，大王氏忙道不敢。忠義伯也急忙表示他並不知情，回去後定當嚴格管教夫人。

建安帝等忠義伯做足了保證，這才道：「嗯，先退下吧。」卻也不說是打算放過他們呢，還是要處罰他們。

兩夫妻惴惴不安地出了宮。

黃公公笑咪咪地道：「還是皇上英明，一切都翻不出皇上的掌心啊！」

建安帝淡淡一笑，「忠義伯夫人早就該敲打敲打了，也是她自己給了朕這個機會。不過嘛，若不是蘭丫頭處事妥當，這個機會，朕也沒這麼好把握。」

又要敲打大王氏，又要不驚動淑妃，這個分寸並不好掌握。若是郁心蘭之前傻呼呼地賠了銀子，落了把柄給淑妃，宮裡再出什麼事，郁心蘭就是百口莫辯，他也不好借這個由頭讓吳為給淑妃請脈。

黃公公趕緊附和道：「可不是嘛，難得赫雲少夫人心裡明白。也是皇上慧眼識人，才將少夫人指給了赫雲將軍。都說內宅安穩，男人才能安心為國效力，少夫人可算得上是赫雲將軍的助力呀。」

建安帝淡淡一笑，「且看恆兒靖兒他們能將案子徹查清楚不，別浪費了朕的一番美意。」

❖ ❖ ❖

卻說郁心蘭到皇后宮中與長公主會合後，便出宮回了府，一路上將事情經過轉述一番，長公主聽著也是偷樂，「這就叫偷雞不成蝕把米，誰讓她動壞心思呢！」

婆媳倆在這廂高興，淑妃卻在宮中與母親抱頭痛哭。

大王氏終是抹了淚，問道：「這幾天，皇上還來梓雲宮嗎？」

淑妃的小臉上泛起一絲紅暈，「來過，昨日還宿在這兒。皇上那日只是讓我好好管束娘家，倒也沒說別的，看樣子，不打算處置咱們府上了，只是苦了母親……」

大王氏心中一鬆，「為娘不要緊，只要妳還能得皇上的寵愛，一點兒小錯總能揭過去的。」

她也聽說那幾個姑娘被判了流放，想是皇上不會再追究忠義伯府的過錯了，這才敢請旨入宮，來看望女兒。

母女倆正說著話兒，蔡嬤嬤一瘸一拐地進來稟道：「娘娘，仁王妃求見。」

淑妃忙道：「快宣。」

郁玫聽到唱名，含笑理了理衣袖，優雅地隨宮女步入正殿。她就知道，淑妃哪裡會是郁心蘭的對手，在郁心蘭的手中吃了這麼一個大虧，肯定會願意與她合作。

❖ ❖ ❖

午後的陽光有些刺目，郁心蘭只小歇了一會兒便醒了。紫菱一直守在一旁，見大奶奶動了動，忙傾身向前問道：「奶奶可是要起身？」

郁心蘭點了點頭，剛甦醒，還有一點神遊天外。

紫菱輕喚了一聲錦兒、蕪兒，兩個丫頭忙輕手輕腳地進來，取了毛巾、口杯，為大奶奶淨面、漱口。

待恍過了神，郁心蘭這才意識到，「紫菱，妳怎麼就回來了？」

昨個兒夜裡，童普去醉鄉樓喝酒，醉得摔入池塘，一命嗚呼了。郁心蘭連夜派了紫菱和香雪坊的幾個管事去幫忙童安氏。原是想著童安氏新寡，心情肯定極差，這才讓紫菱去好生安慰一番，怎麼才不過一夜就回來了。

紫菱等丫頭們都服侍完了，將人打發出去，將冰桶搬到郁心蘭坐的竹榻旁，為她輕輕打著扇，才回話道：「都按大爺吩咐的說了，請了道士來看吉時，說是天兒熱，又是落入塘中而亡，沖了水神，小耀五行缺水，怕對小耀不利，早些火葬才是正理，所以昨個晚上就給燒了。」

按這時的風俗，人死後，總要停靈七日，讓鬼魂頭七的晚上還能回來看一眼親人。可那藥丸的效用只有三個時辰，若不能及早處理，一切心機也就白費了。而能說服童安氏以最快速度「火化」丈夫的，就是小耀了。

赫雲連城將一切都計畫好了，連道士都是前幾日與童普和童安氏巧遇過的，這時再前來指點迷津，就不會太突兀。

郁心蘭點了點頭，「這樣也好。」說著抬頭看她，希望她說些童安氏的情況。

紫菱輕聲道：「她很傷心，我和安嫂子、佟嫂子都勸了她，現在好些了……總要過去的，小耀這麼小，還得要靠她。」

也是，為母則強，再怎麼傷心，為了兒子，也要努力堅強生存下去。

紫菱細細打量了一下郁心蘭的臉色，斟酌了一番，才緩慢而輕柔地開口，盡量將語氣放到極致的柔軟：「大奶奶賜的銀子，婢子都交給童嫂子了，她說謝謝大奶奶，還說京城還是要比家鄉繁華，鴻儒也多得多，想讓小耀在京城求學……」

郁心蘭抬眸看了紫菱一眼。

紫菱心下一緊，有些不知所措。之前，大奶奶明明是有意讓小耀與表少爺一同進學的，可不知這回怎麼了，竟打發了二百兩銀子，讓童安氏帶著小耀離京，隨意找個地方定居都行。

雖然二百兩銀子的確是足夠他們母子倆置個小院，再舒適地活個十幾二十年，可是外地畢竟不比京城，況且童安氏的公婆都過世了，要她們孤兒寡母的，到哪裡安生呢？

思及此，紫菱又鼓起勇氣為童安氏求了一回情，「奶奶許是不知，這孤兒寡母的，會被旁人欺負了去。她父母和公婆都不在了，總不能跟大伯大嫂住在一起，日子久了，會有人說閒話。奶奶就好人做到底，香雪坊應當還能安排個事兒給她吧？」

人心都是肉長的，尤其紫菱自己也是寡婦，所以對童安氏的遭遇就比旁人更多了一分同情。

郁心蘭對紫菱再信任，也不可能將赫雲連城查案這麼機密的事告訴她，儘管以紫菱的聰慧，也大概猜出童普幹了什麼違法的勾當，銀錢來路不明，可她卻不知童普犯下的是多麼嚴重的罪行，總以為以大爺現在的官職，以及長公主對大奶奶的寵愛，只要大奶奶願意，應當能將無辜的童安氏和小耀給庇護住。

郁心蘭垂下了眼簾，淡淡地道：「去外城也沒什麼不好，我聽她說過，她娘家還有一個姊姊，嫁去了外地，她不如就在姊姊家附近買個宅子，平日裡不用麻煩別人，有事時有個人照應，不是挺好？」

童安氏是個本分人，一般不會開口求人，這時想留在京城，也是為了兒子的學業。不是她不想幫童安氏，而是以童普所犯的罪行，是不可能獲得皇上諒解的。若是能趁早離開京城，找個無人識得的地方安生，他們母子或許還有一線生機。

紫菱微感吃驚，想了想，她便能明白童普所犯之事恐是不小，忙道：「那婢子一會兒再去勸勸童嫂子，大奶奶就不必擔憂了，婢子一定會將她勸走，愈早愈好。」

郁心蘭讚許地看了一眼紫菱，由衷地感嘆：「紫菱這樣玲瓏心肝的人，居然沒有男人懂得欣賞，這世間的男人真是有眼無珠之人。」然後拍了拍她的肩道：「妳放心，我會幫妳留意，絕不會讓妳孤獨終老的。」

紫菱忍不住紅了臉，啐了一口道：「婢子在跟奶奶談正經事，奶奶說這些個幹什麼？」

郁心蘭一本正經地道：「我是認真的。像妳這樣樣貌好、品性好，又賢慧穩重能當家的女子，誰能娶到妳是他的福氣。況且妳才二十五歲，正是花信之年，為什麼不考慮再嫁？」

寡婦能守貞是好，再嫁也沒有人會說什麼閒話。窮人家的女兒，基本都不會為前夫守孝三年就會再嫁，畢竟生存比臉面更為重要。

紫菱被郁心蘭說得一張小臉羞得通紅，恨不得將扇子扔了就跑。

赫雲連城恰好回來，聽話聽了個半截，挑了簾子進來，開口便問：「誰要再嫁？」

郁心蘭忙起身去迎，笑咪咪地道：「當然是紫菱姑娘啦！連城，你屬下有沒有什麼好的人選？只要是品性好，會顧家，對妻子體貼的男人，做續弦也沒什麼。」

紫菱嚇得趕忙阻止，「大爺別聽大奶奶瞎話，婢子雖沒賣身，卻哪又配得上軍爺呀！」

赫雲連城臉色柔軟，淡淡地道：「若只是個小校衛或者小隊長，倒也算不得軍爺。」

郁心蘭扭頭朝紫菱道：「就是，宰相門前七品官，妳好歹也是禁軍一品上將軍夫人身邊的一等管事媳婦子，哪裡配不上一個小校衛了？」

赫雲連城略感好笑地看著小妻子，捏了捏她的小鼻子道：「妳還得意了！」

見兩個主子開始四目相對，柔情蜜意，紫菱快手快腳沏好茶，退了出去。

待屋內再無旁人，郁心蘭才靠到丈夫懷裡，柔柔地問：「今日怎麼回得這般早？」

赫雲連城笑了笑，牽起她的手一同坐到竹榻上，解釋道：「童普已經關押到莊郡王的地牢中去了，禁軍營也不是天天有事兒，就早些回來陪妳。」

拜郁心蘭的潛移默化教育所賜，赫雲連城現在非常重視胎教，這段時間小倆口見面甚少，回到家，郁心蘭已經睡下，寶寶自然也睡下了，赫雲連城怕自己多長時間沒跟兒子說話，兒子出生後會不認得他。他心裡還是想著兒子的事，只是不敢當面告訴小妻子。

郁心蘭就又八卦地問起案情，赫雲連城只是搖了搖頭，「沒多大進展，童普所知的，上回已經招認了，除了那個叫林軒的校衛和紅渠，他再也不知道什麼人。陪他研製火藥的人，還有當初運火藥的人，都已經被滅了口。不過能將事情計畫得這麼周密，事後調查不出什麼疑問來，必是上層之人所為。」

如果沒人許以高官厚祿的誘惑，又哪會有人拚命去幹這種誅九族的事兒？

郁心蘭悠悠一嘆，皇位啊，真是個害人的東西，弄得父不父、兄不兄、弟不弟、子不子的。當皇帝的人也挺倒楣的，枕邊人居然都有這麼居心叵測的，他到底還能相信誰？

赫雲連城才剛跟明子恆談論完案情，實在是不想再說，便拉著她問起日常的飲食，頓了頓忽然道：「對了，今天子期告訴我說，淑妃去替妳嫡母求了情，想在年底接她回京，妳五妹明年年初便要出嫁了。」

郁心蘭怔了怔，「是求皇上嗎？」

「嗯。」

「那皇上答應沒有？」

「皇上說，這種事兒由皇后管。」

「那就一般不會答應了。」

「不知道，淑妃娘娘今日去找了皇后，皇后只說，妳五妹還在宮中學習禮儀，萬一王氏的癔病沒好，反倒給郁府添亂。」

郁心蘭點了點頭，從國體上來說，和親隊伍出發之前，也會要讓王氏露個面的，畢竟郁琳是她的親生女兒。

只是，若是以郁琳出嫁為藉口將王氏接回來，應當在和親聖旨下達的時候就開口才對。淑妃現在替王氏求情做什麼？難道是因為上回沒在我這兒占到便宜，想讓王氏來教訓我？

郁心蘭想了想，王氏就算回來又有多大的用處？溫家已不是從前的平頭百姓了，王丞相又似乎忙著幫永郡王，也不會總為了女兒出頭。再者說，以前娘親還只是姨娘的時候，我就不太聽王氏的教訓了，現在就更加不會了。

想來想去，都覺得這事兒透著古怪，按說，淑妃應當對王氏沒那麼深的感情，非要替其出頭不可。王氏也沒那麼重要，淑妃非要倚重不可，莫不是有人在她面前說了些什麼？

赫雲連城瞧她眉心擰得緊緊的，不由得抬指幫她揉了揉眉心，輕聲寬慰道：「有什麼可擔心的？就是回來了，妳現在懷著身子，以後還要坐月子、帶孩子，也不用回門去拜見。」

這倒也是。

郁心蘭便丟下這種煩惱事不去想，與赫雲連城一個看書，一個做針線。

赫雲連城看了會子書，抬起眸來，見小妻子低著頭，細細縫著手中的小衣裳，眉眼舒展，神態安詳，不知怎的，就覺得特別安心。

有她陪在身邊，他似乎總能特別的安心。與她在一起，他可以完全卸下面對旁人時的冷漠和戒心，可以信任地將後背和最柔軟的內心都毫無保留呈現給她看，享受那份愛戀的甜蜜，和極其輕鬆舒心的溫馨。

看著小妻子在自己面前用心地做著小孩子的衣裳，赫雲連城心底最深處的柔軟被觸動了，有一種很喜歡很喜歡，喜歡到無法言喻，只想這樣陪著她、看著她，和她一起到地老天荒。這感覺來得太快太濃太密，瞬間就絲絲縷縷地纏繞滿了心間。

赫雲連城唇角含著微笑，輕輕地傾過身去，低頭吻住了郁心蘭柔軟光滑的嫣唇。

他忽如其來的柔情，讓郁心蘭微微怔了一下，隨即便閉上眼睛，安心地靠在他的懷中，享受這夏日午後帶著熱度和激情的美妙。

晚上起了絲涼風，郁心蘭心情極佳，便邀請赫雲連城與她同榻而眠。因為身子重了，孕婦又特別怕熱，自進入盛夏後，小夫妻一直是分床而眠的。雖然還是在一間屋內，但是，是郁心蘭睡床，赫雲連城睡榻。

難得佳人邀請，赫雲連城興致勃勃地躺到了小妻子的身側。

對郁心蘭來說，兩人能躺在一塊，閒閒地說兩句話，聽見枕旁另一人勻稱的呼吸，等待周公的召喚，這是一種幸福。即使是午夜夢迴時有些驚怕的心，也能瞬間平靜。

可對於赫雲連城來說，卻不是這樣。溫香暖玉近在眼前，但只能眼觀，不能動手，這簡直就是一種慘無人道的折磨，尤其是下午時才享受了那麼美妙甜蜜的親吻，心中的火都給燒了起來。

他躺了一會兒，便催促著郁心蘭：「別說了，快睡吧。」

偏偏郁心蘭今日聊興頗佳，大有不多聊一會兒就不入睡的架勢，赫雲連城只得強自忍著內心的煎熬，陪她說話。

說著說著，郁心蘭噗地笑了起來，輕輕地昂頭吻住他的唇道：「你還真能忍呀！」

那帶著清香的唇一觸上他的，赫雲連城體內就彷彿被火藥給炸了，渾身上下都是煙花和慾火，他趕緊推了推她，「別……」

郁心蘭在他唇上輕輕咬了一口，「笨蛋！不是告訴過你，偶爾為之是可以的嗎？」

赫雲連城聞言又驚又喜，眼中閃過一絲笑意，嘴角微揚，輕聲道：「多謝娘子的關心，為夫一定不會讓妳失望，也不會讓寶寶受苦的。」

說著，他便飛速解開她的褻衣，小心地抱著她坐了起來……

第二日休沐，赫雲連城沒有上朝，到習武場練完劍回來後，郁心蘭才睡醒過來。

待丫頭們服侍郁心蘭梳洗更衣完畢，他才過去牽了她的手，趁無人注意時，悄聲問：「身子還好吧？」

郁心蘭紅著臉嗔他一眼，卻不回答。

赫雲連城卻是個實心眼，非要她回答不可，郁心蘭只好點了點頭，他才鬆了口氣，坐到桌邊用早飯。

管事嬤嬤捧上來幾只小巧的玉碗，裡面裝的都是郁心蘭每天必須吃下的補品。每種的分量都不多，可種類多呀，郁心蘭瞧見就犯怵。

赫雲連城難得有空，便從蕪兒的手中接過玉碗和小勺，親自餵小妻子。

他以前從未服侍過別人，拿勺子的姿勢總是不到位，郁心蘭得偏了頭，才能就著小勺喝到湯汁。偶爾，她會取笑他幾句，可是心裡卻是湧起絲絲溫暖，原來被丈夫寵著的感覺是這麼幸福呢。

貳之章

郡主迷情連環錯

用過早飯，莊郡王府來接人的馬車也到了，今日是莊郡王妃唐寧的生辰，她說了邀上幾個閨中密友相陪。赫雲連城閒著無事，也說一同去，找明子恆聊天下棋。

唐寧原是只請了七人，除了郁心蘭和赫雲彤外，還有與她交好的四位夫人，和她自家的姊姊。莊郡王也請了幾位好友相陪。

郁心蘭剛到不久，外面便唱名道：「仁王妃和榮琳郡主來賀喜了。」

唐寧有些詫異地看向郁心蘭，郁心蘭忙表示：「不是我請的。」

人都已經來了，唐寧自然只能先迎上去，接進來。

郁玫打扮得十分惹眼，她本就生得很美，再穿上一身杏黃配桃紅妝花的曲裾長裙，更顯嬌麗。

赫雲彤笑話她道：「妳不會是想搶正主兒的風頭吧？」

郁玫笑著先送上自己的禮品，才回嘴道：「偏是堂嫂聰慧，一眼就瞧出來了，若是九嫂子惱了我，可要拿妳問罪。」

赫雲彤話裡有話地笑道：「妳自己辦的事兒，就喜歡拿旁人問罪。」

郁玫的笑容不免一僵，郁心蘭的眸光頓時亮了，有八卦！

唐寧忙在一旁和稀泥笑道：「都是我的客人，什麼惱不惱的，快快坐。」

郁玫很自動地就選在郁心蘭身邊的位子坐下，笑著上下端詳了她幾眼，讚道：「妹妹的氣色真好，旁人懷到七個多月，要麼圓了兩圈，要麼就瘦得脫形，偏是妹妹還跟以前一般無二，仍是這麼漂亮，看來懷孕也不是那麼受罪的事情。聽說胎兒會動，也不知是不是。」

郁心蘭原是想同郁玫保持一點距離的，可一聊到寶寶，她就跟全天下的母親一個樣，有些管不住自己嘴，笑著道：「自然是會動的，我這孩子特調皮，三個來月就會動了……待姊姊懷了身子，自然就會知道了。我的確是不算受罪的，也沒什麼害喜的反應，不過，也是因夫君體貼入微，照顧得好。」

唐寧笑著啐她：「就沒見過這樣臉皮厚的，無時無刻不忘炫耀自己御夫有道！」

旁人的目光都看了過來，臉上眼中全是笑意和羨慕，饒是郁心蘭臉皮再厚，也不禁燒了臉，啐回唐寧：「我何曾炫耀過，不過是實話實說罷了！」

忽然感覺到一道目光不是很友善，郁心蘭抬眸一瞧，正對上榮琳郡主。

榮琳郡主趕緊衝她美美地一笑，「表嫂好福氣！」

郁心蘭只是矜持地微一頷首，不想接話。

眾貴婦們便聊起唐寧生辰的話題，無不在恭喜唐寧守得雲開見月明，如今莊郡王又能上朝聽政了，可不是東山再起了嗎？

中午的席面擺在水榭之中，男女席間用一道珠簾相隔。郁心蘭微瞟了一眼，仁王也在坐。明子恆率先端杯站起，笑吟吟地向眾人敬酒，「多謝諸位光臨鄙府，我代內人敬諸位一杯。」眾人都舉了杯，將第一杯酒一飲而盡，宴席正式開始。

郁玫坐在郁心蘭身邊，總是纏著她談論一些育兒心經，又愛問她最初懷孕時是什麼病狀。

郁心蘭不由得問：「莫非三姊有喜了？」

郁玫俏臉一紅，壓低了聲音道：「原本應當是前日的小日子，卻沒有來，但又怕作不得準。」

郁心蘭便道：「那也是有機會的。」希望郁玫有了孩子後，好好在仁王府裡待著，不要再出來折騰了吧。

又說了一些自己當初的情形，郁玫一一對應，竟是愈聽愈像有喜，眉眼間都是春色。

郁心蘭也漸漸放下戒心，放鬆起來，一時笑語宴宴。

席上都是相熟又交好之人，這酒席自然吃得盡興，時間便長了一些。

郁心蘭覺得有些累了，眉目間露出幾分疲乏之色。

赫雲彤坐在她的另一邊，見她這個樣子，便朝正與人笑談的唐寧道：「壽星娘子，先安排個廂房，讓我弟妹歇一歇吧。」

唐寧一拍掌，「哎呀，是我的錯。廂房其實早便準備好了，一時只顧著吃酒聊天，卻忘了顧上這頭。」說著忙喚來一名丫頭，「華春，妳帶赫雲少夫人去廂房歇一歇，好生伺候著。」

華春應了一聲，向郁心蘭屈了屈膝，「請赫雲少夫人隨婢子來。」

赫雲彤不放心弟妹這麼重的身子，便揚聲朝珠簾那邊喚道：「靖弟，你陪弟妹一起過去嗎？」

明子恆走到珠簾邊，輕聲代答：「連城淨手去了，一會兒我讓人帶他過去。」

赫雲彤聽了，也只能這樣，可到底是不放心，大弟弟都二十二了，才盼來這個孩子呢。她將筷子一撂，站起身來道：「我也乏了，正好陪妳一起去休息一下。」

說著扶了郁心蘭的另一邊手臂，慢慢走出去。

莊郡王府占地面積很大，為了方便男賓，席面擺在靠二門的地方，但一般給女賓客人休息的廂房卻是在三門處，這中間得繞過大半個花園。

有小丫頭在郁心蘭的身後支了曲柄傘，為其遮擋夏日的烈陽。

赫雲彤也是個怕熱的，恨聲道：「怎麼還不入秋！」

郁心蘭含笑道：「沒幾日了，眼見就要八月了，桂花該開了。」

赫雲彤笑了笑，「聽說妳的丫頭桂花糕做得好，我到時一定要嚐一嚐。」

身後一名小丫頭便建議道：「兩位夫人，不如咱們走池塘那邊吧，有樹蔭。」

池塘邊有一排垂柳，小徑另一邊是桃樹林，樹蔭繁重。雖說要繞點路，不過卻會舒服許多。

華春回頭瞧了那名小丫頭一眼，又看向郁心蘭。郁心蘭沒有異議，讓華春帶著往那邊走。

到了樹蔭下，果然涼爽許多，不過郁心蘭有些乏，便不想說話。赫雲彤算是個話癆了，可也被熱得沒什麼開口的欲望，一行人就這麼沉默地往前走。

快到與水榭相連的曲橋時，左側忽然傳來榮琳郡主柔軟酥糯的聲音：「靖哥哥，我真的喜歡你，你以前不也是很喜歡我的嗎？」

郁心蘭的腳步一滯，又迅速疾走兩步，來到一條岔路口。

往上十來步的地方，就是一座小山亭。

從郁心蘭的角度看過去，只見榮琳郡主一身銀紅薄衫緊貼身上，身段誘人。絕美的小臉蛋這會兒雙頰粉紅，媚眼如絲，軟軟地倚在柱子上，雙目含羞帶怯地看向幾步之外的赫雲連城，正是一副勾人的樣子。

偏偏赫雲連城微喘著氣，胸口起伏，似是情動。

赫雲連城才不過與榮琳郡主說了兩句，便有些不耐煩了，本是要舉步離開，聽到她這句話，便停了腳步，轉回身，卻忽然有怒火湧上心田。

大白天，四面透風的涼亭，本來是最為光明正大的地方，被妳這副模樣和這聲音一攪，倒像我是來和妳偷情似的。這般光天化日的，便要勾引起來了嗎？

太無恥了！

他回身冷淡地朝榮琳郡主道：「郡主還是將這心思用在自己未來夫婿上吧，恕某無福消受。」說罷轉回身，瞬間便與郁心蘭的眸光對上。

他微微一笑，快走兩步，牽上郁心蘭的手道：「要歇息了嗎？我陪妳去。」

一個字的解釋也沒有。

郁心蘭甜甜一笑，半偎進他的懷裡，「好。」

連句多餘的話都懶得問。

兩人相依相攜地走出了一段路，榮琳郡主還在癡癡地望著。

榮琳郡主與郁心蘭一行人是面對面的，早就發現了她們的存在，原本還存著三分僥倖，希望郁心蘭能大鬧一場，也好讓靖哥哥看清楚他的妻子其實就是個潑婦。哪知這兩人竟這般相互信任，讓她想居中挑撥一下的伎倆，完全無用武之地。

赫雲彤用鄙夷的目光看向她，「死心吧！」說著又回頭看了一眼身後幾個被赫雲連城的微笑給震傻的丫頭，冷聲道：「還看什麼看，不去支傘？」

幾個丫頭頭皮一緊，趕忙快步去追前面的伉儷。

到了廂房，丫頭們服侍著郁心蘭寬了外裳，又搬來一桶冰，便被赫雲連城打發了出去。

他扶著小妻子躺到了竹床上，細心地幫她蓋上絹毯。

郁心蘭挑了挑眉道：「剛才的事，你就沒什麼要同我說的？嗯？」

最後一個「嗯」字是輕柔甜糯的嗓音，但聽起來卻極具威脅性。

赫雲連城知道瞞她不住，只好道：「之前，榮琳著人遞了張字條給我，說是有極重要的事要談，我想來想去，才約在那裡。雖然一側有桃林，但另外三側都是通風的，子恆身邊的內侍也在一旁，就算被人看到了，也說不出閒話來。」

他頓了頓又解釋：「子恆也是年初才出宮建府的，宮裡雖會帶些太監宮女出來服侍，到底人手不足，還會要在外面採買奴僕，這其中肯定有旁人安插的人手。我本是不想來的，可又一想，榮琳從未來過莊郡王府，卻能支使外院的小廝送字條，應當是有人指點她，借了旁人的勢，只怕內宅中還有這樣的人。」

郁心蘭恨聲道：「所以你就主動應承下來，幫莊郡王抓奸細？」

赫雲連城笑了笑，「我知道妳聰明賢慧又大方，必定不會為了這種無聊的事吃醋的。再者，子恆和唐寧都知道這事，我也不怕她算計。」

這傢伙，居然開始油腔滑調了！

郁心蘭一個沒繃住，笑了，就不好再發作，只是叮囑道：「這種事還是少沾的好，就算要清除內鬼，也多的是辦法。能幫她傳條子的人，必定也不是別人眼中的重要棋子。」

「嗯，知道了。」

赫雲連城哄著她睡了，交代好隨侍而來的李杼守好大奶奶，又轉回宴席間。

郁心蘭睡了一覺醒來，李杼忙上前問道：「大奶奶可是要起身？」

「嗯。」

李杼在紫菱的培訓下，服侍人的技巧有所長進，郁心蘭忍不住讚了她一句：「不錯。」

正說著話兒，守在門外的王府丫頭進來稟道：「少夫人，榮琳郡主求見。」

郁心蘭挑了挑眉，「請她進來。」

榮琳郡主進得門來，便一副伏低做小的樣子，居然先向郁心蘭福了一福。

郁心蘭側身避讓開，還了她一禮，輕笑道：「郡主這樣，是要折煞我嗎？」

榮琳郡主聽了這話，立時紅了小臉，貝齒不自覺地咬住了豐潤的下唇。

真是鬱悶，她的嘴怎麼生得這樣好看，偏偏郁心蘭對一切美好的事物都沒有抵抗力，見她這般作派，便放柔了聲音道：「郡主請坐吧。」

丫頭們奉上兩杯酸梅湯，給榮琳郡主的那杯加了冰，郁心蘭的卻沒加。李杼仍是盡忠盡職先用小勺取了一點嚐了，向郁心蘭點頭示意可以喝，郁心蘭這才端起杯子喝下。

榮琳郡主在一旁悄眼看了，忍不住詢問：「這位姊姊應當是侯府的侍衛吧？」

李杍福了一福，「回郡主的話，婢子是的。」

榮琳郡主聞言，心下更是羨慕，一個合格的侍衛要培養許多年，花上大量的時間和金錢，而且朝中只有幾人可以配備侍衛，人數也有限制，可靖哥哥就這麼隨便地將她賜給了郁心蘭……她咬了咬唇，垂下烏黑的睫毛，顫聲道：「郁姊姊，我可不可以單獨跟妳說說話兒？」

郁心蘭輕輕一笑，「李杍不是外人，聽到任何話都會爛在肚子裡，還有，請叫我赫雲少夫人，或者像妳之前那樣，稱我為表嫂也成。」

在這裡，姊姊可不是隨便能叫的。

聞言，榮琳郡主的神色越發淒涼，死命地咬了咬唇，見郁心蘭半分不肯讓步，也只得作罷，哽咽道：「爹爹昨日告訴我，皇上有意將我指給南平王世子。」

郁心蘭立即表態：「恭喜恭喜，心蘭祝郡主與世子，夫妻恩愛，百年好合。」

這陣子為了分析案情，聽赫雲連城說過朝中的一些人和事，郁心蘭知道這位南平王是玥國的八大異姓王之一，而且是對皇帝絕對忠心的臣子。建安帝將榮琳郡主嫁過去，就等於是讓南平王世子看牢了安王。

大概是被梁王謀反給刺激了，皇帝開始擔憂其他的兄弟也會效法。

不過，話又說回來，這對榮琳郡主來說，未必就是壞事，只要安親王沒有謀反之心，加之榮琳郡主生得這般貌美，只要她肯好好過日子，未必不會幸福。

榮琳郡主卻痛哭了起來，「我……我不想嫁！好姊姊，我求求妳好嗎，我求求妳！」

絕美的容顏梨花帶雨，一身銀紅色的衣衫越發襯出了她的悲傷。提起帕子捂著小嘴，壓抑痛哭的模樣，更是讓人心酸。

郁心蘭拿著紈扇輕扇，濃密捲長的睫毛在紈扇下輕輕顫了顫，唇角漾起一絲諷刺的笑，臉上卻是一派溫婉，「郡主可是有什麼為難的事？」

榮琳郡主現在也顧不得這麼多，一把拉住郁心蘭的手，懇求道：「好姊姊，讓靖哥哥娶了我好嗎？哪怕是做妾也可以，我只求一個孩子，有了孩子後，我會獨自搬到一所小院，只求帶大我和靖哥哥的孩子，絕不會來打攪你們的！」

郁心蘭哼了一聲：「難道郡主覺得妳強行要嫁入侯府，就不是打攪嗎？我憑什麼要答應妳？難道為了妳，還要連城冒犯聖顏不成？」

榮琳郡主趕緊道：「不，不會冒犯聖顏的，這消息也是剛剛才聽說，還沒有恩旨下來……」

郁心蘭截住她的話道：「妳也知是恩旨了，就好生謝恩吧。」

說罷，便讓李杼送客。

李杼十分乖巧，也不等榮琳郡主自己起身，直接走到她身邊，兩手捉起她就往外推。

榮琳郡主急了，她實在是無人可求了，才求到郁心蘭這兒，怎麼肯輕易就走，兩手死抓住几子腿，連聲道：「好姊姊，求求妳了，那個世子好男風又暴虐，我嫁過去會死的呀，求求妳了。」

李杼的眼中劃過一絲不忍，郁心蘭挑了挑眉，「好男風？」

榮琳郡主彷彿抓住了一根救命稻草，忙拚命點頭，「是的，而且還特別暴虐……他打死的丫頭都不知有多少個了！」

郁心蘭仍是狠心道：「很抱歉。」

榮琳郡主的眸中一片灰敗，喃喃地道：「妳……妳怎麼能見死不救？」

郁心蘭淡淡地道：「各人有各命，我不是神，實在抱歉。」

若真如她所言，那個世子好男風又暴虐，榮琳郡主嫁過去，的確是沒有什麼好日子過，她會很同情，卻愛莫能助。

榮琳郡主怔怔地看著郁心蘭，半晌才喃喃地道：「是啊……妳不是神。可、可她們都說妳特別聰明，妳一定有辦法的……若、若我不求嫁給靖哥哥呢？妳會不會幫我？我只求嫁個不暴虐、不好男風的男子，妳會不會幫我？」

❖　❖　❖

宴席結束後，賓客們分批離開了。赫雲連城因要與明子恆商量案情，留了下來，唐寧便和郁心蘭到水榭納涼。

丫頭奉上茶水和果品，便退到亭子外，李杼也避讓到了外間。

唐寧吃了些酒，俏臉上紅彤彤的，喝了兩杯醒酒湯，才似乎找著了北，按著額頭道：「唉，被妳那個大姑奶奶給害死了，妳不知道，後來就數她吆喝得厲害，非要我連喝三杯！」

郁心蘭笑著為自家姑子開脫：「妳的生辰自然要辦得熱鬧些才好。」

唐寧哼一聲，又含蓄地說起了榮琳郡主的事兒：「聽說榮琳去找過妳，沒事吧？她的身分特殊，實在是個麻煩。」

已經知道了榮琳郡主跟她說的話，只是讓丫頭傳客人間的話畢竟不好，她才這樣委婉說。

郁心蘭笑了笑，「我沒那閒功夫。」

那一廂，郁玫也在問同車而歸的榮琳郡主，聽說郁心蘭願意幫她，頓時微微一笑。

只要郁心蘭肯出手就好，淑妃那邊也說好了，雙管齊下，不怕她郁心蘭不鑽進套子裡。到時，王爺只要從旁幫上一把，赫雲連城看在王爺幫了自己的愛妻分上，怎麼也要領個人情……

自那天唐寧的生辰之後，宮裡的動作就多了起來，皇上一連串賜了幾樁婚事，幾乎將幾位親王府中能許親的女兒都幫著許了出去，沒成親的兒子也都幫著配了嬌妻。

另外，還給朝中的幾位大官員家賜了婚，將幾位皇子各自陣營中的大將許成姻親，成了相互牽制的局面。

郁心蘭聽了赫雲連城的話後，不由得笑道：「皇上真要開始行動了。」

赫雲連城刮了刮她的小鼻子，「妳不會真想幫榮琳吧？」

那天榮琳郡主亦跟他說了同樣的話，被他拒絕了。

郁心蘭笑咪咪地道：「我跟榮琳是什麼關係？情敵呀！哪有人會求情敵的？那天榮琳郡主可是跟郁玫前後腳到的。」

肯定是被郁玫給挑唆的。而且這麼多的賜婚裡面，獨獨沒有榮琳郡主的，她這話的可信度就大大地下降了。

郁玫到底打的什麼主意嘛……郁心蘭將眸光往珠簾外一掃，正瞧見千夏忙碌的身影。

養了這麼久，也是時候用一用了。

赫雲連城瞧見小妻子眸中一閃而過的精光，忍不住打了個顫，心道：只怕是有人要倒楣了。

❖　❖　❖

郁心蘭挑好了花樣子，交給千葉，叮囑道：「要盡量快一點，別的活計都放下，先把花樣子描下來，就在這兒描，一會兒給我看看，緞子來了就立即開始做這個……唉，都怪我粗心，居然將這麼重要的事兒給忘了。」

千葉應了一聲，退後幾步，坐到一旁的小錦杌上描花樣子。

紫菱見大奶奶秀眉微蹙，忙將責任攬到自己身上，「也是婢子疏忽了，竟忘了月末是老祖宗的大壽！」

進入了八月，才想起這麼重要的事情，不知道現做一套福壽雙全的夾棉衣帽還來不來得及。

去年是散生，只一家人在一起吃了頓壽麵，今年卻是郁老太太七十五的生辰，在這世間已經算是高壽了，郁府自然要大辦一次。

若不是郁玫送了帖子過來，問郁心蘭準備了什麼壽禮，好對比著安排，郁心蘭怕是到現在還沒想起來。

她惱得直拍自己腦門，「懷了孕的人就是笨！」又安慰地拍拍紫菱的手，「不怪妳，妳這些天都在童嫂子那兒幫忙，也辛苦呢！」

今日一早，紫菱終於勸得童安氏離開京城了，佟孝給出面請了鏢師託人鏢，一路上不會有什麼危險。郁心蘭讓紫菱暗示了她們母子，先到一個地方，之後再轉請另外的鏢局往目的地……也不知童安氏聽進去沒有。

她也只能幫到這裡，管太多閒事，怕被皇上知曉了，會怪到赫雲連城頭上。她還是自私的，總是先想著自己的家人。

此時，錦兒和蕪兒兩個帶著幾個小丫頭，從宜靜居抱了幾匹顏色老成、質地卻極佳的華緞，走了進來。

蕪兒屈膝福了福，笑盈盈地道：「殿下聽說是給老祖宗用的，當即便讓紀嬤嬤拿出了十幾匹緞子，婢子們不敢多拿，只挑了這六匹，由奶奶選著，餘下的，婢子原說再送還回去，殿下卻說不必了，只管以後留著送人情也好。」

郁心蘭含笑道：「母親就是疼我。」

說著看起了華緞，到底是宮裡賞出來的緞子，非市面上出售的可比。不單是花樣繁瑣貴氣，顏色亦是鮮亮中透著穩重。

郁心蘭挑了兩匹，一匹棕絳紅印萬字不斷頭暗紋的、一匹靛藍祥雲紋的，都適合老婦人穿，莊重又不失貴氣。

挑好了，郁心蘭便吩咐道：「蕪兒，將這兩匹緞子送去西廂房中，千葉這陣子就住在西廂好了，待做好了衣裳再回自己屋子，其他的就收進庫裡吧。」

千葉忙起身應了一聲。

蕪兒和錦兒立即將緞子抱了出去，屋裡又只留下了郁心蘭、紫菱和千葉。

紫菱一邊為大奶奶打扇，一邊與大奶奶商量著其他的壽禮。古人興送禮送套，又講究福壽雙全，禮品要雙數。

「一般的壽禮，妳按著往常的例子準備，我記得上回陳夫人送了我一尊白玉觀音，妳一會兒去取來看看。老祖宗高壽，要有菩薩保佑著才好。」

紫菱應了一聲，忙帶人去跨院的庫房取白玉觀音。郁心蘭單手撐著頭，有點昏昏欲睡。千葉安安靜靜地在一旁描樣子，眼睛都沒四處亂掃。

千夏輕手輕腳地走進來，立在竹榻前打量了一眼，見奶奶睡著了，便取了一塊大方的絹巾子輕輕為奶奶蓋上，又立到千葉身邊瞧了幾眼，才躡手躡腳地退出去。

待郁心蘭再醒來時，已過了兩刻鐘，紫菱已經將白玉觀音給找了出來，她看過後覺得不錯，便道：「就是這個了，妳用匣子裝好……三姊姊那裡，既然使人來問，總要給回個話去，免得禮送重複了，老祖宗拿著也無用……就妳跟錦兒去一趟吧。」

紫菱早就備好了掐金絲琺瑯彩的禮盒，小心地將白玉觀音收入盒中，放在內間的隔櫃中收好。出了內間，見大奶奶已經將名帖給準備好了，忙道：「奶奶不記得了嗎？您上午才吩咐的，讓錦兒和蕪兒去香雪坊取樣品。」

郁心蘭這才恍然，「是啊，她倆都有了差使，可是，讓妳一個人去也不妥當。」

紫菱笑了笑道：「您不是有四個大丫頭嗎？巧兒留下服侍您，千夏卻是可以跟著去的。」

郁心蘭有些遲疑，「千夏？她才提升不久，若是去王府失了什麼禮數……」

紫菱道：「婢子會看著她的。」

郁心蘭想了想，還是搖了搖頭，「待明日錦兒和蕪兒陪妳去回話也不遲。」

紫菱便沒再勸。

千葉將描好的圖案交給郁心蘭看，郁心蘭點頭讚好，「就按這個繡吧。」

千葉便屈膝退出上房，到西廂房裁布做福壽雙全服。千荷和千夏、千雪都過來幫忙，幾人有說有笑，手腳倒也極快，入夜前就將面料裁好，絞了邊，只待千葉繡好花樣後，就可以縫上了。

晚飯的時候，郁心蘭與赫雲連城說起老祖宗大壽之事。

赫雲連城瞥了眼她的大肚子，十分遲疑，「都八個月了，不去，老祖宗也不會怪妳的。」

郁心蘭直衝他撒嬌，「我是一定要去的。」

最後赫雲連城還是妥協了，稱一定會護著她去。

郁心蘭將自己的計畫說與他聽，「回去後就先回槐院歇著，待宴席開始之時再去膳廳，這樣就不至於見太多客人。」

赫雲連城想了想，點了點頭，「這樣也好，我先幫岳父待客，開宴時再去槐院接妳。」

第二天，大約是早晨那碗墨魚肚片湯有腥味，郁心蘭竟吐得胃都快翻出來了，紫菱急忙請了吳為過來請脈。吳為開了藥方後，叮囑郁心蘭多躺躺，讓丫頭們好生服侍著。

郁玫那邊還在等回音，錦兒和蕪兒兩個卻是要服侍她，走不開了，郁心蘭這才嘆氣道：「把千夏叫進來吧。」

千夏進屋來福了福，郁心蘭正色叮囑：「一會兒妳跟紫菱姑娘去仁王府回信兒，記得多看少說，緊跟著紫菱就是了。妳才提升沒幾個月，這是頭一回出府辦差，別讓我失望。」

千夏忙屈膝道：「婢子定不會丟了侯府的臉面。」

郁心蘭這才揮手，讓她們快去快回。

紫菱帶著千夏，由千荷和幾個三等丫頭陪著，一同到仁王府，給仁王妃郁玫回話。

郁玫很親切地讓紫菱坐下，紫菱推辭了半晌，連說不敢。

郁玫嗔道：「妳是從老祖宗屋裡出來的人，怎麼就不敢了？」

紫菱才不得已挨著錦杌的邊，側著身子坐下，呈上郁心蘭備的禮單道：「這是我們大奶奶準備送給老祖宗的禮單，還請王妃過目。」

紅蕊拿過禮單呈給郁玫，郁玫細看一眼，便笑道：「可不是該合一合單子，我也正打算送一尊玉觀音，若真是送了，一間屋裡擺放兩尊觀音，卻是不好。」

紫菱含笑捧場：「是王妃您想得周全。」

郁玫將禮單放到几上，指著千夏，命紅蕊道：「帶這個丫頭下去吃些果子，我與紫菱說說體己話。」

紫菱推辭不得，只得回頭與千夏道：「跟著紅蕊姑娘，切莫亂跑。」

紅蕊笑道：「紫菱姑娘且放心，我就帶她到隔間坐一坐。」說罷，牽著千夏的手出正廳。

千荷等小丫頭只能在正房的臺階下候著，早有仁王府的小丫頭將她們請到一邊的小廂房玩去了，紅蕊便只帶著千夏進到西廂房。

千夏也沒半分不自在，在小圓桌邊坐下，自動地拿起茶壺，給自己沏了一杯茶，再順手給紅蕊沏了一杯。

紅蕊在後面將頭門好，笑問道：「這回大奶奶怎麼捨得把妳放出來了？」

千夏笑答：「大奶奶原是不讓的，只今早吐了，錦兒和燕兒要服侍她不得閒，巧兒又不是她信得過的，所以只有差了我來。」

紅蕊走到她對面坐下，小聲問：「老祖宗生辰，大奶奶會不會去？」

千夏道：「自然是去的，別看大奶奶八個月的身子了，靈活得很呢，隔一會兒就要到院子裡溜達幾圈的。不過，那天到了郁府，大奶奶會先去槐院歇著，等大爺來接。」

紅蕊蹙了蹙眉頭，「這樣可不好，妳到時想法子讓大奶奶自己出來，先去菊院，再去膳廳，就成了。」說著，遞過一只荷包，很鄭重地道：「仔細給王妃辦事的人，王妃是不會虧待的。」

千夏忙喏喏地應了。

❖　❖　❖

只躺了一刻鐘，郁心蘭便覺得渾身不對勁，直嚷著要到林子裡坐坐。丫頭們沒辦法，只好傳了抬肩輿，支著曲柄傘，陪大奶奶到小樹林的涼亭裡納涼。郁心蘭又使人去請岑柔，妯娌倆說說話兒。

侯府的樹木不算大，不過樹蔭繁茂，出了屋子，郁心蘭便笑道：「總算沒那麼悶氣了。」

錦兒無奈地道：「奶奶就是躺不住。」

郁心蘭輕輕哼著唱，隨口道：「告訴妳，妳可得記住了，過了六個月就要多走動，這樣才好生。要不然，就妳這小身板，怕是會生得很辛苦。」

錦兒的小臉騰地便紅了，嬌羞捂臉，「奶奶，您說什麼呢！」

一旁的小丫頭都笑了。

郁心蘭輕笑道：「妳下個月就要出嫁了，這事兒遲早要經歷的，我這不是傳授經驗嗎？」

要不是身邊沒有得用的人，郁心蘭硬咬著不鬆口，只怕年初安亦就將錦兒給娶回家去了。

怕大奶奶再拿她取笑，錦兒緊走了兩步，趕到前面，將後腦杓留給郁心蘭，郁心蘭便扭頭看向蕪兒，「蕪兒也快十七了吧？」

蕪兒心一跳，又是羞又是盼，卻只敢咬唇輕輕「嗯」了一聲。

郁心蘭笑道：「我幫妳留意著，妳自己也只管挑，看上了誰就告訴我一聲，我再去幫妳問。」

女孩兒家的，年歲到了，自然會恨嫁，一開始，蕪兒還以為大奶奶要多留自己幾年，這也是一種信任，就只是怕到時自己年紀大了，配不到好人家。這會兒聽了大奶奶的話，立即湧上一陣感動，原來大奶奶還是關心她的，卻又怕大奶奶再口出什麼驚人之語，讓她在這麼多小丫頭面前下不了臺，就乾脆低頭嬌羞，不答話。

好不容易到了涼亭，郁大媒人再沒做媒的機會，扶著蕪兒的手下了肩輿，卻不曾想，涼亭裡已經被人給占了。

赫雲策和赫雲傑及西府的赫雲榮、赫雲璉，正在涼亭中下棋閒聊，幾名長隨守在亭子外服侍。

眾人見到郁心蘭的肩輿，忙站起來見禮。

郁心蘭也覺得尷尬，乾笑道：「真是巧啊，你們也在……那你們聊，我去湖心亭納涼吧。」

赫雲傑立即道：「哪能讓大嫂勞動，還是我們去那邊吧，這裡地勢高看得遠，就讓給大嫂。」

赫雲榮是個圓滑的，自是贊同；赫雲璉總是木著一張臉，也不知他心裡到底怎麼想。赫雲策卻是一臉的不高興，「明明是我們先來，哪有我們這麼多人讓她一個女人的道理？」

赫雲策如今還閒置在家，卻不覺得是自己的過錯，而認為是大哥連累了他，若不是大哥去向父親告密，若不是父親已經得知了，永郡王爺也不會那麼快動手，他定然會有時間將馬料調換過來，此事也不會這麼容易就被揭穿，他自然也不必被免職。

因為赫雲連城，連帶著郁心蘭赫雲策也恨了起來。

郁心蘭心中不忿，這人有沒有一點風度？

但她小嘴巴卻極甜地道：「那就麻煩幾位叔子、大伯了。」

赫雲榮連道「應該的」，正要支使小廝們收拾石桌上的杯盤，赫雲傑轉眼瞥見了巧兒也在，卻是笑道：「反正都是自家人，這涼亭也足夠大，不若咱們在一處納涼好了。」

此言一出，其餘眾人都以一種非常難以理解的眼神看向赫雲傑，此人的腦袋裡除了女色，還裝了些什麼？

赫雲傑將話說了出來，才覺得不妥，只得嘿嘿乾笑了兩聲。

赫雲璉立即站起身來，簡短地道：「走！」

赫雲榮和赫雲傑立即起身，赫雲策雖是萬分不願，卻也不便強行留在涼亭，免得被人說閒話，也不得不起了身，往亭外走。

小廝們立即到亭子裡，手腳麻利地收拾好茶具，跟在主子身後，揚長而去。

錦兒和蕪兒帶著丫頭們收拾好涼亭，郁心蘭才輕閒地坐在小石凳上納涼。

不一會兒，岑柔來了，三奶奶和二奶奶也來了。

郁心蘭忙讓坐，吩咐錦兒沏茶。

二奶奶這段時間都無精打采的，是被三奶奶給強行拉著來散心的。岑柔倒是心情好，她嫁入侯府還未半年，正與四爺蜜裡調油著，臉上時時帶著笑。

三奶奶說話，總是能一下子捅到人最痛的地方，嗑了幾口瓜子，便問岑柔：「四弟妹怎麼這麼久了還不見喜？」

岑柔的小臉一僵，婆婆雖沒問她，可這陣子自家的母親卻問過幾回了，說是要趕緊懷了孕，才能完完全全勾住男人的心云云。今兒個早上才來的月事，就聽到三奶奶問這話，彷彿就是在嘲諷她。

郁心蘭淡淡地瞥了三奶奶一眼，「這有什麼，我也是大半年後才懷上的，柔兒嫁入侯府才不過五個月，有什麼可急的？」

岑柔感激地看了郁心蘭一眼，三奶奶也忙笑道：「我是太心急了些，希望咱們府裡能多幾起子喜事……」

郁心蘭笑了笑，「想要添喜，妳自己懷上不就是了？」

三奶奶心下頓時惱了，這個大嫂，明知三爺是什麼情況，還來說這種風涼話！

心下氣不過，三奶奶便想起三爺說的一樁事來，含笑道：「對了，聽說大嫂的嫡母得了癔病，被送去莊子上靜養？前兒個，三爺在皇上身邊當差時，正遇上仁王妃的喜報送入宮中，皇后娘娘便說，若是親家太太的癔病已經好了，就接回京來，好照顧一下仁王妃，若暫時未好全，也讓親家太太回京醫治呢，我就在這恭喜大嫂了。」

三奶奶是個人精兒，上回王氏藉侯府這方寶地算計溫氏，她雖未完全知曉，卻也猜了個大概，知道郁心蘭與王氏的關係肯定不好，這才想起這話兒給她添堵。

郁心蘭的睫毛顫了顫，郁玫懷孕了？

上回在莊郡王府見面時，只說可能有了，這回倒是確定了。一般女子懷頭胎，都不太穩定，所以頭胎的前三個月，一般不會向外發喜報，喜報只會送到親戚的手中。

郁玫的婆家是皇上皇后，送喜報入宮倒是有的。

不過，最近關於王氏會回京這個話題，她已經分別從幾個人的口中得知了，卻沒聽郁玫說過一句，實在是不像郁玫的風格，莫非是在故弄玄虛？

王氏回來，又能怎樣？

郁心蘭想來想去，也沒想到王氏還能掀起什麼風流來。於是，徹底無視三奶奶，只含笑問她們要不要嚐一嚐桂花糕。

今年的桂花開得早，現在的侯府，走到哪裡都是一陣濃郁的芬芳，令人精神一振。

四妯娌說了一會子閒話，便各自散了。郁心蘭見時辰不早，便回屋等候相公下衙回家。

剛回到屋內，赫雲連城便挑了簾進來。見到她便眉毛一抬，顯然是有話要說。

郁心蘭忙打發了丫頭們退出去，親自幫他寬了腰帶，再多的事也沒法幹了，她肚子太大，有些礙事。赫雲連城自己動手擦洗一下，更了衣，拉著她到內室，輕聲道：「有了點線索。老三總喜歡在從醉鄉樓出來後，去一家叫錢記的澡堂子更衣梳洗，應當是在那裡被人下的毒。」

原來是說這事兒有線索了，郁心蘭只哦了一聲。

赫雲連城挑眉看著她，含笑親了她一口，「真是沒耐心！我話沒說完。還有一個人也喜歡去這家澡堂，就是王丞相府的外院管家王安。」

郁心蘭微微一怔，「這麼說，跟王丞相有關了？」想到朝中能派出殺手，在賀塵的眼皮子底下殺人的人，應當也不多，王丞相就絕對是一個。

只不過，他給赫雲家的少爺們下毒做什麼？

現下朝堂分為兩派，一派是以定遠侯做代表的權貴人士，一派是以王丞相為首的世家大族。世家大族一般手握重權，但這些權力是皇上給的，等他們年紀大了之後，總是要乞骸骨回家鄉的；而權貴人士中，像定遠侯這樣有權的卻極少，可他們的爵位卻是世襲的，不論有沒有權，都能享受榮華富貴。

榮華富貴，是很動人心的。

郁心蘭垂眸想了想，與赫雲連城分析道：「其實，王丞相就算殺光了你們幾兄弟也沒用，皇上若是不給他封爵，這定遠侯的爵位，他也搶不到。況且，歷代皇上都會在世家與貴族之間找到一個平衡點，不讓他們相互融合，也不會讓他們其中一方過於強大。若王丞相的所作所為是為了打破這個平衡，將手伸到貴族這一邊來，那就只能說明，他已經在赫雲家族中找到了願與其合作的人。」

赫雲連城定定地看著小妻子，輕嘆道：「難怪子恆總說，妳若是男子，定能封侯拜相。」

郁心蘭小臉一紅，「我哪有這麼厲害，莊郡王也太誇張了些。」她不過是看多了電視劇，大約能知道這裡頭的古怪而已。

赫雲連城笑看著她道：「子恆只聽了妳的幾件事，就說妳很聰明呢。」

郁心蘭嗔了他一眼，「你不是為這個吃乾醋吧？」

赫雲連城輕笑，「不是，我只是覺得旁觀者清。若要由我來看，我只能看到妳的溫柔、甜美、可人。」

郁心蘭頓時覺得兩頰生煙，直往外冒熱氣，「嘴愈來愈滑了！」

赫雲連城輕輕吻住她的唇，「我說實話。」

兩人溫馨了一會兒，郁心蘭才又問道：「那父親覺得，會是誰與王丞相勾結了呢？」

赫雲連城蹙了蹙眉道：「應當是西府那邊的吧。」

其他的旁支，雖說也有繼承權，但到底隔得遠了，要除去的對手又太多，沒這個指望，一般也生不出異心來。

郁心蘭想了想，問道：「怎麼就不懷疑是老三？」

赫雲連城微微驚訝，「為什麼你懷疑他？」

郁心蘭趕緊搖頭，「我不是懷疑他，我只是覺得……有句話做賊喊捉賊，會中毒的人不一定就無辜，如此而已。」

沒提老二赫雲策，是因為他一直就覺得自己是侯府繼承人的不二人選，自然會將侯府的利益擺在第一位，不屑於與王丞相合作。可是赫雲傑就不一樣，即使是在幾年前，赫雲連城落魄的時候，他上面還有一個哥哥，這爵位多半是輪不上他，可他卻又是能接觸到這個爵位的人。

至於西府的那兩位爺，也的確是有可疑，但他們要除去的對手也多啊，家裡還有四爺、五爺呢。反正現在皇上沒有逼侯爺立即選出繼承人來，而古代男子又早熟，待到五爺十三、四歲，也就有了繼承的資格了。

這兩人要想成事，還得有更大的動作才行。

赫雲連城聽後，也覺得有道理，卻只淡淡地道：「先暗中觀察著，也不是一時半會就會露餡兒的，咱們更不能比他們急。」

赫雲連城又說起了秋山一案：「找到了林軒，子恆將自己的一名親衛調去御林軍，讓他與林軒結交。只不過，子恆說，這種方法太慢，最好是皇上能明確表示出有意立誰為太子，或許那些人等不及，便會再次動手。」

郁心蘭蹙眉道：「這樣不是很冒險？」

這可是將那位皇子推到了風口浪尖呀，成了旁人要暗殺的目標。

赫雲連城道：「只是建議皇上，最後還是要由皇上來定奪，人選的確為難。」

要選皇上最信任的，貌似就數明子期了，可皇上哪會捨得這個唯一的嫡子冒險？

郁心蘭也覺得這事兒為難，只得安慰他：「或許能從林軒那裡得到些線索。」

「林軒此人循規蹈矩，家中有一妻一子，平日裡從軍營出來後，就是回家陪家人。」

郁心蘭暗暗心驚，那邊的人竟然這麼沉得住氣，可見是謀劃已久的。

論完了這些事，飯點也到了，用過飯，小倆口又坐到暖閣。

赫雲連城就著燈光看書，郁心蘭則雕香木珠子，做手串送人。

兩天後，郁心蘭接到郁府遞來的帖子，告知她王氏已經回京了。

這一次，王氏回京後，立即就入宮向皇后娘娘請罪，認錯態度極其良好。皇后也緩和了神色，教訓了些家和萬事興的道理，王氏恭順地受教。

再回到郁府，只是為了時常能照顧一下已經懷孕的三女兒，王氏一副賢慧容讓的模樣，並沒要求溫氏交出中饋權，還每日去梅院向老太太請安。因著王氏的改變，郁老爺也似乎漸漸放下了心防，開始與她屏棄前嫌……

郁心蘭聽了弟弟郁心瑞的話後，沉思了片刻，便道：「她要如何，只管隨她去，反正她是回京照顧你三姊的。」

說起來，也是宮裡的婆婆無法教導初懷孕的媳婦，才會有這麼一齣，也沒什麼可在意的，小心觀察就是了。反正她懷了身孕，可以不回府去拜見嫡母，只派人送了些禮品回去。

❖ ❖ ❖

時間一晃而過，轉眼便到了下半月，京裡漸漸傳開，皇上令南平王攜世子入京，主持今年秋季的武舉。而郁心蘭從赫雲連城的口中得知，這是淑妃娘娘提出的人選，皇上竟也允了，朝中得知此事的大臣都心生不滿，覺得皇上寵淑妃寵得有些沒邊了。

不過，這些都不能讓郁心蘭煩惱，煩的是榮琳郡主連著遞了幾張帖子給她求見，她不得不應上一回。

榮琳郡主一見到郁心蘭就眼眶一紅，嬌怯怯地道：「姊姊，妳答應過幫我的呀，可現在……南平王世子就要入京了。」

郁心蘭看不得美人垂淚，忙遞上帕子，輕嘆道：「來來來，擦一擦，這不是還沒入京嗎？妳哭什麼呢？」

榮琳郡主哽咽道：「也就是九月初的事兒了。從騶州到京城，不過是一個月左右的路程。」不想嫁，就說一個月的路遠，不想讓人家來，卻說路近。

郁心蘭垂眸暗笑了一下，頗為無奈地道：「妳也看到我現在這個樣子了，我哪裡還能動？但凡是輕鬆一點，我也會遞摺子請旨入宮，到太后和皇后面前為妳美言幾句。」

榮琳郡主趕忙道：「沒用的，我遞了幾次摺子，太后娘娘都不見我。」

郁心蘭嘆息得更重了，「妳看，太后曾經答應過妳，讓妳自行選婿的，卻也不願見妳，可見皇上是鐵了心的，我……實在是愛莫能助。」

榮琳郡主頓時就抽泣了起來，「郁姊姊，我……我真想……一死了之了！」說著撲到桌面上，哇地一聲哭泣開了，「人人都道我是金枝玉葉，卻不知從小為了討好太后和皇上，我……」

郁心蘭趕緊拿帕子給她擦淚，順勢堵住她的嘴，這些皇家的恩怨可千萬別在她的屋裡說。她感覺頗為無奈，「我縱使想幫，也幫不了妳的。」

榮琳郡主忽地抬頭，「能的，只要姊姊願幫我，就一定能的！過些日子郁府不是要辦壽宴嗎？我也接到了帖子……」說到這兒，臉紅了紅，「只要姊姊能安排我見個人，哪怕是不要名聲，我也願意。若是能成，我一定會盡力回報姊姊。」

郁心蘭貌似心動地挑眉，「怎麼回報？」

「我……我那回在太后宮中，聽到皇后娘娘的話了，我知道姊姊不喜歡嫡母，我可以求太后，再將其送回莊子上去，太后還是很疼我的。」

意思是，只要不與皇上的意思相悖，太后都答應榮琳的懇求是吧？

郁心蘭垂了眸，顯出幾分猶豫，心中卻在冷笑，還真是一環一環套得好。

先是請回王氏，讓她胡思亂想，擔心娘親的地位不保；接著又是仁王替老祖宗辦壽，請來眾多朝中親貴；再是榮琳苦苦哀求，還允她事後會幫她將王氏送回莊子上去。

若她真在郁府助榮琳郡主私通，以這時代嚴苛的禮教，只怕會被旁人的唾沫星子淹死；若是到時榮琳郡主再反口不認，她就成了誹謗郡主名節，那可不是一般的罪名，只怕連赫雲少夫人的頭銜都保不住。

這一番算計的確是步步為營，可惜得很，她根本沒將一個王氏放在眼中，所以也不會為了將王氏趕回莊子，就幹這麼危險的事兒。

到最後，不知郁玫想要的是什麼結果，不過她連自己的親生母親都搬出來當道具，總得讓王氏知道一下。

郁心蘭抬起頭，神情真摯又堅定，「我試一試。」

榮琳郡主終於破泣為笑，又說了幾句閒話，才施施然走了，連強行留下來看一看赫雲連城的意思都沒有，顯然很有誠意另嫁他人。

入了夜，紫菱連著累了幾日，有些支撐不住，可大爺和大奶奶還在暖閣閒聊，她不能休息。錦兒便勸她去跟大奶奶請個假，大奶奶不會怪罪。

紫菱便進去稟報了一聲，得了應允，先回屋了。

錦兒守在暖閣外，沒多時，覺得內急，正遇上千夏從門口經過，忙喚她進來：「妳守在門口，別讓人進去打攪大爺和大奶奶。」

千夏點頭應了，坐到小杌子上。

正房平素只有一等丫頭才能進出，這會子入夜了，更是無人。千夏便將耳朵貼到門簾上，正聽到郁心蘭和赫雲連城在商量著榮琳郡主的事兒。

「……仁王爺要出面為老祖宗作壽，請的賓客自然就會更多，到時的門禁定不會有這麼嚴。我想著，先問一下榮琳郡主的意思，看她中意誰，再讓小廝將其引到後院來，與榮琳郡主見上一面。或是學郁琳墜入水中，這事兒多半就成了。選在荷院最好，那裡不容易被人發覺，而且有一道小門通外院。」

赫雲連城便叮囑：「雖是在妳家辦壽，可也別落人口實，協助指使他人私會是會受重罰的。」

郁心蘭輕笑道：「郁府裡都是自己的人，我才敢這樣行事。」

千夏聽得清清楚楚，用心記下，待錦兒回來，神色自若地與她換了差事，回屋去了。

次日一早，紫菱就進來向郁心蘭稟報：「千夏的老子娘病了，想向大奶奶請個恩典，回去看一眼老子娘，今日就會回府。」

郁心蘭點了點頭道：「雖說她是賣的死契，可到底骨肉連心，這也是應該的。拿二兩銀子給她，給她老子娘買些補品。」

千夏果然不到晌午就回來了，進屋代她老子娘向郁心蘭磕頭，「娘說多謝大奶奶掛念。」又送上她老子娘親手做的醃菜，聊表心意。

郁心蘭和氣地道：「妳娘也太客氣了些。」說著讓人收下，卻是不會吃的。

❖ ❖ ❖

轉眼便到了郁老太太的壽辰，赫雲連城與郁心蘭一早就起來妝扮，乘馬車去了郁府。因這宴席是仁王出銀子，所以朝中不少與郁老爺不熟的官員，以及勳貴們，都前來道賀。

郁心蘭只去向老祖宗請了安，便到槐院休息。郁玫因是初孕，前三個月最是不穩，沒有前來，只差了紅蕊過來向郁心蘭請安，大概也有看她是不是真的在依計行事的意思。

郁心蘭算著時間，沒多久，榮琳郡主便到了，自然是要來跟郁心蘭說一聲。她想了許久，決定下嫁給吏部侍郎之子許文，請郁心蘭幫忙安排。

郁心蘭自是笑著應下，卻在一轉臉就聲稱腹疼，早早地退場，回了侯府。

仁王府裡，郁玫聽到紅蕊和小廝的回報，心情十分愉快。一會兒母親也會暗中助力，一定要落實了郁心蘭授人私通的罪名，卻又不能讓自己人之外的人知道。

至於榮琳郡主想拉郁心蘭下位的小心思，她會讓母親幫著掐死。這個女人並不能收攏赫雲連城的心，即使嫁給赫雲連城也沒有用處。

宴席進行到一半，榮琳郡主便接到郁心蘭身邊的大丫頭蕪兒的暗示，悄悄離了席，往郁府的後花園而去。

賓客眾多，郁府中的下人們全都調去膳廳服侍，整個後院靜悄悄的，她倒不擔心，反正郁玫告訴她，會有人幫著她安排好。她只待郁心蘭說出是她要這麼做的時候，反口一咬，就能定下郁心蘭的罪名。

行到一半，果然有名俏丫頭走了出來，同樣是鵝黃色的衣衫，只是面料和款式不同，遠看誰又能辨得清？

榮琳郡主與丫頭換了路線，藉著竹林的遮掩，悄悄往荷院溜去，路也是郁玫早就告訴她的。待行到靠近池塘之處，果然見到吏部侍郎的嫡子許文待在池塘邊，遠遠看去，一表人才……若是選個差的，郁心蘭也不會相信。

榮琳郡主輕輕一笑，睜眼看著丫頭滾下池塘……許文聽到水聲，立即跳下池塘救人，而王氏安排的人也及時衝了出來。

許文抱著小丫頭游上岸後，十分尷尬，現在天兒還不冷，小丫頭的衣裳很薄，緊貼在身上，他好意救人時沒多想，這會子卻急了，這不得讓他負責呀？

王氏大驚失色，厲聲質問：「許公子，你怎麼會跑到後院中來？」

只要許文說出是有人相邀，那麼王氏就會立即請人來對質。

果然，就聽許文道：「還請夫人見諒，是賀鴻兄和蔣懷兄約我和仁王殿下來此小酌的，前面人太多了。」

王氏一怔，跟著一驚，「不是別人約你嗎？」

難道不應該是郁心瑞的小廝夏雨或冬竹嗎？怎麼變成了她的大女婿和二女婿？為了幫三女婿，就將大女婿和二女婿給搭進去，這可怎麼得了？

正鬧騰著，賀鴻和蔣懷硬拉著仁王明子信過來了。也怪平素明子信太過謙和，兩人又仗著是連襟，強拉他過來，是為了替許公子說和。

許文的父親雖是文官，可他卻愛武功，想參加今秋的武舉，而明子信又是裁判之一，這兩人在赫雲連城的暗示下，覺得可以替許文求個情面，讓許公子記得他倆的情。
而榮琳郡主隔得遠，沒聽清他們在說些什麼，見明子信過來了，知道自己應當出場了，正好見到一名小丫頭回頭朝她這邊使眼色，她立即整了整衣裳，優雅地邁出竹林。
來到圈中，她故作疑惑地道：「咦，怎麼這麼多人？不是心蘭姊姊說，約我來這談事兒的嗎？」

❖ ❖ ❖

紅豆退出膳廳，匆匆地往後院走去。
錦兒也步履匆匆，從一條小岔路上直衝出來，差點與紅豆撞成一團。
見是熟人，錦兒忙笑吟吟地一手拉住紅豆，一手輕拍自己的胸口，「哎喲，總算是遇上一個熟人了，紅豆姑娘怎麼不在膳廳伺候？難道宴席就結束了嗎？」
紅豆其實心裡直打鼓，見錦兒一副無知無覺的樣子，忙笑應道：「沒呢，是老祖宗吩咐我回梅院取樣事物。」
「那真是太好了。」錦兒笑得更加真誠歡樂了，「我好長時間沒回郁府，竟不記得路了，從這兒不知怎麼走……我也正要去梅院呢。」
紅豆臉上的笑頓時滲入了無數苦汁，結結巴巴地道：「嗯……那、那好呀，一起走吧。」
行到半路，前方又是一個青石岔路，往東是梅院，往西是小花園。
紅豆的俏臉一緊，雙唇抖了起來，一手壓著小腹，十足艱難的樣子，歉意地道：「對不住，錦兒姊姊，我……我有些內急了，須得解決一下。」素手往東一指，「沿著這條小道直走，姊姊就能看到梅院了。」

錦兒聞言便道：「我也正好有些急了，陪妹妹一塊去吧。」說著就挽了紅豆的手臂，笑問茅廁在哪。

紅豆急得鼻尖都冒出細汗了，王氏還在小池塘邊等她過去作證呢！

錦兒偏了偏頭，瞧見她臉色不好，忙拉著她快跑，「很急了吧？那我們快點。」

紅豆指的茅廁，位於一處假山之內，錦兒順手將她往內一推，幫著她關上了門，在外面大聲道：「妹妹急些，就請先用，我在外面幫妳看著。」

此時紅豆再著急也無用了，這一路小跑過來，竟真是覺得有些內急了，乾脆解了腰帶蹲下，想著一會兒錦兒也是要上茅廁的，她就趁機溜走便是。

這種假山之內的茅廁，都是給下人們用的，裡面的味道不太好聞，紅豆屏著氣，沒敢找錦兒說話，快速地解決完，一拉門，竟拉不動，再拉兩下，仍是不動。她很快就意識到，門從外面鎖住了。

這下子紅豆就真急了，若是不能及時趕到小池塘去，之後王氏和仁王妃還不得扒了她的皮？當下也顧不得什麼氣味，忙開口喊道：「錦兒姊姊！錦兒姊姊！」

外面哪裡還會有錦兒的身影？

錦兒正悠閒地站在通往前院的路邊，遠遠地見到了一行人，待看清楚了，定了心，就悄悄借著徑旁的樹木遮掩，溜回梓院。

錦兒邊走還邊笑，虧得奶奶這般聰慧，算準仁王妃就沒放過心，怕奶奶半途收手，定會安排郁府的下人作偽證，栽也要將「汙衊郡主」的罪名栽到奶奶頭上。所以，奶奶離開時，特意派了她和蕪兒守在去往小池塘的必經之路上，守株果然待著了兔。

梓院裡，給各府賓客的下人們也擺了三十幾桌，這會兒正喝得歡暢，錦兒離開了這麼兩刻來鐘，沒有一個人察覺。

錦兒坐下後，蕪兒也跟著進來了，衝她輕輕一點頭，便知是事兒也已辦妥，錦兒的這顆心，終是落下肚裡了。

❖ ❖ ❖

王氏那廂正在焦急，還沒到榮琳郡主出場的時候，她就貿貿然跑了出來，不過，好在她說是郁心蘭約她來的。

雖說有些過於著了痕跡，漏洞較大，但一會兒只要紅豆和紅玲等幾個丫頭作了證，就算許公子不是郁心蘭約的，也可以這麼說，郁心蘭得知有外男進到郁府內院之後，竟想引榮琳郡主私見外男，毀榮琳郡主的名節。

目的嘛，不用她說了，榮琳郡主對赫雲連城有意，這是許多人都知道的事兒。

郁心蘭為了剷除情敵，竟敢汙陷郡主的名節，真是膽大妄為。

於是，王氏安心地等著紅豆等人的到來。

許文卻有些憐惜地看向地上蜷縮成一團的俏丫頭，忍不住出聲懇求道：「請夫人先讓這位姑娘去換身乾衣裳吧。」

他是有武功的人，入水救人用的是輕功，只衫襬濕了一大片，抱著丫頭的時候，前襟浸濕了一點，可是這個丫頭卻是從頭濕到了腳。

到底是八月末了，天氣不冷卻也不熱，浸了涼水，很可能會寒氣入體的，必須及早更衣。

紅玲抬起頭，正撞上許文關心中帶著憐惜的目光，不由得俏臉一熱，在美麗柔弱之外，更添了三分豔色，許文不禁怔忡地恍起了神。

「嗯……夫人？夫人！」許文連喚幾聲，才將扭頭看向左側小徑的王氏給喚回神來。

王氏怔愣著問：「許公子有話快說。」

「還請夫人先讓這位姑娘回去更衣。」

「不行，我還有話要問她。」

紅玲可是證人！沒問完話之前，自然不能走。

正說著，明子信已經被賀鴻和蔣懷拉進了人群，三人向王氏施了禮，王氏忙向明子信還禮。

禮數全了，蔣懷才詫異地問：「岳母大人怎麼也在這兒？」目光一掃到絕世之姿的榮琳郡主就再也挪不開了，嘴唇半張，口水都快流了出來。

賀鴻亦是被美色震得半晌才回神，回頭再看見二妹夫垂涎欲滴的樣子，恨得想將他一腳踹進湖裡，真是太丟人了，他怎麼跟這種人是連襟？

賀鴻暗踩了蔣懷一腳，蔣懷嗷的一嗓子叫了出來，成功地吸引了所有人的注意力。

眾目睽睽之下，蔣懷當即漲紅了一張臉，眼睛四處亂瞄，終於找到個可以轉移話題的傢伙，「呃……那個，許公子，你怎麼這樣了？咦，這不是老祖宗屋裡的紅玲嗎？你們這是……」

許文正握著紅玲的手，為她傳功取暖。青天白日，又當著這麼多人的面，等於是毀了紅玲的名聲了。

許文對王氏的回答非常不滿，本來應當是王氏問他要如何對這丫頭負責，他再開口討人的，這樣方才不會顯得好像是他故意要占什麼便宜。可是，王氏竟然一點也不在意這個丫頭會不會得傷寒，他又對這個俏丫頭有了點意思，便不想管那麼多了。

蔣懷這一嗓子，直接將眾人的目光拉向了許文，可更多的是看向濕衣緊貼在身上，容貌俏麗的紅玲身上。

紅玲只覺得耳邊轟地一響，之前王氏一行人來時，因都是府中的丫頭，她還沒覺得有什麼，此時被幾個姑爺這麼一盯，哪裡還支撐得住？大戶人家的丫頭，那名節觀念只怕比小門小戶的千金還要講究。

許文這時也察覺不妥，當即將自己身上的馬褂一脫，蓋住紅玲的前襟。男性氣息夾著體溫迎面撲來，紅玲面色驀然漲得通紅，低下了頭去。

這兩人之間……有眼睛的都看得出來，許文有意納了紅玲。王氏身後的幾名正值妙齡的小姑娘不由得心生嫉妒，怎麼掉進湖裡的不是自己呢？

王氏還在等著紅豆過來，由紅豆先問話，這樣才不至於太現形。只是明子信都已經到了，若是不說話，乾站著也一樣很古怪。

正遲疑著，一直沒說話的明子信開口了：「賀兄說的人才是指？」他已經察覺出這裡的情形與郁玫信誓旦旦保證的很不同，於是乖覺地套上之前賀鴻和蔣懷的話，要將自己完全置身事外。

賀鴻忙笑道：「正是許公子，他還未入仕，恐殿下尚不認識。許兄文韜武略無一不精，正是軍中難得一見的人才啊！」

明子信笑了笑，心裡頭窩火，雖然不認識，但是為了培植日後的朝中棟樑，所有官員家的子弟，他都讓人摸過底。

文韜？兵法不過學了個皮毛，又沒有實戰經驗，武略？這個許文的確是習了武，可是玥國尚武，哪個年輕人不會個兩、三下？許文的武功不過如此，又是個三言兩語就能激怒的衝動個性，要來何用？

不過，此時為了摘清自己，遠離是非之地，明子信也顧不得這麼多，只得端出禮賢下士的謙和笑容，「果真如此？嗯，那我們去那邊的涼亭深談吧。」

大不了先在御林軍中，給許文安排個小軍校的職位……

可是，王氏不想讓明子信走呀，這位仁王殿下走了，她縱使給郁心蘭安上無數個罪名，也是白搭的。

於是，王氏忙上前一步，福了一福道：「還請殿下留步，臣婦還有話要問這位許公子。」

紅豆總等不至，還是先從紅玲這問起吧。

王氏看向許文，「不過，許公子如何會與紅玲……」

事關美人的名聲，許文忙解釋道：「在下與這位紅玲姑娘素昧平生，只因見姑娘不慎落水，才會施以援手。」

王氏「哦」了一聲，也只是如此，許文只得自己接下去道：「這位姑娘如此之模樣……被許某見過，許某自應當向夫人討要，還請夫人行個方便。」

王氏推辭道：「此婢乃是我的祖母、今日的壽星名下的侍婢，恕我作不了主。」

許文的臉上頓時露出失望之色，卻又不知如何再向王氏討要。

明子信眼珠一轉，若是幫他要到了這名婢女，是不是就能不用推薦這個可有可無的「人才」？

於是，他淡笑，「郁老太太有成人之美，想必不會拒絕，就由小王代岳母應下此事便是。」

此言一出，王氏就不便再說什麼了，人家是皇子，開口向郁府要個婢女，那是抬舉你們郁府啊。

王氏只好命紅玲：「還不謝過仁王殿下？再向許公子磕個頭。」

紅玲忙謝了恩，又對許文磕了頭，認了主。

王氏嗔怪道：「妳怎麼好端端的會落水？害許公子的衣衫都濕了。」

王氏心中不是不氣的，本來千叮嚀萬囑咐，只是要紅玲假裝滑倒，堪堪要跌入池塘而已，絕不能落水。若是一個衣裳是乾的，一個是濕的，就不會有人誤會了，這其中差別非常大。

按郁玫版劇本，紅玲的臺詞是：回夫人話，是四姑奶奶令婢子穿上這身鵝黃色衣裳到小池塘來。四姑奶奶囑咐婢子，若是看到一位手神俊朗的年輕公子，就假裝滑了腳，跌下池塘，卻又不許婢子跌下去。至於為什麼要如此而為，婢子著實不知了。

然後，才是榮琳郡主出場的時間，一身與紅玲十分相似的衣裳，嫋嫋婷婷走過來，絕美的小臉一臉懵懂，「請問你們誰看到了郁姊姊？是她約我來這裡的。」

再然後，王氏便會分析，這身衣裳與榮琳郡主的如此相像，紅玲的身量與郡主也相類，遠遠看去就像是同一個人。許公子救人之時，難免摟摟抱抱，若被人遠遠望見，只怕以為是許公子與榮琳郡主。莫非，四姑奶奶是想讓人誤會郡主與這位公子……有私？

最後，在這之前，應當是紅豆先來稟報王氏，聽到四姑奶奶與下人商議某事，卻因見人多，支吾著不肯說，只臉色焦急。及到此時，王氏才恍然想起，質問紅豆，妳聽到四姑奶奶商議何事？紅豆才不得不說出早就套好的詞……她的說詞是要證實這一切的。

可是，這個世界上為什麼會有「可是」這個詞呢？

原本，紅玲還在為自己怎麼會跌入水中懊惱，怕受責罰，可如今她卻因禍得福，被仁王給了許公子，有仁王做保，雖然還沒給賣身契，卻已是板上釘釘的事。

在大門大戶之家當婢女的，尤其是有幾分姿色的婢女，沒幾個不想攀高枝的。郁老爺年紀雖有四十，但生得儀表堂堂，亦是府中婢女們的目標，何況是一表人才、年華正好的侍郎府嫡出公子？

從剛才許文看向她的柔情目光中，紅玲就知道自己的機會來了，很有可能，今日跟著許公子回吏部侍郎府後，就能開了臉，做個妾室，運氣好一舉得男，抬為姨娘也不成問題。就算一開始仍只是個通房丫頭，可是得了主子心的通房丫頭，就是正室夫人也要高看一眼的。

若是被許公子得知，自己是聽人之令故意滑倒，那可就……紅玲立即向王氏福了一福，「回夫人的話，婢子是前去荷院的途中，不小心扭了腳，滑下了池塘，幸得許公子相救……」

說著，含羞帶怯地瞟了一眼許文，又立時嬌羞地收回目光，展現了柔弱、深情、美麗、端莊、羞怯及婉約等多種風情，分寸把握得恰恰好。

許文心中的狼血立即沸騰了。

王氏心中的怒火也立即沸騰了，這個丫頭居然敢背主！

她卻忘了，此時紅玲的主子已經不是郁府中的任何一個人了。

榮琳郡主在一旁已是等得著急，尤其是應當當她替身的人，此時反了口，那麼之前策劃的一切就前功盡棄了。若是讓郁心蘭心生警覺，以後再想設計她，可就難了。

榮琳郡主只得恨聲問紅玲道：「妳怎麼不在膳廳伺候，跑到後院來幹什麼？還有，妳為什麼要穿這身衣裳？妳可知罪？」

當婢女的，穿與主子一樣的衣裳，可是犯上之罪。

紅玲也知曉其中的厲害，嬌怯怯地滴出幾滴眼淚，正要答話，人群外卻傳來一聲爽朗的輕笑，「我說榮琳，人家郁府的丫頭要去哪裡，難道還要妳來指派？再者說，她又不是妳的丫頭，怎麼可能知道妳今日要穿什麼衣裳？只要她沒穿大紅、絳紅、絳紫、杏黃和明黃，妳管得著她穿什麼嗎？」

杏黃是皇子、宮妃的服色，明黃是皇上專有的服色，絳紅、絳紫是朝廷命官的服色，大紅則是正室才能穿的服色，除此之外，別的顏色沒有限制，只要婢女不與主子撞色就成。

許文原本在為新得的丫頭著急，一聽此言，喜上眉梢，立即贊同道：「就是就是！我也多次提出讓紅玲先回去更衣，是王夫人不讓她去，要怪，郡主也應當怪王夫人！」

他惱恨王氏不關心紅玲，之後又不肯將美人贈與他，此時逮著了機會，自然是要回敬一下。

王氏那一口才喘順的氣立刻倒噎了回去，憋得她直翻白眼，還是身邊的大丫頭紫絹見情況不妙，忙替她順背，她才咳出一口濃痰來，漸漸地喘勻了氣。

唐寧和赫雲彤撥開眾人走進圈中，笑嘻嘻地看向榮琳，「妳之前不是央求我弟妹幫妳介紹許公子嗎？許公子就在此處，怎麼妳卻指責起一個小丫頭來了？」

許文臉色一紅，身為一個性向正常的年輕男子，怕是很難拒絕榮琳郡主這樣的絕色少女……她來這兒原是為了見我？

紅玲偷瞥一眼許文，頓時就惱了，這還沒進侍郎府呢，就有人來跟她搶郎君，太過分了！

榮琳郡主差點沒背過氣去，抖著聲音道：「妳……妳胡說什麼！」

赫雲彤可是個不怕事的，立即反諷道：「那妳倒是說說看，妳沒事不在宴席上待著，跑這裡來幹什麼？」

榮琳郡主被氣得一句話說得結結巴巴：「是、是、郁、姊姊、約、我來的！」

赫雲彤眸光中盡是嘲弄之色，「少來，明明是妳跑到槐院去求心蘭的，我在屏風後聽得清清楚楚，她還勸過妳想清楚呢，從頭至尾她就不贊成妳這樣！妳若是看中了許公子，只管向太后開口求恩旨便是，何必要……」

「小彤，少說兩句！」唐寧見榮琳郡主一張小臉漲成了豬肝色，忙拉住嘴快的赫雲彤。

赫雲彤看了一眼榮琳，這才住了這個話題，卻仍是嘀咕：「她能做，我卻不能說？」臉色漲成這樣，也好看不到哪裡去了。

對於自家夫君給予榮琳郡主的至高評價，赫雲彤是非常介懷的。

榮琳郡主只覺得數道目光盯向了自己，這種羞辱的感覺真是痛不欲生。眼下這裡雖然沒幾個人，可是下人嘴碎，若是把她相中許文的話給傳了出去，她還怎麼親近靖哥哥？

反倒是與人私會這一點，因太后允了她自擇夫婿，倒不是什麼很要緊，所以榮琳郡主急著撇清她看上許文這一點，恨聲道：「妳胡說八道！」

赫雲彤跟郁心蘭交好，這是大夥兒都知道的事，只要她咬死不認，赫雲彤的話就當是作偽證。至於當時屋裡的郁心蘭的丫頭，為主子作證的話，是根本不會被採信的。

赫雲彤挑了挑眉，「我胡說？我陪著心蘭一起過來的，就在她那屋子裡歇著，把妳們的話聽了個清清楚楚。你別想賴，唐寧也在的。」

榮琳郡主這下才是真的慌的，原來，郁心蘭這個女人一直在算計自己，居然弄了兩個證人在她的屋裡，見了面都不替她們引見，心機之深沉惡毒，乃她生平所見之首。這樣的女人，哪裡配得上靖哥哥？

王氏這會兒總算是聽明白了，她們做了這麼多，郁心蘭這丫頭一直都防著呢，別說現在紅豆不知所蹤，就算紅豆來了，幾個丫頭的話，哪裡有郡王妃和世子妃的話管用？只這一句，就將郁心蘭給摘得乾乾淨淨了。

莊郡王妃和平王世子妃來了，卻沒引見給老祖宗，還不就是為了瞞著她們！

她憋著一口氣，強撐出主人家的禮儀，福了一福，「兩位大駕光臨寒舍，心蘭竟不替咱們引見……」

唐寧柔柔地笑道：「引見了的，還跟老太太說了話兒。老太太精神真好，想是活到百歲也不成問題的。」

居然引見了，卻是趁她不在的時候！

從頭至尾，郁心蘭這個丫頭都是在一旁看戲，把她們當猴耍呢！

而此時，在一旁冷眼旁觀的紅玲，已經憑著女人的直覺，敏銳地發覺了榮琳郡主並不喜歡許公子，她心中暗喜，瞥了一眼紅著臉偷瞟榮琳郡主的許公子，忙悄悄挪到他跟前，小聲道：「婢子恭喜公子，連郡主都被公子的風采折服，公子大喜呀。」

這聲音在眾人說話的空檔憑空響起，雖是小，卻能讓在場諸人聽見。

迎上賀鴻和蔣懷飽含羨慕嫉妒恨的目光，許文只覺得渾身都是驕傲，挺了挺胸膛，讓身形更加玉樹臨風，心裡又覺得紅玲這丫頭真是懂事又守禮，日後可以多疼一疼，想來她也不會做出什麼妄想壓過正妻的事兒。

榮琳郡主哪受過這種委屈？她自小就經常被太后召入宮中陪伴，皇上與皇后也喜歡她，跟個公主沒有什麼區別，要說她看上赫雲連城，她也就認了，可若是這個姓許的，有多遠滾多遠！

此時也不想什麼扳倒郁心蘭的事了，她恨得一跺腳，「我說了我沒有！是郁姊姊約我到這兒來賞荷的！」

赫雲彤撇了撇嘴，「這個時節只能賞荷葉吧？就算是賞荷葉，怎麼連個丫頭也不帶？」

別說是大家閨秀了，就是小門小戶的千金，走哪兒都得帶上個小丫頭，不然會被人說失禮。

榮琳郡主已經無法再圓話下去，只管發狠道：「赫雲彤，妳再敢亂說話，看我不稟明太后責罰妳！」說著又是一跺腳，再踩兩下，把足下的枯草當成郁心蘭和赫雲彤踏碎，然後帶著委屈和難堪，飛速地走了。

從聽到赫雲彤的聲音的那一刻起，明子信就知道不妙了，現在感覺自己一開始沒談論這個話題，是多麼英明的決定。

心中又恨，郁玫還直打包票，說這回在郁府行事，上下都是她的人手，絕不會出錯，必定能讓赫雲連城感恩戴德。他怎麼就忘了，郁心蘭也是郁府出來的，郁府中怎能沒有自己的人手？

赫雲彤卻是不想放過他的，看著明子信輕輕一笑，「對了，今日我公爹也來了，還說想與殿下多喝幾杯呢。」

明子信頭皮一緊，虎軀一震，乾笑兩聲，「是麼？皇叔也來了？何時來的？我怎麼沒看見？那我去前面拜見皇叔去。」

平王是皇帝的堂弟，也是輔佐皇帝登基的大功臣，卻在功成後身退，只與皇帝聊些風花雪月，半點權勢都不沾，極得建安帝的信任。平王又是個老頑童的性格，跟赫雲彤一個脾氣，什麼事都敢管、什麼話都敢說，當初赫雲彤追著夫君打，平王還叫「打得好」呢。

若是被平王知道今日之事有他的份，只怕他的皮就得緊上一緊了。

看著明子信灰溜溜地走遠了，赫雲彤又將目光轉向王氏。

王氏卻是個橫的，這種事就算是攤開了說，她也是不怕的。

赫雲彤輕輕一笑，「聽說仁王妃有了身孕，我們也沒接到喜報，不知是不是。」

王氏淡淡地道：「是的，只是要等三個月後才能發喜報。」

赫雲彤道：「那我就先說聲恭喜。王夫人的癔病也好了嗎？我瞧著卻是不像。」說著附耳過去，輕聲道：「心蘭跟我說，她的丫頭聽到仁王妃身邊的丫頭道，若是今日之事不成，就算是夫人您癔病發作罷了。」

幫郁心蘭帶完了這句話，赫雲彤才功成身退，攜著唐寧的手，慢悠悠地回了宴席。

王氏的臉色變了數變，心中不想相信，卻又有一個聲音小聲地道：肯定是這樣的，沒錯！

她強行壓下湧上心頭的悲涼，向許文道：「還請許公子回宴席吧，後院之中，外男不可久留。又看了看紅玲，再有不滿，也只能道：「紅玲的身契還在老祖宗那兒，得等我稟明老祖宗，才好交與公子。」

許文拱了拱手，「多謝夫人，人我就先帶走了，屆時再來向貴府討要身契也成。」

王氏又憋了一口氣，想暗中再整整紅玲都不可能了。她決定了，一會兒回宴面上，好好罵上郁心蘭幾句，先解了氣再說。可轉念一想，似乎今日就沒見著郁心蘭呀。

紫絹小聲稟報：「四姑奶奶只來轉了一轉，早就回侯府了。」

一口濃痰湧上來，正堵在嗓子眼，將王氏活活憋暈了。

❖ ❖ ❖

郁心蘭在暖閣的短炕上歪著，闔眼輕眠，片刻後輕啟朱唇，吐出兩字：「重了。」

千夏忙收回手臂上的力道，將美人錘敲得輕一點，道：「對不住了。奶奶，這樣可以嗎？」

郁心蘭「嗯」了一聲，再沒多話，過了片刻後，卻又嘆道：「輕了。千夏，妳今日怎麼這般心神不寧的？」

千夏嚇得連忙跪下，「婢子失職，請奶奶恕罪！」

紫菱正端著一個托盤走進來，見到奶奶醒了，忙喚了巧兒帶幾個丫頭進來服侍，笑吟吟地道：「剛燉好的鱈魚粥，奶奶正好嚐嚐。」

郁心蘭笑道：「好香！」待丫頭們服侍著漱口淨面淨手，才取了小勺，慢慢兒地吃了一碗，放下碗，抱怨道：「這肚子真不知是怎麼長的，午飯這才多大會兒，就覺得餓了！」

紫菱笑道：「說起來，您就差幾日到九個月了，小主子可是要長身子了，一張嘴兩人吃，自然餓得快。」又服侍著郁心蘭淨了手，這才看向千夏，「千夏這是犯了什麼錯？」

千夏跪在地上，滿面通紅，「婢子沒服侍好奶奶，捶腿時一下輕一下重，吵著奶奶休息了。」

郁心蘭輕輕一笑，「我難道平日裡就是這麼嚴苛的人？這點子小事妳還要自己罰跪？」

紫菱也責道：「就是，妳快起來吧，奶奶何曾說過要給妳定罪？」

千夏這才鬆了一口氣，磕了個頭再站起來，又坐到小錦杌上，為郁心蘭捶腿。

郁心蘭拿簪子戳起碟子裡剝了皮的紫玉葡萄，放入口中，連吃了幾顆，這才道：「不過，說起來，千夏今日確實很不安的，有什麼為難的事，只管跟我或是紫菱說，不必憋在心裡。」

千夏忙答：「婢子真的沒什麼事，許是這幾日幫著千葉做針線，有些乏了……」

紫菱噗地就笑了，「妳倒是會趁機邀功。」

郁心蘭也笑道：「看來今日賞了千葉卻沒賞她，讓她著惱了。」

這話裡帶著調侃，千夏便沒往心裡去，只陪著笑道：「婢子不敢邀功，不過，若是奶奶願意賞婢子，婢子必定感激奶奶的。」

郁心蘭咯咯地笑，「這小丫頭，原來我還說她太拘謹了些，叫她靈泛一點，她倒是學得快，卻又比旁人都滑頭了。紫菱，妳說說看，要怎麼罰她才好？」

紫菱笑吟吟地瞧了一眼千夏，認真地建議：「替她挑個婆家，嫁過去讓她的夫郎好好管教。」

千夏的臉刷的一下紅了，咬著唇道：「紫菱姊姊真是壞！」

紫菱一本正經地道：「我可不是壞，是為妳著想呢，咱們奶奶哪裡會虧待了妳？妳若是心裡頭有人，只管告訴奶奶，奶奶必定會為妳作主的。」

千夏低了頭，脖子都紅了，「婢子每天在這內院之中，哪裡見過外男，心裡怎麼會有人？」

這話說得可真是有深意，在內院之中見到的男人都是主子。

紫菱看著她小小的後腦杓，「不是吧？錦兒和蕪兒幾次去店鋪取帳冊時，都看到妳與仁王府的一名小廝說話兒，叫什麼來著……啊，石磊，聽說是仁王妃的陪房。」

郁心蘭一笑，「若真是三姊的陪房，這門親事倒是容易做。」語調輿致高昂，眼睛裡卻有掩不住的鄙夷。

千夏的小臉立時刷白了，連忙搖頭道：「沒，婢子……婢子只是認識他，有事相託而已。」

紫菱挑了眉問：「妳有事相託，何不與奶奶的陪房說？」

「因……因為他家與我家……住得近。」

郁心蘭哦了一聲，紫菱卻攀住這話題不放：「上回聽錦兒這麼說，婢子還著人打聽過這個石磊，如今幫著管理仁王妃的田產，是個當事兒的，日後只怕還能進王府當個總管，難得年紀相近，又沒許親。……對了，今日石磊不是駕車陪仁王殿下去郁府嗎？我見著千夏還跟石磊說了幾句話呢，這一回來就心神不寧的……」

郁心蘭也點頭，笑道：「女孩子家就是害羞。依我看，石磊是個管事，倒是門合適的親事，我這陣子正閒著，就說個媒吧。」

紫菱推了推聽傻了的千夏，「還不謝過奶奶。」

此言一出，就是敲定千夏的終身了。論說，石磊的確是丫頭們的良配，卻不是千夏心中想要的良人。

只是，賣了身的丫頭哪裡有自行挑選的餘地？

她苦著臉，強忍著心中的憤慨和淚意，向郁心蘭重重磕頭，「多謝奶奶。」

郁心蘭卻笑道：「不必行這麼大的禮，若是我自己的管事，就敢打包票，可石磊到底是三姊的陪房，還不一定成。」

千夏聞言，心中一動，是的啊，還不一定能成事，自己還是有機會的。

想通了這一節，千夏臉上的笑容就真誠多了，含羞帶怯地站起來，繼續服侍大奶奶。

到了快掌燈的時分，赫雲連城從郁府回來，渾身帶著幾分酒氣，臉上卻是止不住的笑意，捏了捏郁心蘭的小鼻子道：「今日平王爺不知怎的了，專門灌仁王喝酒，仁王是給人抬回去的，失態得很。」

郁心蘭笑了笑，「這怕是大姊姊的功勞。」

當初找上赫雲彤作證，還真是找對人了。她愛熱鬧，又愛打抱不平，最重要的是，她有身分可以管這等閒事，後面的事都會幫自己處理得妥妥當當。

赫雲連城輕刮了她一下，「是，妳聰明，會用人，不過別忘了應她的話！」

次日，赫雲彤就迫不及待地上門來邀功，「妳說過事成送我的手串呢？」

郁心蘭從匣子裡拿出一串鳳眼菩提手串，鄭重囑咐：「這可是開過光的，極靈驗的。」

赫雲彤一把搶過來，戴在手腕上，愛不釋手，「知道了，我會小心，不能下水是吧？」

郁心蘭小聲道：「是的，而且行房之時，也不能戴。」

赫雲彤臉皮再厚也被她說紅了臉，啐了她一口：「妳這樣子哪裡像個小媳婦，比我這當娘的人臉皮還厚！」

郁心蘭又問起昨日之事，聽赫雲彤繪聲繪色地描述，笑得前仰後合。

赫雲彤也頗感得意，這裡面也有她的功勞不是？

她便又拍著桌子道：「妳也小心些，別動了胎氣。」

郁心蘭好不容易止了笑，拿過帕子擦了擦笑出來的眼淚。

赫雲彤就是一嘆，「有我就成了，何必還拉上唐寧？害我被她好一通抱怨，說我不該這麼不給榮琳留臉面。我呸！自己不要臉的人，我又何必給她留臉面？」

郁心蘭附和道：「就是，唐寧的性子太柔了些。」

赫雲彤贊成，「是啊，妳看莊郡王的那兩個妾室，都有了孩子。聽說現在唐寧還在幫莊郡王物色側妃呢。若是換成妳三姊，只怕莊郡王現在還是孤家寡人一個。」

郁心蘭忍不住嘆息，「唐寧這麼好的人兒，怎麼就是沒孩子呢？」

「她氣血不足，太醫原是說不宜早孕的，那時她想著有個孩子可以安慰莊郡王，就堅持懷了，結果掉了兩個，就難得再懷了。」

郁心蘭思忖著道：「不知道吳為有沒有辦法……」

只是吳為很不喜歡給權貴看診，她也不好總拿他跟赫雲連城的交情強迫人家。晚些等赫雲連城下了衙，看有沒有什麼辦法請動吳為吧。

赫雲彤又道：「妳那個嫡母，以後還會不會幫郁玫？」

郁心蘭想了想，「應該會幫。當母親的，總是會原諒孩子的。」

赫雲彤鄙夷地一笑，「郁玫有了身子還折騰，也不怕這孩子保不住。」

郁心蘭這才想到，上回在唐寧的生辰宴上，赫雲彤似乎暗示過什麼，立時來了八卦的興致，「妳是不是有什麼知道的祕事兒？」

「也不算什麼祕事，畢竟是後宅的事，總不會拿到外面去說。其實吧，祁柳比郁玫先懷孕，可她壓著沒說，郁玫那天又來了興致，整了一餐海味。聽說，祁柳還是特意只挑饅頭吃，哪知饅頭裡也糅了蟹黃粉的……」

郁心蘭張大小嘴，「掉了？」

「這不是廢話嗎？吃了一盤子蟹黃饅頭，能不掉嗎？偏偏祁柳自己沒說有身子，郁玫也稱自己不知情，再說她跟著就診出懷了身子，仁王也只能這樣作罷了。」

但是，是不是真的不知情，卻又難說了。

明面上不能如何，可祁柳心裡頭會怎麼想？只怕郁玫這十個月有得防的了。

❖　❖　❖

京城裡很快就傳出了榮琳郡主相中吏部侍郎府嫡公子許文的傳聞。

這樣的傳言，自然是有人「無意」間說漏了嘴。榮琳郡主的態度，一般人自然問不到，而問及許文，他總是一臉羞紅兼之驕傲的神情。

他內心裡認定是榮琳郡主臉皮薄，當時人太多，所以才不敢承認……自始至終，也只聽她說「胡說八道」這類話，沒說不喜歡他不是？

於是，城中一片譁然，只覺嬌麗的一朵天上仙花，被個凡人給採摘了，與插在牛糞上無異。

就連太后都親自宣榮琳郡主入宮，詢問此傳言是否屬實，雖是詢問，那神情卻是認定了的。

榮琳郡主多番解釋無效，羞得無地自容，只能躲在家中，拒不外出，就連一年一度的秋分宴，都託病沒有出席。

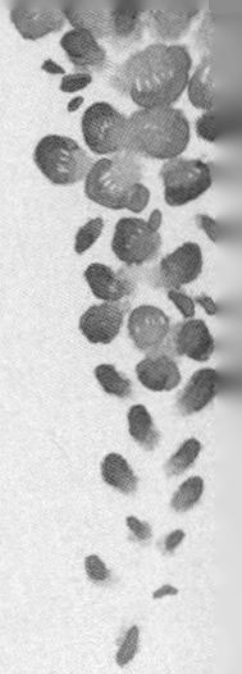

參之章

龍鳳呈祥結雙果

秋分宴後，便很快入了冬。

郁心蘭已經有九個多月的身孕了，眼見著快要臨盆，長公主親自挑選的四名穩婆和兩名乳娘，都已經住進了靜思園。

赫雲連城亦是事無巨細都要關注，下衙回到府中，就要將穩婆、喜事嬤嬤及丫頭們都召集到一起，詳細詢問一整天的各個細節。又令得園子裡一眾下人每日裡守著郁心蘭，生恐她有一點小小的閃失，她們可擔待不起。

郁心蘭抗議了無數次，都被赫雲連城和長公主婆婆無情地駁回，其實她除了肚子大一點，多走些路後有些喘之外，還真沒有什麼其他不適，就連走路都可以帶起一陣風。

這一天清晨醒來，發現昨夜下了一場雨，空氣中滿是雨後泥土的清香，偶爾還會飄入幾許青草淡香，實是難得。只不過，下了一場雨，天候就冷了許多。

郁心蘭起得身來，只覺得寒風從各處鑽入身體裡，不由得打了個寒顫，心下卻是奇怪，自從肚子大了之後，因身體裡有兩個人的熱量，她並不怕冷，可今日的感覺卻與平常不同，怎麼會覺得這麼冷？

紫菱帶著幾個丫頭為郁心蘭梳洗打扮，快用早飯時，錦兒才匆匆趕來，已做了婦人裝扮。

郁心蘭瞧見她便笑道：「今日就來了？這麼快就成親一個月了嗎？」

錦兒羞紅了臉，向大奶奶深深一福，「前日便有一個月了，聽了奶奶讓紫菱姊姊帶的話兒，又多休息了兩天。」

郁心蘭親切地笑道：「應該多在家中陪陪安亦，說了妳不必著急回來服侍，我這園子裡，現今連個空房子都沒了，全是人。」

正說著，兩位喜事嬤嬤帶著四位穩婆和兩名乳娘進來請安。

郁心蘭無奈地笑道：「看見了吧？」

用過了飯，穩婆們幫著摸一摸胎位，照例是說：「胎位很正。」這與郁心蘭經常運動有很大關係的。最後一名穩婆來摸胎位時，卻是摸了又摸，眉頭攏得死緊，猶豫了一下，才道：「今日小主子的頭，似乎變了位置。」

這年頭生孩子，最怕胎位不正。郁心蘭聽得心中一緊，忙問道：「動了什麼位置？」「歪了一點。」喜事嬤嬤忙問前面那三位穩婆，那三人也道：「是有些歪，但是小主子的頭已經入盆了，之前奶奶的胎位又一直是好的，可以等明日再看看情形。」

這話兒才一說出口，不到半炷香的功夫，長公主就由岑柔扶著，直奔靜思園的主屋，見著郁心蘭就著急地問：「怎麼樣？胎位怎麼樣了？」

幾個穩婆都道：「歪了一點。」

長公主立時就怒了，「妳們是怎麼服侍的……蘭兒，妳怎麼還站著？快躺下，千萬別再動了！」

郁心蘭剛要說「我沒事」，小嘴一張，卻變成了：「哎喲，好痛！」

丫頭們忙七手八腳地扶著她躺到短炕上。

痛勁一緩，郁心蘭似乎聽到「噗」的一聲，一股暖流流入股間，她頓時慌了，大叫道：「啊，我流血了！我流血了！」

眼淚瞬間從眼眶滑下，兩手緊攀在紫菱的一條胳臂上，哪裡還有平日半分安逸嫻靜的風範。

幾個穩婆都是極有經驗的，立即指揮小丫頭們升火盆、燒開水，準備乾淨柔軟的棉布，又靠在榻邊輕聲安慰：「奶奶別怕，只半個月就要臨盆了，頭胎又最易早產，或許是小主子等不及要出生了。一會兒房子裡暖起來了，老奴幫您看看，多半是羊水破了，沒甚要緊。」

郁心蘭聽了這話，深吸一口氣，讓自己盡量冷靜下來，待聽到穩婆說的確是羊水破了，前所未有的慌亂席捲了郁心蘭。怎麼辦，她居然要生了，前世見過許多同事生孩子，她自己卻是沒有半點經驗的；可腹中的疼痛又讓她感覺到生命的喜悅，那是她懷了十個月的孩子，很快就要與她見面了。

連城呢？連城在哪裡？

心慌得很，郁心蘭只想要赫雲連城陪在身邊，想開口叫赫雲連城，可腹中一陣劇痛，讓她頓時慘白了臉色，一口氣憋在胸間，下唇都幾乎要咬出血來。

長公主得了准信，立時就激動了，下達一連串命令：「快，差人去禁軍大營和兵部軍營，請侯爺和大爺馬上回府！讓回事處盡早準備好喜報、喜餃，待生下來後，就好送去各府！」

岑柔亦是滿臉喜悅，卻記得母親與她說過，女人生孩子就是九死一生，忙在一旁提醒道：「母親，不如將吳神醫也請過來，若是萬一……有什麼事，也好有個照應。」

長公主立即點頭，「對對對，妳說的對！」

下人們都爭著搶這種報喜的差事，賞錢多呀。

何樂是個耳靈腿腳快的，一聽這訊兒，立即就往府外跑，嘴裡嚷著：「我去報與大爺！」

禁軍軍營在兵部衙門旁，是一座獨立的大院。守門的兵衛聽說是定遠侯府的小廝，便立即帶了何樂進去。

赫雲連城剛下了朝，前腳才踏進大堂，就聽到兵士們稟報，府中差了人來。

他略抬了眸，神情冷峻，見是回事處的何樂，淡淡地問：「何事？」

何樂笑咪咪地鞠個躬，「恭喜大爺，大奶奶要生了。」

赫雲連城定定地看著他，神情仍是冷峻，「再說一遍。」

「恭喜大爺，大奶奶要生了……咦？」

一陣疾風颳過，何樂眼前一花，再定睛一看，前方的書桌後哪裡還有大爺的身影？

他怔怔地回頭，問領他進來的兵士：「請問這個大哥，剛才我家大爺在這屋裡嗎？」

兵士十分淡定，答曰：「在的。」

何樂頓時結巴了：「那、那現在去哪兒了？」

兵士想了想，回頭往院子裡一瞧，沒見著將軍的馬了，「應當是回府了吧。」

何樂頓時有了流淚的衝動，大爺，您還沒給小的賞錢的啊！

❖ ❖ ❖

靜思園的正房裡，已經開始響起了郁心蘭撕心裂肺的叫喊聲，長公主急得坐立不安，嘴裡叨念著：「靖兒呢？怎麼還沒回來？」

話音未落，赫雲連城旋風一般衝入靜思園的大廳，一身石青色雲紋直綴，腳上踏著黑色的皮靴，手裡還拿著一根馬鞭，面容端凝地疾步走了進來。

赫雲連城只向母親行了一禮，又直奔暖閣後的正房，衝到門邊時，被紫菱等幾個大丫頭給攔住了，「大爺，產房汙穢，您在外面等就行了。」

長公主見了這情形，便笑道：「第一回當爹，自然是心急的，可女人生孩子沒個定數，也不知要多長時間，你且在外面等就好了。」

屋內，郁心蘭的慘叫一聲連著一聲，赫雲連城哪裡坐得住，隔一會兒就去拍拍房門，「蘭兒，妳怎麼樣？」聽不到郁心蘭的回答，他就指令裡面的穩婆：「把門打開，我看一眼。」

長公主又是好氣又是好笑，強按著兒子坐下，「哪有你這樣的？這什麼天氣？門開條縫，都會灌寒風進去，凍著產婦和孩子可怎麼得了。」

赫雲連城聽到這番話，才終於安靜了下來，端坐在椅上，兩隻手握得死緊，漂亮的嘴唇也抿成了一條線，兩隻眼睛就只盯著漏刻。

吳為就住在侯府，自是早就趕到了，此時喝著茶，神態悠閒，原想拉著赫雲連城下棋，緩緩其緊張的心情，建議提出後，赫雲連城只是抬眸看了他一眼，又彷彿沒聽見似的轉眸看向沙漏。吳為只好退回自己的座位，在心中感慨，要當爹的人就是不一樣，跟傻子沒什麼區別了。

侯爺自是不會回來的，卻差了親衛過來詢問情況，一有消息立即去兵部報訊。

時間過得極慢，卻又似乎極快，沒多久便到了晌午。錦兒帶了丫頭去廚房提來了飯食，可上至長公主，下至小丫頭，都沒人有食慾，唯一有食慾的吳為，可他不好意思表現出自己的食慾，只好一口接一口地吃點心。

只聽得屋裡的慘叫聲漸漸消了音，有陣子沒叫喚了。

赫雲連城不免有些著急，等了片刻，實在是受不了這種內心的煎熬，又走至門邊拍門，「蘭兒！蘭兒！」

這一回長公主沒有攔著他，自己也扶著岑柔的手站了起來，這麼久沒動靜，該不會是……

屋裡頭，郁心蘭覺得自己渾身的力氣都消失了，只餘下了痛。大冬天的，她的額頭、脖頸、胳肢窩裡，全都被汗水浸濕了，整個人都幾乎被汗水洗了一遍，聲音也嘶啞了，嗓子火辣辣的腫著。

孩子還沒生出來，穩婆不停輕聲安慰她：「大奶奶，已見著胎兒的頭頂了，加把力就好了。」

可是，她已經沒有力氣了，會不會，她沒有力氣生下孩子，或者耽擱的時間太長，孩子在產道裡缺氧而……

郁心蘭不知怎的，心頓時慌了起來，心一慌，手足更是無力，無論穩婆怎麼鼓勵她都沒有用。她忍不住失聲喚道：「連城！」

一直站在門邊的赫雲連城聽到了，想也不想地用力推門，楠木雕花門瞬間被他推開了一條縫，忽地又想到不能讓寒風吹進去，於是腰一彎，從靴中摸出一柄薄如蟬翼的匕首伸入縫中，就那麼兩三下撥弄，就將門閂給撥開了，然後迅速側身擠入房中，反手帶著上了房門。

房裡的穩婆和李杼等人大驚，「大爺？您怎麼進來了？」

郁心蘭聽見她們的話，猛地抬頭，正好看見赫雲連城堅毅的面容，和眸光中滿滿的擔憂。她的眼淚成串掉落，就開口輕輕呢喃道：「連城，我害怕……」怕保不住寶寶。

赫雲連城看見小妻子蒼白憔悴的小臉，所有的擔憂都化作了濃濃的憐惜，忙坐在床頭，握住她的手道：「別怕，我在這兒呢，我會陪著妳！」

他轉動眼眸，看到床單上大片的血漬時，眼神黯淡了一瞬，又明亮起來，輕輕撫著妻子的小臉，跟她說話：「不怕，再用用力，寶寶就出來了。」

因長年握著兵器而帶著些微繭的指腹，慢慢滑過郁心蘭細膩的臉龐，粗糙的觸感反而讓她惶惶的心慢慢安寧下來，覺得一下子找到支撐。赫雲連城慢慢地輕緩地傳了些內力給她，讓她的身體裡也重新蓄入了力量。

穩婆見大奶奶的眸光又再度亮了起來，忙一邊推著她的腹部，一邊鼓勵道：「請奶奶順著老奴的手勁用力。」

郁心蘭堅定地點頭，「嗯。」

長公主等人是看著赫雲連城進去的，這當口兒也就沒人再攔著他了。只是他進去之後，仍是半晌沒有動靜，不會真的……

正想著，忽聽裡面傳出一聲淒厲無比的尖叫，然後就聽到幾位穩婆歡呼：「好了好了，頭出來了！大奶奶再用點力，很快了！」

屋外的人手心都攥出了汗，細聽著裡面的動靜，終於……穩婆們歡呼一聲：「出來了出來了，是位小少爺！」

歡呼聲後，便是一聲響亮的啼哭：「哇……」

長公主長呼出一口氣，頓時喜不自禁，「哎呀，這可是咱們侯爺的嫡長孫呀！」

過了片刻，穩婆們為寶寶剪了臍帶，洗了澡，打上了包袱，終於將門打開，一齊朝長公主福禮，「恭喜殿下。」

赫雲連城無心看一眼剛出世的兒子，只握住郁心蘭的手問：「還痛不痛？」

郁心蘭沒什麼力氣了，淡笑著搖了搖頭，生出來後，人彷彿脫了力一般，可是所有的疼痛卻都遠離了。

赫雲連城拿過床頭的絹帕，為她擦了擦剛滲出的汗水，紫菱帶著幾個丫頭上前行禮，「恭喜大爺，恭喜大奶奶。」賀喜完後又道：「還請大爺迴避一下，婢子們要為大奶奶淨身、更衣。」

赫雲連城道：「不用迴避了。」

他彎腰抱起小妻子，在錦兒的指引下來到內間。那裡早就有燒滾後又涼下來的，溫度適宜的熱水，還有一套乾淨的衣服。

赫雲連城毫不避嫌地親自為妻子換下汗濕的髒衣，幾個丫頭紅著臉，手腳麻利地為大奶奶擦洗身子，再穿上新衣。

外面紫菱等人也將髒床單、被套全數換了一套新的，大紅的宮緞錦被，光滑細膩，如同人的第二層皮膚，給產婦和寶寶蓋上，既喜氣又舒適。

郁心蘭讓人餵下了一大碗雞絲、肚片、豬蹄等各種食材熬煮出的掛麵，頓時恢復了幾分力氣，眼睛四處張望，「寶寶呢？」

赫雲連城這才想起看兒子，乳娘抱著小少爺走近，赫雲連城想抱，乳娘忙將寶寶遞過去。

他伸手接住後，心下就是一驚，怎麼這麼軟？人就跟著慌了起來，不知道要拿這條軟呼呼的小蟲蟲怎麼辦，兩隻胳臂僵硬地伸著，再不敢動半分，呆了半晌，小寶寶被他抱得極不舒服，好不容易閉住的小嘴，又再度開嗓嚎哭：「哇——」

赫雲連城更慌了，雖然很想跟兒子親近親近，卻總擔心兒子會將嗓子給哭壞了，只好對乳娘道：「還是妳抱著吧。」

長公主很體貼地先將時間留給兒子和媳婦，在外面很歡樂地看著，才扶著岑柔的手走進來，見到兒子的樣兒就笑，「不知道怎麼抱吧？讓娘給你示範一下。喏，要一托著頭和頸，讓他的身子靠在手臂上，另一手托著臀部，這樣就行了。」

這幾個穩婆是專門給大戶人家的奶奶接生的，有著極佳的洞察力，非常敏銳地發覺，現在不宜跟大爺說話，他完全不在狀態，跟他道喜，也不知道要打賞。於是將小少爺的生辰八字拿給長公主，一溜的吉利話兒：「午時正出生的，日在中天，貴人之命呀！」

「今日一早就聽到一群喜鵲叫，原來是大奶奶生貴子！」

「生得真俊，老奴給各府許多奶奶都接生過，就從沒見過這麼漂亮的小少爺！」

長公主聽著心裡高興，又教紀嬤嬤重重打賞，樂得幾個穩婆嘴裡的吉利話兒就停不住，一個勁兒地稱讚寶寶漂亮。

長公主再細看了寶寶幾眼，很篤定地道：「跟靖兒小時候一個樣子。」

赫雲連城也湊到母親身邊細看，雖然他看不出像不像他，可就是感覺愈看愈愛，心中某個地方軟了化了，成了一灘黏黏的糖泥。

躺在床上的郁心蘭急了，怎麼沒人理她了呀，趕忙兒叫道：「連城，抱來讓我看看。」

赫雲連城得了令，忙按母親的指示，小心地抱過這個小祖宗，呈給小妻子看。

小寶寶粉紅的一團，腦袋還沒赫雲連城的拳頭大，皮膚也有一點皺皺的，被折騰著洗了澡，早就累得閉上了眼睛。眼線很長，可見是雙大眼睛。睫毛還是稀稀的，不知張開後會是怎樣的明亮。小鼻子卻是高挺著的，大概是郁心蘭唯一能看出來跟赫雲連城像的地方。

郁心蘭靠在赫雲連城的懷裡，看了又看，心中說不出的歡喜和幸福。

赫雲連城亦是十分喜悅，趁無人注意他二人，附耳輕聲道：「辛苦妳了。」

郁心蘭甜甜地一笑，伸出手抱了抱寶寶。一名穩婆在一旁勸道：「大奶奶不用著急，孩子生下來了，這個娘是當定了。您剛剛生產完，還是躺下好生休息一下，想看小少爺，日子長著啊。」

赫雲連城也忙道：「正是這個理。」

說著將兒子交給乳娘，扶著郁心蘭躺下。

郁心蘭拗不過他們，再者也著實睏了，便躺下閉上了眼睛。

眾人正要打算離開內室，讓她好好休息之際，她忽地又叫了起來：「肚子好痛！」

赫雲連城這下急了，也顧不得許多，直接衝出去將吳為給提了進來。

吳為也被郁心蘭那一嗓子給駭了一跳，產後症最是難治，也最易要人命的，他忙將手指按在郁心蘭的手腕處，聽了一會兒，神色古怪地道：「還有一個。」

穩婆們頓時懵了，摸了那麼多次胎位，沒摸出有兩個呀。

赫雲連城也揪著吳為質問：「雙胎？你以前怎麼就沒說過？」

吳為窘得直摸鼻子，他是江湖人好不好，他最擅長的是解毒和療傷，婦科只是順帶學的，是不差，卻也不算精……不過此時再說這些，已經沒用了，這位剛榮升為父親的帥哥，肯定不會聽他解釋的。

而這廂，郁心蘭的慘叫已經一聲高過一聲了，閒雜人員立時避了出去，赫雲連城又端坐床頭，握著妻子的手幫著打氣。

產道已開，這一回生得就順利多了，不過一刻鐘的時間，一個粉嫩嫩的小女嬰就生了出來。穩婆們大聲道喜：「天啊，龍鳳胎，真是祥瑞之兆呀！」

「姐兒生得真俊，長大後肯定是傾城傾國的美人兒，將來侯府的門檻一定會被媒人踩平的！」若說有了兒子後，赫雲連城反應就變慢了的話，有了女兒之後，他直接就傻了，只知道「呵呵，呵呵」的傻笑，偏偏他又要寸步不離地守著郁心蘭，穩婆和紫菱等人只能硬著頭皮，充當了一回主子，指點大爺行事。

忙亂到了下晌，累暈了的郁心蘭終於能清清爽爽地睡上覺了。

大概是過於勞累，這一覺竟睡到了第二天中午。期間侯爺、甘老夫人、甘夫人、二奶奶、三奶奶、赫雲彤、赫雲慧，以及郁府和溫府那邊都差了人來看望過，見她睡得香甜，便只看了看寶寶就走了。

那對小寶寶也跟他們的娘親一樣，呼呼大睡，任由人將他們抱過來抱過去，怎麼捏臉、搖晃都不醒。侯爺對這個孫子喜歡得不得了，一直抱在手中。孫女當然也逗了逗，不過喜歡的程度相差甚大，偏心得赫雲連城都黑了臉。

待郁心蘭醒來，用過飯，兩名寶寶也醒了，哇哇大哭了起來。

郁心蘭心裡那個疼啊，忙道：「快抱來給我！」

乳娘翁氏和施氏忙將小少爺和小姐兒抱過來，郁心蘭的眸光在兩張小臉上轉了轉，果斷地表示：「哥哥應當讓妹妹。」於是接過小姐兒，撩開了衣裳就要給孩子餵奶。

翁氏的臉頓時紅了，「大奶奶，不用的，讓奴婢來就成了！」

郁心蘭堅持道：「我先餵，餵不飽，妳再餵。」

她才剛生產完，這幾天是極珍貴的初乳，可以增加寶寶的抵抗力，可她也知道這個時代的一些所謂規矩，覺得貴婦人自己餵奶是有失身分的，所以她特意叮囑道：「妳們直管幫著帶孩子，這話兒不許學給旁人聽。」

兩位乳娘只能低頭答應了。

郁心蘭堅持給兩個寶寶餵完了奶，因為他們現在還太小，所以她的奶是足夠的，兩名乳娘自是不敢跟大奶奶對抗，可又覺得這樣不妥當，若是大奶奶堅持自己餵養，那她們怎麼辦？過得十天半個月，這奶水就會自己縮回去的。

兩人對視了一眼，拿定了主意，要悄悄告訴長公主殿下去。

兩個小寶寶現在對外界的事物和聲音還沒有什麼反應，郁心蘭逗了一會兒便沒再逗，就這麼抱在手裡看著，也覺得幸福呢。

過了片刻，她覺得累了，將寶寶交還給兩位乳娘，再次申明：「我給寶寶餵奶的事，不要告訴任何人。」

兩位奶娘自是滿口應承。

下午歇了晌，長公主扶著紀嬤嬤的手過來看望兒媳婦和孫子孫女，歡喜地逗了小寶寶一陣子，便問郁心蘭道：「蘭丫頭今日是自己餵的奶？」

郁心蘭的眸光瞟了翁氏和施氏一眼，淡笑道：「是啊。」

長公主將下人們都打發出去，坐到她的床邊，語重心長地道：「我知妳不放心讓旁人來餵養孩子，可妳是赫雲家的大少奶奶，這規矩和臉面卻是不能丟的。這兩個乳娘是我親自挑選出來的，定然不敢做出危害我家孫兒的事情來。再者，餵養孩子半夜裡總要起來，妳哪裡會有精神？月子裡休息不好，身子骨就恢復得慢。靖兒又是個心眼實的，一定要睡在這屋裡，他平日裡公務繁忙，夜裡還不得休息，可如何是好？」

這一層，郁心蘭倒是沒有想到，她低頭想了想，方抬頭一笑，「母親，我想親自餵養寶寶，並非是不放心兩位乳娘，而是希望藉由餵養之機，與孩子們多多親近。只是晚上打攪到夫君卻的確不好，不如這樣吧，晚上就交由乳娘來餵，白天還是由媳婦親自來餵。」

長公主見她這般堅持，也只好各退一步了。

郁心蘭卻又提出：「媳婦希望將這兩位乳娘的身契交還給她們，另外再請兩位乳娘過來。乳娘們怕地位不保，想讓母親來勸說媳婦，媳婦是可以理解的，但明明已經當著媳婦的面應允下來，不會告訴旁人，卻又背地裡告訴了母親，這種行徑與背叛無異，媳婦是絕對不能忍受的。」

這話兒一出，翁氏和施氏大吃一驚，雙雙跪下，不住磕頭，「求大奶奶饒了奴婢這一回！」

長公主也極是遲疑，「她們……也是……一片好意。」

郁心蘭卻堅持道：「母親，乳娘是日後要教養哥兒、姐兒的人，規矩是最重要的。她們不但要知曉主子應當守些什麼規矩，更應該知曉奴婢應當守些什麼規矩。當奴婢的人，最忌諱的，就是自以為是替主子拿主意。」

「今日之事，是媳婦考慮得不周，可為什麼她們不能跟媳婦溝通，卻要去向母親您說呢？若是日後哥兒、姐兒有什麼想法，要辦什麼事，都由她們將主意給拿了，若是不按她們的想法來，她們就四處找人來阻止，與欺壓少主的惡奴又有什麼區別？」

長公主便道：「那就依妳。」

兩位乳娘駭得臉色慘白，不說當侯府少爺、小姐的乳娘有多體面，也不說侯府的月銀給得豐厚，就說她們本是被定下的乳娘，這會子又被打發了出來，日後再想在京城混下去，怕是都難了。

長公主這會子只想順著兒媳婦的心，怎麼說，蘭兒也給赫雲家添了一雙兒女，總不能為了兩個奴婢，就讓媳婦心裡不痛快，再者，她剛才的話也有幾分道理，於是便轉頭吩咐紀嬤嬤：「一會兒給她二人結了月錢，將身契歸還吧。另外再去尋幾個乳娘過來，先試著，看看哪個妥當再留下。」

此言一出，就再無更改，任那兩個乳娘如何哭泣也無用了。

倒不是郁心蘭小心眼兒，這兩個乳娘一瞧就是心眼兒多，且心又大的，自以為是，又喜歡自作主張。

想留在侯府，可以，但妳必須守住妳的本分。她是個活了兩世的人，還不怕那些個乳娘拿大，可她的兒女呢？在她看不見管不著的地方，她的兒女是由這兩名乳娘來教養的，若是她們為了自己的利益，教些亂七八糟的東西，豈不是毀了兒女的一生？

處置完乳娘，郁心蘭便又歇下了。

赫雲連城回到府中，先是問了小妻子，才去逗孩子。同時有了兩個孩子，總會是先逗一個，再逗另一個，又怕妻子說他偏心兒子，他時刻記著，單日上午出門前先逗兒子玩，晚上回府的時候，先逗女兒玩，而雙日就反過來，輪流轉著，絕不會偏向了誰。

上回挑選乳娘的時候，專門做了乳娘人選的記錄，紀嬤嬤很快就找齊了四名乳娘，先放在靜思園中由兩位喜事嬤嬤小心調教，最後挑出了兩個穩重、機靈，又守規矩的，簽了身契。另外兩人，問過她們願意，則先幫著哺乳，按月結工錢，到四個月開始添加輔食時，再退出府去。

坐月子是最為痛苦無聊的，偏偏穩婆和吳為都說，她一次生育了兩胎，於身體有損傷，應當坐大月子，足足在床上躺了六十天，才允了她下床。這期間的洗三和滿月酒，都不允許她出席。

郁心蘭足足花了五大桶熱水，才將頭髮和身上清洗乾淨，搓下幾層黑泥後，似乎瘦了一圈。

蕪兒幫她挽了個漂亮的飛雲髻，笑著道：「奶奶就跟沒生過孩子似的，還是這麼漂亮。」

郁心蘭拿著靶鏡照，笑了笑，又是一嘆：「臉倒是沒變什麼，可是這腰上……」足足多了兩個游泳圈。

乳娘康氏和任氏抱著曜哥兒、悅姐兒進來了。名字是滿月之時，侯爺親自給取的。曜為盛日之光，正合曜哥兒出生的時辰；悅則為父母的開心果之意，因為悅姐兒才三天就會笑了。

郁心蘭見到寶貝兒女，立即放下手中靶鏡，不再糾結自己的腰圍了，每個都抱著親了一口，笑問起昨夜的飲食。康氏和任氏一一稟報，郁心蘭滿意地點點頭，「餵過奶後還是要給兩口清水漱漱口。」

叮囑完了，便讓乳娘將兒女放到赫雲連城親自訂做的搖籃裡，俯身逗著玩。

門外傳來唱名聲：「二奶奶、三奶奶來看大奶奶了。」

郁心蘭站直了身子，走到矮炕邊。蕪兒挑起簾子，二奶奶、三奶奶相攜著走進來。三奶奶見她便笑，「大嫂的氣色真好，這月子坐得好呢。我們知道今日是大嫂出月子，所以特意來陪大嫂聊聊天。」

郁心蘭笑著讓座，「之前妳們來了，我都只能躺著，沒陪妳們說話，怠慢了。」

三奶奶笑道：「說什麼怠慢呢。」又要看小寶寶。

康氏和任氏忙將寶貝抱過來，三奶奶忍不住低頭嗅了嗅乳香，笑讚道：「愈長愈漂亮了。」

真不是我自吹，郁心蘭聽著便驕傲地一笑，心道，我還真沒見過比我家寶貝更漂亮更可愛的寶寶了。

兩個小傢伙目前看起來非常相像，雪白的皮膚，肉呼呼的小臉，小嘴巴紅豔豔的，兩隻眼睛就跟泡在水中的黑曜石一樣，黑亮、水潤。

最討人喜歡的是，只要有人看著他們笑，他們就會衝你甜甜地回笑，若是能感覺到你真心喜愛他們，他們還會咯咯笑出聲來。

幾乎是人見人愛了！

當然，也有不喜歡他們的，比如二奶奶。

三奶奶逗了寶寶一會兒，便對二奶奶道：「二嫂要抱抱嗎？」

二奶奶乾笑道：「不了，我指甲長，免得一會兒又懷疑我要害這兩個侄兒侄女似的。」

說的是寶寶出生那天，二奶奶過來看望，原是裝出喜愛的樣子，伸手要抱的，紀嬤嬤卻給她吃了一顆軟釘子，「二奶奶的指甲生得這麼好看，別讓哥兒、姐兒給撞斷了。」

自此之後，二奶奶就再也不肯抱曜哥兒和悅姐兒了。

郁心蘭聽她語裡酸氣十足，只當沒聽懂，讓三奶奶將寶寶們放在炕上。

其實她還真不放心她們兩個抱呢。

沒多會兒，兩個小傢伙就尿了，乳娘和丫頭們忙從主子手中接過來，給他們換尿布。

外面厚厚的棉布包打開，露出了裡面討喜可愛的小內衣和小棉襖。

大紅的織錦宮緞，摸上去順滑無比，貼著肌膚有一股奇異的舒適感。這樣的緞子是外邦的貢品，就是宮內都極少，即便是長公主，一年也只有一匹，積累下來的幾匹全給了兩個小寶貝。

郁心蘭讓丫頭們幫著做了寶寶的小衣、小棉襖，貼身穿的，還繡上了花鳥魚蟲還有小動物，十分可愛。

三奶奶垂下了眼眸，這樣的衣服，她生燕姐兒的時候，長公主也送了半匹，其實這料子也有不好的地方，比如清洗的時候就要十分小心，不用能用肥皂，更不能漿，否則容易讓孩子生疹子。這麼小的嬰兒，若是治療不當，很容易夭折的。

三人聊了會子閒話，門外巧兒又在唱名：「大姑奶奶、二小姐來看大奶奶了。」

郁心蘭聽到赫雲彤的名字，頓時笑彎了眼，忙道：「快請進。」只是她坐在炕裡頭，想下炕去迎，還得讓二奶奶和三奶奶讓位置，就不方便動了。

赫雲彤和赫雲慧進了暖閣，先在屏風後散了散寒氣，才走進來，笑吟吟地道：「知道妳今日出月子，這不特意來看妳了。中午就留妳這兒用飯了，好酒好菜的端上來。」

郁心蘭輕笑，「想吃好酒還不容易。」說著從腰間解下鑰匙交給紫菱，「去匣子裡取五十兩銀子，讓廚房多做些好吃的，今日咱們辦一桌。」

二奶奶和三奶奶也往裡坐了坐，將炕邊的位置留給赫雲姊妹。

因著甘夫人被關家廟的事兒，赫雲慧已經有好些月沒上靜思園來了，寶寶剛出生那天，她也是隨著甘夫人一同來的，只坐了坐就走。今天赫雲彤是先去尋了她，將她好一通數落，說她一個沒出閣的姑娘不該跟娘家人將關係弄僵，硬拉了她過來。她本是心不甘情不願的，可這會子一瞄見兩個雪白粉嫩又可愛的寶寶，頓時就愛上了。

女人天生都有母性，最抗拒不了漂亮可愛的小寶貝，她不由得眼巴巴地瞧著小寶寶，幾個月沒理會大嫂，這時抹不開面子，不好意思開口要抱。

赫雲彤瞧在眼裡，主動說要抱寶寶，這樣肉嘟嘟軟呼呼的寶寶，抱在懷裡，誰都忍不住親上幾口。赫雲慧更是羨慕，終於主動開口跟郁心蘭說話兒了：「嫂子，我能抱抱嗎？」

郁心蘭輕笑道：「怎麼不能？二姑娘是他們的姑姑呀。」

赫雲慧面上一喜，忙抱過一個，親了又親，問道：「這個是兒子，還是女兒呀？」

郁心蘭只瞥了一眼，便道：「女兒。」

只有她和赫雲連城能分清這兩個長得一模一樣的小寶寶，這很讓她得意。

❖　❖　❖

暖閣裡很熱鬧，都知道今日是郁心蘭出大月子，也知道她躺了兩個月，心中無比鬱悶，巳時左右，溫氏帶著幾個妯娌及小輩的郁珍，莊郡王妃唐寧則和與郁心蘭交好的御史周夫人、禮部侍郎陳夫人、大內侍衛總管何夫人，都陸續到侯府來串門子。

暖閣裡擠了一大圈兒的人，丫頭們在紫菱和安嬤嬤的指揮下，有條不紊地給諸位貴夫人搬座位，沏茶上果品。

郁心蘭坐在炕裡面，嘴裡說著致歉的話：「怠慢各位了。」

眾人都笑道：「打什麼緊，我們要什麼自己會吩咐丫頭的，妳只管好生坐著，剛出月子，可受不得凍。」

依次坐下後，客人們都爭著搶著要抱兩個小寶寶，難得的是小寶寶一點也不怕生，在眾人手中輪來轉去的，不但不哭，還睜著一雙亮晶晶的、黑葡萄似的大眼睛，歪著小腦袋好奇地仰望回去，反覆研究這些都是什麼人啊。

兩個乳娘康氏和任氏一直緊張地跟著小主子轉，這兩人交由兩位喜事嬤嬤調教，言談舉止愈來愈有章法，品性也是溫良忠誠的，遇事也會見機。郁心蘭悄眼看了，心中十分滿意，以後兒子女兒有可信的人時常在耳邊提點，也免得養出嬌縱的壞脾氣。

就比如……赫雲慧那樣。

赫雲姊妹都是性子直的人，有什麼說什麼，可赫雲彤講道理，說出口的話縱使尖刻一點、難聽一些，也是站在理字上；可赫雲慧卻是個剛愎自用的，只對自己印象好的人好，一句話不和就能鬧翻，這樣的性子就只能叫嬌縱任性了。

所以，這位大小姐因甘氏禁足一事生郁心蘭的氣，郁心蘭半分不放在心上，這樣的親戚能不交惡更好，實在是交惡了，斷交也沒什麼大不了的。

眾人談論了些這段時間各府的趣聞，轉眼到了晌午，用過飯，許多客人便告辭了。

郁心蘭親自送到二門，御史周夫人特意慢了一步，待旁人都走遠了，才露出一副欲言又止的樣子。郁心蘭會意，請周夫人到二門處的小花廳裡坐坐，丫頭們燒了火盆，上茶後便退了出去。

周夫人這才帶著十分歉意地道：「有句話，我真是不知該從何說起才好。」

支吾了半晌，郁心蘭才弄明白，原來是上回在仁王府，周夫人相中了郁珍之後，心裡的確是打著結親的主意，還特意跟她家周大人提了，請人去打聽郁珍的品行。事後又通過郁心蘭，約郁珍母女上御史府做過幾次客。

周公子今科得中第十五名進士，在吏部候職幾個月，上個月謀到了一份外放的官職，御史府辦謝恩宴的時候，周夫人還特意請郁珍過府去玩兒。

這樣的暗示，換成誰都知道，這親事是已經成了一半的。可哪知周夫人就是忘了問兒子，原想著在兒子明年初離京赴任之前，將婚事給辦下來，在要送納采禮的時候，才得知兒子已經有了心上人。

周夫人滿面愧疚：「妳說這可怎麼好？這一個月來，我都躲在家中不敢外出，真被給人戳我的脊樑骨，更沒臉見妳二伯母和妹妹。」她頓了頓，又訕笑著解釋道：「其實，每回請客也不是獨獨請妳家伯母和妹妹的。」

這話就是說，她還算是周全，沒弄得人盡皆知，沒讓旁人以為珍妹妹有什麼不是之處才被周家放棄，只是感情上對不起珍妹妹而已。

難怪剛才珍妹妹跟周夫人請安時，周夫人那麼坐立不安。

郁心蘭抿了抿唇，她還能說什麼？人家周公子有了心上人，總不能將妹妹送過去做小。就算她現在逼著周夫人去郁府提親，娶妹妹為正妻，又有什麼用，有道是強扭的瓜不甜。

周夫人小心翼翼地打量郁心蘭的臉色，直罵自己：「都怪我行事沒個章程……」

郁心蘭淡淡地截口道：「的確是，周夫人這麼在意兒子的想法，就當先問過周公子的意思。」

周夫人老臉一紅，訥訥的不知說什麼好，憋了半晌才道：「要麼這樣？已是臘月了，我府上多辦兩次聚會，再幫著介紹幾位有子嗣的夫人給令妹妹認識？」

每年的臘月，都是各府大辦宴席的時節，並不單是御史府要辦的。

郁心蘭笑容冷淡，語氣就更冷淡了：「到了年關，侯府也會舉辦宴會，我家妹妹的事就不勞周夫人操心了。」

郁心蘭很生氣，打量她不知道呢？原本這事兒是可以事先避免的。都說知子莫若母，周公子有心上人的事，周夫人怎麼可能一點也不知，估計是之前並不滿意那個女子，想讓兒子能移情到珍妹妹身上，只是最後沒成功，就將珍妹妹不上不下地給撂這兒了。

這周夫人平素看著很穩重，為了自個兒的兒子就這般沒分寸，只怪她看錯了人。

郁心蘭端茶送客：「我屋裡還有客人……」

周夫人忙道：「那我就先回去了，日後有機會再請妹妹過府一聚。」

郁心蘭點了點頭，神情淡淡的，大家其實心裡都有數，日後並不會怎麼來往了。

回到靜思園，暖閣裡留下了赫雲彤、唐寧和溫氏、郁珍。唐寧是想趁人少時多抱抱小寶寶，見郁心蘭回來了，便笑道：「我也該走了。留下來，就是想親自請妳明日去我府上耍一耍。」

郁心蘭連忙應下，又拉著唐寧到一邊，問起她的病情。

之前郁心蘭推薦吳為去給唐寧看診，到她自己生產的時候才知道，原來吳為擅長的是解毒和療傷，婦科方面只是馬馬虎虎，敢來侯府照顧她，是因為他以前替兩匹駿馬接生過……郁心蘭真是欲哭無淚，只怕唐寧這頭也不大妙。

果然，唐寧的臉上露出幾分壓抑的憂傷，淡笑了笑，「吳神醫說他只有一成的把握，先開了溫和的方子調養著，又說他師兄是婦科聖手，已經去請他師兄了……能治便治，治不好……也沒什麼了。」

郁心蘭握了握她的手道：「妳又不是沒懷過，只是氣血虛些而已，多補補身子，平素多走動走動，不是有句養生的話叫『飯後百步走，活到九十九』嗎？假以時日，定會有的。」

這時代的女子講究嫻靜，貴族小姐們出了屋子就乘轎，身體弱得很，郁心蘭只得勸唐寧多動一動，對身體總是有好處的。

唐寧也不知聽進去了沒有，淡笑著回握了郁心蘭一下，便叫上赫雲彤一起走了。

郁心蘭這才提裙回了暖閣，溫氏和郁珍正一人抱了一個寶寶，在逗著玩兒。見到郁珍，郁心蘭有些微的不好意思，怎麼說，當初周夫人都是她帶去仁王府的……

溫氏見到女兒，立即使了個眼色，笑道：「我做了幾件小孩子的衣裳，放在內間了，妳看看合適嗎？」

郁心蘭笑著跟郁珍打個招呼，挽著娘親的手進了內室。

溫氏說的果然是郁珍的事：「我今日見周夫人並不怎麼熱情，難道是……」

郁心蘭點了點頭，溫氏就是一嘆：「這可怎麼好，妳二伯母才還和我說，之前周夫人讓珍丫頭在屏風後見過周公子了，珍丫頭很是滿意呢。」

郁心蘭心下對周夫人更是惱火，卻又要安慰娘親：「我再幫著物色一下，珍妹妹生得這麼美，哪裡會許不到人家呢？」

母女倆不敢在內室多待，一齊出來，郁心蘭便朝郁珍笑道：「珍妹妹坐炕上來，咱們姊妹好好說說話兒。」

郁珍微垂了眼眸，輕輕起身福了福，便大方地走到炕邊上坐下了。郁心蘭心裡就是一嘆，看來妹妹已經察覺到了，她也就不繞彎子了，笑吟吟地道：「過幾日侯府應當會辦個賞梅宴，到時我會發張帖子給妹妹，妹妹與心和、心瑞他們一塊過來玩一玩吧。」

郁珍的小臉垂得更低了些，卻是道：「多謝表姊的一番美意，屆時還要問過母親的意思。」

這便是委婉地拒絕了，情竇初開的少女傷了心，郁心蘭想安慰，卻又無從安慰起。

紫菱捧著新沏的茶壺走進來，輕聲對郁心蘭道：「陳社在外面等著回話。」

郁心蘭正覺得氣氛尷尬，希望能岔開一下，忙道：「讓他進來。」

陳社垂手進來，站在屏風後稟道：「大爺讓小的先趕回來跟大奶奶稟報一聲，一會兒大爺會帶賢王殿下、南平王世子等到府中來，請大奶奶安排一下宴席，席面就擺在靜思園。」

看來是會到內院來，估計是來看寶寶的。郁心蘭應了一聲，便去紫菱拿銀子給廚房，讓廚房快點整治一桌上好席面出來。

陳社拿了賞錢，便往外走。

千夏見到他便笑道：「陳小哥，麻煩你稍等一下。」

陳社忙停下，只見千夏拿了一個小包袱出來，遞給他道：「這是我幫我老子做的鞋，用的是府裡賞下來的料子，還請陳小哥幫忙帶一下。」

說著，千夏將包袱打開，果然是一雙男人穿的棉鞋，面料雖好，卻也是府中下人們用的料子。看上去沒有什麼不合規矩的地方，陳社便伸手接了，笑道：「煩請千夏姑娘告訴我地址，我明日就給妳送去。」

千夏說了地址，又硬塞了幾個大錢給陳社當辛苦費，才放陳社離開。

暖閣裡，溫氏聽說大姑爺要帶外男過來，便提出要告辭。

郁心蘭按住娘親的手道：「娘親再稍等一會兒，我拿幾樣禮品，請娘親幫我帶給老祖宗。」說著與紫菱進了偏廳。

這段時間郁心蘭收了許多禮，多得偏廳都快堆不下了。郁心蘭細心挑了幾件，讓紫菱包好，拿進暖閣交給溫氏，這才送溫氏和郁珍出門。

原以為赫雲連城等人還要再晚些才會回來，哪知剛出了正廳，正遇上赫雲連城帶著幾位客人進來，撞了個正著。

兩邊人忙相互見禮，赫雲連城客套地請岳母留飯，溫氏正待推辭，哪知明子期忽地道：「郁夫人便留下來吧，不然一會兒嫂子跟我們這些男人一起吃飯，心裡彆扭。」

他這麼一說，溫氏便不好走了。溫氏不走，郁珍也不能走，兩人只得避到偏廳，等幾個大男人看完了赫雲連城引以為傲的寶貝兒女，回到前院書房去談正事，才又轉回暖閣休息。

晚間用飯時候，自然是男女分席，郁心蘭和溫氏、郁珍一桌，幾位男人一桌。男人那桌自是熱鬧，女人們這桌卻是靜得很。郁珍吃得心不在焉，溫氏又極是守禮，食不言寢不語，郁心蘭一個人就懶得活躍氣氛了。

酒至酣時，明子期端了杯轉過屏風，大大咧咧地往空位上一坐，朝郁心蘭道：「嫂子，我敬妳一杯。」又向溫氏及郁珍道：「郁夫人和郁小姐就請自便。」

溫氏忙喏喏應下，郁珍卻將頭幾乎垂到桌面，窘得連筷子都放下了。

明子期見多了女孩子對他拋媚眼、丟手帕，或者假裝害羞暗中勾引的，看見郁珍這樣真害羞的，就覺得新鮮，不免多瞧了幾眼。

郁珍頭頂雖沒生眼睛，卻仍是能感覺得到，窘得連脖子都紅了，額頭幾乎撞著桌面。

郁心蘭與明子期碰了杯，見他故意盯著郁珍，便沒好氣地道：「好了，酒也喝了，請賢王殿下回席吧。」

明子期訕訕地摸了摸鼻子，端著杯子回了席。

南平王世子韓建是個俊美白皙、帶點邪魅的少年，從外表倒看不出榮琳郡主所說的暴虐、好男風。兩席僅有一道屏風遮擋，他自然是聽到了郁心蘭的話，便壓低聲音問明子期：「你該不會是對郁府那個小美人動心了吧？」

明子期「呿」了一聲，同樣壓低聲音回道：「要動心，也是她對我動心！」

那邊郁心蘭正在問郁珍對吳為的印象怎麼樣。她剛才看吳為多瞧了郁珍幾眼，認為吳為對郁珍有好感。吳為雖是江湖中人，但家境富裕，也沒訂親，若是這二人有意，她倒可以幫著撮合撮合。

郁珍哪裡敢看陌生男人，只是郁心蘭問得緊，只好努力回想了一下，隨口道：「比剛才那個人好，那人就是個無賴。」

郁珍性子文靜秀氣，平時聲音就很小，這會兒又特意壓低了聲音，可另一邊坐的男人都是武功高強的，自是聽了個十足十。幾人都怔怔地看了一眼一臉苦瓜樣的明子期，繼而跟約好了似的，哄堂大笑。
尤其是韓建，笑得直抽，桃花眼都眯成了一條縫。
郁珍羞窘得恨不能找條地縫鑽進去，再也不想久留，溫氏只得帶著她先告罪辭行。
席罷送客之時，南平王世子還是笑道：「嫂夫人的妹子有雙慧眼，一眼就看穿了子期這傢伙的本質。」
郁心蘭只能訕訕地笑笑。
送走了客人，赫雲連城的臉上還有著淡淡的笑容，今晚他們幾個就拿明子期開心了。
乳娘將寶寶們抱進來，赫雲連城忙伸手接過一個，親了親，又湊到郁心蘭的手上，親了親另一個，笑道：「寶貝們想爹爹了沒？」
兩個小寶寶頓時咯咯咯地笑了起來，好像在回答他的問話一般。
赫雲連城心軟得一塌糊塗，忍不住抱著寶貝親了又親。
郁心蘭笑道：「好了好了，你身上有酒氣，寶寶們不習慣的。」
赫雲連城卻輕笑道：「我抱的是兒子，哪有男人不愛酒的。」
郁心蘭笑啐道：「一邊去，曜兒現在還是男孩子，要過好些年才是男人。」
赫雲連城卻不這麼認為，「男子五歲開蒙，就應當開始習文練武，不能再晚了，否則會養得很嬌氣。」
郁心蘭心中就是一疼，這麼小就要吃苦了呀？又知這是對兒子好，遂低了頭不接話。
以前看別人家的孩子，覺得太嬌氣了，總覺得那些父母太縱著孩子，到自己當母親的時候才發現，自己的寶貝還真是怎麼疼怎麼愛都不夠。
赫雲連城於是便伸出一隻手臂，將妻子摟坐到短炕上，商量著道：「蘭兒，不如這樣吧，兒子由我來教，女兒就由妳來教。我不希望我的兒子是個嬌氣十足，沒擔當的男人。至於女兒嘛，妳只要將她教得像妳這樣明理、賢慧又可愛就好了。」

郁心蘭噗地笑了出來，「怕我干涉你教兒子呀？居然還會拐著彎兒說話了。」

赫雲連城也笑道：「這不是怕妳不高興嗎？」

郁心蘭笑著靠到他的肩上，「你要教好兒子，我哪會不高興？只是有些心疼罷了。不過，你放心，我知道慈母多敗兒，我不會干涉你的。」

小夫妻倆就兒女的教育問題達成了共識，兩個小傢伙似乎聽懂了，悅姐兒咯咯直笑，曜哥兒卻扁了扁小嘴，想哭，最終還是沒哭出來，可小臉卻扭得像根小苦瓜，把赫雲連城和郁心蘭逗弄得哈哈大笑。

赫雲連城這才想起一件事情來，「對了，今日子期告訴我，妳三姊小產了。聽說是踩了冰，滑倒了。」

這天氣的確是有冰，不過王府那麼多下人，應當早早就會將冰鏟開才是，而且郁玫自懷孕之後就十分小心，走出屋子，前後左右得多少人護著，這樣也能滑倒？除非是有什麼特殊的、重大的事情，讓郁玫急了，沒等丫頭們準備好，就往前衝去。

郁玫的身子才剛過三個月，往各府送了喜報，卻轉眼就成了悲劇。

郁心蘭有些想不明白，心裡有一萬個揣測，卻沒想到赫雲連城溫熱的唇便覆了上來，回過神，張大眼睛，卻發現赫雲連城的目光如同水般溫柔，甚至帶著幾分波光瀲灩之色，正邊吻邊望著她。

不知道為何，郁心蘭的心跳驟然快起來，耳邊卻聽到女兒咯咯的笑聲，忙一把推開赫雲連城，慢慢低了頭，「孩子在這兒呢！」

赫雲連城這會兒覺得兒女十分礙眼，揚聲喚道：「來人，帶小主子們回屋歇下。」

哪有這樣的人，居然覺得兒子女兒是電燈泡！

兩名乳娘忙挑簾進來，福了福，抱著哥兒姐兒退了出去。

待得兩人獨處之時，郁心蘭故意坐到牆邊，離他老遠。赫雲連城不知她是惱了什麼，只能慢慢挪動位置，愈靠愈近，終於坐到小妻子身邊，伸手便把小妻子密密實實摟在懷裡。見她沒反抗，便又低頭卻吻她，魁梧的身子愈壓愈下。

「別……在這兒。」這裡只是榻，還不是床呀！郁心蘭被他弄得氣息急促，禁不住橫了他一眼。「我們到床那裡去……」

「好。」赫雲連城果斷截了小妻子的話，然後伸手摟住她，探手解開了郁心蘭的衣襟，順著面前寬鬆的前襟摸了進去。

不知是不是哺乳的關係，郁心蘭的乳峰特別敏感，被他微繭的手滑過，頓時酥了半邊身子，軟在他的懷中。

赫雲連城邊吻邊抬眸看著小妻子的反應，如同秋波一樣瀲灩的眼神，令他心神俱蕩，唇沿著胸口往上吮吸，轉眼吻上了郁心蘭細膩的脖頸，嘀咕道：「自從有了那兩個小東西，妳都快兩個月沒正經看過我一眼了。」

聲音裡夾雜著委屈和孩子氣。

郁心蘭忍不住輕笑了起來，心裡卻湧起一股溫暖而潮濕的感覺，於是，伸手環住他的腰身，嬌笑道：「今天妾身就好好伺候您，好不好？」

這聲音甜糯如蜜，令赫雲連城身上迅速火熱起來。

他再也忍耐不住，將小妻子抱起來，放到了床上。

郁心蘭養了兩個月的月子，他就當了兩個月的和尚……不對，算上之前懷孕的日子，他都當大半年的和尚了。可是，早就壓抑許久的赫雲連城卻沒有像以往那樣疾風驟雨，而是有說不盡的憐惜和疼愛，溫柔地親吻，溫柔地撫摸，溫柔地進入。

郁心蘭順著這股和風細雨，沉浸在醉人的感受中，意識迷濛中，耳邊聽到一句低沉的話語：「蘭兒，我愛妳。」

一瞬間，喜悅的淚水滾滾而下……

❖ ❖ ❖

陳社將手中的包袱交到炕桌上，郁心蘭的眸光閃了閃，「你確定？」

陳社不好意思地笑了笑，「確定。以前，小的在原主人家裡當差時，也常這樣藏東西出去。」

郁心蘭便示意紫菱按陳社說的，割開鞋底看一看，果然有一張小字條。

取過字條一看，郁心蘭冷哼了一聲，這個郁玫還真是不消停，做這麼多壞事，卻都報應在孩子的身上，托胎到她腹中的孩子，何其無辜？

她想了想，讓紫菱將字條原封不動地放進去，再將鞋面和鞋底接好，交給陳社，「就按她說的送過去。」

已經知道了，就沒什麼可擔心的。

陳社領命退出去，郁心蘭歪著頭想了想，忍不住好笑，「看來我這個月註定是要當月老了。」然後，讓紫菱將千夏給喚進來，郁心蘭笑咪咪地道：「之前要幫妳跟石磊說親的，可我肚子大了，不方便出府，這月子一坐就是兩個月，時間都耽誤了。我現在閒下來了，便想著，要麼，把妳許給陳社好了。我見妳也常找他說話兒，應該是談得來的，陳社這小子機靈，日後也是有前途的。」

千夏一聽便急了，石磊好歹是仁王妃的陪房，總還有被拒的可能性，但若是將她說給陳社，那就是大奶奶一句話的事兒。可恨的是，這幾個月院子裡突然多出了好幾個嬤嬤，害她想近大爺的身都不成，白白浪費了大好時機。

紫菱見她低了頭不說話，便笑道：「大戶人家的大丫鬟，愈是有體面的，主子愈是會幫忙早早尋找一個好人家，將來嫁出去做了媳婦子，或是繼續留在身邊服侍，或是送出去幫忙管理一些事情，總之，不會虧了妳。」

千夏只得跪下陳情，說是老子和老子娘的身子都不好，她在佛前許過願要晚些出嫁云云。

「這樣啊……那就只能再等幾年了。」郁心蘭只得打發她出去了。

紫菱不由得問大奶奶：「您覺得她會行動嗎？」

郁心蘭笑了笑，「會的，而且她一定會去找郁玫，讓人跟緊了她。」

郁心蘭吩咐完，見時辰到了，忙更衣梳洗，乘車去郁府接郁珍，再一同前往莊郡王府。

赫雲連城是下了朝後直接過去的，沒與她一路。到了莊郡王府，在二門處等著她，將她拉到一旁悄聲道：「子恆想將唐玲說給南平王世子，妳一會兒幫襯著點。」

郁心蘭笑道：「成啊。」

唐寧有兩個嫡妹，唐羽指給了明子期為側妃，唐玲還待字閨中。唐家三姊妹都是美人兒，也都是溫柔的性子。

女眷們在後院飛雲暖閣裡賞梅花，郁心蘭覺得內急，便請認識的華春指了路，自己一人跑去解決了。回來的時候，沒走原路，走西側的穿廊。穿廊的另一邊是一片桃林，此時自然已是枯枝一片了。

郁心蘭忽地聽到極輕的對話聲，那嬌滴滴的聲音可不正是榮琳郡主的？於是她便上了心，悄悄聽了幾句，不由得嗤笑不已，這個榮琳還真是不死心，想在莊郡王府裡行事，來個一箭雙雕，要麼攀上連城，要麼攀上南平王世子，還真是會作夢。

這事兒既然已經被我知道了，那恐怕就不能如妳所願了。

郁心蘭嘿嘿一笑，輕手輕腳地回了暖閣，又悄悄湊到唐寧的耳邊問：「我想請個客人過來，不知道行不行？」

唐寧笑道：「行呀，有什麼不行，妳的客人就是我的客人。」說著便使人去取了份請柬過來。

郁心蘭笑吟吟地接了，「連是哪個都不問我，我也不好意思辜負了妳的一片好意，一會兒請妳看齣好戲。」

❖　❖　❖

南平王世子韓建這會兒正在苦惱，怎麼會無緣無故地接到這麼一張小字條兒，說是有要事要商議，他認識的幾人都在暖閣裡，還會有誰要找他呢？

明子期剛好抬眸看了他一眼，又轉頭去看赫雲連城，瞧在韓建的眼裡，就是心虛的表現，不會是這個傢伙故意想整我吧？

韓建想了想，古怪又狡猾地一笑，瀟灑地起身道：「我去四處看看，你們接著聊。」

明子恆本就是有心要當媒人的，此時聽了這話便笑道：「我府中後花園裡有一片梅林、一片竹林，都是風景優美之處，世子若是喜歡，我便著人帶你過去看一看。」

韓建呵呵一笑，「如此甚好。」

明子恆亦是大喜，使人領世子過去，又差人告訴王妃，要她帶妹妹過去。

韓建進了內宅，卻不按字條上寫的往竹林去，而是要求小太監多帶他繞點了圈子，他要好好賞一賞花園的景致。

小太監不敢不從，領著他繞路，哪知竟迎面遇上一名美貌少女。

韓建眸光一閃，邪笑道：「這不是赫雲少夫人的妹妹嗎？」

郁珍嚇了一跳，就是因為暖閣裡的貴婦人她都不認識，才悄悄溜出來一個人靜一靜，誰曾想這後院裡居然也能遇上男人？

她忙福了福，便飛速起身扭頭就走。

韓建似乎還沒被人這樣忽視過，不由得摸了摸自己的俊臉，喃喃自語：「難道我入京後，魅力就下降了嗎？」

快近晌午，男賓們在明子恆的陪同下，一齊進入了後花園。宴席就擺在飛雲暖閣，自然是男女分席，中間用屏風隔開。

快開席前，明子恆目光一掃四周，不由得問：「許公子去了哪裡？」

一名隨侍忙稟報道：「許公子去如廁了。」

明子恆點了點頭，這位許文許公子莫名其妙拿了請柬跑過來，是誰發給他的？只是人都來了，明子恆也不好不讓人家進府。可一進府，好像就只看到他一眼，然後就再沒見著人影了。

而女賓這邊，唐寧點了名後，發覺沒見了榮琳郡主，不由得問左右：「誰瞧見榮琳郡主了？」

有侍女答曰：「郡主說有些睏，月春姊姊帶她去廂房休息了。」

唐寧忙道：「快差人去請來，馬上要開席了。」

客人若不到齊就開席，總歸是失禮，眾人便在膳廳等著。

忽地，暖閣後的小竹林裡傳出一聲怒吼：「滾開！」

這嗓音極為嬌嫩，說是叫滾，還不如說是在邀請，一時間，將眾人的目光都吸引到了窗外的小竹林中。

榮琳郡主氣得嬌軀亂顫，雙眸含淚，她約的明明是靖哥哥，怎麼會跑出這個醜八怪？

梨花帶雨！這般嬌怯怯的模樣，更引得許文體內的男性荷爾蒙激增，何況榮琳郡主只是嬌瞪著他，卻沒有再說出什麼惡言，這不是欲拒還迎是什麼？

想到給自己送請柬的那名小廝的話，許文更加堅定了自己的認知，榮琳郡主這是害羞，同時端出高高在上的姿態，說到底，人家是有皇家血脈的郡主，而自己只是個侍郎之子，是高攀了她，當然要由自己主動追求才對。

若不是對自己有意，為何會在他一入王府就收到「有要事商量」的字條，一來到小竹林，就遇見了榮琳郡主？

想到這兒，許文的俊臉上揚起自信地微笑，整了整衣冠，上前一步。

「站住，再敢過來，我就喊人了！」榮琳郡主氣得直抖，沒見過這樣的登徒子，不過是略有些相貌，就敢來覬覦她！

忽地，榮琳郡主覺得這話兒不對，若是將人都招來了，她跟許文這個醜八怪就牽扯不清了，於是又惡狠狠地道：「再敢過來，我就告訴太后娘娘去！」

難道她是在暗示我，要向太后稟明我們之間的情誼？

許文兩眼放光，又往前邁進幾步，「郡主只管去稟明太后娘娘便是。」

榮琳郡主慌得直退，後背撞上一杆修竹，退無可退了，只能將手推拒在外，恨聲道：「再過來，我立即就告訴太后，治你的罪！」

聲音甜膩中帶了澀味，聽在耳朵裡別有一番動人韻味。

許文只覺得骨頭都酥了，女人果然都是這樣，愈是想要，就愈是說不。榮琳郡主不想直視他，偏了頭，只給他完美的側面，長長的睫毛怒得一顫一顫的，彷彿情怯。許文的膽子頓時肥了，再向前一步，伸手抓住了榮琳郡主的柔荑。

榮琳郡主氣瘋了，用力一甩手，回身就跑。可是跑得太急了些，許文又捨不得放手，在她掙脫的一瞬間，鬼使神差地拉住了她的衣袖。

榮琳郡主跑得又太急太快，錦緞的面料看著華美，其實並不結實，這麼一拉一拽的，竟刷一聲，裂了一道大口子。更難堪的是，一大片前襟從腰帶中被扯了出來，露出了裡面鵝黃色的中衣……

「啊——」樓上的看客們發出了驚嘆。

「啊——」榮琳郡主發出了尖叫。響徹雲霄。

❈ ❈ ❈

郁心蘭回到府中，還笑得軟倒在炕上。

赫雲連城看著小妻子這個樣子，不由得無奈地搖頭，「也不必得意成這樣子吧？」

不過就是差人傳來了許文，又將榮琳郡主遞給他的字條轉給許文而已，有什麼得意的？

郁心蘭便笑，「她說點什麼事，都能正好被我給聽到，可見是老天爺看不過眼，要罰她呢。」

赫雲連城當然不會去小竹林，但若是她不知情，就沒法叫來許文，少看了一齣喜劇呀。

雖說女人何苦為難女人，可榮琳郡主總是打她相公的主意，她若是不反擊一下，還真當她是個軟柿子了。

郁心蘭愈想愈高興，「今日請了不少朝中的權臣和勳貴呢，這事兒是藏不住的，估計明日太后就會要給榮琳指婚了。」

如果不指給許文，就必須指給外地的勳貴子弟。指給京中其他子弟是不成的，畢竟跟許文來了這麼一齣，直接就等於是給旁人指了頂綠帽子，太后做不出這樣的事來。

如果榮琳郡主能離開京城，那就更好了。

赫雲連城實在是不忍潑她的冷水，但還是要告誡她道：「妳給子恆惹麻煩了，太后很疼榮琳的，定會責怪唐寧沒管理好後宅，任由外男出入。」

隨他們一同回侯府的明子期卻道：「沒事兒，這事就算在我的身上好了，反正我早看榮琳那拿腔拿調的樣子不順眼了。」

郁心蘭笑嘻嘻地搖頭，「不會有什麼麻煩的，許文手中有榮琳郡主寫的字條，我還有榮琳收買王府下人，讓人清場的證據，都交給唐寧了。」

若是榮琳郡主自己犯賤，跟唐寧有什麼關係？

赫雲連城這才鬆了口氣，卻仍是擔憂道：「也要太后願意問莊郡王妃才行。」

郁心蘭篤定地問：「既然太后這麼疼愛榮琳，就肯定會宣唐寧進宮詢問的。」

明子期也贊同地點了點頭，「沒錯。」

既然這兩人都這麼篤定，赫雲連城也不再糾結，說起了武舉之事。往年的武舉一般都只進行一個半月左右，這回卻拖了兩個月，還差一場最後的殿試沒進行。

皇上的意思是想在小年夜舉辦殿試，既能欽點武狀元，又能賞武助興。

只不過，這一次進入最後殿試的八位英才，都是年方二十，尚未娶妻之人。想來最後欽點了武狀元之後，還會有一場指婚大戲。

武舉是由南平王世子韓建和仁王明子信、賢王明子期、永郡王明子岳三位王爺一同監考的，赫雲連城和莊郡王明子恆因暗查秋山之案，所以沒有參與。

赫雲連城今日請明子期過來，就是想問一問他對幾位武舉人的印象，若是有可靠之人，他便會轉告母親。因為侯爺已經同長公主說了，今年年底之前，一定要給二姑娘赫雲慧定下一門親事，最好的方式，當然是在殿試後請皇上指婚，否則過完年，她就十七歲了，更難嫁出去了。

明子期倒也認真，仔細想了想，說了兩個人，都是有希望中狀元的，而且家境殷實，家中的人口也比較簡單……

郁心蘭聽著聽著，發覺明子期很有當「媒公」的天分，監考人還調查人家的家庭人口，這不是給日後開冰人館做準備的嗎？

明子期說完，發覺郁心蘭賊笑著看著他，不由得頭皮一陣發麻，「表嫂這是何意？」

郁心蘭含笑搖頭，「沒有何意，就是覺得……你這麼關心人家的婚事，為什麼卻拖著自己的婚事不辦呢？」

說起來，唐羽指給明子期也有大半年了，這傢伙卻總是對欽天監挑出的日子不滿意，唐羽恨嫁恨得都快用目光殺人了。

明子期嘿嘿一笑，「我正妃都沒選的，不急著娶側妃。」

說完，他怕郁心蘭和赫雲連城接著勸他，尋個藉口就遁了，連最喜歡的悅姐兒都只來得及親了一口。

郁心蘭看著明子期的背影，若有所思地道：「他不會是心中已經有了人，卻不方便開口向皇上提吧？」

赫雲連城笑她想得太多，「皇上特別縱著子期，子期又是個厚臉皮的，他若真有意中人，哪會不好意思提？」

次日晌午，宮中果然傳出了喜訊，太后娘娘下了懿旨，將榮琳郡主指給吏部侍郎之子許文。

肆之章

皇子求嗣暗打摸

在賀府的宴會上，唐寧拍著胸脯道：「昨日太后還真的宣我入宮了，幸虧有妳給我的證據……唉，也不知她這般下嫁，心中委屈不委屈？」

郁心蘭嗑著瓜子輕笑，「這是她自己找的，她親口跟我說，她看中了許文。」

不管是真是假，反正這話是從榮琳郡主口中說出來的沒錯。

臘月裡的宴會就是多，幾乎每天都有，而郁心蘭只要參加宴會，必定會給郁府發個帖子，交代自己一定會準備去接郁珍。她對郁珍心中有愧，希望能在眾多的宴會中，為其尋到一門好親事。

而唐寧亦然，只要出席宴會，必定會帶三妹唐玲出席，因為現在京中的各類宴會，必定少不了邀請南平王世子韓建。

某次在敬國公府的聚會上，宴前，眾夫人們閒著無聊，便摸起了骨牌。

郁心蘭和唐寧、赫雲彤等人一桌，玩興正高時，唐寧忽然問她：「妳的堂妹呢？」

郁心蘭渾不在意地道：「她害羞，人多的地方就會覺得彆扭，所以我便讓丫頭帶她去園子裡散心。」

唐寧唇邊的笑別有深意，「這麼冷的天，妳也不怕凍著她。」

郁心蘭還是沒有察覺出有什麼不對，笑了笑道：「我讓丫頭帶著手爐呢。再者，冷了，她自己會進來烤火的。」

坐在唐寧身後，幫唐寧看牌的唐玲終是忍不住了，噘著小嘴輕聲道：「可是，聚會中後院也時常會進外男，這般離群獨處總是不好。」

這話說得，好像珍妹妹有多不知廉恥似的。

郁心蘭這才將目光從自己的一手好牌上抽離出來，抬眸看了唐玲一眼，正色道：「珍妹妹是個守禮之人，遠遠見了外男，自然會迴避。就算是實在一時之間迴避不了，撞見了，外男進了後宅，也是在小廝和婆子的陪同之下，珍妹妹身邊還跟著丫頭，又不是私下會面，有什麼大不了的？」

唐寧趕忙道：「的確是沒什麼不好，妳就當玲兒沒說過，她小孩子心性，妳別往心裡去。」

郁心蘭看在唐寧的面上，也不會過於計較，只是補充了一句：「有些事情，不去想自然就是沒有的。」

唐玲的臉立時漲紅了，咬著紅唇道：「我不是胡說的，妳自己……跟在妳堂妹身後去看，就知道了。」

郁心蘭心中一滯，難道珍妹妹跟什麼人對上眼了嗎？若是在現代，她自然是隨便她們去了，可這時代不同，開明的父母能允許兒女事先去相看某人，但絕不會允許這樣私下定情。若是傳出點什麼事，珍妹妹的名聲就不好聽了。

正說著，有幾位夫人起鬨道：「敬國公夫人不是說請來了南平王世子嗎？聽說他府上與您家也是沾親帶故的，怎麼也不見他來給您請個安呢？」

敬國公府的確是跟南平王家結過親，雖說拐了幾個彎兒，不過論起來，南平王世子的確算是敬國公夫人的晚輩，來請個安也是應當應分的。

這些夫人吵嚷得厲害，還不就是為了瞧一眼風頭正勁的南平王世子。南平王鎮守南疆，可是幾年都見不到一次的。

敬國公夫人也知這些人的真實用意，著意想在賓客面前賣弄一下，哈哈笑道：「妳們呀，真是一群老不修，想看美男子就直說，偏要找藉口。」說著便使人去前院請南平王世子過來。

不過半炷香的功夫，小廝們便引著韓建來了。韓建仍是那副風流倜儻的樣子，眉長過眼，眉尾斜飛入鬢，雙眼含笑，顧盼生輝，果然好相貌。

身後有熟悉的夫人捅了捅郁心蘭的腰眼，「世子真是俊呀！」

郁心蘭很客觀地道：「沒我相公俊，更沒我兒子俊。」

敬國公夫人見韓建真的進來向她請安，自是十分喜悅，抬頭見得眾位夫人皆飽含期待地看著她，無可奈何，只得代眾夫人開問，半開玩笑半認真道：「聽聞世子已屆弱冠，卻不知為何還遲遲未婚？」

韓建笑了笑道：「只因韓某曾發個誓言，此生只娶一妻，絕不納妾，所以這妻子之選必當慎重再慎重。」

眾夫人們立時驚嘆了，而避在屏風後的少女們則開始春心萌動。這樣風采出色的男子，卻只願一生一世一雙人，能嫁得他，該是何等的榮耀和幸福。

就連郁心蘭都禁不住微笑著看向韓建，真想不到他竟是這樣前衛的人，虧那榮琳郡主還汙衊他的名聲……活該她嫁給許文這樣的花癡。那個紅玲也不是省油的燈，聽說已經被許文收了房，甚是寵愛，日後兩人慢慢鬥著去吧。

韓建說完了，瀟灑自若地又施了一禮。

敬國公夫人不由得問道：「那麼，賢侄入京也有兩個月了，可有入得眼的閨秀嗎？」

原以為韓建會搪塞一番，哪知他竟直接說道：「有！」爾後掃了屏風後一眼，淡淡一笑，「正要入宮請旨賜婚。」

郁心蘭心中詫異，而唐寧和唐玲卻是震驚了，兩姊妹都情不自禁地轉眸看了郁心蘭一眼，又皆垂眸不語。

回府的時候，郁心蘭照例先送郁珍回去，今日的郁珍格外安靜，彷彿有什麼心事似的，因想到之前唐寧姊妹說的話兒，郁心蘭便不由得多了一個心眼，小聲問：「珍妹妹怎麼了？」

郁珍小臉一紅，跟著又是一白，死命地咬了咬唇，看得郁心蘭心驚肉跳，預感不妙啊。

過了良久，郁心蘭正想直接問郁珍的時候，郁珍卻開口說話了：「還請姊姊幫忙將此物交還原主。」說著，從袖袋裡掏出一塊玉佩。

這塊玉佩是極品的青玉，玉中彷彿有水光流轉，價值連城。佩上雕的是兩條五爪青龍，這……這分明是王爺才能配戴的……

郁心蘭微訝地抬頭看向郁珍，郁珍的小臉紅得幾乎能滴出血來，「是……南平王世子他……硬塞給我的，我不要……麻煩姊姊了。」

郁心蘭整個呆住了，她是想幫郁珍挑一門好親事沒錯，可這門親事也太好了點兒。

韓建這人是不錯，可他的家世卻太顯赫了，不是二伯父能匹配的。門戶之見固然要不得，但在這種出身決定命運的年代裡，門戶相差太大的婚事，幸福的極少。

可是……韓建今日卻願當著那麼多人的面，說出那樣的話來，說明他是真的喜歡珍妹妹。

郁心蘭想了想，問郁珍道：「妳明白地告訴我，妳是不是一點也不在意他？」

郁珍的頭幾乎垂到了胸口，在郁心蘭的連連追問下，才道：「……我配不上他。」

那就是喜歡的。

郁心蘭笑了，「婚姻是天定的，不如看老天爺怎麼決定吧。」

回了府，郁心蘭便跟赫雲連城商量起這事兒：「我想請你問一問南平王世子的意思……」

赫雲連城笑道：「不必問了，他今日同我說了，還想請妳幫著說服妳堂妹呢。」

原來是在珍妹妹那裡吃癟，難怪郁珍說玉佩是韓建硬塞給她的。

她便安心笑了，「那皇上應當不會反對吧？」

赫雲連城卻搖頭道：「世子的親事，都要將雙方生辰八字交由欽天監測算的，以免有不利國運之姻緣。」

還有這樣一說！

赫雲連城卻又笑道：「不過欽天監監正是御史周夫人的胞兄。」

郁心蘭的眼睛又頓時亮了，見天色尚早，立即派人去周府遞帖子。

周夫人因對郁珍有虧欠，很爽快地答應了這件事情，拍著胸脯保證：「包在我哥身上。」

而另外幾座王府裡，也正商量著韓建的婚事。

「南平王極得父皇信任，韓建的妻子必須是咱們的人，這樣才能拉到一個強援。」

就連明子恆，都在與唐寧說著：「怎麼見了這麼多次面，玲兒也拿不準他的心思嗎？」

唐寧面色愁苦，「我懷疑……韓世子看中的是心蘭的堂妹。玲兒說，她聽見過幾次，韓世子派人打聽那位郁小姐的事兒。」

明子恆面色鬆了鬆，「她那個堂妹我知道，父親只是白身，父皇應當不會同意的，做側妃還差不多。妳要知道，我很在意這門親事，畢竟母妃為了我的事，受了這麼多年苦，她又一心希望我能出人頭地，我總要盡力試一試。」

唐寧很溫柔地點頭道：「我知道了，明日我就請旨入宮，先跟太后通通氣，若是能在韓世子請旨之前，先請太后賜婚，這就穩當得多，玲兒不是個心胸狹窄的，就讓那位郁小姐一同嫁入南平王府便是了。」

※ ※ ※

郁玫捏著帕子捂住小嘴，嗚嗚地輕泣，王氏亦是心酸不已，卻還想著女兒的身子，只得柔聲勸道：「妳莫哭了，且好生將養，孩子日後還是會有的。雖說小產不用坐一個月的月子，可也不能大意了。」

眼看四下無人，又再壓低了聲音問：「祁側妃那時坐小月子，妳有沒有趁機……嗯？」

郁玫聽得一怔，隨即又惱火，「母親難道也認為祁柳小產是我害的？」見母親默不作聲，心下更是惱怒，「當日會做海鮮宴，也是因為王爺之前提及愛吃海鮮，況且海鮮席只做在我這兒，是祁柳見王爺一連幾日留宿我屋內，自己巴巴地跑來湊熱鬧……人人都懷疑是我，她自己不說有孕，王爺都不知道的事兒，我哪裡會知道？那饅頭裡揉了什麼粉，我又不是廚子，如何會知道？況且，王爺身邊就只有我和祁柳兩人，她出了事，誰不會懷疑到我頭上，我哪裡會這麼傻？等日後王爺身邊的人多了，再挑得她們自己去鬧，豈不是更好？」

王氏倒吸了一口涼氣，「如若這般，那妳這回小產難道也與祁柳無關？」

郁玫抽抽噎噎地道：「只查出是一名粗使婆子憊懶，沒將薄冰化去，已經杖斃了。」

母女倆在這屋裡說話兒，將奴婢們都遣了出去，又是讓紅蕊和乳娘守在正門外，自是無人注意到明子信從側門悄無聲息地走了進來，站在屏風後靜靜地聽了片刻，又悄無聲息地走了。

來到書房，明子信便將桌上的壽山石鎮紙一掌拂到地下。幾名幕僚從未見過他如此憤怒的樣子，嚇得慌忙跪倒在地，「王爺息怒。」

明子信發洩了一通後，也慢慢冷靜了下來，揮揮手道：「今日不議事，你們且去休息吧。」幕僚們忙施了禮，躬身退出。

明子信立即吩咐侍衛去請秦肅過府議事。

不多時，秦肅便打馬飛馳而來，進得書房，只見明子信眉頭緊鎖，忙問何事。

明子信冷冷地道：「王妃說，祁側妃小產與她無關。祁側妃也說，王妃小產與她無關。」女人們不都是這樣，背地裡做的事怎麼會認？

秦肅正要說話，明子信卻擺了擺手，「我聽到王妃與岳母大人說的話，不會有假。若真是這般，那就是有人來暗害我的子嗣了。」

秦肅一驚，「的確是有這種可能，聽聞永郡王妃已經有四個月的身孕了，之前連一點風都沒透出來。」

明子信尚未娶妃，明子恆沒有嫡子，明子信的妃子們又總是小產，若是只有明子岳誕下子嗣的話……有無子嗣，絕對是能否立為太子的重大關鍵。況且，仁王府接二連三地出這種事，皇上就難免認為仁王連自己的後院都管不好，如何能管得好一個國家？

可恨的是，他尚未能將人手安插到永郡王府，可人家卻已經將手伸了進來。

兩人想到一處，對視一眼，陰鷙之光暴漲。

❖　❖　❖

自從年中的那場大病後，太后的鳳體就一直違和，到底是年近八十的高齡了，再也禁不起一點兒的風雨，因此聽唐寧說話兒，聽到一半竟睡著了。

唐寧頗為無奈，卻又不敢大膽地將太后喚醒，只得在內宮女官的引領下，到偏殿靜候。

睡了大半個時辰，太后才緩緩醒來，一見到唐寧就歉意地笑，「唉，老婆子了，比不得你們年輕人有精神，坐著居然也能睡著了。」

唐寧忙奉承道：「太后娘娘哪裡老了？看起來還不到半百，您可是要長命百歲的。」

太后忍不住呵呵直樂，樂完了，又生出許多感慨，「人這一世，說要盡人事，最後卻仍只能是聽天命的。誰不想長命百歲的，可是古往今來，活到百歲的能有幾人？所以呀，你們在哀家的面前別盡說些好聽的，哀家活到這把年紀，趁著如今還能聽得見，便只想聽些真話了。」

唐寧只是柔柔地笑，「太后，您是有福之人，皇上、皇后事事孝順，為百姓之楷模。諸皇孫又已成年，聽聞永郡王妃已經懷了身子，您就等著來年抱嫡曾孫吧。有了曾孫，心情愉悅，百病萬惱都一時消滅了，只怕您到時都能看著玄孫娶妻生子呢。」

太后又被她給逗樂了。話題扯得這麼遠，唐寧心裡著急，面上卻不敢露出半分，只能陪著笑。倒是太后還記得之前似乎是在聊什麼事情，「哀家記性差了，妳再說說？」

唐寧趕忙複述了一遍，太后只是端莊地淺笑，「妳這孩子，就是心思太重了。妳妹妹的婚事自有妳父親燕王操心著，哪用得著妳來求旨賜婚？」

唐寧聽了，心中惶然，只能輕聲應了，垂下頭去。

她父親燕王亦是四大異姓王之一，與南平王是同級的，若真是要兩家說親，就應當先在私下裡商量好，再到皇上、太后跟前求個恩賜，添點榮耀。可若是兩家事先沒商量好，燕王就來求旨賜婚，就跟唐玲嫁不出去一般。通常為親信的大臣賜婚，之前都會問詢一下意思，若是被韓世子拒絕，那唐玲日後的婚事可就難了。

而唐寧來求旨，只不過是覺得南平王世子出色，想替妹妹尋個好夫君而已，縱使被拒絕了，到底不是長輩，旁人只會笑唐玲表錯了情，唐玲的臉面不會太難看，與燕王親自來求旨，差別大得去了。太后又如何會不知？這般說詞便是婉拒了。

太后輕啜了一口熱茶，睇了唐寧一眼，淡淡地問：「哀家一直很喜歡妳，妳可知是為什麼？」然後也不待她回答，便自顧自地接著道：「是因為妳老實本分，又謹守禮儀。妳跟哀家說句實話，將妳妹妹許給韓小子，妳跟恆兒就真的是為了玲兒著想，完全沒有一點私心？」

唐寧的一張小臉頓時漲得通紅，不論怎樣的說詞，都無法掩飾這樁婚姻之後的利益關係，太后如今還耳聰目明著，哪能看不出來？

可世家大族之間的婚姻，不多半都是為了修建兩姓之好嗎？

看著唐寧微微垂下去的小腦袋，太后輕輕一嘆，「這天下是皇上的，將來想將天下交給誰，皇上自會考慮。皇上要的是有能力的繼承人，好好地將皇上交付的差事辦妥，皇上自會知曉恆兒的能力。」

這話即是在暗示說，只要在皇上面前展現自己的才能就好，不要去想拉幫結派的事，朝中諸臣，包括諸位皇子，都是皇上的臣子，你卻想拉到你自己的身邊去，這算是什麼事？

唐寧聽得明白，小臉漸漸白了，急忙替夫君解釋道：「王爺每日為朝中政務忙到深夜，唯恐令皇上失望，除此之外，斷不敢有別的妄想。」

太后聽了便是一笑，拍了拍她的手道：「身為皇子，有些許想法也不叫妄想，只是要時刻記著，他先是皇上的臣，後才是皇上的子，不要做出逾矩之事。」又讓女官去取了幾副難得的藥材來，輕聲道：「朝政都是男人的事情，妳只管養好身子，為哀家生個嫡曾孫出來，才是正經。妾室生的兒子上不得檯面，沒有嫡子，終是會被大臣們詬病。皇上想立誰為太子，都得給臣子們一個合理的說法才成。」

唐寧謝了賞，退出泰安宮，心頭還在狂跳著，方才太后的最後一句話，似乎隱約是指，若是子恆有了嫡子，那麼立為太子的希望就極大？

只是，自己這副身體……

唐寧來到泰安宮門口，正遇見郁心蘭陪同長公主入宮向太后請安。

唐寧忙上前給長公主見禮，郁心蘭笑道：「妳也在呀。」

唐寧支吾著道：「來向太后娘娘和皇后娘娘請個安，正要走了。」她在幫妹妹搶韓世子，有些不敢直視郁心蘭。

郁心蘭不知這些，正巧泰安宮的女官過來宣召，便笑著跟她道別，陪著長公主進去向太后請安。賜了座後，太后便笑道：「這陣子，入宮來求指婚的人可真是多了，沒想到清容妳也會求哀家。」

長公主陪笑道：「可不是嗎？侯爺為了慧姑娘的婚事，都快愁白了頭。」

太后淡淡一笑，「侯爺為了玥國鞠躬盡瘁，皇上的確是應當幫著侯爺分些憂。只是這些個武舉人的家世似乎都只是一般，縱使中了狀元，也要在軍中歷練數年才能慢慢升職，恐怕配不上慧丫頭，還是在勳貴子弟中挑選一個才好。」

郁心蘭心想，赫雲慧的模樣，打扮一下倒能說上漂亮，可也只是一般程度的，比她漂亮的一抓一大把，雖說是娶妻娶賢，模樣不是很重要，可是，赫雲慧那性子，跟賢慧是鄰居啊鄰居，還是至老死不相往來的那種鄰居。何況赫雲慧的心還高，到侯府來求親的，她還沒幾個看得上的。硬要從勳貴子弟中指一個的話……那不得成就一雙怨偶？

唐寧並沒即時離開，她擔心郁心蘭也是來給堂妹提婚事的，便藉口內急，多磨蹭了一會兒，又褪下腕上一只晶瑩剔透的玉鐲，塞給泰安宮的總管太監，請問他長公主求見太后所為何事。

那總管太監拿了好東西，兼之長公主求的又不是什麼祕密的事，便一五一十地說了。

唐寧心中忽地生出一個主意，忙忙地出了宮。

❖ ❖ ❖

「妳要我……娶赫雲慧為平妻？」明子恆有點像看陌生人似的看向妻子，「妳怎麼突然想到這事兒？」

唐寧咬了咬唇，輕柔地道：「臣妾多年未曾有身孕，只怕是……今日太后也說了，若是沒有嫡子，朝臣們肯定會詬病，若是以此為由，使得王爺的才能被埋沒，豈不是唐寧的罪過？」

說著，又將太后的話原原本本學了一遍。那話裡暗示的意味十分明顯，明子恆亦是心動。

唐寧又補充道：「慧姑娘您也是認識的，相貌是不出眾，可是勝在身體好，那身形一瞧就是好生養的。吳神醫雖說去幫我請他的師兄來，可他也曾言明，他師兄喜歡周遊天下，何時能找到還不一定。眼見朝堂之上，關於立儲一事，眾臣們已經開始各為其主地爭執，而慧姑娘是侯爺的掌上明珠，又急著出嫁，這不正是天作之合嗎？王爺，您不能再猶豫了。」

「妳……」莊郡王十分感動，將嬌妻摟入懷中，訥訥半晌，只吐出一句：「只是委屈妳了。」

唐寧笑道：「臣妾又不是自請下堂，何來委屈之說？」

莊郡王握住她的小手，想了想，又失笑，「不是我願意就成的，還要看人家願意不願意。再者，父皇那裡……」

真論起來，定遠侯的爵位不算高。京城裡光王爺就有二、三十個，王爺之下又有國公、郡公、縣公，之後才是侯爺，侯府嫡小姐嫁郡王為平妻，算是高攀了。可偏偏定遠侯是個手握重兵的，這身分卻又與一般的閒散侯爺完全不同。他想娶定遠侯的女兒，說是為了嫡子，也有一半是為了侯爺，待他成了侯爺的女婿，侯爺怎麼也不可能袖手旁觀了。若是父皇不放心這般聯姻，婚事就不見得能成了。

唐寧笑道：「這事兒，我覺得王爺您應當先與十四弟說一說。十四弟與連城交好，又是長公主和侯爺的親侄兒，先讓他去問個意思，也不失為一種迂迴的方法。若是侯爺有意，再請十四弟與父皇說一說。父皇最疼他了，沒准他去說，就能成了。這京城裡多半的勳貴世家都是沾親帶故的，難道做皇子的誰都娶不得了？皇上也很清楚，侯爺是個忠心之人，絕不會為了王爺就行大逆之事。」

明子恆想了想道：「倒是可以一試。」

❖ ❖ ❖

明子期是個閒得發霉的，想找他，隨時可以找到，不過小半個時辰，他就騎著馬直衝進了莊郡王府的前院。

「噗！」這是明子期聽完明子恆的請求後的第一反應，一口茶水直噴了他滿臉。

一旁服侍的小太監極有眼色地上前，用自己的衣袖幫主子擦拭乾淨，又退回到自己的位置。

明子恆十分無奈地看向十四弟，「用得著這樣嗎？」

明子期自己都被嗆得咳了好一陣子，這會子總算是喘過氣了，又開始發笑，前仰後合，「我說，九哥，你怎麼看上了那個粗魯的丫頭呀！」

赫雲家的幾兄妹跟諸皇子是很熟的，赫雲慧個性好勝，脾氣又差，在明子期的嘴中就沒得過什麼好評價。

明子恆嗟嘆：「至少她身體好。」

唐寧亦在一旁補充道：「十四弟，這事兒是我的主意，還請十四弟幫忙說和說和。」

明子期想了想道：「當媒人亦是行善，我自是能幫就幫，只是這事兒……可不是我能誇口的，慧丫頭心高得很，只怕不願意做這個平妻，再者，侯爺會不會答應，我也不敢擔保。」

明子恆笑了笑道：「你盡力而為就成。」他方才也與唐寧商量了一下意思，還要從別的方面託人去說和，只是不像十四弟這裡這麼有把握。

明子期這便從莊郡王府告辭，直接打馬去了定遠侯府。

郁心蘭正在屋裡頭與幾個丫頭一起做針線，還打量著時辰，想再親自下廚為相公燒幾個小菜。自她懷孕之後，就再沒親自動過手炒過菜，昨日赫雲連城還暗示，說是很想念她的手藝。

郁心蘭聽到門外唱名，忙起身去迎，嘴裡歉意地笑道：「連城還沒回來。」

明子期掀袍坐下，喝了一口新沏的香茗，笑咪咪地道：「先跟大嫂妳說也是一樣。」於是將九哥讓他帶的話兒轉達了一遍，「九嫂也是沒法子……她自己生養困難，總得幫九哥要個嫡子才行。」

之前唐寧就謀劃著給明子恆娶側妃，只怕也是想將側妃生的孩子過繼到自己名下，妾室生的身分還是低了些。只是，郡王的側妃身分也不會低，人家也要兒子防老，怕是不會願意，所以才會想到這麼一齣。

郁心蘭雖被唐寧的賢慧給驚到了，卻沒什麼反感，這時代的男人都覺得三妻四妾再正常不過，女人們也是這樣認為的。除了她這個「外來戶」，極少有女人像王氏和赫雲彤那樣，敢不許夫君納妾，何況明子恆還許了赫雲慧一個平妻之位。

只不過，她卻是幫不上忙的，也不願意幫這樣的忙，總是過不去心裡那道坎，「之前，我跟二姑娘鬧了點子小彆扭，說不上話了。若真要說和，一來是父親和大娘的意思；二來就是二姑娘自己的意思。你也知道的，父親是極開明的人，若是二姑娘願意，他多半不會阻攔。」

畢竟身分配得上，又敢娶個悍妻的男人，實在是打著燈籠也難找，要不然赫雲慧怎麼眼瞧著這麼大了，還沒許到一門親事。

明子期聽了也覺得有道理，想著先找赫雲彤去說服才好，可他跟赫雲彤的關係很普通，便想讓郁心蘭出面。

郁心蘭只是搖頭笑，「我其實不喜歡男人三妻四妾，你覺得女人多了是好事嗎？哪家哪府的後宅子裡沒點子汙穢之事？所以這樣的忙，我是不會幫的，你另請高明吧。」

明子期聽了，深深地看了她一眼，遂笑道：「妳也是個狠的，還不像彤姊姊那般現形，難怪連城哥被你給管得死死的。」

郁心蘭輕笑道：「我可沒管他，我和他是相互尊重，誰說的話有道理就聽誰的，不存在誰管著誰的。」

明子期的眸光閃了閃，「我倒只聽說平民百姓才有這樣的夫妻……嘿嘿，不說這個了，悅丫頭呢？抱過來給表叔親一親。」

乳娘任氏立即抱著小姐兒過來，明子期有模有樣地伸手抱過來，放在懷裡逗了好一陣子，郁心蘭在一旁看得直笑，「這麼喜歡小孩子，就趕緊成親，自己生一個呀！難得你這麼喜歡女孩子，唐羽倒是個有福氣的！」

明子期抱著悅姐兒，在暖閣裡轉圈圈，嘴裡應道：「唐羽那丫頭跟九嫂一個樣子，說什麼都是『是』和『好』，沒意思。」

他其實覺得那些個千金小姐不是嬌縱任性，就是文靜端莊，彷彿就那麼幾個模子裡印出來的，實在是沒意思。

郁心蘭歪頭想了想，「那就讓吳為幫你介紹幾個江湖女俠，保證跟千金小姐們不一樣。」

明子期奇了，「妳剛不是說，不喜歡男人三妻四妾嗎？」

郁心蘭答得很輕巧，「可男人就是喜歡三妻四妾呀！何況你是皇子，皇上和皇后也會逼你多娶幾個的，你不如自己去找幾個心儀的人來！」

「呿，妳怎麼就認定了我一定要三妻四妾呢？」

「你都已經有側妃了，難道不娶正妃？」

明子期默了會子，方笑道：「也是。」只是心裡不知怎麼的有些沉悶，正巧悅姐兒咯咯地笑了起來，他低頭一看，又樂了，轉頭去逗悅姐兒。

郁心蘭瞧了眼沙漏道：「子期，你在這兒坐，我去炒幾樣菜。」

明子期聽罷便笑，「那我今日可是有口福了，若是可以，我想吃糖醋魚。」

郁心蘭應了一聲，掐準了時間，赫雲連城回府時，正好炒出最後一個菜。讓丫頭們端了擺好，三個人一同歡歡樂樂地用飯。

之後赫雲連城便與明子期去了書房，郁心蘭回暖閣繼續手中的針線，時不時逗一逗一雙可愛的兒女。

明子期今日來侯府，還有一件重要的事要與赫雲連城說：「果莊那裡開始有動靜了。之前自願留在果莊的幾戶果農陸陸續續得了病，胡老闆倒是好心，給請了大夫，聽說是什麼井裡的水質不好，這幾戶果農自己願意離開，去了胡老闆介紹的另外一家果莊做事。」

這就是將人打發走了，他們倒是沉得住氣，拖了大半年才開始動手，之前還真真正正在京城裡盤了店子，做雜貨生意。

赫雲連城修長的食指點點扣著桌面，心裡頭將各種訊息過濾了一遍，方道：「只怕不能再緊跟著，真要開始行動了，對方就會防得很緊，不能打草驚蛇。果莊在那裡又跑不掉，咱們過陣子再去打探比較好。你說還有其他人盯著，不如咱們改為盯著那些人就好。」

明子期笑道：「我也正是這個意思。對了，十二哥最近的動作似乎比較大，都是針對十三哥的，也不知這兩人是怎麼了。」

赫雲連城遂問：「你也不知道一點嗎？」

「打聽到一點，似乎是十三哥往仁王府裡安插了眼線。」

這太正常不過了。

明子期便換了一個話題：「反正要過年了，我約江南去醉鄉樓玩幾天，那裡來了一名紅伶，還是個清倌兒，你去不去看看？」

赫雲連城用力地白他一眼，「不去！」

明子期嘿嘿直笑，「一百兩，敢不敢跟我賭，若我跟嫂子說，她肯定想去。」

這是非常有可能的，所以赫雲連城才不會跟他賭，直接將他丟了出去，「回你的王府！」

明子期在門外唱做俱佳地打了個雲手，「人家的府裡好空虛呀！」

一只茶杯直飛出來，明子期趕緊躍上馬背，飛馳而去。

打跑了明子期，赫雲連城仍舊坐在書桌前看書。

千夏端著一套茶具，娉婷嫋娜地走進來，將茶盤放在靠牆的長條几案上，朝赫雲連城福了福道：「請大爺安，大奶奶讓婢子給大爺送茶過來。」

赫雲連城只「嗯」了一聲，頭也沒抬。

赫雲連城喜歡茶藝，千夏又特意學過，所以這陣子總是她來書房服侍大爺用茶，千夏來的次數多了，早明瞭大爺的脾性，當下便自顧自地斟起茶來，取了茶葉撥入壺中，待紅泥小火爐上的水滾沸之時高沖茶葉。那茶葉在茶壺中翻滾，就像是瀑布飛流直而下激起的水花。頓時，一股幽香從壺中傳出，沁人心肺。

待茶沏好，千夏正要端給赫雲連城時，吳為一挑門簾走了進來，張口便道：「好香啊，給我也來一杯。」

千夏忙應了一聲，又將托盤放到案几上，再倒一杯茶，雙手奉上。

待赫雲連城打發了她出去，吳為輕嗅了一下茶水，輕笑道：「這個丫頭懂得倒多。」

「怎麼說？」

「剛才這茶裡可是加了料的，這會子卻又放了解藥了。」

赫雲連城臉色一變，心中暗惱，蘭兒怎麼還不將這丫頭打發出去？

在他看來，有異心的直接杖斃，不想沾血，直接發賣就是了。不過一個丫頭而已，這多簡單！

吳為只是來找他聊天的，沒說上幾句便走了。赫雲連城先去前書房見過父親，轉述了明子恆的意思，才轉回靜思園。

用飯的時候，明子期便提議請些親朋好友到樓外樓聚一聚。隨便讓唐寧和赫雲慧說會兒話，也讓赫雲慧正式見一見明子恆。

郁心蘭只要能出府，有得玩，心裡就高興，而且還想著，這也能給韓建和郁珍製造一點機會。

赫雲連城當時不置可否，這時回來卻道：「樓外樓的聚會，妳安排一下吧。」

郁心蘭微訝，「怎麼？侯爺同意了嗎？」

「嗯，父親說，主要看二妹的意思。」

大概也是因為年紀愈大，能婚配的對象愈少，侯爺也就沒那麼挑剔了吧。

郁心蘭滿心高興又能出府去玩，立即讓人帶了口訊給安泰，讓他好好安排，又與赫雲連城商量了一下要請哪些客人，著回事處製了請柬。

赫雲連城這才拉著她道：「那個千夏已經開始給我下媚藥了，妳到底打算怎麼辦？」

郁心蘭輕輕一笑，「放心，我得讓郁玫親自來處置她，才能讓其他還隱藏的人弄清楚，她們的那個主子到底是個什麼樣的人。」

赫雲連城無奈扶額。

而明子恆那邊，既然動了心思，便開始認真謀劃了。找了一圈，唐寧終於找到甘老夫人的親孫媳婦，請了過來，隱晦地暗示了一番。甘將軍之子是個莽夫，可其妻卻是個玲瓏心肝的人兒，立即明白了莊郡王妃的雅意，次日便遞了帖子入侯府，求見甘老夫人。

待她將來意一說，這樣的好事，甘老夫人自是舉雙手雙腳贊成的，又馬上請來了女兒和外孫女。一開始，赫雲慧是不情願的，她一心希望能與姊姊一樣，管著夫君不讓納妾。

倒是甘氏實際得多，彤兒那是什麼樣貌？傾城傾國！慧兒又是什麼樣貌？普普通通！慧兒這樣的女子，若想夫君只守著她一個，除非是下嫁給那些寒門學子或是低等武官，全憑侯爺的鼻息才能生存的男人。可是讓女兒嫁給這種人，甘氏又覺得委屈了女兒。

這時有了一個好選擇，嫁給莊郡王，還是平妻，那唐寧又是個不能生的，日後慧兒再生下個一兒半女，地位肯定穩固，莊郡王若是能登九鼎，弄不好慧兒直接就是皇后了，那到時這侯爵之位就是策兒的，跑不了。

眾人好一通勸說，終於讓赫雲慧改變了心意，決定先與明子恆見上一見再說。

心裡存了這個念想，赫雲慧便往郁心蘭這兒跑得多了，時常一邊逗著小寶寶，一邊有意無意地將話題繞到明子恆的身上去。郁心蘭自是聽得明白，不過她與明子恆真的不熟，一般只與唐寧閒聊呀，便只說起唐寧如何好相處。

赫雲慧被母親洗了腦，很不屑地撇嘴，生不出兒子，再賢慧有什麼用？日後等我做了皇后，自然會比她更賢慧。

❖ ❖ ❖

兜來轉去的宴會間，時間過得飛快，一晃便是小年了。

今年的小年，正餐在宮中賜宴，正四品以上的官員都可以攜家眷參加，而且為了方便觀看武舉人最後的角逐，宴會廳就定在觀景臺。

觀景臺的對面是一座人工湖，到了冬天便結了厚厚一層冰，可以拉著馬車在湖面上跑，只是特別滑。在這種地方比武，極考驗武舉人的平衡能力和應變能力，據說這個主意是南平王世子韓建提出來的，皇上聽後大加贊同。

因武舉們在殿試之前，要先去天壇祭天，因而一眾女眷們入了宮，照例是先去泰安宮向太后娘娘和皇后娘娘請安。請過安後，皇后娘娘特意將郁心蘭叫到身邊，輕聲道：「妳五妹在漱芳齋中學習禮儀，想來妳們姊妹也有許久未見，妳去看一看她吧。」

郁心蘭趕忙應下，便有宮女在前引路。進宮後打賞便多，郁心蘭隨身帶著不少小金魚、小金錁兒，這會子拿出一顆小金錁，塞到那名宮女的手中，輕笑著問：「這位姊姊常常去漱芳齋辦差嗎？」

那宮女拿了好處，就知道該怎麼答話：「奉皇后娘娘之命去過好些回。每回去，都聽到教養嬤嬤誇獎郁小姐禮儀最是規範。聽說年夜之前，就能將她們遣回府中候命了。」

郁心蘭笑了笑，「也不知欽天監算出公主出嫁的日子沒有。」

「聽說是開春後的三月下旬，宜婚配、宜遠行。」

「以前我也想入宮來見見五妹，卻總不能如願。」

「嗯，那時規矩禮儀還未純熟，皇后娘娘怕來人打攪了兩位小姐的學習。說起來，少夫人還是第一位去漱芳齋中探望的呢。」

「哦……」郁心蘭點了點頭，這麼說，指婚之後，郁玫也沒見過郁琳，這樣就好。

到了漱芳齋中，見到郁琳，郁心蘭不由得大吃一驚，郁琳整個人瘦了一大圈，原本圓潤的小臉已經瘦成了椎子形，下巴尖得都能鑿牆了，巴掌大的小臉上，一雙大眼睛幾乎占去了整張臉的二分之一。這副樣子，遠看尚有幾分柔弱可憐，近看就著實磣人了。

也難怪她會消瘦。陪嫁女官說得好聽，其實就相當於大戶人家千金的陪嫁丫頭，日後只是用於固寵，即便三皇子想多寵她們一點，明華公主也不會允許。若是明華公主生不出兒子，她們就是生兒子的工具，還不能自己抱養自己的孩子。這樣的地位本就尷尬，郁琳還是在那樣的情況下被賜為女官的……

宮女們都退了出去，暖閣裡只餘下姊妹二人。

郁琳惡狠狠地盯著郁心蘭道：「看到我這個樣子，妳很開心吧？妳這個毒婦，小心妳生兒子沒屁股眼！」

真是粗魯！

郁心蘭原本有的那一丁點兒愧疚立時煙消雲散了，淡然道：「可惜妳說錯了，我兒子好得很。」她設計了郁琳一回，何嘗不是因為郁琳想設計她在先？

到底在宮中生活了大半年，郁琳如今比之前穩重得多了，一時忍不住脫口說了惡言，這會子已經冷靜下來，優雅又淡然地問：「妳來看我做什麼？」

郁心蘭輕笑，「別以為是我願意來看妳，是皇后娘娘令我來的。反正妳過幾日就會出宮回府了，我便提前告訴妳，妳三姊她小產了。」

「什麼？」郁琳大驚，她和另一名女官一直被關在這個漱芳齋中，本是連三姊懷孕都不知道的，「是不是她的側妃幹的？妳也不去幫一幫三姊，虧得三姊還總說想照拂妳！」

郁心蘭在心中輕哼，小臉上卻是一派憂鬱，「都說小產不吉利，婆家人不讓我去，我也沒法子，只讓人送了些禮品過去……到底是一家子的姊妹，難道我會盼著她倒楣嗎？」

郁琳跟郁玫的感情十分好，心中大痛，前思後想了片刻，篤定地道：「肯定是祁柳幹的，一定是！等我出了宮，我就去幫三姊懲治祁柳！」

郁心蘭點了點頭道：「妳有這個心也好，可王府的後宅，妳還是得謹慎。」

郁琳冷哼，「我怕什麼？過幾個月，我就要陪嫁去大慶國了，誰敢拿我如何？」

「正是這樣。」郁心蘭笑了笑，「不如聊些別的吧。妳這回陪嫁大慶國，怕是不能帶多少人去，卻不知妳打算如何安置妳院裡的人？」

郁琳淡漠地道：「她們都是家生子，府中自會安排。」又隨口問道：「對了，妳不是說要將大丫頭都許出去？許了幾個了？」

郁心蘭就等她問這句話，輕嘆一聲：「才許了一個。我不喜歡勉強人，當初給錦兒說親時，也是問過她意思的。本來，我陪嫁的一個丫頭跟三姊的陪房石磊說過幾次話兒，我還想配給石磊，只是，前段時間又見著她跟荷香居的掌櫃說話，拿不準她到底喜歡誰，就先擱下了。」

荷香居是王姝的陪嫁鋪子。

郁琳心中一動，故作淡然地問道：「那丫頭叫什麼？」

「叫千夏，我房裡的蕪兒、巧兒都還沒許人的，妳若有人選，便幫我留意一下。」

「嗯。」

郁心蘭見也聊了半炷香的時間，怕誤了看殿試，便起身告辭了。

回到泰安宮，與眾女眷會合後，便一同到觀景臺觀看武舉殿試。武舉可比唱戲好看多了，況且在滑溜溜的冰面上比武，選手時常會滑一下，滑稽百出，更添樂趣。

赫雲連城在男子席上看得入神，忽地一名小太監走近他身邊，輕聲道：「大人，泰安宮的崔總管請您到那邊說幾句話。」

這崔總管很得太后信任，在宮裡也算是說得起話的人，赫雲連城忙起身過去。卻原來，崔總管是幫榮琳郡主帶話兒的：「郡主說，她有極重要的事要與大人說，請大人到海宴閣一見。」

赫雲連城聽了後，心中極為反感，這個榮琳怎麼還是糾纏不清？

他冷淡地道：「請崔總管回覆郡主，皇上賜恩宴，某不便缺席，若真有極重要的事，待日後說與內人聽也一樣，內人自會轉告。」說著，塞了一錠銀子給崔總管。

崔總管見赫雲連城不去，心中只是一嘆，卻又記起榮琳群主方才的樣子和哆哆嗦嗦的請求，少不得多說一句：「郡主神色焦急慌張，想是真的有很重要的事。」

赫雲連城更不耐煩，冷瞥了崔總管一眼，「若是私事，就讓她現在去與內子說；若是公事，自有管理衙門。」說罷，頭也不回地走了。

被赫雲大人鄙視了。崔總管心裡非常無奈，他還不是看太后疼愛榮琳郡主，才來討這個嫌？他搖了搖頭，將銀子塞入袖袋，到海宴閣回話。

海宴閣內沒生火盆，榮琳郡主哆哆嗦嗦地小廳內走來走去，也不知是天兒冷的，還是被剛才偷聽到的話兒給嚇的。好端端的，她幹麼要跑到那兒藏起來，就為了遠遠看靖哥哥一眼？這下好，聽到那樣不該聽到的話……可是，這事兒對靖哥哥卻是極有幫助的，說不定，她能以此為藉口讓靖哥哥娶了她。

想到這裡，榮琳郡主又沒那麼怕了，只是這裡沒生火盆，實在是有些凍得難受，崔總管去了這麼久，怎麼還沒把靖哥哥帶來？

正想著，海宴閣的雕花楠木門被輕輕地推開一扇，一抹嬌小的人影快速閃了進來。

榮琳郡主聽到門響，以為是赫雲連城，揚著笑臉轉頭望去，卻發覺只是一名女子，頓感失望，因背著光，一時沒看清是誰，冷聲哼道：「出去，本郡主有事！」

那女子慢慢走近，邊盯著榮琳的繡花鞋邊道：「呵，堂堂郡主的鞋上怎麼會有這種髒東西？原來剛剛躲在梅樹後的人真的是妳！」

待那女子步入閣中，身周的光線沒那麼刺眼，榮琳郡主終於看清楚是誰，頓時駭得一張小臉沒了半分血色，「妳……妳……別過來……我……我叫了靖哥哥……他……很快就……就來了……」

那女子輕輕一笑，「是嗎？」說罷，飛快地揚起了素手。

❖ ❖ ❖

崔總管來到海宴閣前，想好了說詞，端出一臉焦急的樣子，快跑幾步，推開門道：「郡主，皇上令赫雲大人監考，所以……郡主……天啊，來人啊，來人啊！」

郁心蘭看比武看得津津有味，忽地發覺上座上一陣慌亂，難道是發生了什麼事？過得片刻才知道，原來是榮琳郡主給凍暈了……真是奇了。

榮琳郡主暈過去了，自然有太醫照看，比試還是照常進行。最後，由皇上欽點了武舉前三甲，果然如所預料的那樣，給幾人都賜了婚。這幾名武舉子出身都是普通的小官或是商戶，而皇上指的卻都是高官之女，得此良緣自是喜不自勝，忙忙地磕頭謝恩。

宴會之時，赫雲彤擠到郁心蘭的身邊，壓低了聲音道：「妳知不知道榮琳為何會凍暈？」

郁心蘭望回去，赫雲彤鄙夷地笑，「她跑到海宴閣裡脫了衣裳，想裝可憐勾引靖弟，可惜靖弟沒去，她竟活活凍暈了，妳說可笑不？」

郁心蘭咋了咋舌，「真笨！」不知道等人來了再脫衣？

赫雲彤也是同感，「就是，沒見過這蠢的。」

這事兒，赫雲彤能打聽到，旁人自然也能打聽到。宴席結束之時，榮琳郡主便成了上流社會的一大笑話，雖說太后下令禁言，可哪能防得住旁人私下裡議論？

只是，第二天，許文就聽說了，頓時沒了臉面，恨得直往安王府裡衝，找榮琳郡主興師問罪。安王府的人哪裡會讓他進去，一連將他攔下幾日。紅玲便勸他，您日後是她的夫君，應當她來跟您道歉才是，哪用得著您親自上門？

許文一聽，也是這麼個理，便安心回府等榮琳郡主上門道歉，哪知大年三十那天，竟等來了榮琳郡主香消玉殞的消息。

年三十，大清早，天空中就開始飄起了雪花，彷彿要為那抹絕色的芳魂送行。

下晌，赫雲連城與郁心蘭同乘一輛馬車，去安王府憑弔。

明日就是年初一，這時代的人很迷信，覺得新年第一天就上靈堂很不吉利，所以京中的權貴功勳們，都趕在今日來安王府或憑弔或寬慰。因此，直接導致安王府的正門和側門全部塞車，定遠侯府的馬車也只能排在長龍之尾，耐心等候安王府的管事安排客人進府。

赫雲連城的臉色不太好，郁心蘭也垂著眼簾沒說話。她雖是很討厭榮琳郡主，可是乍聽到其死訊，心裡仍是不舒服，突然升起一種難以言喻的哀傷感，為這時代的女子。

論說起來，榮琳郡主算是敢於大膽追求心中所愛的人，若她追求的對象不是已婚人士，郁心蘭說不定還會覺得她是敢愛敢恨的奇女子；或者，若是赫雲連城與其他的男子無異，那麼左擁右抱，雙美在側，亦不是問題。

只可惜，世間沒有那麼多如果，就是郡主，亦是抗爭不過命運。

而且，再重來一次，郁心蘭亦是會努力要求連城拒絕榮琳郡主的示愛，只不過，若是知道今日的結果，會不會換一種溫和的方式，不將她與許文設計在一起？郁心蘭想了又想，卻又找不出溫和的方式來。

情場，果然如戰場啊！

就連她都生出了內疚感，就遑論赫雲連城了，怎麼說，上回榮琳郡主也是為了見他才……

郁心蘭將手放入赫雲連城的大掌裡，輕輕地道：「別想了。」

赫雲連城閉上眼，轉了轉乾澀的眼珠，輕聲道：「那天她說有極重要的事要告訴我，也不知是真是假。」

之前在莊郡王府，榮琳郡主就來過這麼一齣，想用「重要的事」引赫雲連城去相見，換成是郁心蘭，第一反應也絕對是不相信。

只是人死如燈滅，以往的恩怨隨風飄散，而有些未完成的事就會瞬間成為疑問：若是真的有重要的事呢？

赫雲連城就有些這樣的情緒，他甚至開始懷疑，榮琳郡主是不是因此事而……這種想法也就是一晃而過，以太后對榮琳的疼愛，不可能她昏迷不醒，也不著人調查一下前因後果的。

宮裡的內廷太監是專門管理內宮刑責的，辦事手段不輸六扇門的高手，若是內廷太監們沒有查出什麼，就應當是沒什麼了。

馬車又再啟動，赫雲連城便丟開了這些思緒。

男賓走正門，女賓乘馬車從側門直進二門，到了靈堂，郁心蘭、二奶奶、三奶奶、赫雲慧等同輩之人，在榮琳郡主的靈前上了三炷香復又出了靈堂。在婢女的引領下，到偏廳和小花廳休息。

總不能上完香就走，加之長公主與安王妃，那是實打實的姑嫂，總要安慰幾句「節哀順變」之類的話。

花廳裡，八寶絞金絲青鸞桐油燈內，長明火燒得正旺，照得屋子裡透亮透亮的。

郁心蘭穿著一身遍地撒魄梅花的素淨小襖裙，背燈而坐，臉上恬靜又溫柔。

連喝了兩杯熱茶暖胃，這會子有點內急了，她忙招手喚過安王府隨侍的小丫頭，輕聲問了茅廁的方向，跟二奶奶等人打了招呼，自行去了。

解了手後，恰巧雪也停了，郁心蘭不急著回人擠人的花廳，便裹緊了身上的白狐皮披風，信步沿著抄手遊廊慢慢地走。

今日安王府中的賓客多，只要是能燒地龍的房間，都利用了起來，隨意經過幾間小廳或是暖閣，都能聽到裡面飄出來的閒言閒語。

「榮琳郡主還真是可憐，聽說這幾日就一直沒清醒過來，渾身凍得跟冰塊一樣，婢女們拿熱巾子搓，都搓不熱。」

「哎，說起來，都是赫雲少夫人太善妒，若是她寬容一點，二女共侍一夫，不是挺好嗎？」

「就是，赫雲將軍那麼出色的男子，她也好意思一個人霸著……」

再往後，就是各種對她的言語聲討了。

郁心蘭無聊地撇了撇嘴，乾脆到園子裡去散散心。

她不敢走太遠，就在正屋旁的小林子裡轉悠，天太冷，園子裡除了偶爾飛過的麻雀，再無別的生物。

算著時辰差不多了，郁心蘭轉身回花廳，途經一座小假山時，聽到有人輕聲道：「妳不知道，我昨晚都沒睡好，真怕郡主會半夜裡來找我。」

「妳沒做虧心事，怕什麼？」

「不是啊，其實那天我發現……」聲音壓得極低：「郡主從宮裡被抬回來時，腳上的鞋不是她早上穿的那雙。」

「啊！那、那、會不會是在宮裡踩濕了，所以宮女們給主子換了？」

「是、是嗎？」聲音很是遲疑，「我守了郡主幾夜，她迷迷糊糊的時候，總是嘟囔著什麼，我仔細聽過，好像是……別過來，這樣的話。是不是，鬼差來提人呢？」

「妳別盡想些亂七八糟的，小心王妃打妳板子。」

郁心蘭並不是刻意要聽，只不過她以前就愛娛樂八卦，只要聽到有人壓低了聲音，耳朵就會自覺地留意一下。本是沒覺得什麼，幾個丫頭膽小，怕榮琳的鬼魂而已，可那個丫頭的最後一句話卻令她如遭雷劈。

別過來？榮琳明明是在等赫雲連城，病糊塗了，也應該是說「怎麼還不來」吧？

聯想到榮琳郡主說「有極重要的事」要告訴赫雲連城……狼來了的故事裡，那個牧羊的孩子，最後一句「狼來了」也是真話啊。

說不定，榮琳郡主真的是有什麼事要告訴赫雲連城，是會觸及到某些人的利益，還是洞悉了某個陰謀？所以，讓人給剝了衣服，丟到雪地裡？

若有了這種假設，之前覺得很確實的事就開始變得不合理起來。

說榮琳郡主想脫了衣服勾引連城，郁心蘭相信，可榮琳再傻，也不至於人都沒等到，就先脫了吧？就算是這樣，寒冬臘月的，脫了也不用個狐皮大氅裹一裹？

只是，之前榮琳郡主就鬧過幾次笑話，眾目睽睽之下，衣襟被扯開也是有的，所以再來一次，大傢伙就很輕易地相信了。

這種猜測，讓郁心蘭頓感遍體生寒，皇宮內院，竟然也有人敢殺人滅口嗎？

她忙裹緊了披風，快步往溫暖的小花廳而去。

剛轉過月亮門，就迎面遇上唐寧。

唐寧忙笑道：「真巧，陪我走一走吧，屋子裡又熱又悶。」

郁心蘭自是不好拒絕，又轉身隨著她，沿著抄手遊廊慢慢溜達。唐寧斟酌了一下，才柔柔地開口求道：「心蘭，聽說長公主和侯爺都很疼妳，妳……能幫幫我嗎？」

郁心蘭知她指的是赫雲慧的事兒，便道：「不是已經下了帖子，年初八聚一聚嗎？」

說到這個，她就想起來，原本也同時是想幫郁珍和南平王世子製造點機會的，可聽赫雲連城說，韓建之所以要入宮請旨賜婚，是因為南平王不同意他娶郁珍，所以皇上到現在都沒允了他，只讓他先說服自家父親大人。

她這廂走了神，唐寧卻是不依的，挽住她的手道：「好妹妹，妳就幫幫姊姊吧，幫著向侯爺說說情。」

郁心蘭受不住這一撒嬌，趕忙道：「好姊姊，侯爺若要反對，就不會允我們請上莊郡王爺，再帶上二姑娘了。」

唐寧一頓，仔細看了她一眼，才道：「妳真不知道？」

「什麼？」

「錢勁將軍要回京了，就是那個被侯爺派去梁州平亂的錢勁將軍！他新提升了一名副將，據說驍勇善戰，年輕俊美，文武雙全，侯爺似乎……」

郁心蘭立即明白了，侯爺大概還是更中意這位未曾謀面的副將，她只得道：「那我就更沒法子了，婚姻大事，本就是父母之命，媒妁之言。」她頓了一下，腦中快速想了想，才將早就想勸，又一直不方便開口勸說的話給說了出來：「其實，這樣不是挺好？妳與莊郡王本就恩愛，何必非要替他納側妃娶平妻的？」

她才開了個頭，就被唐寧給打斷了：「妳明知我不能……我一直拿妳當手帕交的，妳可一定要幫我。」

郁心蘭斷然拒絕：「很抱歉，我真的不贊成男人三妻四妾，所以我不會幫這種忙。」

唐寧急了，「是我自己願意的，不怪王爺。」

「我沒說怪王爺或是誰，如果你們自己願意，又能如願，成親之日我會到府恭賀，可要我從旁助力，我必是不應妳的。」

唐寧聽了這話，差點哭出來，「小彤一直說妳是個熱心的，為什麼就是不願幫我？妳難道怕我委屈了慧姑娘不成？」

郁心蘭努力緩和語氣，「不是，我知道妳性子好，只是我覺得……唉，這麼說吧，太醫只是說妳氣血不足，又沒說妳一定不能生了，妳何必這樣逼著自己？吳為前幾日就動身回師門去幫妳找師兄了，或許年後就能帶他師兄回來，妳的身子未必就一定沒希望。」

「我知道妳是賢慧，一切為了王爺著想，可妳想過這事兒的後果沒有？本朝的律法從不禁止平妻，可實際上有幾家是有平妻的？妳想讓王爺盡早能得嫡子，可難道定下二姑娘後，妳的身子就不打算醫了，只讓二姑娘為王爺生嫡子？兩府要結親，光這六禮就得幾個月，之後再備嫁，最快也要半年後才能成親。有這點時間，只怕妳的身子都已經給醫好了。若二姑娘還沒進門，妳就有了身子，又該怎麼辦？這些問題妳想過沒有？」

郁心蘭一口氣說完，見唐寧低頭不語的樣子，心裡就是一嘆，觀念不同的人果然是難以溝通的，「我想說的說完了，妳若堅持要替王爺求親，我也沒道理攔著，但我是絕不幫這個忙的。」

唐寧低低地道了一句：「知道了。」

兩人沉默無語，手挽手往回走，唐寧徑直乘馬車回府了，郁心蘭一轉頭就見赫雲彤笑著看她。

赫雲彤道：「我之前也勸過唐寧，她呀，就是怕別人說她不夠賢慧。」又壓低了聲音道：「那名副將是我推薦給父親的。」

其實赫雲彤的心裡也挺矛盾的，自家妹妹是個什麼性子，她還不清楚嗎？當主母，不一定能鬥得過小妾，當側室就更不必提了，一定是會被相公忘到天邊去的人。若是與唐寧成了姊妹，以唐寧的溫和性子，倒還有幾分機會生下一男半女，老了也有個依靠……可她又不願自己的妹妹被人娶了，只是為了生兒育女。好在天上掉下個俊副將，一下子就解了她的難題，她立即讓丈夫去與父親說，侯爺調看了那名副將的履歷，心下亦是十分滿意。

因此，赫雲彤拍著郁心蘭的肩道：「妳比我勸得好。」

郁心蘭搖頭苦笑，「我其實沒打算勸她的。」

她真的沒打算勸，剛才又衝動了一把。若僅僅是娶二姑娘為平妻，她可能會勸，但若是唐寧他們夫妻有別的什麼想法，她跑去勸，好像要壞人家的事似的。反正侯爺那邊，她完全不擔心，若莊郡王真以為娶了二姑娘就能取得侯爺的支持，事實會告訴他，他的算盤完全打錯了。

長公主在正房裡勸了嫂子一場，紅著眼眶出來了，一家人又乘馬車回府。

郁心蘭回到屋子裡，就將丫頭們都打發了出去，將自己在安王府聽到的話兒學給赫雲連城聽，「我總覺得榮琳的死有古怪，咱們得好好查一查才行。」

若真的是謀殺，對方既然能殺人滅口，榮琳郡主知道的事肯定就十分機密。她又著人去請赫雲連城，只怕對方會以為赫雲連城也知道了什麼……這樣的話，可就危險了。

赫雲連城微微挑眉，難道真的有古怪，他想了想道：「若真是謀殺……那就必須驗屍。」

可是吳為又不在，赫雲連城會驗卻是不精的，而且，死者為大，沒憑沒據的，人家怎麼會讓幾個男人翻看榮琳郡主的屍體？

一時間，兩人又都為難起來。

赫雲連城道：「這時節還好，一般至少會停靈二十一天，我盡快找到吳為，應該來得及。」

商量完了，郁心蘭將紫菱叫進來，拿了二十兩銀子，給靜思園的丫頭婆子們添菜，又將分裝好的壓歲荷包分發下去。

按侯府的規矩，下人們的年夜飯是每院兩桌十五兩銀子的席面，雞鴨魚肉都有，郁心蘭再添，就能吃上些海味、野味，再加之大奶奶給的荷包分量十足，下人們都笑得合不攏嘴。

赫雲連城和郁心蘭收拾打扮好，便一人抱著一個寶寶，乘小油車去上房。

❖ ❖ ❖

定遠侯正在上房與甘氏和長公主說二姑娘的婚事，那名副將聽到了風，立即就修書請在京中的師長代為做保山，顯得誠意十足。

長公主沒什麼意見，可甘氏聽說那名副將的父親只是一名正四品的邊疆守備將軍，當時就不樂意了：「侯爺，這個叫諶華的怎麼比得上莊郡王？您還說要為二姑娘找個好人家，正四品的官員算什麼好人家？」

侯爺耐心地解釋：「諶家就只有諶華一子，幾個姊姊都出嫁了，人口簡單，慧兒嫁過去之後只要侍奉婆婆，有什麼不好？妳以為依慧兒的性子，莊郡王爺能忍她多久？」

甘氏就是不依，好不容易來個可以依仗的女婿，她如何願放手？

說到最後，侯爺都來了脾氣，「我何時說要草率行事？這不是來跟妳商量嗎？今日保山來了，我也言明了要好好考慮，總會要親眼見到諶華，看透他的人品再定。」

正好赫雲連城夫妻倆抱著小寶寶進來，侯爺旋即又眉開眼笑，伸出兩手道：「來來來，把爺爺的乖孫子給爺爺抱抱！」

赫雲連城忙將兒子交到父親手中，侯爺俊美的面部不再冷硬，柔和成了麵團，甚至還衝曜哥兒擠眉弄眼地逗他笑。曜哥兒感覺到爺爺對他的疼愛，扯著無牙的小嘴，咯咯地笑個不停。悅姐兒也被長公主抱了過去，寶貝寶貝的叫。

赫雲徵這時才敢從小廳裡跑過來，小腦袋轉來轉去，一個勁地叫：「給我抱給我抱！」

甘氏心中不悅，呵斥道：「不許鬧！你也不怕摔著了孩子！」

赫雲徵不高興地噘起嘴，漂亮的鳳目裡盡是委屈，「我抱了幾次了，什麼時候摔過？」

侯爺抱著孫子不願鬆手，長公主便將悅姐兒交給他抱。

赫雲徵立即抱到一邊去玩兒了，紀嬤嬤緊張地跟在五爺身後，生恐他摔著了姐兒。

這時，西府的大老爺、程氏、赫雲榮、赫雲璉，以及赫雲策、赫雲傑、赫雲飛帶著妻子到了，眾人見過禮後依次從下。侯爺一邊逗著曜哥兒，一邊問赫雲策話，問他最近看了什麼書，有沒有定時習武之類。

赫雲策恭恭敬敬地答了，二奶奶也在一旁幫腔道：「二爺不敢忘記父親的教誨，每日都有看兵書、練字，修身養性。」

侯爺點了點頭，「你那急進又魯莽的性子若是能改好，日後也不愁沒前途。」

二奶奶忙道：「還要請父親多多提攜。」

侯爺淡淡地道：「我只能給他機會，能不能上進還要看他自己。」

二奶奶悄悄扯了扯赫雲策的衣袖，赫雲策忙保證道：「兒子已經痛改前非，日後只會安心差事，不去想旁的那些有的沒的。」

侯爺這才滿意地笑道：「若真如此，我明日入宮便向皇上求情，再給你謀個官職。」

赫雲策臉上難掩激動之色，一旁的赫雲榮和赫雲璉都向他道喜。

大老爺看不得侯爺這般寵愛曜哥兒的樣子，拈著鬍道：「二弟，不是我說你，你兒子比我多，怎麼孫子卻這麼少？」

赫雲策和赫雲傑頓時尷尬了，赫雲飛倒是神色自若。

程氏見狀，不免得意道：「還是我的榮兒、璉兒有本事，說起來，娶妻不就是為了生子嗎？二弟，你這幾個兒媳婦還真是……唉，要不要我再幫你們兄弟幾個說幾個貴妾？我娘家有幾個侄女，正好到了說親事的年紀，都是顏色生得好的。」這最後一句話是對著赫雲策幾兄弟說的。

赫雲傑唇角一彎，差點就要應了，赫雲策卻黑著臉道：「多謝伯母的好意，我房中有妻有妾，暫時不想此事。」

郁心蘭捏著杯蓋輕輕刮著茶沫子，悄眼打量程氏，這人還真是……怎麼說呢，這樣直接地就要將自己娘家的侄女塞到別人屋裡去，而大老爺在一旁還一副想幫忙的樣子，這夫妻倆都是又蠢又討嫌，怎麼看都不像是個有心機的。

三爺身上的毒到底是誰下的？

家裡為什麼只有赫雲連城和赫雲傑中了毒，赫雲策和赫雲飛卻又沒事？

上回發覺了一點線索後，赫雲傑仍是與往常一般，時不時地到那家澡堂子裡去一次，侯爺派人暗中跟著，卻沒有半點收穫。她原本的直覺不是赫雲策，就是大老爺那邊的人幹的，可幾次見到大老爺都是一副蠢樣子，實在又難以說服自己。

思量間，晚宴便開始了。侯爺還是抱著曜哥兒不鬆手，用過飯，給小輩們壓歲錢時，給曜哥兒的也是最大的。赫雲璉的兒子半大不大，正是會說話，又不是太明事理的時候，直接就嚷起了小嘴，「叔爺爺偏心，我要曜弟弟的那個紅包！」

惜奶奶忙拉著他道：「你別鬧，曜哥兒是你叔爺爺嫡親的孫子，哪是你能比的？」這話說得真是酸！郁心蘭真想當眾翻白眼，小孩子愛攀比就算了，偏是連惜奶奶都是這般，西府的人平日裡就占盡了侯爺的便宜，大過年卻還要跟個奶娃娃置氣，再大的紅包，不也就是幾兩金子的事嗎？話說出口，也不怕寒酸。

侯爺眼都不抬地道：「沒錯，各人的孩子各人疼，壓歲銀子掏的是我自己的腰包，我多疼疼我的親孫子，又有什麼不對了？」

惜奶奶臉上一紅，訥訥地道：「侄媳哪敢說您的不是……」

大老爺子卻端出兄長的架子，拈著鬍子道：「二弟，你這話就不對了。你是一府之長，你要偏心，私下裡再偏心，當著這麼多孩子的面，就得公平。」頓了頓又道：「趁著今日大傢伙兒都在，我也正有話要跟你說。」

侯爺轉眸看了兄長一眼，淡淡地道：「請說。」

「當初你繼承爵位的時候，可是答應過哥哥的，日後會將你這幾個侄兒當自己的兒子看待，一視同仁。以前是榮兒、璉兒放了外任，人不在跟前，有的事我就不好提，可現在不同了，他倆已經在京中留任，職位也是大有前途的，你這侯爵之位又一直沒定世子，他倆按說也是有資格繼承的。」

不用侯爺回答，甘氏一聽便惱了，「侯爺又不是沒有兒子，哪有爵位不給自己兒子，給侄子的？真是笑話！」

那程氏也毫不客氣地回嘴道：「弟妹還是不要說話的好，男主外，女主內，這種事兒輪不到妳來插嘴。妳應當多跟嫂子我學學，安心在府中管理後宅就是了。爵位承襲之事，自有你大哥和侯爺商量著辦。」

居然拿這種話來堵她的嘴！

甘氏差點被程氏氣暈，立即想到了同盟，轉向長公主道：「這裡妳的身分最尊貴，妳倒是說句話呀！」

長公主坐在那裡跟尊菩薩似的，淡笑道：「這種事，自然是由侯爺來拿主意。」

她只說是由侯爺來拿主意，提都不提大老爺，意思就很明白了。可甘氏還是嫌她說話沒說清，恨鐵不成鋼地道：「該妳拿主意的時候，妳不拿主意，別到時候哭！」

赫雲策和赫雲傑憋了一肚子氣，可這種事又輪不到他們小輩兒插嘴，再看赫雲榮和赫雲璉，只垂眸看地，卻不曾謙虛地表示「自己沒有資格」云云，那意思不就很明白了嗎？兩兄弟暗恨得咬牙。

大老爺揪著這話題不放，侯爺卻只是逗弄著曜哥兒玩，直到大老爺氣得鬍子都快倒立了，才淡淡地道：「我的確是答應過大哥，對侄兒和兒子都一視同仁，可這爵位卻不是我能說了算的，大哥應當很清楚！」

當年人人都認為這爵位是大老爺的，可哪知老侯爺上了奏摺後，卻被先帝給改成了侯爺。原因無他，當時外邦進犯，朝中需要一名運籌帷幄的將軍。

所以說，在這裡談什麼長幼有序、嫡尊庶賤，都是假的，皇上一句話就能否決，爵位都是皇上想封就封，想削就削的，何況是繼承人的人選？

大老爺被噎了個半死，氣呼呼地帶著一家子告辭了。

甘氏立即又進言：「雖說最後由皇上來定，可侯爺您的意思，皇上總要聽一聽的。」

侯爺只淡淡地嗯了一聲。一家人守歲守到子時，用過團圓丸、開運餃子，方才散去。

赫雲策回到屋裡還發了通脾氣，居然連西府那一家子都想來爭了，真是無恥！

二奶奶也極是委屈，抽抽噎噎地道：「父親只知疼曜哥兒，卻將我生的孫子忘到天邊去了！」

赫雲策煩躁地蹙眉，「大過年的哭什麼？真是穢氣！妳趕緊再生一個便是了！」說罷發覺方姨娘還抱著姐兒坐在廳裡，便道：「妳且回去，這幾日我宿在二奶奶這兒。」

方姨娘在心中冷笑了一下，面上卻是恭敬地應道：「好的。妾身預祝二奶奶早日有喜，為二爺生個嫡子。」

赫雲策笑道：「還是妳賢慧。」走過去親了親女兒，小聲道：「過幾日我去妳屋裡。」

方姨娘躲開二奶奶的視線，朝赫雲策拋了個媚眼，惹得赫雲策眉毛一顫，這才抱著女兒，扭著腰肢走了。

赫雲傑和三奶奶那屋裡卻是安靜得多，自打赫雲傑發覺不育了，連房事上都低潮不少，也算是老實了一陣子，沒再到外面留宿，只歇在三奶奶屋裡。若是以前，三奶奶自是高興的，可現在啊，歇再多晚有什麼用？

郁心蘭和赫雲連城卻是躺在床上商量要事。

赫雲連城道：「上回說的引蛇出洞的法子，皇上已經同意了，人選就定了子恆。這陣子皇上肯定會大加獎賞子恆，若是真的有人生異心，應當會派人來暗殺了。」

「那莊郡王有沒有人保護？」

「皇上派了劍龍衛。」

郁心蘭哦了一聲，想起大老爺的話，又問：「怎麼突然敢當面提了？會不會是他們已經做好準備了？」又想到侯爺臉上那天塌下來當被蓋的鎮定自若，「父親是不是已經有對策了？」

赫雲連城笑道：「有了。不過，父親連我也沒說。」

郁心蘭俏生生地白他一眼，「不想說就不說，難道我還能逼你嗎？」

又說起榮琳郡主的死，兩人無比期盼吳為能早些回來，再夜探一下靈堂。

也不知說了多久的悄悄話兒，更不知是何時入睡的，待兩人醒來，已經辰時了。

兩人忙忙地洗漱打扮，先隨父母一同入宮請安，才回府歇息。

才剛換下沉重的品級大裝，門房便遞帖子來稱：「仁王妃來拜訪。」

郁心蘭忙道：「快請。」

郁玫將養了一個月，氣色看起來不錯，進屋便讓人送上賀儀，輕笑道：「妹妹生產時，我不方便走動，都沒親自過來看望的。」說著便要看孩子。

乳娘將兩位小主子抱了過來，郁玫便想伸手去抱，哪知兩個小寶寶都哇哇地大哭了起來。

郁心蘭趕忙道：「現在開始認生了，待日後大些，再讓姨母抱吧。」

郁玫只得作罷，淡笑道：「快百日了吧？到時我一定來賀喜。」又說起這次來的目的：「我陪房裡有個叫石磊的，住得與千夏家近，看中了這個丫頭，就不知妳捨不捨得，咱們姊妹倆也做個親家。」

郁心蘭含蓄地道：「我自是捨得的，不過也要問一問千夏的意思才好。」說著，便讓人將千夏喚了進來。

千夏一聽這話，臉色隨即變蒼白，忙跪到地上，忠心地道：「婢子還想多服侍大奶奶幾年。」

郁心蘭便笑了，「胡說什麼！再過幾年，妳都多大了？女人家的青春可是稍縱即逝的。我原是怕妳不願意，看來並非不願意，那我就作主將妳讓給王妃了，還不向王妃謝恩？」

千夏心中一滯，她再沒機會接近大爺了嗎？她這般美貌卻只能配個奴才了嗎？

郁心蘭已不管她哀求的目光，讓紫菱取了千夏的賣身契交給郁玫，「這人我就送給姊姊了。」

郁玫笑著道了謝，又說笑了幾句，便帶著人告辭。千夏磨磨蹭蹭地收拾好包裹，慢吞吞地跟上了仁王府的馬車。

紅蕊與她同車，朝她道：「恭喜妹妹，石管事很得王妃信任呢，妹妹以後就是管事娘子了。」

再信任也只是個奴才！千夏垂著頭沒說話。

紅蕊一路跟她閒聊，回到府中，去向王妃回話：「千夏說，都是四姑奶奶派她去永郡王妃的店鋪的。」

郁玫冷笑，「她當然是這麼說！」

之前千夏猶豫不甘的神色，郁玫都看在眼中，原本半信半疑的事兒變得堅信不疑了，若真的還是我的人，哪裡會不願意跟我走？千夏果然是被王姝給收買了！

難怪自己想辦什麼事都辦不成。

這段時間府中也在大查奸細，可惜一時之間沒查出來，現在有個現成的，自然是要狠狠地拿捏，好讓那些人驚惶失措，露出馬腳。

❖ ❖ ❖

大年初二，女婿向岳父岳母拜年。到年初三，就沒什麼事了。溫老爺子剛剛上京，還沒什麼交好的同僚，覺得府中太過冷清，便請上女兒、女婿，還有郁心蘭與赫雲連城到府中來聚聚。

溫府之前只是普通商人住的宅子，門較小，侯府這種加寬型的馬車沒法子進去，郁心蘭和赫雲連城都在正門下了車，走正門進府。

隔壁宅子中的大門開著一條縫兒，見到侯府的馬車停下，立即打開來。上回帶人來鬧事的那個閔老頭，帶著一個氣質端嚴的老太婆走出來，遠遠地便朝她二人拱手，「赫雲大人、赫雲少夫人，新年吉祥。」

伸手不打笑臉人，人家這麼客氣，又是老者，兩人只得停下腳步，回一句：「新年吉祥。」

那閔老頭走到近前，笑盈盈介紹道：「這是內人。」

那閔婆婆一路走就一路打量赫雲連城，眼中的光芒愈來愈亮。此時忙側身上前，深深一福。郁心蘭和赫雲連城不得已，還了半禮，人家雖然是奴才，可不是他們的奴才。

閔婆婆似乎對她二人這般懂禮十分有好感，笑著讚了幾句：「真是天造地設的一對兒！」打過了招呼，閔老頭卻不讓開路，一副要深談的樣子，可又沒話題，東拉西扯的，還問起了赫雲連城小時候的事情：「早就聽說大人英武，這般年紀就功績赫赫，想是小時候也是吃了許多苦吧？」

赫雲連城跟陌生人可沒話說，抿緊了唇，神色已有了不耐煩，直接道：「我是來拜年的。」

閔老頭只得訕訕地笑笑，退開半步，讓夫妻二人進府。

等溫府的大門送上，閔老頭問自家娘子：「是不是跟主子很像？」

閔婆婆的眼角都濕了，「像，尤其嘴角抿起來，微微生氣的時候。」她頓了頓，又遲疑道：「可是會不會是湊巧？沒有證據，咱們怎麼跟上頭說？」

閔老頭眸光一閃，顯露出幾分陰鷙之色，「這世上哪裡有那麼多的巧合？必定是真的，咱們有了方向，總能找到證據！」

而溫府內，因著都是親戚，人數又不多，就沒分內院外院，都坐在正屋的暖閣裡閒聊。男人們在一邊聊男人的話題，而女人們則坐在短炕上，聊著家常。舅母常氏是出身小戶人家，出嫁前就拋頭露面謀生的，性子開朗，聊起進京幾個月來的見聞，說到開心處就會哈哈大笑。

常氏的女兒不得不提醒母親：「娘，您也悠著點兒，爹爹如今是官兒了，您是官夫人了。」

常氏嘿嘿一笑，「知道，我這不就在自家人面前露露底嗎？」

溫氏與郁心蘭對望一眼，莞爾一笑。

溫氏遂問起郁珍的事兒，郁心蘭有些發愁，「不太好辦。南平王不同意，還不知王妃的意思。聽連城說，南平王有三十幾個妻妾，幸虧只得一個嫡子一個庶子，所以韓世子的地位是穩的。韓世子對珍妹妹是不錯，可是……本來娘家就勢微，若是公婆還不喜歡的話，珍妹妹嫁過去，只怕也不好受。」

郁老爺態度的轉變，讓溫氏深切體會到娘家的作用，聽了這話兒，就是一嘆，「珍丫頭也是個沒福的。」

郁心蘭道：「且看世子的誠意吧。」

南平王就這麼一個嫡子，自然是看重的，若是韓世子能堅持不渝，應當還是有希望的，只不過，南平王爺那三十幾個妾室……郁心蘭只要一想到這個數字，就是一陣頭皮發麻，換成郁珍那個柔弱文靜的性子，若是沒婆婆支持，還真怕會被人給連皮帶骨地吞下去。

除非郁珍能堅強起來，否則，韓世子平日裡總有公務要忙，又不可能搬出去住，再心疼她，若總是什麼事都要男人為其出面，隨著時間的推移，男人的心只會被這些日常瑣事給磨得一點不剩。

這話兒，郁心蘭讓溫氏帶給郁珍，若是真願意嫁入那樣的高門大戶，就得有十足的心理準備，否則，為了小命著想，還是能避就避。

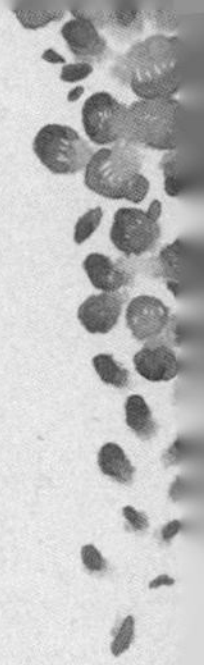

伍之章

移花接木陷膠著

到了大年初六，吳為便趕回了京城，還帶來了他的師兄。原本郁心蘭以為吳為的師兄頂多三十來歲，哪知竟是個年過半百的老者，卻原來吳為是他師傅在七十歲高齡收下的關門弟子。

郁心蘭立即就讓人遞了帖子給唐寧，請這位吳師兄給唐寧看診。吳為的師兄說唐寧的身子虧損得厲害，要慢慢調養才行。那意思是，他有把握治好，於是唐寧便乾脆請他住在莊郡王府的客房裡。

而赫雲連城與吳為商量了一番，最後決定還是夜探安王府。因為已經聽到安王府那邊的人說，大過年的停靈不吉利，只停靈七天就要下葬。而今夜，就是最後一晚了。

屏退了丫頭們後，郁心蘭跟著赫雲連城到了內間的屏風後，親自幫他換上夜行衣。

此去安王府夜探，也不知會不會出什麼意外，為免日後的事端，就不能讓靜思園的丫頭們知曉，所以之前，小夫妻倆仍是同往常一樣，先看了會書，又逗了寶寶，洗漱完後，做出要安置的樣子來。

郁心蘭心裡很緊張，一直小聲地碎碎念著，先查看清楚地形再行動啦，要注意安全啦……赫雲連城一直好脾氣地聽著，嘴角微微上彎，窩心地享受著妻子的關心。

郁心蘭想到了什麼，頓了頓道：「還是讓李柕跟著你吧。」

聞言，赫雲連城的俊臉頓時泛起可疑的暗紅，神色尷尬，彆扭了一下，便拉住小妻子的柔荑道：「蘭兒，妳放心，是吳為驗屍，我不會看的。」

郁心蘭一怔，隨即「噗」地笑了出來。

我哪裡是這個意思！真是的，榮琳大美人活生生的時候，你也沒多看幾眼，難道我還會跟個死人吃醋？

驗屍而已，有什麼大不了的，不脫衣服是不可能驗的。原只是擔心赫雲連城和吳為兩個大男人只會脫不會穿，明日蓋棺的時候就會露餡兒，所以才讓李柕跟著，好幫著讓榮琳郡主的衣裳恢復原狀。

不過，既然已經誤會了，就這麼誤會下去好了，免得我解釋清楚了，他反倒怪我不吃醋，心裡沒有他。

郁心蘭這麼想著，便憋著笑，低頭繼續給赫雲連城綁腰帶。

赫雲連城心裡頭窩火，解釋這個他本就覺得尷尬又沒面子，可不解釋又怕小妻子多心，他好不容易說出口了，她卻一點表示也沒有。

正想著，郁心蘭綁好了腰帶，抬起頭來，在赫雲連城的俊臉上連吻幾下，眼睛、眉毛、鼻子和嘴，然後輕輕一笑，「快去快回，我等你。」仍是補充道：「還是讓李杼跟著吧，她是女孩子，心思細一些。」

赫雲連城心中那點鬱悶立時消散了，卻又燒起了一股邪火，可是時辰不對啊……他努力繃著的俊顏上，表情十分不自然，僵硬地點了點頭，「嗯，我去找李杼。」說罷便從後窗消失了。

郁心蘭回身轉過屏風，將小葉紫檀圓桌上的燈火熄了，縮到暖烘烘的被子裡，張著眼睛乾等。也不知到底過了多少時辰，終於察覺有道人影來到床邊，她立即動了動，想坐起來。黑暗中，聽到赫雲連城如大提琴秀優雅低柔的嗓音：「還沒睡著？」

郁心蘭安下了心，輕輕地笑道：「沒呢，等你。」

赫雲連城鑽進被子，將她摟入懷中，低頭在她髮間輕嗅了嗅，才緩緩地道：「不是病死的。是中了寒冰掌，很巧妙的掌力，一般的大夫只能診出榮琳寒氣入骨。」

是了，那天她就聽到旁人在議論，說是榮琳郡主一直渾身冰冷，怎麼搓手搓腳都搓不熱，原來是中了什麼寒冰掌。

赫雲連城繼續道：「明日一早我便入宮，向皇上和太后說明此事，必須查出真凶。」

郁心蘭點了點頭道：「嗯，也只有皇上和太后才能阻止安王府將榮琳郡主下葬。不過這樣一來，你們今晚去安王府的事……」

夜闖民宅都是大罪，何況是王府，況且還驗了屍體，到時少不得一通指責，弄不好還得來個冥婚，讓赫雲連城娶了榮琳郡主的牌位，保全她的名聲。

若是這樣，雖然是牌位，自己心裡肯定也不會舒服。

赫雲連城無聲地笑了笑，這丫頭就是醋勁大，也只有她，一想就想到這種事上去了。待郁心蘭嘟囔得差不多了，他才緩緩地道：「妳不是聽到了安王府的丫頭們議論，說是榮郡的鞋被人換過嗎？太后很疼愛榮琳，只要有一絲疑點都會要查清的，到時我再建議請吳為來驗屍。」

「是啊，我怎麼忘了這個！」郁心蘭的聲音頓時歡快了，高興地抱住赫雲連城親了又親，「還是你有辦法。」

赫雲連城忽地邪邪一笑，「妳也很有辦法，總能讓我在想睡的時候睡不著。」

呃？郁心蘭還沒明白過來，他溫熱的唇就已經覆上了她的嫣唇，大手也探入了衣襟之中……

次日清晨，赫雲連城便著裝入宮，而郁心蘭剛是睡到快晌午才醒來，還是覺得腰痠背痛，趴在短炕上讓錦兒幫她按背。

紫菱輕輕地走進來，向郁心蘭彙報從仁王府打聽到的消息：「千夏已經配給石磊了，不過聽說過得不怎麼好，石磊的老子娘嫌她以前伺候過大爺，拿捏得厲害。千夏天天哭訴她是有元帕的，可石磊又是個孝順的，他老子娘不喜歡這個媳婦，他自然也不敢給好臉色看。」

伺候過大爺，這話聽起來十分有歧意。郁心蘭雙手交疊，將小巧的下巴擱在手背上，慢悠悠地道：「什麼石磊的老子娘嫌她，這分明是郁玫的主意，打量著用別的方法折騰千夏，卻又要讓別有用心的人能嗅出些不對勁來。」

紫菱笑道：「還是奶奶算得準。」

之前故意幾次三番地說要將千夏配給這個配給那個，千夏那個丫頭自然會著急，赫雲連城那邊她又幾次沒下得去手，為了不做奴才妻，她就只有向郁玫賣好，希望郁玫不要同意她與石磊的婚事。

郁心蘭那段時間透露了不少訊息出去，很快都被千夏給傳到了郁玫那裡，可惜到最後，卻又不能證實，或證實是假的。如此幾次之後，郁玫自然會開始懷疑。再加上郁琳出了宮，肯定會去向郁玫提起千夏跟王姝陪嫁鋪子裡的掌櫃說話的事兒，郁玫自然就會開始懷疑千夏了。

這種一邊出賣女主子，又一邊想爬男主子床的丫頭，郁心蘭連自己出手都嫌噁心，直接就送給郁玫去調教好了，剛好還能同時離間郁玫與其他人的心。她可不相信在這批陪嫁的丫頭婆子裡，王氏只安插了一個眼線。

郁心蘭想了想又笑，「郁玫可不是個會吃虧的人，若她的孩子真是永郡王的人動的手腳，能查出奸細來還好，查不出來，日後可有得熱鬧看了。」

紫菱輕輕點頭，「的確是。這些人也真是，爭就各憑本事爭，何苦拿婦人和孩子來作筏子！」

郁心蘭最為鄙視的也是這個，「就是！只不過，人家才不是這樣想的呢，只要能打擊到對手，什麼法子都能使得出來！」她頓了頓又道：「記得將千夏的這些事說給千荷她們聽，隨便她們在院子裡傳，別太顯眼就成。」

紫菱輕笑道：「明白，希望能多詐出幾個細作來。」

郁心蘭輕笑著伸手捏了捏紫菱的臉頰，「真是個聰明伶俐的女人！」

紫菱臉一紅，怕奶奶又說起什麼婚配的事，趕忙尋了一個藉口退出暖閣。

郁心蘭有些氣悶，便問錦兒：「錦兒，妳憑良心說，難道我做的媒不好嗎？我給妳許的親事不好嗎？」

錦兒雖是已為人婦，卻仍是面子薄，問及這話就紅了臉，卻仍是實誠地道：「奶奶是真心替婢子們著想的。」

郁心蘭一拍枕頭，「就是啊！紫菱的婚事我肯定會好好替她謀劃呀！嗯……妳有空去問問她的意思，她到底喜歡什麼樣的男人。」

錦兒輕聲道：「婢子嘴笨，怕沒問出來就被紫菱姊姊給察覺了，不如讓蕪兒去辦。」

「蕪兒呀，嗯，妳去跟她說吧，順便也問問她有沒有中意的人。」

今年蕪兒也有十七了，年前佟孝就透了點意思，似乎想替二兒子佟新求娶蕪兒。只不過，蕪兒的身分比較特殊，郁心蘭原是想著將她許給安亦的弟弟安然的，至少是個白身，不是奴才。可安然比蕪兒小了一歲，這裡可不興姊弟戀，說親的難度就大上許多了。

郁媒婆正胡思亂想著，紫菱急急地挑了門簾進來，「奶奶，宮裡差了人來見奶奶，冬總管陪著過來了。」

郁心蘭趕忙坐起來，錦兒和紫菱上前幫她將簪釵扶正，裙襬拉平，冬總管就陪著一名太監走了進來。

那太監顯得十分有禮，「給赫雲少夫人請安，皇后娘娘差咱家來請大奶奶。」

郁心蘭忙讓紫菱送上一個大紅包，「大過年的，勞累公公跑一趟，一點小心意，給公公買壺酒暖暖身子。」

那太監掂了掂荷包的分量，臉上就笑開了一朵菊花，「皇上和皇后都在等著少夫人，有什麼事咱家在路上跟少夫人解釋吧。也不必著正裝了，常服就行。」

看來是召見得急，郁心蘭低頭審視了一下自己的著裝，覺得很能見人，便披上白狐披風，隨那名太監一同走了，到了目的地，才發現原來不是入宮，而是到了安王府。

經過一番解釋，郁心蘭才知道，原來連城入宮稟報了建安帝後，建安帝十分重視，自己的後院居然有凶手出沒，自己的安全可都是大打折扣的。所以，當即便告知了太后，也差人去了安王府，宣安王爺和安王妃入宮，細問回府後，榮琳的診病情況。

表面上聽起來，就跟中了風寒是一樣的，可赫雲連城卻以「一時風寒，怎會如此嚴重」為由，提出請吳為驗屍。

安王爺和安王妃乍聽女兒有可能是冤死的，本來還在大聲請求皇上找出凶手，可一聽要驗屍，當即就炸了毛。

這年代的女子太講究貞節了，多露出一點皮膚都不行，就是死後也是神聖不可侵犯的。可驗屍就意味著女兒的身體會被男人看到，安王爺和安王妃自然是不允的。首先是不是他殺還不一定，就算是，只要在宮內嚴查，必定能找出凶手來。

就是皇上和皇后、太后，也覺得驗屍的要求太過了，斥責了赫雲連城幾句。赫雲連城又不能說自己已經去驗過屍了，只好說，聽聞江湖中有各種手段，或是下毒或是發掌，能讓人看起來跟生病一樣，就是太醫也不一定能把出脈來，只有驗屍才行。

說到後來，建安帝和皇后自是動了心，可安王爺和安王妃仍是不允。二人恨上了赫雲連城，說他之前對女兒冷漠，女兒死後還要來毀她的清白。安王妃更是一哭二鬧三上吊，如果一定要給女兒驗屍，就先把她給賜死吧。

一時之間，太和宮裡雞飛狗跳，若不是太和宮在外宮，建安帝又早令侍衛們遠遠守衛，不許人靠近，只怕凶手都能聽到安王妃的哭聲。

可建安帝既然動了心，就必定要達成目標。太后最後也勉強同意了。皇后便建議，不如先去安王府，再多請幾個親信大臣及其女眷過來，幫著勸一勸安王爺和安王妃。

郁心蘭下了轎，抬頭就看見赫雲彤和御史周夫人，這兩人的神色都有些尷尬，畢竟同為女子，都覺得被人看去了身子是件羞恥的事情，哪怕榮琳已經死了。

郁心蘭只得先在外面，對她們倆洗臉，畢竟她是赫雲連城的妻子，恐怕安王妃也像討厭赫雲連城那樣討厭她。

榮琳郡主到底不是自家的女兒，赫雲彤和周夫人很快就被說通了，三人一同進去，對著安王妃好一通勸說。

安王妃氣得幾乎要發瘋，完全不顧形象地猛拍桌子，震得杯蓋在茶杯上跳了幾跳，「妳們一個個說得輕巧，若是妳們自己的女兒要讓人驗身呢？嗯？妳們怎麼想？妳們會不會願意？還只是點捕風捉影的事兒，就要來驗……對了！肯定是妳，肯定是妳出的主意！」

安王妃忽然將目光放在郁心蘭的臉上，面色猙獰，「必定是妳！妳嫉妒我女兒生得比妳美貌，嫉妒她跟赫雲靖一塊兒長大，妳恨她……恨她……」

到底說不出女兒倒追人家夫君的醜事來，安王妃忍著淚，恨恨地道：「琳兒都告訴我了，她跟許文的事是妳陷害的！我們都已經一忍再忍了，妳為何還不甘休？還要來毀琳兒的名節？妳這個惡毒的女人！」說著大慟，取了帕子掩面，「可憐我的琳兒，還未出嫁，入不得許家的祖墳，又是個女兒身，更不能入皇家塚，身為郡王，卻只能做個孤魂野鬼，嗚嗚嗚……」

郁心蘭輕嘆一聲，心裡覺得委屈，臉上還不能露出來，只能陪著笑解釋了幾句。可安王妃冥頑不靈，郁心蘭勸得火氣上湧了，忍不住冷嘲道：「連皇上和太后都允了的事情，王妃這般阻攔，卻不知是想掩飾什麼？」

安王妃將要出口的哀怨話語全被噎在嘴中，噎得嘴巴張到了最大，老半天才驚愕地指著郁心蘭道：「妳這個惡毒的女人在說什麼？琳兒難道是我害死的嗎？我要掩飾什麼？不行！今日妳不把話給我說清楚，我跟妳沒完！別指量著我們安王府好欺負，再不得聖寵，可我家王爺也是堂堂正正的皇家血脈，不是妳一個小誥命夫人可以詆辱的！」

郁心蘭神色淡淡、語調淡淡地道：「我何曾說過榮琳郡主是王爺和王妃您害死的？這話可是您自個兒說的！真想抓到兇手就得驗屍，放在哪個衙門裡，都是如此行事，卻不知為何王爺和王妃要如此阻攔？總是說什麼名節，宮中又不是沒有女侍衛，讓女侍衛翻查屍體，讓有經驗的仵作在一旁指點就是了。」

這也是她剛才想了半天，才想出來的法子，雖然麻煩可能大一點，但吳為昨晚已經驗看過，應當能知道如何「指點」女侍衛們驗屍。

赫雲彤和周夫人立即表示贊同：「真是個好主意，又能為郡主申冤，又能保住郡主的名節。」

此言一出，安王妃倒是不好再說什麼了，卻仍是道：「女子看，不也是看？妳會隨便讓女子看嗎？」

郁心蘭眸光一寒，直盯著安王妃道：「事急從權。若是有人冤枉了我，為了證明自己的清白，我可以讓女子來搜查，甚至驗身。」

話說到這一步，安王妃還百般阻撓，可就真是有點問題了。

安王妃被她明亮的目光刺得神情一縮，支吾道：「那得問一問王爺的意思。」

安王妃抬手就要喚人進來，郁心蘭卻擺手阻攔，「王妃，您應當知曉此事的輕重，怎能派人傳言？反正就這麼幾個人，我們都是嫁了人的婦人，還是為了還榮琳郡主一個公道，這就陪王妃去正堂那邊吧。」

赫雲彤立即贊同：「這樣也好。」

此事還沒開始調查，在宮裡一直是隱密商議的，到了安王府，也不過就請了明駿和周大人過來。安王妃再沒話說，只好讓人備了馬車，兩人同乘一輛，到外院去尋皇上和安王爺。

將情形一說，安王爺直說胡鬧：「仵作都是要培養若干年的，就聽一個大夫的三言兩語，難道就能驗看出來？」

赫雲連城冷哼一聲：「不試一試又如何知道不能？」

建安帝此時也已失了耐性，直接發話：「就如此辦！」

金口一開，再不可更改。安王爺又不是女子，總不能學安王妃鬧著要上吊，心裡縱使異常不願，也只能冷哼一聲。

過得片刻，吳為和李杼就被人給宣了進來，黃公公代表皇上將話一說，吳為認真地想了想道：「可以試一試。不過，在此之前，我要向這位姑娘講解一下要領。」

郁心蘭頓時鬆了口氣，就怕這技術活兒太複雜，吳為覺得行不通。

建安帝點頭應允，二人便退到一旁，吳為仔細地教導了一些驗屍的知識，聲音不大不小，讓正堂裡的人都能聽見他並沒作假。

如此交代完畢，二人便施了禮，在安王府親衛的帶領下，直接去了靈堂。

安王妃一想到驗屍的情形，又開始抹眼淚，赫雲彤忙坐過去小聲安慰。

郁心蘭抬眸定定地看著，面沉如水。

建安帝將目光掃了一圈，便開口問道：「蘭丫頭總是盯著安王妃做什麼？」

郁心蘭忙起身回話：「臣婦是想關心王妃，卻又怕王妃誤會……」

安王妃抽泣得一怔，生怕她說出什麼不合時宜的話來。

建安帝卻只是「嗯」了一聲，就闔了目，沒再多話。

建安帝不說話，旁人自不敢說話，沉默了不過一、二盞茶的功夫，便有一名安王府的親衛慌慌張張地跑進來，結結巴巴地道：「稟……稟皇上、王爺，不、不好了。郡主的屍身，不見了！」

安王爺和安王妃立即站起身來，不敢置信地瞪著那名親衛。

建安帝騰地睜開眼睛，眸中精光暴漲，沉聲喝問：「再說一遍！」

那名親衛吞了口口水，艱難地稟道：「稟皇上，郡主的屍身不見了。棺材裡，只有一個人形的木偶。」

這個形勢可真是逆轉直下。

安王妃頓時哭了出來，「我的女兒……真命苦啊……」然後一股氣血翻湧上來，兩眼一白，暈死過去。

因為正堂內無丫頭媳婦子服侍，赫雲彤和周夫人、郁心蘭忙上前扶住，又是掐人中，又是撫背揉胸的，終於將安王妃給弄醒了。

安王妃一轉醒，立即又開始哭。

建安帝冷冷地低喝一聲：「閉嘴！你們先跟朕解釋一下，榮琳去哪了？是不是不滿意太后的指婚，所以故意來個金蟬脫殼？」

若真是如此，那就是欺君之罪，至少是要滿門抄斬的。

大冷天的，安王爺急得額頭上都冒出了汗，「臣……臣著實不知啊！臣、心傷女兒早逝，一直未曾去過靈堂……今日封棺，亦是……管家主持的！」

他結結巴巴不知如何說明，也不知如何才能證明自己的清白。女兒的屍體一直停在靈堂，他又沒去守著，怎麼會知道？可恨的是，之前拚命阻攔開棺驗屍，只怕在皇上的心中已經坐實了此罪。

郁心蘭等人這會兒都不再扶著安王妃，回到各自的座位，眼觀鼻，鼻觀心。

沒了屍體，自然是無法驗證了。建安帝立即遣人傳來了大理寺卿方正。此人正是赫雲策院裡方姨娘的父親，以前只是一名小縣令，卻善於鑽營，將自己如花似玉的女兒許給了赫雲策，才混了個京職。

京官大三級呀，他也是有些本事，悠悠忽忽就升了上來。

此時聽完陛下的吩咐，方正立即拍著胸脯保證：「臣一定將此案徹查到底！」

因涉及案件，又不是在自己的職權之內，旁人自不再方便留下，都站起身來待皇上發了話後，好趕緊退出安王府。

建安帝卻道：「晌午已過，先用了膳不遲。」

早有宮中的御廚隨皇上出宮，將安王府的廚子都趕出廚房，親自操刀烹製菜餚。

建安帝發了話，眾人忙道：「謝主隆恩。」

方正卻是用過午飯了的，便主動提出提審安王府的下人。

用過膳，方正已經得到了一點線索：「清晨封棺之時，郡主的屍身還在棺內，管家帶著數名僕從都見到了的。封棺之後，因王爺與王妃被宣入宮，男僕不敢久留內宅，便都退出二門。靈堂裡，只幾名丫頭守著靈堂，但棺材是被幃幔隔了的，因此……她們也不敢確定是否有人來過，只說沒有聽到一點聲響。」

建安帝啪的一掌重擊在桌案上，「這也叫線索？沒聽到聲響，那棺材是如何打開的？人是如何沒的？」

方正被罵了一通，卻是不急不忙，慢慢分析：「皇上請息怒，且聽臣一言。依臣之見，這番動作之大，只能說明兩點。一是這盜屍之人武功高強，才能來去自由，且不聞一點聲息。二嘛……」

他故意頓了頓，抬眸在安王爺的臉上溜了一圈，「就是王府之中有內鬼，而且必須是在府中有重權之人，否則，難以做到這般悄無聲息。」
安王爺一聽就急了，抖著鬍子，怒指方正，「你給我把話說清楚！」
方正嘿嘿一笑，「臣自是要說的，還要分析原由。這一嘛，可能是哪個鍾情於郡主的男子，此人或是江湖人，或是其他能花大錢請來江湖人的人，目的自然只有一個，因愛慕郡主，故而想將郡主製成人偶，前朝就曾有過這樣的案例。」
建安帝微微點了點頭：「接著說。」
方正得了肯定，神色間更是從容，「這其二嘛，容臣先向安王爺告個罪，僅是假設而已，請安王爺切莫放在心上。」說完向著安王施了一禮，才又接著道：「臣聽說，自太后老佛爺指婚後，榮琳郡主曾多次入宮求見，請求太后撤了懿旨，不知是否真有其事？」
皇后先瞧了建安帝一眼，方道：「有。」
方正又施一禮，「所以這其二，臣的猜測是，榮琳郡主不滿指婚，因而才……」
這後面的話便不再說了。
但誰又不知道他話裡的意思？只是不方便直接說是安王爺指使的就是。
安王爺氣得直抖，卻又沒辦法證明自己的清白，只有不住地磕頭，「請皇上明查，臣弟絕不敢行此欺君罔上之事！」
建安帝只是斜眼睨他，並不說話。
赫雲連城長身而起，向皇上施禮道：「臣以為還有一種可能性，就是今日要開棺驗屍之事被人知曉，因而劫走了郡主的屍身。」
建安帝點了點頭，「有道理，兩位愛卿所言都極有道理，此事就交予內廷和大理寺聯合調查，一定要給朕徹查清楚。方愛卿有何不明白之處，就先詢問赫雲將軍吧。」

方正趕忙應下，轉身向赫雲連城道：「下官先在安王府審問完之後，再去定遠侯府拜訪將軍。」

赫雲連城點頭。

建安帝與皇后便擺駕回宮，臨上龍輦前，忽地回頭朝赫雲連城道：「聽說你和期兒初八準備請人聚會？」

赫雲連城忙應道：「正是，請柬已經發了。」

建安帝淡淡地道：「案情未調查出來之前，你多與方大人商討商討。」

就是不讓赫雲連城參加了。若是缺了一個主家，這聚會也就辦不下去了。

赫雲連城連忙應是。

建安帝又朝安王爺和安王妃道：「你們白髮人送黑髮人，難免傷心過度，還是多在府中休養，不要外出，也不要隨意見客了。」

這就等於是軟禁了。

安王爺和安王妃面色灰敗，搖搖欲墜，由兩名丫頭勉力扶持著，才沒真正軟倒。

誰也沒法子勸慰，眾人送走皇上後便各自回府。

赫雲連城將馬韁丟給賀塵，隨郁心蘭一起坐進馬車裡。

郁心蘭靠在他肩上，輕聲道：「榮琳郡主的屍體都有人搶？我瞧著多半是凶手給弄走了。」

赫雲連城緩緩地道：「我今日一入宮就直接去養心殿求見皇上，之後便隨皇上去了太和殿。宣召安王爺和安王妃，也是在太和殿內。若真要漏了什麼風聲，那就只有這兩處宮殿的管事太監。」

這兩處宮殿的小太監，自是不可能進到內殿偷聽赫雲連城向皇上稟報什麼，可管事太監有三名，一位是黃公公，一位是何公公，另一位是內廷總管秦公公。

秦公公是事後才被宣到太和殿的，因為在內宮之中查案是由秦公公負責。這三人都是極得建安帝信任之人。逐一過濾了一遍，也想不出會是誰走漏了消息。

赫雲連城昨晚沒「休息」好，清晨又早起，這會子覺得有些乏了，闔上眼睛道：「方大人有些手段，等他審完安王府的人，再看情形分析吧。」

郁心蘭便沒再打攪他。

回到府內，赫雲連城倒頭補眠，郁心蘭便使人給賢王府送信，初八的聚會不辦了，請他幫忙給發了請柬的幾處府上送個通知。

沒多久，明子期就親自上門來詢問：「怎麼好好的又不辦了？是不是有什麼為難的事？」

郁心蘭遲疑了一下，才將今日的事告訴他，「嗯……這是皇上的意思，只是連城要查案，麻煩你一下。」

明子期睜大眼睛，彷彿聽了天書，「屍體還能跑了？」

他想了想，又摸著下顎直笑，「挺有意思的，那我在這兒等連城哥醒來，好好問問他。」

郁心蘭只得隨了他去，還提供自家女兒做明子期的玩具。

赫雲連城睡了近兩個時辰才醒，這會子天都擦黑了，郁心蘭便讓丫頭們將飯擺在暖閣，打發她們出去，讓李杼守在門口。親自挽起袖子，服侍兩位大爺用飯，讓他們好好談談案情。

赫雲連城也不瞞明子期，直承自己昨晚就讓人去驗過屍了，「……吳為說，寒冰掌最宜女子或是太監練習，男人也能練，但是要成大功，花費的時間極大。」

正好合了後宮的特點，不是女人就是太監。

可後宮之中，一般的太監是不能習武的，內廷太監們也沒聽說過誰會這種陰毒的武功。女子就更別提了，嬪妃們、女官們出自大家族，都是弱不禁風的。宮女們多半出身貧寒，要有這麼一身功夫，直接去打劫就好，幹麼跑到宮中當苦力？

郁心蘭夾了一筷子蔬菜給赫雲連城，嘀咕道：「或許是有人深藏不露。」比如韋小寶遇到的海公公和假太后，那都是高手中的高手啊！

明子期也不是覺得沒有這種可能性，「難得這麼多年，都不露出一點痕跡。」那得是多深沉的心機，才能將自己藏得這般好？而且有這麼高深的武功，卻深藏不露，必定是有大圖為，那麼父皇的安全就十分堪憂了。

想到這兒，明子期再也坐不住，擱下筷子道：「我入宮一趟……我就說是我讓人去驗過，總得讓父皇謹慎些。」

赫雲連城點了點頭，「多謝。」承擔了我不想承認的行為。

明子期隨意地揮了揮手，瀟灑走了。

赫雲連城夫妻倆用過飯，照常安置了。

方正那邊，還真是有些本事的，只一夜的時間就問出了一條線索。

封棺那日，謹王爺帶著家屬過來尋安王爺，說是要寬慰幾句，還讓兒子幫著送葬。

因榮琳郡主是女子，又是晚輩，安王爺夫婦是不能送葬的，可安王爺的兩個兒媳婦都有了身孕，按這時節的習俗，家中有紅喜事的要避開白事。若是無人送葬，這喪事也就太寒酸了，謹王爺的兒子是榮琳的堂兄，若能幫著送送，那是最好不過的。

不過，送葬也挺穢氣，又是大過年的，所以安王爺並沒向幾位兄弟提這種要求，是謹王爺主動上門來幫忙。

在方正看來，這裡頭必定有古怪。白事總歸是不吉利，又恰逢新年，沒得招來一年的穢氣，一般人躲都躲不及，謹王爺怎麼還上趕著來幫忙？若是以前就是關係特別好的兄弟倒是說得過去，可他倆以前是爭皇位的政敵啊。
而宮裡，因明子期連夜入宮，也不平靜。
建安帝指派了十名劍龍衛親去各宮查看，誓要找出暗藏在某處的高手。可劍龍衛們在各宮殿的屋簷上飛來飛去整整一夜，也沒能引出半個人影來。
明子期又竄到靜思園，坐在赫雲連城的書房裡直拳桌子，「這人真是狡猾！對了，你們那邊有沒有什麼進展？」
赫雲連城道：「謹王爺昨日一早就去了安王府，待了挺久才回府，卻正好錯過聖駕。」
明子期冷笑，「這時間還撞得真好。不是說，上回你和九哥查的案子，那些人也是謹王的人嗎？我看多半就是他了，卻不知榮琳聽到了他的什麼事。」
郁心蘭正好端著一盅參茶進來，見到明子期，就兩眼放光，「是不是宮裡有什麼消息了？」
明子期搖了搖頭，「沒有。」
郁心蘭忍不住問道：「那上回查的原因是怎樣的呢？榮琳郡主凍暈在海宴閣，太后總要問個說法出來吧？」
「聽說是榮琳自己把宮女們都趕了出去，不許人靠近，沒人知道她留在裡面幹什麼。等崔公公找到她的時候，她就是那樣……暈倒在地的。」
將人都趕走，這倒是榮琳會幹的事。
郁心蘭洩了氣，「崔公公又怎麼說？太后怎麼處置海宴閣的宮女啊？」
「崔公公說榮琳郡主給了他賞錢，要他將連城哥找來，還說榮琳很焦急，卻沒別的不妥。」
郁心蘭作勢摸著下巴道：「很焦急……嗯，這就不對啊。我記得上回在莊郡王府，我偷聽到榮琳吩咐莊郡王家的丫頭時，氣派十足的，還知道恩威並重。就算是打定主意要勾引我相公，也不至於焦急呀。」

赫雲連城道：「反正不是已經認定她知道了些什麼，自然是會緊張的。」

郁心蘭擺手，「我的意思是，應該再找崔公公問一問，仔細回想還有沒有別的不妥之處。」要是有人會催眠，還能知道更多的事，當然，這話她沒說。

明子期忽然歪頭打量郁心蘭，看得郁心蘭心裡直發毛，「你什麼意思？」

「我覺得妳主意挺多的，又喜歡問，不如我向父皇推薦推薦，讓妳也幫著來查案？」

赫雲連城呵斥道：「胡鬧！這多危險。」

明子期呵呵一笑，「連城哥，你跟著一塊去就成了，你的武功這麼高，難道還怕一個凶手？」

郁心蘭一聽，頓時來了精神，拉著赫雲連城的衣袖道：「連城，好嘛，我真的很有興趣啊！你讓子期問一問皇上的意思，若是皇上不允，我也不會強求呀！」

赫雲連城一開始堅決不同意，後來架不住小妻子撒嬌打滾的，只好向明子期道：「那就麻煩你問問皇上的意思吧，隨便問問就行。」

明子期在一旁看了場好戲，呵呵直笑，「不麻煩。」心裡道：我絕對會說服父皇的！

果然，明子期進宮沒多久，黃公公便帶了皇上的聖旨來了，封郁心蘭和赫雲連城為內宮行走，協助內廷總管秦公公徹查榮琳郡主一案。

郁心蘭當即便走馬上任，跟赫雲連城一同入了宮。

赫雲連城是外男，進內宮總覺得不自在，秦公公便很知趣地將靠禁門的院子收拾了出來。

郁心蘭先奉承了秦公公幾句，然後便開口要上回審理的供詞。

秦公公立即著人去取了來，「少夫人還有什麼吩咐？」

郁心蘭笑了笑道：「先看完供詞再說。」

秦公公還有事忙，便笑著退了出去。

赫雲連城陪妻子看完供詞，搖了搖頭道：「沒有什麼漏洞。」

郁心蘭嘿嘿一笑，「不用漏洞，我們再將這些人提審幾次。也隔了好幾日了，若是謊言，總有些人記不清了，若有誰的供詞前後不一致的……嘿嘿。」

此時天已擦黑，御膳房著人送了飯食過來，李杼用銀針逐一試了毒，又每樣品嚐了一口，才向兩位主子福了福，「請大爺、奶奶用飯。」

赫雲連城夫妻倆用過飯，連夜提審海宴閣的宮女、太監。因崔公公是泰安宮的總管，得要先請求過太后才能提人，就暫且放到明日再問。

審訊自然是由赫雲連城來進行，郁心蘭和李杼只是在一旁幫著做筆錄。

聽了赫雲連城詢問的問題，郁心蘭才發覺，原來看了幾百集的柯南，並非真的就能成為柯南的，心下對連城便有了新的認識，難怪當初他年僅十四就能當上禁軍總領。

赫雲連城問問題時，總是先從簡單又無害的入手，慢慢地問，在對象放鬆了心防之時，忽地針對其之前的回答反問幾句，令人措手不及，往往回答的話語真實性較高，這樣就很容易判斷之前的回答是否為真話。

審到半夜，才將所有人都審問完，雖然加問了一些其他資訊，得出了一點疑點，但大體上與之前的那份供詞是差不多的。

赫雲連城蹙眉道：「難道真有人能來無蹤去無影？」

若是夜間，只要輕功好還能理解，可當時是白天，海宴閣又不是沒人，就有些說不過去了。

他習慣性地用食指敲了敲桌面，「明天先去海宴閣查看一下地形。」

海宴閣是內宮之中用於聚會和宴客之所，赫雲連城並不熟悉，查看了地形後，他才能推斷，是否有路徑可以隱蔽人的行蹤。

郁心蘭笑道：「這是自然的，只是這些供詞也要再理一理。」想了想道：「明日我畫張表格出來，就很直觀了。」

現在已是凌晨，自然是睡覺要緊。

赫雲連城連日勞累，直睡到日上三竿起來。而郁心蘭則早早地起身，先與秦公公商量，去泰安宮請崔公公。

赫雲連城起身之時，崔公公正好到門外，聽到裡面的動靜，請示之後便主動走進來。

赫雲連城向他詢問了一下當時的情形，崔公公仔細回憶，郁心蘭在屏風後，拿著上回的供詞一一應對，之後送走了崔公公。

所有人都問了一遍，就只能慢慢找出不妥當的地方來。

郁心蘭將一張大白紙鋪在桌上，供詞一一攤開，放在四周，自己則提了眉筆，在白紙中央畫了個四方塊，註明「海宴閣」三個字，在四邊註上方位，以及供詞上有提到的各處顯著的特徵，和相鄰的宮殿名稱。

做好這些準備之後，就一份一份地將供詞拿起來，仔細閱讀。誰說她當時在何方向，見到了誰，與誰說了話；誰又說她當時在何方向，見到了誰，與誰說了話，諸如此類。

每個人的名字都按她們所說的方位標記到圖上，再將人與人之間的關係，用箭頭標上，兩人相互打了招呼的就標雙箭，某人看到另一人的就打單箭頭。

這樣畫完之後，人物之間的關係就十分直觀了，而且還真是看出了一些問題。

一個叫櫻桃的宮女稱，自己是在西面的迴廊處與某宮女說話，又看到青苗從南邊的月亮門出去。聽起來是沒問題，但另外一份供詞上卻寫著這之間有一片小竹林，她好像見過竹林裡有衣裳晃過，卻又拿不準。

郁心蘭立即指給赫雲連城看，「我們可以去海宴閣實地考察一下了。」

赫雲連城立即贊同，兩人一同去了海宴閣，西南側的確是有片小竹林，十數杆修竹，不算多，種得也密，但是錯落有致。赫雲連城試了一下，從竹枝間的間隙看過去，應當只能看到月亮門的一小半，從南邊出去的話，人應當是走被竹枝擋住的那邊。雖不至於什麼都看不到，卻不能僅憑一點點衣角的背影就判斷出是誰來。要知道，宮女是統一著裝的。

赫雲連城瞇了瞇俊眸道：「這兩人只怕都有問題，得立即讓秦公公將她們抓起來，若是不招，就要用刑。」

郁心蘭點了點頭，兩人回了住處，立即讓小太監去請秦公公過來。秦公公聽到兩人的分析，一拍腦門，「還是赫雲將軍有能耐，咱家卻是瞧不出來的。」說完，立即著人去拿人。

等了片刻，卻得到回報道：「櫻桃還沒有找到。青苗昨日從這裡離開後就沒回宿房，剛剛在離宿房不遠的一口枯井裡發現了她，已經摔死了，應當就是昨日半夜回房時摔下去的。」

也摔得真是太巧合了！

赫雲連城和郁心蘭自是不信，因有了之前的推斷，秦公公也是不信的，立即著人開始調查。依赫雲連城的脾氣，自然是要親自看一看才行，只是他雖被任命為內宮行走，但真的不方便四處活動，於是便只能等秦公公安排完事情，同秦公公和郁心蘭一起去那口枯井處查看。

枯井比較大，有井沿，但井沿上沒有吊水用的井架。赫雲連城看了一圈，沒出聲，眸光投向秦公公。畢竟秦公公是內廷總管，皇上的聖旨上也是說，讓他們夫妻二人「協助」秦公公查案。

秦公公極迅速得出了結論：「是被人推下井的，這處還有劃破的青苔皮，與青苗指甲中的汙物一致。來人啊，立即將昨夜問審之人全數看押，派人在宮中搜尋櫻桃。」

內廷太監們的行動力十分強悍，不過半日的時間，就將海宴閣的宮女重新審訊了一遍，又在宮門外尋到大清早用青苗的腰牌溜出宮的櫻桃。

回到小院後，打發太監們守遠一點，郁心蘭忍不住悄聲問連城：「你覺得這個秦公公有問題嗎？不是說內廷太監也挺有本事的嗎？可我們都能發現的問題，他為何發現不了？他對宮中應當是很熟悉的，海宴閣西南面有片小竹林，難道他不知道？一聽櫻桃的話，就應當知道在說謊呀！」

赫雲連城淡淡地道：「一會兒看他審出些什麼結果吧。」

或許是有問題，也或許是官做得大了，辦事就開始官僚……

下晌的時候，赫雲連城和郁心蘭被請到太和殿，聽秦公公向皇上彙報查案結果。

此番結案，審出凶手便是櫻桃。

據櫻桃招供，她那天偷了海宴閣中的一件擺設，想趁宮中人多，悄悄運到宮外賣掉，哪知榮琳郡主卻忽然到海宴閣中來，而且還將她們都趕出去。她的東西還沒藏好，怕被人發覺，就想悄悄進去拿出來，換個地方藏好。可剛一進去拿到東西，就被榮琳郡主發現了，還大聲斥責了她。

偷盜宮中貴重物品私賣是死罪，櫻桃一急，就不管不顧地衝上去捂住了榮琳郡主的嘴，怕郡主的叫聲被人聽了去。榮琳郡主掙不過她，沒多大會功夫，便兩眼一翻白，暈死了過去。

櫻桃這時才急了，想起聽到的傳聞，索性一不做二不休，脫了榮琳郡主的衣服，將她丟在冰冷的地板上，還特意將門窗都打開些，讓外面的寒風吹入……

郁心蘭在一旁聽得目瞪口呆，案子還能這樣圓的？

半晌，她努力轉了轉瞪酸了的眼珠子，偷瞄了一眼皇上。

建安帝神色威嚴，不怒不喜，看不出心中是如何想的。

秦公公彙報完畢，建安帝方威嚴地沉聲問了幾個疑點，秦公公一一解答，如果事先並不知道榮琳郡主是中了寒冰掌的話，似乎圓得滴水不漏。

建安帝便點了點頭，「那就將櫻桃押去泰安宮，由太后來處置吧。」又看向赫雲連城和郁心蘭，「這兩日你們也累了，回去好好歇息吧。朕欠了你們一次聚會，改日在宮中，宣一家子親戚過來聚一聚。」

赫雲連城和郁心蘭忙起身謝恩。

秦公公帶人押著櫻桃去了泰安宮。

赫雲連城和郁心蘭回到侯府中，明子期便來求見，靜思園裡下人太多，三人便去到前院的書房商議。

明子期摸著下顎道：「父皇讓劍龍衛緊盯著秦公公，這一回應當可以釣條大魚上來了。」

赫雲連城也點頭道：「秦公公等人之所以敢這般糊弄皇上，是想著還沒有驗屍，所以外人並不清楚榮琳郡主的死因，但若真的想讓他們再次行動，就必須找到榮琳的屍身。」

郁心蘭忍不住插嘴問道：「這位秦公公以前就跟著皇上的嗎？」

明子期搖了搖頭，「不是，他原本就是內廷總管。父皇被立為太子之後，他就一直幫著父皇，所以極得父皇的信任。」

郁心蘭聽了後，篤定地道：「如若之前就一直是假裝忠誠，那麼他身後的主子，就一定是謹王或安王中的一位了。」

明子期笑了笑，「這很容易猜，可到底是誰呢？」

當年為爭奪儲位，戰況亦是十分激烈，所以建安帝上位之後，才會將謹王和安王軟禁在京城之中，不許他們回封地，就是怕他們在封地坐大。可是，畢竟是同胞兄弟，也不可能虐待他們，更不能無緣無故就貶謫或入罪，建安帝還要名聲，百年之後，他的功過都會記入史冊，不能有弒兄殺弟的汙點。

所以，必須抓到謹王或安王的確實證據才行。

郁心蘭瞧了瞧赫雲連城，皇上讓赫雲連城和明子恆暗查七年前的秋山之變，目前的證據指向的不也是謹親王嗎？

赫雲連城也想到了這個，可是卻又覺得有些不可盡信，現在能查出來的線索都是與謹親王有關的，可查不出來的，幾個月了仍是沒有一點蛛絲馬跡。若說他們謹慎，也露了些風聲，若說他們不謹慎，又為何再也無法往下查？

明子期見這夫妻倆眉來眼去的，不由得道：「哎哎，我還在這呢，你們這是幹什麼？」

赫雲連城遲疑了一下，方將自己和明子恆調查七年前案子的事說了，「……並非要瞞著你，而是實在沒有新的線索。」

明子期瞪大了眼睛，「若真是與謹親王有關，直接夜探他的府第就行了，除了幾個隨身親衛，謹王府和安王府是不允許有侍衛的。」

赫雲連城淡淡地搖了搖頭，「這辦法早就試過了，謹王府並沒有什麼特別之處。」

他和明子恆兩人都不是墨守成規的人，自然不會顧忌什麼規矩之類的，但謹王府的確是很正常，沒有私衛。

郁心蘭想了許久，吞吞吐吐地道：「你們說要找到榮琳郡主的屍身，才能逼得對方狗急跳牆，那……若是咱們弄一個假的出來，不知道能不能唬得住人？」

明子期和赫雲連城對視一眼，皆是眼中一亮，「可以試試。」

兩人當下便開始行動，花了一天的時間，在京城的各個義莊裡去尋身形與榮琳郡主相似的女子屍體，然後請來六扇門中的高手為其易容。

這番淘弄之下，一個假榮琳便出來了，屍體難免膚色蒼白，倒不太容易看出是假冒的。

郁心蘭隨著赫雲連城跑去義莊看了，不由得咋舌道：「真是像。不過……我忽然想到，若是屍體還在人家手中，只怕這一招沒用。」

明子期十分興奮，「有用！咱們立即送去安王府，著人盯緊安王府和謹王府，還有宮裡的秦公公，看一看到底他們是什麼反應！」

赫雲連城也道：「正是。並非要他們相信這是真的，只是要看看他們是不是知道這是假的。」

當下，兩人便分頭行動。赫雲連城扶靈去了安王府，明子期入宮稟報皇上。

郁心蘭則在家哄寶寶，等消息。

這廂，千荷已經將千夏在婆家的事給傳了出去，還彷彿她親眼所見似的，說得繪聲繪色，將石婆子說成一個惡毒婆婆，而千夏就是個苦命的小媳婦，末了，總要搖頭嘆息，加上一句：「當初是王妃親自來向奶奶討的人，我還以為千夏姊姊今後要吃香的喝辣的了呢，哪知……唉！」

郁心蘭問紫菱：「有沒有注意下人們的表情？」

紫菱道：「注意了。旁人都有幾分同情之色，唯有千葉很是冷靜，一副事不關己的樣子。」

郁心蘭點了點頭，「多注意一下千葉吧。」

如果不能將院子裡的人清一清，真是想安生也不能。

郁心蘭正想著，看見千荷在院子裡探頭探腦，便使個眼色給紫菱。

紫菱忙出去，帶了千荷進來。

千荷小小聲地道：「稟大奶奶，今日西府的主子過來用飯，婢子看到西府的榮爺在小花園的假山後，拉了千葉在說話兒。」

郁心蘭一怔，「妳沒看錯？」

千荷忙道：「絕對沒有看錯，婢子是上洗衣場取衣服時路過那兒的。」

郁心蘭點了點頭，「有沒有聽到他們說什麼？」

千荷搖了搖頭，「沒有。婢子只是遠遠看到一男一女在說話兒，待近得幾步，就只見到榮爺一人，榮爺還跟婢子說笑了兩句。婢子裝作很忙，急著要走，拐到避風堂後躲著，隔了好一會兒，才見千葉從假山裡出來的。」

郁心蘭蹙了蹙眉，千葉不可能是西府安插的人呀，這麼說，應當是榮爺在想法子收買千葉了。可千葉只是個二等丫頭，平日裡不能到上房裡來服侍的，找了她又有什麼用？

賞了千荷一串錢，要她再盯著千葉一點，郁心蘭便打發了她下去。

快到晚飯時分了，赫雲連城還沒回府。這時，乳娘任氏心急地抱著悅姐兒過來，進到屋內便撲通一聲跪下，焦急地道：「求奶奶恕罪，奴婢沒照顧好姐兒，姐兒今日……有些發熱了。」

郁心蘭一驚，小孩子的病最是麻煩，發熱對成年人來說沒什麼，可對孩子來說，有時卻是致命的，就算不致命，若是治療得慢一點，也可能將腦子燒壞了。

她忙趿鞋下炕，從任氏手中抱過悅姐兒，一疊聲地吩咐：「快去前院找吳神醫，另外派人去請府醫過來。」

轉頭見任氏神情淒慘，不由得放柔了面部表情，沉聲問：「先別慌，妳仔細跟我說說到底是怎麼回事？何時開始發熱的？」

任氏見大奶奶並沒勃然大怒，心就安定下了一半，忙前後想了想，方仔細回話：「今日一早還好好的，奴婢按照奶奶說的，將窗戶開一半換換氣。辰時是奶奶親自餵的奶，申時是奴婢餵的，奴婢餵完後，小姐兒就開始哭，後來哭得沒了力氣，奴婢只當姐兒是睡著了，可是後來見姐兒臉色太紅，這麼一摸……才發覺很熱。奴婢一直守著小姐兒的，沒有離開過，只中途去過兩趟茅廁，但奴婢都請人來幫著照看。」

郁心蘭淡淡地問：「是哪兩個人？還是同一個人？」

任氏忙道：「第一次是巧兒姑娘，第二次是千葉姑娘。」

平日裡，都是兩位喜事嬤嬤和乳娘一同照顧哥兒姐兒的，今日一位喜事嬤嬤出府休假，另一位則主要幫著哥兒那邊，所以悅姐兒這邊只有任氏一人照看著。

就這麼一天，偏偏就出了意外。

郁心蘭的眸光一寒，立即吩咐紫菱：「將巧兒和千葉帶進來，再讓千荷問一問，有誰見過其他人進悅姐兒的房間。」

她用自己的額頭貼了貼女兒的，感覺熱得不是很厲害，心就先放下了一點。這大冷天的，她怕關著門燒炭會使屋內空氣不好，一直就要求乳娘們將窗戶打開一半通風，又不許屋內燒炭火，寧可多花銀子大把大把地燒地龍。

寶寶們的衣服換下來後，也是讓安嬤嬤交給可靠的人去洗，洗完後，有太陽的天氣一定要曬一曬。沒太陽的時候，也讓用滾沸的開水泡一泡，消消毒。

按理來說，應當是不容易生病的。

正思忖著，吳為率先趕到了，忙給悅姐兒診了診脈，俊挺的眉頭頓時擰成一團，看得郁心蘭心驚肉跳的，「怎麼？」

「像是出痘子。」

所謂痘子就是水痘，一般要週歲左右的小孩子才會得，悅姐兒不過三個月而已。

出水痘在這個世間完全就是看天命的事兒，沒有特別有效的藥物可以治療。吳為想了想，寫了兩張方子，一張是口服的，一張是擦洗的，交給郁心蘭道：「應當是接觸了患兒的衣服，或是與患兒一同用過飯食之類。」

郁心蘭心中氣惱，讓人立即去清查悅姐兒房中的衣服，轉眸看見任氏低頭站在一旁，腦中忽地靈光一閃，指著任氏道：「還請吳大哥幫忙給她診一診脈，看有沒有出痘的跡象。」

任氏嚇了一跳，忙跪下道：「奴婢不會出痘的，奴婢小時候出過痘子。」

郁心蘭神情一閃，就是因為出過痘子，所以任氏若是接觸了含病毒的事物，也不會有事……仍是跟吳為道：「還請吳大哥幫忙看一看。」

吳為便為任氏診了脈，蹙眉道：「的確是有些發熱的跡像，不過症狀不明顯。」遂又問任氏：「這兩天是不是夜裡睡不安寧？晨起時覺得頭暈眼花？」

任氏這時不敢隱瞞，「是有一點，不過坐一坐便沒事了，而且奴婢身子一向很好，幾年都不曾病一次的，所以奴婢也就沒在意，卻不曾想……」說到這兒抬起頭來，露出秀麗的面龐，「姐兒的病，不會是奴婢過給姐兒的吧？」

吳為淡淡地道：「有可能是。」

紫菱聽了這話，恨得直拿指尖戳任氏的額頭，「妳怎麼這麼不經心？自己覺得不穩妥了，卻還要勉強餵養姐兒？跟妳說過多少次了，有什麼不舒服的，一定要馬上說出來。」

錦兒等人拿著藥方下去揀藥煎藥，郁心蘭抱著悅姐兒輕輕地拍著。大概是不舒服，今天悅姐兒哭得嗓子都啞了，這會兒躺在娘親的懷裡，聞到了熟悉的氣味，便安心了些，只委屈地扁著小嘴。

任氏在那頭被紫菱罵得都哭了出來，郁心蘭才淡淡地道：「下去好生服用吳神醫給妳開的藥，扣三個月月錢，以後一定要注意，否則我不會再輕恕。」

任氏出身貧寒，很在意這份差事，平時對悅姐兒也是很上心的，郁心蘭倒不懷疑她。窮人家的女人沒那麼嬌貴，一點點的頭痛腦熱在她們看來不叫病，所以沒注意也是有的，但小孩子的抵抗力弱，她身為乳娘就應當特別注意。

任氏見大奶奶沒有將她趕走的意思，忙磕頭謝恩，下去了。

郁心蘭小時候要種疫苗的時候，發了燒，沒種成，也生過水痘。她記得奶奶是給她熬紅豆湯代茶喝，好得很快。忙將這法子拿出來問吳為，吳為道：「可以試試。」

郁心蘭立即讓安嬤嬤使人去茶水間，熬紅豆湯。說完了話兒，郁心蘭才抬眸看向早就候在屋裡的巧兒和千葉。

也沒特別的疾顏厲色，郁心蘭只是斂容問道：「妳們說說今日幫著任氏照看悅姐兒時，都做了些什麼，屋子裡進出過什麼人。」

二人一一回答了，郁心蘭神色凜然道：「我姑且相信妳們，若是妳們還有什麼別的話要對我說的，就盡快說，若是日後查出些什麼，就別怪我不顧主僕情分。」

二人喏喏地道：「都說清楚了，婢子不敢隱瞞大奶奶。」

待二人退下，紫菱進言道：「奶奶就是心善，換成婢子，婢子一定先將她們關起來再說。」

赫雲連城正進得門來，忍不住插口問道：「要把誰關起來？」

紫菱心中一凜，不敢回話。郁心蘭也在斟酌著怎麼回答，赫雲連城立即就察覺到氣氛有異，見吳為也在這兒，更是感覺不妙，神色瞬間冷了下來，轉眸問紫菱：「妳剛才說要關誰？」

紫菱只覺得那目光似刀一般凌厲，壓得她心跳如雷鳴，喘不過氣來，只得顫聲道：「悅姐兒今日發了熱，吳神醫說，是得了水痘。巧兒和千夏兩個去過姐兒屋裡，所以婢子才說……」

話未說完，赫雲連城就挑起門簾走了出去。

郁心蘭覺得不妙，又怕寶寶受了風，不方便跟出去，便朝紫菱道：「去看看大爺要做什麼。」

不一會兒，紫菱轉了回來，輕聲道：「大爺讓婆子將巧兒和千葉兩個綁了，要打板子。」

郁心蘭怔了怔，拉上紫菱低語了幾句，「快去。」

紫菱帶著奶奶的話去勸大爺，赫雲連城好不容易忍住了怒氣，卻不肯就這麼放過她二人，對行刑的婆子道：「各打十板。」說罷，轉身進了屋，眉眼中卻還依稀透著幾分怒氣。

郁心蘭見丈夫進來，忙將女兒交到他的手中。

赫雲連城在炕邊坐下，親了親女兒的小臉，問吳為：「你有沒有把握病好？」

吳為道：「發現得早，症狀還沒顯，把握大一些，不過我也不敢說一定是沒問題。」

赫雲連城的俊眉又蹙了起來，郁心蘭忙道：「連城，你要相信咱們的孩子是有老天保佑的。」

赫雲連城這才緩緩舒展了眉頭，「若讓我查出是誰幹的，我必不饒他。」

這句話，他說得輕飄飄的，語氣不如何嚴厲，神色也並不如何陰狠，可愈是這樣輕描淡寫的語氣，愈是給人一種言出必行的果斷和絕決。令人在屋裡服侍的一眾丫頭婆子，不由自主地打了個寒顫。

郁心蘭見時辰不早，便讓人擺飯，請吳為一同用飯。打發走了婆子，這幾日她決定親自帶悅姐兒睡覺。悅姐兒的奶就找她來餵，免得與任氏二人交互傳染，總也不得好。

曜哥兒則讓喜事嬤嬤和乳娘康氏帶去長公主的宜靜居，小住些時日，免得過了病氣。

都安排好後，郁心蘭才問赫雲連城：「去安王府怎麼樣？怎麼回得這般遲？」

赫雲連城道：「安王爺聞言自是又驚又喜，倒是安王妃……似乎是驚愕惶惑了一下。送去沒用什麼時間，只是回來的時候遇見子恆，就多聊了幾句。」

看來，安王府真是有問題了。這麼大具屍體在安王府失蹤，安王妃是知道一點內幕的。只是，讓郁心蘭不能理解的是，榮琳郡主被人打死了，身為母親的安王妃，怎麼還會幫著藏匿屍體？

她想了想問：「明日你要入宮嗎？」

赫雲連城搖了搖頭，「不了，我在府中陪著悅姐兒。」

郁心蘭心中一動，她跟赫雲連城進宮不過一夜兼一個白天，府裡的喜事嬤嬤家中就出了事兒，待這個嬤嬤一走，悅姐兒又生了病，這事兒來得真及時。若真是嫉妒她生了嫡長孫，卻為何不是向曜哥兒下手，而是悅姐兒？

彷彿是要絆住赫雲連城似的。

郁心蘭愈想愈覺得是這麼回事，「定是我們已經查到了什麼觸到他們底線的東西，只是我們忽略了。」

赫雲連城抬眸看了看她，「妳覺得是什麼？」

郁心蘭想了一圈沒想到，喪氣地道：「都說了是我們忽略的東西了。但要絆住你，肯定就是不希望你再查下去，或者就只是為了拖延時間，等過得幾日，他們就能處置妥當了。」

郁心蘭抬眸看著他道：「這麼分析吧，若是悅姐兒不生病，你明日打算去幹什麼？」

「先入宮請求皇上，再問一問暗哨們有無發現。」

郁心蘭摸著下巴仔細地想，忽地靈光一現，「安王府！」

「你派暗哨盯著安王府對不對？原本宮裡已經結了案，皇上也表面上認可了，那麼就沒有再將安王和安王妃禁足的理由了，至少皇上那邊得發話讓他們自由，他們可能沒發覺皇上派了劍龍衛暗中盯著他們，但卻很戒備你。」

「因為上回你堅持要給榮琳驗屍，他們肯定會想到你已經暗中驗過屍了，只是礙於男女大防，不敢向皇上承認。所以，即使皇上撤了監視安王府的人手，他們也認定你一定會派人盯著安王府，所以才要來害悅姐兒，讓你不能安心查下去。」

赫雲連城聞言，也覺得有理，眸光頓時一亮，「這麼說，榮琳的屍身應當還在安王府中。」

上回雖是讓大理寺的人馬搜了一下安王府，可王府這麼大，他們自己的家自己最熟，要藏一具屍體太簡單了。

郁心蘭笑了笑道：「那我們就讓他們安心吧，這幾日你就好好在家陪陪我。等他們想辦法毀屍滅跡的時候，再去抓個正著。」

她倒是十分好奇，到底要怎麼樣的目的，才能讓安王爺與殺女兒的凶手合作。

第二日一早，長公主就遣了人過來問悅姐兒的情況，郁心蘭回覆說：「不太好，要多養些時日，還請母親放心，盡量少來走動，免得過了病氣。」

二奶奶和三奶奶聽到訊兒後，也趕來問候，送上了一份禮物，然後安慰郁心蘭：「大嫂不必太擔心，雖說小孩子出痘子容易早夭，但也常有挺過去的。」

郁心蘭總覺得二奶奶說這話的時候，眼裡跳動的光芒是興奮的，所以毫不動搖地道：「我的悅姐兒自然挺過去，她先天身子骨好，又有吳神醫在這兒，有什麼可擔心的。」

二奶奶和三奶奶只能陪著笑，「這是自然。」

正說著，西府的蓉奶奶和惜奶奶也過來探望，幾個妯娌便坐在暖閣說話兒。

幾位奶奶的丫頭們在院子裡候著，自有靜思園的丫頭們請她們到茶水房取暖。

丫頭們坐在一起，聊的多是主子又打賞了多少銀錢、哪個被哪位爺看中了這類。一名叫圓素的丫頭笑道：「府中的人都說靜思園的姊姊們最漂亮，今日一見，果然名不虛傳。」

千荷眼睛一亮，笑問道：「是妳們蓉奶奶說的嗎？有說咱們幾個姊妹裡，誰最漂亮嗎？」

「自然是巧……」她剛開了個頭，就另有一名丫頭咳了一聲，她便再不肯說話了，只笑著捏起千荷腰間的荷包道：「好漂亮的繡功呀！」

千荷倒不居功，「是千葉姊姊繡的，她送了我們一人一個。」

說到千葉和巧兒昨晚被打了板子，西府的丫頭們便相約去探望一下。待主子們告辭，丫頭們也隨著走了。

千荷忙去上房回話，郁心蘭聽了只是笑，「提到了巧兒？」

郁心蘭將調查的目光著重放在任氏這邊，讓人仔細詢問了她近幾日的日常起居、接觸過什麼人之類，慢慢便鎖定了一個人——小花園新升上來的管事樂嬤嬤。

這位樂嬤嬤是二奶奶的人，上回二奶奶滑胎，小花園的幾位管事受到了牽連，被遠遠地發賣了，特意提了二奶奶的陪房婆子。

這位樂嬤嬤平時就愛找任氏聊天，這幾天特別殷勤，還送了一條羊毛毯子給任氏。就是這條羊毛毯子，吳為驗查了，給狗兒多蹭了幾下後，沒兩天也開始出痘子。

郁心蘭理出頭緒，立即將人綁起來，交給長公主發落。二奶奶聽了訊兒，驚得半天喘不上氣，忙忙地跑到宜靜居去告罪，哽咽著道：「真沒想到她是這樣黑心肝的，居然連府裡的主子都敢下手，二娘只管處置便是！」

這是要摘清自己。

郁心蘭不禁在心中好笑，她倒是沒懷疑過二奶奶，二奶奶真要害寶寶們，就會用別人的人，至少是侯府的家生子。

不過，什麼人都能尋上二奶奶的人來辦事，郁心蘭真不知該說二奶奶什麼才好了。

拿了樂嬤嬤問話，最後竟問到了巧兒的身上，說這條羊毛毯子是巧兒給的。

再捉了巧兒來問，巧兒卻說是在府中的花園中揀的，她見毯子不錯，問了一圈沒人認領，就隨手送給了花園的管事樂嬤嬤，算是個人情。

後面又尋了幾個丫頭媳婦子來問，說前幾日巧兒的確是拿了一條毯子問人來著。

這事兒似乎走入了死胡同之中，郁心蘭鬱結於心。

長公主這邊也不好處置，雖說悅姐兒是給巧兒害的，可到底是無心之失，只能打幾板子以小懲大誡。

這番折騰下來之後，已經過了正月十五，官員恢復了早朝。悅姐兒的病情還沒好轉，但赫雲連城再不願，也得每日去朝中點卯。

郁心蘭則安心在家帶孩子，每天愁眉不展。巧兒的板子打得不多，趴了幾日後，便一瘸一拐地到上房來伺候，但郁心蘭一想到悅姐兒如今這蔫蔫的樣兒是巧兒所害，就對巧兒越發的冷漠生疏，幾乎連正堂都不讓她進了。

這日，郁心蘭剛給悅姐兒餵完了奶，蓉奶奶便推門進來，笑盈盈地道：「我來看看弟妹。」

郁心蘭忙給讓座，蓉奶奶問了悅姐兒的情況，又說了些閒話，這才轉入正題：「我家爺是個正經人，府裡那麼多丫頭，也沒見他對哪個看得上眼，偏偏那日過來吃團年飯時，就是看中了弟妹身邊的一個丫頭。」

郁心蘭訝異地揚了揚眉，「不知是哪個丫頭能入榮爺的眼？」

蓉奶奶頗不好意思地道：「是巧兒。若是弟妹得力的，我也不好意思開這個口，偏是弟妹也瞧她不順眼，不如就讓給我吧。」

郁心蘭半張了小嘴，十分驚訝，半晌才喃喃地道：「若真是榮爺看得上的話，那也是她的福氣。」遂揚聲問紫菱：「去將巧兒叫進來吧。」

紫菱應了一聲，轉身出去，過了會子復又轉回，稟道：「偏不巧，安嬤嬤打發她出府採辦針線去了。」

郁心蘭便歉意地對蓉奶奶道：「這樣吧，待她回來，我就讓安嬤嬤領了她過去。」只讓個管事嬤嬤帶過去，就是為奴為婢聽憑蓉奶奶的意思了。

蓉奶奶聽了這話，心裡頭十分高興，又說了幾句寬慰的話，要她不要擔心悅姐兒，悅姐兒自會吉人天相的，這才走了。

待蓉奶奶一走，巧兒便從側門走進來，給郁心蘭跪下磕頭，「婢子今日便作別了，望奶奶一切安好。」

郁心蘭點了點頭，輕聲道：「只是委屈妳了。」

巧兒笑了笑，「婢子知道奶奶重承諾，只要想到日後有富貴的日子，婢子就不覺得委屈了。」

郁心蘭交代紫菱照看好悅姐兒，便帶著巧兒去宜靜居。丫頭許人，必須跟當家主母稟報一聲。

程氏已經在宜靜居了，討要的是侄媳婦的陪嫁丫頭，總得給個說法，此時她正說著：「若不是聽說你們老大家的不會給丫頭們開臉，我也不會老著這張臉皮來討人。跟著榮兒，雖說是妾，卻也是半個主子，總好過日後配給陪房，那不過是個奴才妻。有的丫頭生得俊，心氣兒高，還指不定會鬧騰出什麼事兒來呢，您說是不是？」說得好像她兒媳婦要把陪嫁丫頭往死裡逼似的。

聽了這話，長公主就沉下了臉，「既是蘭兒的陪嫁丫頭，我這婆婆也不能自專，總要問過她的意思才是。」

正說著，郁心蘭便進來了，給兩位長輩見過禮，程氏便向她問起：「……妳就當是做善事，把那丫頭給了我帶回去吧。」

郁心蘭淡淡地道：「巧兒我是可以給榮爺，不過，這丫頭我也花了不少心思來調理教導，這番就算是大伯母您買去的吧，我也不多收了，就八十兩紋銀吧。」

程氏聽得心頭怒火燃燒，買個漂亮的丫頭，還得是調教好了的，才頂多二十兩銀子，到這死丫頭這裡就翻了四倍不止。況且，錦兒出嫁，這丫頭還送了五百兩銀子的嫁妝，輪到這個巧兒，反倒還要找她拿銀子。

依著程氏的脾氣，定是要拂袖而去的，可之前兒子就軟磨硬泡地求了她，無論如何要將人帶回來。她只得忍氣吞聲，拿了八十兩銀子，收下巧兒的賣身契。

郁心蘭也不是個小器的人，當場拿了十兩銀子給巧兒，「咱們好歹主僕一場，算是我給妳的嫁妝了。」

巧兒謝了賞，程氏氣沖沖地帶著她走了。

回到西府那邊，程氏先打發人帶巧兒下去，又著人請來長子和長媳。赫雲榮與蓉奶奶攜手而來，聽完娘親的話後，赫雲榮心生歡喜，「多謝母親，卻不知巧兒人何在？」

蓉奶奶卻是訝異，「靖弟妹明明答應了媳婦，晚些讓管事嬤嬤送巧兒過來呀。」

程氏那口氣當場就沒嚥下去，噎得兩眼溜圓，「妳也去找過她？」

蓉奶奶點了點頭，正巧大老爺回了府，聽說此事，不由得責罵長子道：「你怎麼就不能跟你弟弟一樣穩重一點？不就是個丫頭嗎？還巴巴的讓你娘親和媳婦都去討人！」

赫雲榮最聽不得父親說他比不上弟弟赫雲璉，當下便揚眉道：「兒子自有用意，父親、母親還是安心吧。」

「赫雲連城那小子的官愈做愈大，你叫我怎麼安心？還有那個丫頭，誰知道是不是故意來勾引你的？」

當年老侯爺是按長幼有序的祖例，定下大老爺繼承爵位的，最後被先帝給換了人，但在大老爺的心中，這爵位就是他的，被弟弟搶了，所以自小就教育兩個兒子，一定要將爵位搶回來。

兩個兒子也算是爭氣，外放幾年，年年考滿，回到京中述職後，任的是兵部有實權的職務，更是給大老爺增添了無數信心。他明裡暗裡跟定遠侯說過幾回，侯爺卻彷彿沒聽明白，實在是令他氣惱。

眼見又是一年，他聽到風聲，皇上也有意讓幾家尚未定世子的府上將繼承人定下來，在這節骨眼上，老大卻在想什麼丫頭。

赫雲榮卻只擺了擺手道：「巧兒早就是我的人了。父親若是想拿回爵位，最好別跟叔父提什麼立世子之事，咱們這幾個兄弟中，誰還能比靖弟和飛弟跟皇上親？還是等新君上位之後再做定奪吧。」

大老爺一聽這話，眼睛立即放光，「你跟從了哪位王爺？」

他也想站好隊，早早地開始輔佐未來新君，可幾位王爺雖然在大攬人才，但也不是什麼官員都要的。

赫雲榮不想同父親說，父親是個藏不住心事的人，一得意就直接寫到臉上了，便只道：「父親記住這話就行了。」

大老爺氣得直拈鬍子，可他也知道這個長子看著溫和，其實不容易拿捏，只好作罷。

當日，榮爺就將巧兒抬了姨娘，還出銀子置辦了幾桌席面，請上幾位兄弟和弟妹、侄兒侄女們聚一聚。郁心蘭應景地送了份薄禮，說道悅姐兒病未好，他們夫妻倆不方便出席。

禮不重，充分表示出郁心蘭對巧兒有所不滿。

赫雲榮撫著巧兒光滑的小臉，滿是柔情蜜意地憐惜，「真是委屈妳了，挨了這麼多板子。」

巧兒漂亮的小臉泫然欲泣，「只是沒辦好爺的差事，竟讓大奶奶發覺了。」

赫雲榮只顧著吃巧兒的豆腐，見她將泣未泣的可憐樣兒，忙著寬慰：「沒事。她是個聰明的，發覺了就發覺了。好在之前我們做足了準備，她縱使再懷疑，拿不到證據也沒有辦法。只是我應當早去將妳要了過來，就能讓妳少受些罪了。」

他本就不是真要拿那兩孩子怎麼樣。

巧兒一臉嬌羞地偎進赫雲榮的懷裡，兩人柔情蜜意了一陣子，她忽地擔憂道：「爺大概不知道，大奶奶最是多疑，只怕現在……已經開始懷疑爺了呢。」

赫雲榮渾不在意地笑道：「懷疑就懷疑，有本事拿出證據來，爺就怕他們不來查呢。」

不是他自大，早在還沒回京的時候，他就已經派人調查清楚了這邊的情況，知道巧兒是不得靖弟妹歡心的，當時他就想，這個丫頭可以利用。

赫雲榮本是出身高貴、年少多金的翩翩佳公子，兼之談吐風趣、溫柔體貼，在情場上鮮少失利。因而勾引了巧兒幾次之後，自我感覺已經擒獲芳心，遂令她冒險行事。

他早已為自己找好了靠山，根本不怕東府這邊的人反對或是敵視。而現在，他也是故意去找郁心蘭要人，為的就是告訴赫雲連城，他們這邊已經開始行動了。希望由此拖住赫雲連城，讓其無心查案。

❖　❖　❖

靜思園裡，赫雲連城才剛下了衙，聽妻子說起巧兒之事，便將下人打發出去，輕聲問：「那丫頭真靠得住嗎？」

郁心蘭輕笑，「你放心吧，靠得住的，也是她自己願意的。」

其實，打從開始懷疑西府那邊起，郁心蘭就一直想著怎麼從西府探聽消息，還好赫雲榮自己看上了巧兒，暗地裡找過巧兒幾次。

巧兒十分乖覺，隨郁心蘭嫁到侯府也有一年多了，她看得很清楚，奶奶防得緊，大爺對別的女人又不上心，而她還有把柄握在奶奶手中，那做妾的想法就慢慢淡了。尤其小茜出事以後，她越發覺得這種深宅大院不是她們這種沒靠山的人能待得住的。

巧兒也的確是個聰明的，從赫雲榮的幾句話裡，發覺到兩府主子之間的微妙關係，當即就找上了郁心蘭，自願去西府臥底。說到底，她只是想過富貴的生活而已，若是有別的方法求得富貴，便是要從險中求，她也毫不猶豫。

其實，巧兒不說，赫雲榮的那些舉動也都在侯爺和赫雲連城的眼中。她能主動來說，郁心蘭並沒懷疑她，只是問：「事後想要什麼？」

她答曰：「三千兩銀子和自由身。」

郁心蘭想了想道：「去西府那邊總歸是有危險的，事後我給妳四千兩銀子，和一個宅院、一份戶籍，保證妳餘生衣食無憂。」

巧兒大喜過望，這便與郁心蘭密謀起來。

赫雲連城聽妻子說得篤定，便沒再問，只抱了女兒親了親，嘴裡嘆息：「到底還要裝到什麼時候，回府見不到兒子，怪想的。」

郁心蘭笑瞪他一眼，「明明你一回府就是先去母親那邊看兒子，還在這兒抱怨。」

赫雲連城沒說話，只笑了笑，又低頭去逗女兒。

用過晚飯，赫雲連城就在外間看兵書，郁心蘭與紫菱先給悅姐兒洗了澡，餵過奶，便問他要不要安置。赫雲連城點了點頭，隨她回了內室。

因為女兒帶在郁心蘭的身邊，所以這些日子屋子裡一直很熱鬧，這會子所有人都退了出去，女兒也睡了，屋裡頭難得的安靜。

「蘭兒。」赫雲連城輕輕喚了一聲，聲音裡有種疲憊的滿足。

郁心蘭聽了心頭一緊。

今晚的赫雲連城，似乎有些奇怪。

他從來是意氣風發，很少有這種無可奈何的失望表現。剛才這一聲輕喚，即便是一種夫妻之間的交流，也表明他今天似乎是遇到什麼事情。

「有什麼事兒想說，我能當最好的聽眾喔。」郁心蘭仰頭望著丈夫，嘴角彎著甜美的笑容。

「聽眾是什麼？」

「啊……就是聽你說話的人。」

赫雲連城笑了笑，只是笑容很淡，良久才道：「真沒想到會是榮哥。」

郁心蘭握了握他的手道：「人的十根手指都不一樣齊呢，何況是人心？其實只要能查出來，我想父親必定會暗示過去，若他有心能改，日後一樣也是親戚。」

話說得這麼寬容，但其實郁心蘭自己就會很小心眼地不再跟西府那邊來往。

次日清晨，赫雲連城站在落地並蒂蓮紋的床簾邊上，望了妻子許久，嘴角慢慢凝出笑意。

昨晚為了安慰他因手足相殘而受傷的心靈，郁心蘭努力「服侍」他，累到現在還沒起來……

時辰到了，長隨陳社在院子裡催促，赫雲連城才輕手輕腳地走出內室，對守在門外的紫菱和眾丫頭說：「叫乳娘過來服侍姐兒，讓奶奶多睡一會兒。」

紫菱躬身應下，赫雲連城便上朝去了。

今日是錢勁將軍班師回朝的日子，梁州城內外的逆子貳臣都已經清理得乾乾淨淨，建安帝龍顏大悅，當即晉升了錢勁的官職，又著吏部和兵部協商其餘有功人員的獎賞方案。

退了朝後，錢勁便隨在定遠侯身後，一同回兵部的軍營。錢勁是定遠侯的得意弟子，這次去剿滅梁王叛黨是定遠侯推薦的，能立功而返也讓定遠侯覺得與有榮焉。

錢勁先彙報一下前方的戰績，然後向侯爺推舉了他新提拔的副將諶華。諶華其人眉清目朗，氣宇軒昂，侯爺看著就有幾分歡喜，當下便邀請他二人到侯府做客。

長公主這邊得了訊兒，立即讓廚房上的管事過來，商量著席面用些什麼菜色。到底是侯爺的得意弟子，另一個很可能是二姑爺，所以不能怠慢了。

赫雲慧這邊也收到了訊兒，當下就有些不高興，噘著嘴跑到宜安居裡找母親。甘氏有什麼辦法？自從侯爺知道她給老大家的下過藥後，對她就一直不冷不熱的，她哪敢在女兒的婚事上再大吵大鬧？

可說到底，心裡還是不甘的，怎麼都覺得莊郡王能幫著自個兒子一些。那個副將，目前還只是個六品的千總，父親也不過是個四品的都司，怎麼想都配不上自個兒的女兒。

甘氏想了半晌，便跟女兒道：「妳去請妳大姊和莊郡王妃過來玩兒，到時莊郡王妃自然會想法子阻止。」

赫雲慧聞言，這才露出些笑容來。不過以她的名義，頂多請來姊姊，卻不好去請莊郡王妃的，她思來想去，還是用悅姐兒生病的藉口好些。

郁心蘭正在屋裡頭給一雙兒女做夏天穿的小肚兜，赫雲彤和唐寧就風風火火地直衝了進來，「悅姐兒怎麼樣了？這麼大的事兒，妳怎麼也不知會一聲的？」

郁心蘭一怔，因為悅姐兒是「被水痘」的，她當然不會四處告知，家裡人來了，她也攔著不讓看。這會子赫雲彤非要看不可，郁心蘭只好將悅姐兒抱過來，解釋道：「發現的時候還沒出出來，吳神醫的藥也很管用，所以現在差不多好了。」

赫雲彤摸了摸悅姐兒光嫩嫩的小臉，這才安下心來，「還是要注意，等她好全了才能安心。」

難得她二人這麼關心女兒，郁心蘭心裡感動，便留她們說話，到了晚飯時分，自然又留了飯。

侯爺的意思，原本就是自家這邊一起吃個飯，不分男女席了。錢勁是他的弟子，以前也常來府中，跟赫雲兄妹是很熟的，而諶華雖是第一次來，不過武人相對豪邁，不將什麼男女大防放在眼裡，況且本就有求娶之心，長輩又在場，若能先與二姑娘熟悉一下，也是好事兒。

壞就壞在大老爺那邊不知怎麼得了信，浩浩蕩蕩地帶著一家子過來了。

人一多，自然就得男女分席了。

諶華有些小遺憾，不否認他很想與定遠侯結親，況且原本聽說二姑娘生得醜，是做足了心理準備的，這下一相見，倒是意外的驚喜了。

赫雲慧那頭，也沒想到諶華會是個風采不輸莊郡王的男子，赫雲彤又跟她說了一下午，嫁過去就是正房奶奶，憑著父親的威望，還怕夫家人敢壓她一頭不成？她這會子細細一思量，一時又有些拿不準主意了，對於母親暗示她過去給父親敬酒，她只搖了搖頭。

而唐寧因為已經開始經醫仙的長徒醫治，所以對於幫著夫君娶平妻一事就沒那麼熱心了，儘管甘氏時不時地看她一眼，她也當作沒看見。

一頓飯完下來，男人那邊是有說有笑，說到戰況激烈處還會爆出幾聲喝采，女人這邊卻是安安靜靜，各用各的。

三奶奶明顯有些精神不佳，一張小臉白得像雪，沒有一絲血色。

其他人雖然沒說話，卻仍是興致不錯，側耳傾聽男人們的閒聊，只有甘氏滿腔怨忿。怨長女對娘家的事不上心，二女兒沒個思量，唐寧又出爾反爾……

想到憤怒處，甘氏不由得一拂袖。正巧三奶奶欠起身，想去一旁的花廳坐一坐，被甘氏這一掃，給掃得滾到地下，當即就暈了過去。

甘氏被這撲通一聲嚇了一跳，自己的手勁是比平常女子大，剛才又帶了些怒氣，難免用了些力，可也不至於掃到腰部就將人給掃暈過去吧？

早有婢女上前去扶三奶奶，可三奶奶緊閉雙眼，唇色慘白。

長公主瞧著不對，忙道：「快去請府醫。」

男人那邊聽到了聲兒，都過來相詢。赫雲傑見是妻子昏迷了，忙過去抱起三奶奶，送到一旁的小閣裡的榻上安置。

府醫很快就過來了，診了脈後長長一嘆，「唉，只怕是中了痰迷之症，還有些鬱結攻心。」

甘氏不由得怔住，「怎麼會得這種病的？通常不是老人家才會得嗎？」

府醫道：「只是老人家更容易得，年輕人也會得的。三奶奶年紀尚輕，這才沒有顯現出來。不過這種痰迷之症乃是輕中又輕的，只要稍加調理就無妨了。倒是這鬱結之症，除了藥石醫治外，平日裡更要寬心才是。」

甘氏聽了這話，便去瞪兒子，「定是你又在外面拈花惹草的，讓三媳婦鬱結了。」

屋裡雖只有府醫和長公主及幾名下人在，可赫雲傑還是有些尷尬，只得低頭解釋：「兒子早已收了心了。」

甘氏還要再責備幾句，長公主打斷道：「先請府醫去開方子。」

府醫躊躇了一下又道：「三奶奶的脈象有些滑……只是尚不能確定，還是待老夫過些時日再來請脈吧。」

甘氏聞言大喜，「這是有了身子了？」

府醫道：「很弱，或許是時日尚淺，待過半個月再確認比較好。」

「難怪她這麼弱不禁風的，原來是有了身子。」甘氏又驚又喜地道，直接忽視了府醫的那句

「還要確認」。

甘氏是不知兒子中了毒，她那種性子壓不住事，侯爺和赫雲傑都選擇了忽視她，所以她一個人在這兒傻樂傻樂的，她馬上就會有嫡孫了，不怕曜哥兒一人獨得侯爺的寵愛了。

長公主卻驚訝地看了三奶奶一眼，再看赫雲傑一眼，明智地閉上了嘴，將所有疑問嚥進肚子。

赫雲傑的臉色與新鮮出土的菠菜有得一拚，一雙漂亮的鳳目死死地盯著三奶奶，雙拳收得緊緊的，免得自己一個沒忍住，直接揮到三奶奶的臉上。

三奶奶原本已經要醒了，頓時決定繼續昏迷下去。

郁心蘭、二奶奶、赫雲姊妹和唐寧等人，都候在外廳，也聽到了府醫的話。赫雲彤和唐寧便站到穿花門處，向赫雲傑道喜。二奶奶聽得三奶奶懷孕，心裡就堵得難受，自是說不出什麼恭喜的話，甩著帕子回膳廳了。

郁心蘭跟長公主一樣的表情──驚訝。明明前幾日吳為還在說赫雲傑的病沒什麼起色……不過吳為也說了，那種毒一旦沾上了，要化解得幾個月到一年的時間，是急不來的。

可這才治了多久？三奶奶居然就有了。

待丫頭們引著府醫出了小閣，長公主便道：「咱們都回膳廳吧，讓老三在這照看自個兒媳婦就成了。」

赫雲慧還想表達一下關心，卻被郁心蘭給硬拖走了。

人清空，是為了讓夫妻倆說說話。但這等醜事，赫雲傑如何會在這裡問，當下惡聲惡氣地道：「起來，別裝了！」

三奶奶咬了咬唇，柔弱地撐著身子起來，跟在赫雲傑身後回了靜心園。

赫雲傑回到屋裡，就將丫頭媳婦子們全數趕到外院子站著，誰也不許踏入內院一步。待偌大的內院只剩下了他們夫妻倆，赫雲傑就是一個耳光掌過去，低聲暴吼：「說！那個野男人是誰！」

三奶奶不敢說話，只捂了嘴，嗚嗚地哭。

赫雲傑暴躁得幾乎要殺人，當下又恨又惱地一腳就要踹過去，三奶奶駭得撲通跪倒，一把抱住了他的腿，哭訴道：「三爺，你行行好，這孩子有可能是你的啊！」

也就是有可能不是他的了！

赫雲傑氣得兩眼發黑，暈眩一陣，才恍過神來，咬牙切齒地問：「給妳最後一次機會，說！」

三奶奶支吾了半晌，才抽抽噎噎解釋了一番。

高家被抄了，高老爺沒了銀錢，還是三奶奶拿出自己的嫁妝，給父母親置了間宅子，又添了幾名下人服侍。但三奶奶平日裡也有人情往來，娘家倒了，更是不願顯得寒磣，手頭便不會太寬裕。給父母置的宅子，一來不大，二來不是在富人區，安全上就難免疏鬆些。偏她又好面子，去父母家，總是老遠就下了馬車，自己走去，不想讓婆家人知道自己娘家的窘迫。

高老爺生病了，赫雲傑倒也不是說嫌棄岳父岳母，只是那時正遇上赫雲傑診出中了毒，心情極差，自是不願與三奶奶同去。這才會讓三奶奶在回程的時候，倒楣遇上了採花賊。

這樣的事，三奶奶一心想瞞過去，卻哪知就那麼一次，居然……

三奶奶哭了又哭，赫雲傑恨得牙齒癢，「妳還好意思哭！若是旁人不知道我……也就罷了，偏是父親二娘大哥大嫂，乃至吳神醫都是清楚的，妳卻偏偏懷了身孕，妳叫我還有何顏面在這府裡立足？嗯？」

三奶奶聽到他決絕的口氣，心下一涼，難道他要休妻？

懷著身孕被休，任誰都會知道是怎麼回事了，他只想到自己的顏面，可有半分想為她著想？那日若不是他堅持不陪她去，她又何至於……

想到這兒，三奶奶心中也來了氣，擦了擦眼淚站起來，冷笑道：「三爺說這話真是好笑。我不過是被人欺凌，卻被你說得好似我天生淫賤。你以往時常在外流連，聽說連獨居的商人婦都不放過，可有想過，給別人戴綠帽的人，終有一天自己也會戴上？」

原本三奶奶只是想對赫雲傑冷嘲熱諷一番，也算出口惡氣，誰知道耳邊聽著自己怒不可遏的聲音，胸口那團火沒漸漸熄滅，反而如同被潑了油一樣，一下子燒得更旺，不知不覺喊了出來：「你日日流連花叢的時候，可有想過我的顏面？現在明知我被人欺凌了，不單不想著為我出頭，卻如同縮頭烏龜一般只想著躲避，你算是個什麼男人？」

❖　❖　❖

送走了客人，長公主便向侯爺提了三奶奶懷孕一事，侯爺當即面色一寒，揚聲吩咐：「去請三爺、三奶奶過來。」

門外的親兵立即應是，不多時，赫雲傑和三奶奶就進來聽訓。

侯爺壓著胸中怒意，問清原因後，憋了半天的氣化為一聲長嘆。

他是在邊疆征戰過的將軍，知道戰場上有多凶險，也知道人能活著有多幸福，對於許多事，比一般的人看得開得多。既然三媳婦不是偷漢子，他便隨兒子去做主。不過敢給他兒子戴綠帽的人，絕不能輕恕。

於是，當夜赫雲連城就與赫雲傑一起去到高老爺家所在的石頭胡同。

將三奶奶所說的景物一對比，鎖定了一處小院，小院裡住著一戶人家，兒子正當壯年，赫雲連城讓賀塵記下那人的樣貌，回去畫了像，給三奶奶辨認，確定正是此人後，立即派人將那人抓了起來。

兒媳婦受辱，對侯府來說也是極沒臉面的事，所以侯爺的意思是私下裡將其人狠揍一頓了事。但赫雲連城和赫雲傑在查訪的時候，發覺這人似乎是知道三奶奶身分的。明知她的身分，還敢行此膽大妄為之事，只能說明是別有用心了。

將人交給侯爺的親衛一審，到次日清晨就問清楚了，原來是因赫雲傑之前與謹王府的歡世子在青樓裡爭花魁惹出來的事兒。歡世子對赫雲傑不滿，就派人暗中跟蹤他，見過他陪三奶奶回娘家，又知道這胡同裡有這麼號人，所以出了銀錢，讓那人給赫雲傑戴頂綠油油的帽子。

赫雲傑一聽，氣得七竅生煙，他也是聲色場子裡混出來的，當即就尋到了正左擁右抱，與妓子和小倌調情的歡世子。殺氣騰騰地衝進包間，將歡世子狠揍了一頓。

兩人在花樓裡打架一事，不知怎的就被建安帝給知道了，將他二人傳入宮中詢問。兩人都支支吾吾不敢回話，赫雲傑是覺得丟臉，歡世子是不敢說。

建安帝目光一厲，「你們都出息了，居然敢在花樓裡就打起來了，也不怕百姓們怎麼看待朝中諸臣！」

又問了一遍，這兩人這才不得不說出了原委。

建安帝揚手就將桌案上的一方鎮紙砸了過去，直砸得歡世子額角頓時湧出了鮮血，卻不敢伸手去擦。

建安帝恨聲道：「我們明家怎麼出了你這種敗類！去，傳謹王入宮！」

內侍立即一路小跑而去。歡世子跪在地上瑟瑟發抖，赫雲傑也緊張得大氣不敢出。

這時，門外的內侍通稟道：「淑妃娘娘求見。」

建安帝的面部表情一鬆，微微帶笑道：「宣。」

甘氏終於知道了事情的前因後果，當即指責長公主：「妳是怎麼管理後宅的？只交到妳手中不過半年，家裡就出了這麼多亂七八糟的事兒！還害得傑兒被傳入宮，到現在都沒回來！」

長公主在心裡道：明明是妳兒子自己在外面亂來惹出的麻煩，居然怪到我的頭上，可嘴裡卻是道：「我的確是不會管家，要不，妳收回去？」說著將放著帳冊和鑰匙的匣子往甘氏那邊推了推。

甘氏心中一喜，伸手便要去接，「這可是妳自己說妳不會管的。」

侯爺心中盛怒，冷哼了一聲。

身體的本能反應比頭腦要靈敏，甘氏那將要搭上匣子的手立刻縮了回去，緊接著才感覺到羞辱，臉孔一點一點的紅起來，愈想愈無地自容，掩飾性地道：「我是想著長公主要帶孫子，怕是沒得閒……」

侯爺怒道：「如今什麼也不必妳管，妳只要看好妳那兩個兒子就成！」

正說著話兒，赫雲傑從宮中回來了，羞愧地道：「讓父母親和二娘擔心了，皇上斥責了兒子，原是要處罰的，好在淑妃娘娘替兒子求了情。皇上這會子還在斥責謹王父子，似是要處罰的。」

幹出這樣的事來，自然是要處罰的。

只是沒想到，赫雲連城和明子恆也正好收集到一些關於七年前秋山之案的證據，件件直指謹親王，皇上當即下令搜查謹親王府。

赫雲連城回到府中，已經是深夜了，郁心蘭還坐在燈下雕著香木珠子，這回的小很多，是準備給寶貝兒女們用的。

赫雲連城輕輕走近，「怎麼還沒睡？」

郁心蘭仰頭笑道：「等你呀，反正我白天可以補眠，沒事兒。」

然後跟著赫雲連城進了隔間，幫他換下厚重的朝服。

赫雲連城道：「剛去搜了謹親王府，搜出一些謀反的證據，太子衣冠這類的。」

只要有，就是死罪了。

郁心蘭不由得問：「怎麼忽然就有證據了？」

「一直在派人跟著林軒，上回我告訴過妳的，他常去一家茶樓坐坐，前幾日，終於看到有人跟他聯繫，跟了下去，便查到謹親王府的一名管事。校衛雖是小官，可御林軍中的人卻不是誰都支使得動的。」

換過衣裳，赫雲連城便攜了郁心蘭的手，躺到床上聊天。

「謹親王這謀逆之罪是賴不掉的了，林軒在大理寺的牢中，已經招認是謹王爺指使的，不過謹王爺不承認。」

郁心蘭咋舌道：「明日一早，只怕全京城的百姓都會傳得風風雨雨了。」

但她總覺得這事兒有蹊蹺，「不是說謹親王沒動機，只是覺得他動手動得早了些。就算皇子們都死了，以歡世子那個樣兒，也不會被大臣們給推舉出來當太子吧？」

赫雲連城淡淡地道：「他還有兒子，歡世子是最不成器的一個。」

郁心蘭哦了一聲，明白了，謹親王是故意推這麼個浪蕩子出來，消除皇上的戒心吧？

「那榮琳郡主的事兒呢？是謹親王幹的嗎？」

「這才抓到多久，還在審。」

謹親王謀逆一事，在朝野上下炸開了鍋。而謹親王審理那兒，卻出了意外。謹王妃當天夜裡就上吊自盡了，謹親王也欲尋死，幸虧守衛發現得及時，救了回來。

謹親王閉緊了嘴，一個字也不透露，可他到底是養尊處優的人，縱使有無比堅強的心智，也沒有無比堅強的身體，當各種刑具輪番上陣，他幾次痛得暈厥之後，終是吐了點口：「七年前之事不是我策劃的，當時只是有一名黑衣人多次到王府中來尋我，要我選好一個兒子，推舉出來當太子……」

其他的，他也不知道了。

郁心蘭聽了後道：「我覺得這是實話。」

謹親王聽說兒子有希望問鼎皇位，自然是願意配合的，卻不曾想人家早就算準了，要讓他當替死鬼的。

不過，不論當年的事是否謹親王謀劃，只要他有這樣的心思，就已經是死罪了。因再也問不出有用的情報，大理寺和都察院、宗人寺三司聯審之後，很快給謹親王定了罪。

連帶的，也處理了一批跟謹親王走得近的官員，朝中頓時空出了許多職位。

明子恆辦案有功，得了皇上的嘉獎。而定遠侯府成了最大的受益人，赫雲連城暫無官職可升，但得了大批賞賜；赫雲策也官復原職，赫雲榮則晉升為大理寺寺丞，赫雲璉晉升為宗人寺副理事。

大理寺寺丞有實權，宗人寺副理事看上去沒什麼權柄，處理的事情卻都和皇親宗室有關，是最能結交權貴的地方。

說起來，這兩位爺得的實惠比赫雲連城和赫雲策要大得多。

明子恆和明子期都知道了悅姐兒的事，不由得相互問道：「榮哥和璉哥的名字，是由誰提上去的？」

赫雲連城搖了搖頭，「爹爹也不清楚。」而且是從兵部調到這兩個文職部門，之前侯爺連一點風都沒聽到。

明子恆淡淡地道：「若是能知道是誰提名的，就能找出他們背後是由誰來支持。」

這話說得輕巧，卻不易辦到。吏部尚書明顯是王丞相的人，兵部尚書明顯是站在永郡王爺這邊的，而低級的官員又不可能知道這樣的內幕。

明子期無聊地道：「若是能發現是誰在背後支持他們，說不定就能順藤摸瓜，找出七年前的主謀了。對了，安皇叔那邊怎麼樣了？」

赫雲連城不由得蹙了蹙眉，「這段時間都盯在謹王府那邊……」忽地想起昨日跟郁心蘭說及案情時，她就曾說：「不會是安王爺故意將謹王爺推出來，好處置榮琳郡主的屍體吧？」

皇上的劍龍衛個個是精銳，但是數量有限，管了這頭就管不到那頭。而大理寺和都察院的人，都忙著清理謹親王的餘部，安王爺又一直安分地待在府中，他們的確是忽視了安王爺。

明子期大急，「只怕已經讓他給轉走了。」

明子恆也蹙起了眉，若是隨便找了個地方埋了，只要幾天就會腐爛掉，誰還能認出一堆爛肉是曾經絕色天下的榮琳郡主？

相對而言，赫雲連城沒這麼急躁，小妻子已經安插了巧兒到西府那邊，慢慢總會有消息傳過來的，「已經如此了，不如靜觀其變。」

回到府中，郁心蘭正在跟紫菱說話，「把我倉庫裡的百年人參送一支過去吧。」見赫雲連城回來，她忙起身去迎，赫雲連城問：「誰生辰？」

送過去。

郁心蘭小聲道：「不是，是三奶奶小產了。」

其實是吃藥強行流掉的，所以特別傷身子。原本郁心蘭送禮是最不願意送補品的，也挑了一堆送過去。

而此時，人人都想知道下落的榮琳郡主的「屍體」，自己從床上爬了下來，將披風裹緊後，打開了房門。

院門口和走廊上高掛著大紅燈籠，門楣上結著紅綢花球，一派喜氣洋洋。

這是哪裡？榮琳郡主忍不住疑惑地蹙起了眉頭。

正在思索間，一道長長的人影投影到她腳下。她驚得抬頭一看，只見一名陌生英俊的男人站在她身前不遠處，胸前披著大紅綢結的花球，朝她笑道：「今日我們成親。」

榮琳郡主怒斥道：「你是哪來的登徒子？滾出去！」

那人輕笑著走近，「妳父親已經將妳送給我了，從今往後，妳就是我的人了。雖然不能給妳正妻之位，不過，只要妳乖乖聽話，我會寵妳的。」

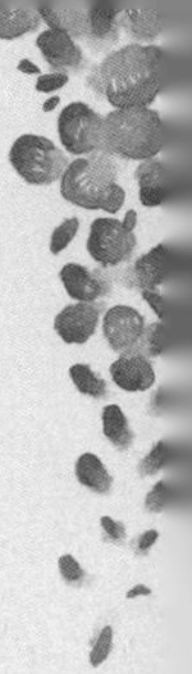

陸之章

姻緣藏鋒難言說

太和殿前的廣場上，正舉行著一場小型比武。

建安帝高坐在臺階上，兩旁支著明黃色的幃幔擋住初春的寒風，身邊陪坐著幾位皇子和定遠侯、赫雲連城等人。

一輪明媚的春陽，正照在場中兩名長身玉立的比武者身上，隨著刀劍揮出的瞬間，灑下一圈一圈旖旎的光影。

隨著一聲暴喝，兩條人影瞬間分開。錢勁抱拳拱手，笑道：「三少的武功又精進了！」

赫雲傑抱拳還禮，笑容中露出一抹自信和傲然，「錢兄承讓！」

建安帝亦是習武之人，自然能看出兩人之中還是赫雲傑的武功略勝一籌，便笑道：「果然是虎父無犬子呀，錢將軍身為將領，能有如此武功，亦是難得，都有賞！」

兩人忙單膝點地，「謝皇上。」

定遠侯欠了欠身道：「謝皇上抬愛。犬子的確有進步，但仍有不足。」

建安帝拈鬚笑道：「幸虧你沒說謬讚。每天聽到諸愛卿這般說詞，朕都想問一句，難道朕就從來沒有讚對過嗎？哈哈哈！」

顯然皇上的心情極好，幾位王爺和諸臣忙著湊趣，捧得皇上更加開心。

建安帝又指了兩人下場比武，一位是今科武狀元，一位是剛剛提升上來的門千總諶華。這一局，打了個平手。建安帝點了點頭，「軍官習的是馬背上的功夫，能與武狀元戰成平手，極為難得了，看賞！」

兩人跪下謝恩，從太監手中接過封賞之物。

建安帝有心讓赫雲連城下場比試一番，向廣場上的諸侍衛和新科武進士們道：「你們有誰能與赫雲靖將軍打個平手，朕就重重有賞！」

新科武進士們都磨拳擦掌，想在聖駕前露個臉。

錢勁卻一把拉住起跳至場中的諶華道：「你不是他的對手，這賞賜是拿不到的。」

諸人聞言，皆是一怔，見侍衛們都沒比試的意思，心道：只怕這位赫雲將軍武功極高……這可是在聖前比武，萬一輸得太難看，可就虧大了。

建安帝見諸人躊躇，忍不住笑罵道：「怕什麼！若是輸得少，朕一樣也賞！」

定遠侯聞言，不由得笑了，「皇上這般抬舉靖兒，真是讓臣萬般得意。」

建安帝朗笑，偏頭去看赫雲連城，只見春陽灑在他的俊顏上，模糊了輪廓邊緣，眉眼都隱於明媚春光之中，唯有如刀削一般的挺直鼻樑和弧線優美的唇，能讓人瞧得清楚。見皇上望了過來，赫雲連城牽動唇角，微微一笑，猶如乍破冰雪的陽光，耀人眼目。

建安帝的心中一動，眸光忽地悠長起來。

正要開口說話之時，一名小太監疾奔而來，在臺階下撲通跪倒，喜氣洋洋地道：「恭喜皇上，賀喜皇上，敬嬪娘娘有喜了！」

建安帝本就在等消息，看到太安宮的總管太監何公公緊跟在其後，想來應當是已經翻查過侍寢記錄了，便發自內心地笑了起來，「太醫確診了嗎？」

何公公趕到，喘著氣報喜，「已經確診了！老奴恭喜皇上，皇上龍精虎猛，乃我朝之福啊！」

這會子，在場的諸人都醒過神來了，忙忙地向皇上道喜。年過半百還能有孩子，建安帝亦是十分得意，將那名報信的太監厚賞了一番。比武自然是不看了，建安帝忙著回後宮看望立了大功的敬嬪。幾位皇子也尾隨在父皇身後，向敬嬪娘娘道喜。

❁ ❁ ❁

莊郡王明子恆、仁王明子信、賢王明子期幾個，都向永郡王明子岳道恭喜，明子岳掩不住臉上的笑意，在攬月閣的正堂等了一個多時辰，待父皇和幾位兄弟都走了之後，才進內室看望母妃。

「兒臣恭喜母妃了，母妃可要好好將養身子，萬萬不可大意。」

明子岳一進內室，便向先敬嬪道喜，又問起父皇說了些什麼。

敬嬪秀麗的小臉染上紅暈，輕聲道：「皇上讓我想要什麼只管提。」

明子岳也露出笑容，「老來得子，可是人生最得意之事，父皇必定十分高興。」

皇上難得的體貼，敬嬪只覺彷彿被幸福包裹了，聽了兒子的話，小臉更添紅暈。

她娘家不顯赫，父親只是一方縣令，皇上還是皇子時，偶然路過她父親所管轄的小縣城，被她小家碧玉的氣質吸引，帶回了京城。這麼多年來，她一直不能算受寵過，好在她一舉得男，若不然，怕只是宮中的一朵枯花了。

「希望能再為皇上添個皇子，也多少能助你一臂之力。」敬嬪秀秀氣氣地開口，隨即又蹙了眉，「你自己在外面，一切要小心，要時刻記著你是皇子，只能讓旁人成為你的棋子，切不可變成了旁人的棋子。」

明子岳知道母妃在擔心什麼，自信地揚眉笑道：「母妃只管放心，好生安胎，為孩兒生個弟弟才是。」

而梓雲宮中，內殿裡已經有了一地的碎瓷片，淑妃仍是覺得不解恨，用力地砸著引枕，「怎麼會是那隻老母雞有了身子？她不是已經四十了嗎？」

蔡嬤嬤在一旁小心翼翼地道：「敬嬪娘娘尚未滿三十八。」

「那也是隻老母雞！」

所有宮中生過皇子的后妃，都被淑妃私下稱之為老母雞，當然，皇后她是不敢這樣稱的。

蔡嬤嬤努力安慰主子：「再如何，敬嬪也不可能比娘娘您得寵。」

淑妃瞪了蔡嬤嬤一眼，「妳懂什麼！在這宮裡頭，若沒個兒子依靠，日後就只得淒涼二字！自我入宮後，皇上大多宿在我的梓雲宮中，可那幾個生了皇子的嬪妃，他仍是記得，每月都會撫慰一下！有了子嗣，這份情義就與旁人大不相同！」

蔡嬤嬤忙道：「娘娘如此年輕，皇上又龍體康健，您必定能傳出喜訊的。」

淑妃聽了這話兒，心裡舒坦了一點，想了想道：「怎麼說，我也不能太小器，總得去攬月閣恭喜一番。」

蔡嬤嬤連聲稱讚主子「賢慧」，幫著更衣梳妝，隨著淑妃一同去往攬月閣。

嬪的等級比妃低，所居之處不是宮殿，只是一處獨立院落，服侍的宮女太監的人數也比不得妃子的等級。

淑妃走進攬月閣時，宮女太監們都正聚在敬嬪身旁，院子裡靜悄悄的。

蔡嬤嬤正要揚聲喚人，淑妃做了個噤聲的手勢，輕手輕腳地走到內室外，將耳朵貼在垂珠門簾上偷聽。

敬嬪似乎剛剛吐了，宮女們一面恭喜，一面小聲勸她用些鹹粥。

一名聲音清脆的小宮女道：「赫雲少夫人的法子真是好，娘娘果然就懷孕了，若是能像赫雲少夫人那樣生對龍鳳胎，皇上必定會晉封娘娘為妃的。」

淑妃的眼睛一亮，郁心蘭傳了什麼法子給敬嬪？是了，一般人要生對雙胞胎都難，她卻能生龍鳳胎，必定是有什麼法子的。真是可惡，明明我與她是親戚，她卻寧可告訴敬嬪這隻老母雞，也不告訴我。必定還是為了上回店鋪的事跟我生氣，真是小心眼。

淑妃想到這裡，哪還有心情去賀喜，直接轉身甩袖子回宮了。

❖　❖　❖

郁心蘭正在家中逗著兩個小寶寶，可憐的小傢伙們，百日的時候，正趕上謹親王謀逆案，京城中人人自危，一切的聚會集會都取消了，所以也沒能給他們大辦一場，只侯府中辦了個家宴，下人們也賞了酒席。

天氣還寒冷著，但三個多月的小寶寶開始喜歡擺手擺腳了，不喜歡被裹在包裹中，郁心蘭只得給他們穿上厚厚的棉襖。寶寶們短手短腳，穿上厚衣服後，手腳都不能併在一起，放在床上就成了個「大」字，看著就覺得特別有趣。若是逗一逗他們，他們那兩隻縮在袖筒裡的小手，就會一張一合的，小短腿也會一彈一彈的，好像想跟你交流什麼一樣。

任氏在一旁湊趣兒道：「奴婢還真是沒見過這麼漂亮的寶寶！」

郁心蘭得意地道：「那是自然，我看就是混血兒都沒我家寶寶漂亮！」

任氏不明白混血兒是什麼，不敢貿然插話，錦兒卻笑道：「奶奶又說古怪的詞兒了。」

郁心蘭嘿嘿一笑，不解釋。

紫菱挑了門簾進來，對郁心蘭道：「方才宮裡的何公公來府中傳旨，說皇上和淑妃娘娘過幾天駕臨侯府，長公主請奶奶過去商議。」

郁心蘭忙收拾了一下，去了宜靜居。

長公主正等著她，將幾張菜單遞給她看，「妳看這樣行不行？皇兄是聽說初六是妳的生辰，想著許久沒同咱們聚一聚了，順便過來玩一玩，主角還是妳。」
郁心蘭忙作受寵若驚狀，「皇上親自蒞臨，媳婦怎麼受得起？」
「也是淑妃想出宮走走，皇上便陪她來。對了，幾位王爺、王妃和忠義伯世子也會過來。」
郁心蘭又道了句「榮幸」，遂低頭看菜譜，覺得菜色富貴，搭配得也合理，便笑道：「母親這菜譜擬得好。」
長公主笑著將菜單交給紀嬤嬤，「拿去廚房好生準備。」又對郁心蘭道：「既然是給妳過生辰，我想將妳父母親、弟弟妹妹，和妳外祖一家都請來，一起熱鬧熱鬧。」
這也是讓郁老爺和溫老爺子多與皇上親近，算是長公主的提攜之意，郁心蘭忙代家人向婆婆道謝。回到靜思園後，立即讓人寫了請柬，親自送過去。
正巧赫雲連城今日提早下衙，聽說了此事，便同她一道前去，順便陪她去看看嫁妝鋪子，再到外面用飯，小夫妻倆很久沒有浪漫過了。
郁老爺和溫老爺接到請柬，喜出望外，連聲應承一定赴會。兩人從溫府出來時，又巧遇了那位閔老頭，被他纏著混說了好一陣子話。
原本不想理他，可惜人家年紀大，又笑得殷切，兩人只得耐著性子聽他胡扯，才登車走了。
郁心蘭直搖頭，「這人肯定有問題。」
赫雲連城問：「什麼問題？」
「你不覺得他看你的眼光很怪嗎？又激動又熱切……他不會是老玻璃吧？」
郁心蘭愈想愈覺得有這種可能性，「啪」一掌重擊在座凳上，「年紀一大把了，居然還敢打你的主意！」
赫雲連城本來還想問玻璃是什麼意思，這會兒也不必問了，一張俊臉頓時黑了，「妳想到哪兒去了？」

郁心蘭哼了一聲，揭開車簾往外看，那閔老頭還站在原地「癡癡地」張望……她恨得牙癢癢，滾開，死玻璃！

在香雪坊和樓外樓問過經營情況，赫雲連城便帶著郁心蘭到聽風水榭吃魚。

這聽風水榭建在銘湖上，不算京城最大的酒樓，但四面環水，只有一座曲橋與街道相連，景致卻是數一數二的。

來到樓內，雅間都已被包完了，兩人便挑了一處臨窗的八仙桌坐下。

赫雲連城為郁心蘭沏上一杯茶，淡笑著介紹：「妳不是愛吃魚嗎？這兒的糖醋魚、紅燒鐵板魚可是一絕。」

郁心蘭一聽糖醋兩字，立即舌底生津，點頭如搗蒜。赫雲連城又推薦了幾個菜，她都沒意見，小二便唱了單，點頭哈腰地去了。

此時，湖面微風拂過，接天荷葉翻轉碧浪，甚是美觀。

郁心蘭忍不住輕嘆：「若是夏天時來此，該是何等美景？」

赫雲連城偏頭看向窗外，臨風一笑，「妳若喜歡，我們就常來好了。」

郁心蘭的眼睛一亮，「太好了，你可不許耍賴！」

她忽然發覺周圍安靜下來，轉頭一看，原來是水榭裡的食客都被赫雲連城的絕世風姿震得一時說不出話來。他的皮膚健康而有光澤，五官十分俊美，但長眉入鬢，顯出幾分英氣，不笑的時候，令人不敢逼視，笑起來卻彷彿春風撲面，有一種獨特的親和魅力。

郁心蘭也不由得看癡了。

似乎感覺到了她的視線，赫雲連城回過頭來，微微一笑，「看著我做什麼？」

郁心蘭百年難得一見地紅了臉，乾笑了兩聲，「在猜你喜歡吃清蒸魚還是紅燒魚。」

「哦？」赫雲連城的笑容慢慢漾開，尾音綿長誘惑，在桌下悄悄握住嬌妻的玉手，以只有他二人能聽到的聲音問：「不是怕我被人搶走了？」

順著他的目光，郁心蘭扭頭一看，這樓裡有幾位女食客正含羞帶怯地往這邊拋著媚眼。

郁心蘭心中不悅，將兩人握著的手提到桌面上來，光明正大地告訴那些女人，這個男人是我的！

菜還未上，小二又殷勤地跑了過來，小聲道：「二樓雅間有一位江爺，請二位客官上去坐。」

赫雲連城與郁心蘭對望一眼，江爺……大概是江南吧。

到了雅間一看，果然是江南。那小子仍是一臉誇張豪放的笑容，十分熟稔地搭住赫雲連城的肩，將半邊身子都掛了上來，嘴裡嚷嚷道：「你這小子多久沒來這聽風水榭了，小二居然都不認識你了！」

赫雲連城被他黏得十分不自在，不著痕跡地側身，肩膀一抖，江南一下子失了重心，差點沒摔到地上。郁心蘭忍著笑，代為解釋道：「連城他不愛吃魚，來得少。」

江南渾不在意地笑，招呼兩人入座。

雅間裡靜靜的，郁心蘭不由得好奇地問：「你一個人在這用飯？」

江南嘿嘿一笑，「是啊，我最愛吃魚，常一個人來這。這雅間是我包下的，以後你們來這裡，若沒了雅間，只管到這兒來，記我帳上便是。」

江南包下的這個雅間，位置非常好，是在拐角處，既能看到湖中景色，又能看到街上行人，水陸景致一覽無遺。

聽風水榭的魚宴的確別有風味，可惜郁心蘭胃口再好，胃也只有那麼大，很快就撐飽了。江南還在拉著赫雲連城喝酒，郁心蘭便一個人坐到扶欄處，貪看四周的風景。

街上，正上演一齣英雄救美的喜劇，一輛受驚的馬車直衝向路邊剛停下的一頂小暖轎，小暖轎邊，漂亮的小姐剛扶著丫頭的手走下來，說時遲那時快，兩名英俊的俠士挺身而出，救小姐和丫頭於馬蹄之下……郁心蘭伸著脖子，張大眼睛，看得津津有味。

待圍觀的群眾散去一些，露出四位主角的真面目時，郁心蘭差點驚叫出聲，女主角之一居然是表妹溫丹，而那兩位英俊俠士則是錢勁與諶華。

男女主角相互見過禮，便各走各路了，郁心蘭的熱鬧也看到此處為止。

次日，赫雲連城上朝之後，赫雲慧便怒氣騰騰地衝進靜思園，張嘴便道：「大嫂，妳好好管一下妳的表妹，不要四處招搖，這裡是京城，不是你們家鄉那鄉下地方，千金小姐當街與男人說說笑笑，是會被人輕視的！」

郁心蘭聞言微微一怔，便想到是昨日那一齣英雄救美了，她心中隨即便產生了一絲不悅，「二姑娘說的是什麼話？我家表妹父母皆在，自有她的父母管著，不必妳在一旁指手畫腳。還有，妳說的事，我親眼見到了，卻不知妳是如何知道的？」

赫雲慧瞪大眼睛，冷哼道：「我昨日出府買首飾，正好撞見了。」

郁心蘭的神色越發不悅，「妳出門招搖就可以，別人就不行？難道旁人仗義相助，我表妹連道聲謝都不應該？」

赫雲慧忿恨得直跺腳，「諶千總可是……可是……他昨日晚間就去了溫府，難道不是妳表妹勾引的？別說妳不知道！」到底是未出閣的姑娘，再者兩人確又沒議親，這「未婚夫」三個字總是說不出口的。

郁心蘭一聽火氣就衝上來了，「諶千總要幹什麼，只怕二姑娘想管也沒法子管。我表妹要如何，也請二姑娘少管。虧妳還是侯府千金，說話這麼沒頭沒腦的，別說妳跟諶千總還沒議親，就是訂下親事了，難道他就不能見救死扶傷了嗎？況且妳只知他昨晚去了溫府，又知他去溫府是不是公幹？什麼都沒弄清楚，就在這大吵大鬧，也不怕人笑話。方才的話，妳若敢四處亂轉，溫家定會告妳誹謗，妳自己想清楚吧！」說罷便挑簾出去了。

明日就是她的生辰，要接待皇上和淑妃娘娘，還有很多事要辦，沒空理這個無理取鬧的女人。

在宜靜居與長公主忙了一個來時辰之後，郁心蘭回到靜思園，赫雲慧居然還在，坐在暖閣裡，手捧著一杯熱茶。

郁心蘭壓根兒就不理她，只當她是透明人。

赫雲慧的大丫頭輕染，趁著郁心蘭不在，死活勸了二姑娘半日，就是要讓她趁熱打鐵，好好地跟大嫂將交情哄回來。

眼見著二姑娘的婚事就快定下了，怎麼能跟娘家人把關係弄僵呢？況且大爺和大奶奶很得侯爺信任，說不定日後侯府就是大奶奶當家，嫁人後，婆家若是有個什麼事兒，二姑娘是要求大奶奶的。

赫雲慧雖知她說的對，但是又不好厚著臉皮當作什麼都沒發生，也拉不下臉來低聲下氣。輕染急得直跳腳，連忙換上一副笑臉迎上去，「大奶奶回來啦，我們姑娘可是等了許久了！」

郁心蘭斜睨了赫雲慧一眼，輕哼道：「她等我幹什麼？」

赫雲慧心裡還是有些不服氣的，只是郁心蘭態度強硬，她不敢再發飆，只嘴裡嘀咕著：「我也是一片好心，當時那麼多人看見，傳出去肯定不好聽。」

郁心蘭差點被她給氣樂了，只當沒聽見，徑直挑了門簾，走到臥房裡去了。

輕染拚命使眼色，赫雲慧只好放下茶杯，訕訕地跟進去，卻又不說話，坐在炕上看著郁心蘭逗寶寶玩。正不上不下地吊在那裡，一眼看見悅姐兒烏溜溜的大眼睛朝自己望了過來，忙笑道：「給姑姑笑一個。」

郁心蘭抱起悅姐兒就放入任氏的懷裡，「帶姐兒去屋裡歇著。」

赫雲慧眼巴巴地看著郁心蘭，就是說不出話來。

郁心蘭就慢慢地做針線，完全當她不存在。

赫雲慧強撐了一陣子，終是軟了下來，又不知如何開口，眼淚水就滴滴答答地往下掉。

郁心蘭無奈地暗翻了一個白眼，輕責道：「道個歉是多大的事兒，也犯得著讓妳流眼淚？」

赫雲慧胡亂抹了一把眼淚水，哽咽著道：「我想嫁給莊郡王爺的時候，大姊總是反對，現下我好不容易拿定主意了，父親卻又說不急，還要再看看品行……」

郁心蘭一聽這開頭，忙揮手將下人們都趕出了屋子。

「我聽了大姊的勸，想是下嫁門戶低的，也好當家作主。昨日在外面見到諶千總，原是以為他看見我了，哪知他沒有，他去救妳表妹，我也沒在意。本想……想近一點，他也好見到我，哪知卻聽他與長隨說，『若真個是都督御史的孫女，倒是一門好親事，難得的還美貌』。」

「妳說說看，我怎麼就這麼倒楣。我原也想著，他肯娶我，多半還是因著父親的顏面，世上多的是這樣的男子，我也不在意了，哪知他還是個朝三暮四的……我就怕他比較之後，要妳表妹不要我了。」

郁心蘭花費了大量口水，總算是勸住了赫雲慧的眼淚，讓輕染扶了二姑娘回去。

送走了赫雲慧，郁心蘭馬上著人去溫府問問，昨晚諶華去溫府是公幹還是私事。不多時，溫府回了話，說是當保山，為錢勁將軍說媒的。

下晌，赫雲連城回府後，郁心蘭便同他說起了這事兒，「那錢將軍的人品如何？外祖父還在問我呢。」

赫雲連城想了想道：「不錯。錢家與甘家都是赫雲家的副將，他自幼就同我們幾兄弟一起玩兒，原本是訂了親的，可他隨軍歷練的那年，祖父過世了，他從邊疆回京的時候，百日熱孝已過，就要守孝三年。偏偏沒半年，他未婚妻又病故了。去年他丁憂一滿，父親便推舉他去平叛，現下，他也二十二了，估計是錢將軍和錢夫人都開始著急他的婚事了。」

郁心蘭哦了一聲，坐到炕桌邊，思量著道：「只是……我覺得有些奇怪……」

赫雲連城自然而然地就膩到了郁心蘭的身邊，一雙手從身後環住她的腰，將下巴抵在她的肩上，咬著她的耳道：「有什麼奇怪，快說，我還有事要同妳商量。」

郁心蘭很好奇他有什麼事要商量，可想到一半的事兒怕一會兒自己忘記，忙先順著思路道：「就是吧，錢將軍的婚事，好像是諶華定下來的。」

赫雲連城專心吮著她的耳垂，含糊地道：「怎麼可能？」

「怎麼不可能啊？是二姑娘親耳聽到的。二姑娘親眼見到錢將軍和諶華二人幫了我表妹之後，就分道揚鑣了，她才故意跟上諶華，親耳聽到諶華讓人去打聽我表妹是哪個府上的，打聽到後，又說『是門好親事』。二姑娘還以為是他自己想著我表妹呢，我今日問了溫府上，諶華昨晚就當了保山，代錢將軍去溫府提親了。」

赫雲連城這才直起身子，蹙眉道：「真的嗎？」

若只是一般的小事，代拿個主意倒也罷了，婚姻大事還代拿主意，還是個下級給上級拿主意，就的確是奇怪了。

赫雲連城立時站起身來，郁心蘭仰臉看著他，「你幹什麼去？不是有事要同我商量嗎？」

赫雲連城勾唇邪邪地一笑，「我去找一下父親。我要跟你商量的是晚上的事，妳若真想知道，我就告訴妳。」說著附耳說了幾句話。

郁心蘭的臉頓時燙了，伸出粉拳捶了他胸口一下，啐道：「辦你的事去，愈來愈不正經！」

赫雲連城笑了笑，便轉身去了前院正書房，同父親說了諶華和錢勁之間的古怪表現。

侯爺明顯地怔了一怔，指了指桌前的椅子，要兒子坐下，這才緩緩地道：「我今日也接了密報，說錢勁在梁州城的時候經常出入酒樓，每每都有名妓坐陪，或者直接將名妓招到將軍衙門裡。」

侯爺頓了頓，眼中難掩失望之色，「下午我尋了他來問，他說是為了麻痺那些暗探，才故意如此。本來，男人縱使是好點美色，也不算什麼，只要不忘了正事，或是幹出寵妾滅妻的事來……只是身為將軍，能被女子所迷，便不是個心智堅定之人。他以前循規蹈矩，卻不知何時變成這樣了。」

赫雲連城想了想道：「會不會是有人故意引誘的呢？錢勁以往在京中有父親和他父母看管著，這次出征，一人獨當一面，沒人拘束，若是有人成心引誘……他畢竟剛剛丁憂三年。」

硬憋了三年，是個男人都會忍不住的啊！

侯爺眸光悠長，看著兒子道：「你懷疑是諶華？」

「只是個猜測。」畢竟沒有證據的事情，不好明說，免得壞了人家的前途。

侯爺淡淡地道：「試一試便能知曉了。」

❖ ❖ ❖

轉天便是郁心蘭的生辰，客人們都一早趕到侯府，迎接聖駕。

建安帝只攜了淑妃一人而來，見到跪拜迎接的眾人中有郁老爺和溫良二人，便笑道：「一家子遠近親戚都聚齊了。」

淑妃嬌笑，「可不是，赫雲少夫人好大的面子呀！」

郁心蘭忙道：「是皇上和娘娘抬愛，心蘭受之有愧。」

建安帝擺了擺手道：「今日就是親戚聚一聚，不必說那些虛言。」

眾人在正廳裡落座，建安帝果然只聊風花雪月，指著錢勁，朝定遠侯道：「愛卿的愛徒如今出息了，愛卿也當關心關心他的終身大事，錢愛卿早已辭官，就指著你幫他兒子作主呢！」

郁心蘭不由得訝異地抬眸看了建安帝一眼，以前還不覺得建安帝說話有多麼高深，今日卻是領教了。昨日赫雲連城才與侯爺商量著試探錢勁，這會子皇上就將話題給繞上了，難道皇上也已得知了？

侯爺這廂笑道：「臣正有此意。臣家中還有兩位待嫁千金，想將二姑娘許給錢勁，三姑娘許給諶千總，卻還沒來得及問他二人的意思。」

建安帝哈哈一笑，「婚姻大事都是父母之命，媒妁之言，愛卿自去問他們父母的意思便是。」

錢勁與諶華兩人面色都是一滯，諶華倒是反應極快，當即便站起身來，一拜在地，「卑職多謝侯爺抬愛。」三姑娘那日他也見一面，比二姑娘漂亮得多了，只可惜是個庶出的。

錢勁卻顯然尷尬得多了，二姑娘他從小就認識了，長得一般就罷了，性子還那樣刁蠻，哪個要娶她！

諶華瞥見皇上和侯爺都在看著他二人，忙悄悄衝錢勁使了個眼色，錢勁不得不擠出一絲笑容，站起身來，抱拳拱手，剛要說話兒，建安帝又笑道：「好了，侯爺與你們開玩笑的，你們兩個如此才俊，哪能讓他一個人占了便宜去？你們的婚事，朕自有安排。」

這話就是要給他們指婚了，聖上指婚，可是為人臣子的榮耀啊！

諶華與錢勁兩個又驚又喜，忙叩首謝恩，這回倒是真心實意的了。

淑妃在一旁輕笑道：「原來皇上是看中了這兩位年輕將軍當女婿嗎？」說起來，建安帝還有兩位待字閨中的公主，不過都剛剛十四歲，成親還得一年。

錢諶二人聽了這話，忙偷眼去瞧，見皇上只是笑，卻沒反駁淑妃娘娘的話兒，心中更是驚喜，尚公主可是一般人想求都求不到的榮耀啊，況且公主們都生得十分美貌，哪是赫雲二姑娘可以相比的？

只是他二人臉上仍只是適到好處的受寵若驚，並非顯出特別的情緒。侯爺將這二人的神情看在眼裡，眉心頓時凝了個「川」字。

淑妃不耐煩在正廳裡正兒八經地坐著，便拉著建安帝的手撒嬌，「都說定遠侯府的牡丹園是最美的，現下應當已經有牡丹花開了，不如去那裡耍一耍。咱們女人坐一塊兒說說話，你們男人想談什麼國家大事，只管一旁談去。」

建安帝寵溺地笑道：「依妳，可別忘了今日是來給蘭丫頭賀生辰的，愛妃可別喧賓奪主了。」

淑妃不依地跺腳，「皇上就愛打趣臣妾！」

到底還是依了她的意思，班師去了後花園。早有下人們將幃幔支了起來，牡丹亭和曲廊兩邊可以坐下百來人，一時間便成了聚會之地。

建安帝坐下後便道：「朕還未見過朕的小外孫的。」

長公主忙令人將兩個小寶寶抱過來給皇上看。兩個小傢伙見到建安帝，被他額上明晃晃的明珠吸引，都睜大了烏溜溜的圓眼睛，目不轉睛地看著。

建安帝忍不住笑道：「這麼想見朕？」

兩個小傢伙立即順著他的話，咯咯直笑，彷彿在應和似的。建安帝頓時龍心大悅，伸手抱過來一個，一股乳香撲鼻而來，他不由得親了親，小臉兒跟嫩豆腐似的，親了就不想停下來，又用力親了幾口，才笑吟吟地道：「長得真俊，這個是男娃還是女娃？」

赫雲連城忙道：「是姐兒。」

建安帝深深地看了赫雲連城一眼，笑道：「日後定會傾城傾國的。」

赫雲連城與郁心蘭忙欠身施禮，「謝皇上讚。」

淑妃笑吟吟地讓郁心蘭坐到自己身邊，輕聲問：「不知妳有何祕方，竟生下龍鳳胎來，若有，可別瞞著我，皇上也想要對龍鳳胎呢！」

郁心蘭慚愧地道：「我沒什麼法子，就是運氣好。」

淑妃只覺得一股怒火在胸腔中燃燒，好妳個郁心蘭，給妳臉不要臉，可就別怪我不留親戚情面了。當下便扭了頭，再沒與郁心蘭說話。

用過午膳，女賓們都去客房休息了，建安帝只尋了定遠侯與長公主說話：「一晃這麼多年，兒女都這麼大了。」

侯爺和長公主不知皇上為何會突發此感慨，不敢隨意接話，只是道：「皇上馬上又要做父親了，可喜可賀。」

建安帝只是笑了笑，問長公主道：「清容可還記得生靖兒時的情形嗎？當時朕和赫雲愛卿都不在京中，回來的時候，靖兒都已經滿月了。」

長公主笑道：「怎麼會不記得呢，當時我去看望……」說到這一愣。

建安帝不在意地道：「說下去，朕還想再聽一遍。」

長公主柔聲道：「是。當時我去看望雪側妃，正遇上雪側妃陣痛發作，我急忙在一旁幫襯，哪知忙亂之下，自己也腹痛起來了。」

長公主的預產期未到，還差近兩個月，雪側妃倒是差不多了。只是，兩個孕婦一同發作，原本配的人手就只能分成兩撥，當時的情形就只一個亂字可以形容。而且雪側妃難產，比她先發作，卻比她後生，而且還導致了血崩……

建安帝的眸中流露出一絲哀傷，長公主便沒再往下說，她知道兄長有多喜歡雪側妃，可是卻天人永隔了。

建安帝從悲傷的往事中緩緩恢復過來，淡淡地問：「當時沒有旁人在嗎？」

長公主一愣，「皇兄怎麼忽然想起問這個？雪側妃當時住在別苑裡，除了服侍的下人，哪還會有旁人？」

「妳身邊呢？」

「紀嬤嬤和柯嬤嬤一直在。」

「嗯。」建安帝便換了話題，問起赫雲家幾個兄弟的武學如何等等。

❖　❖　❖

郁心蘭只回屋吩咐乳娘帶好哥兒姐兒，又回到花園之中，雖說女賓們都去歇午了，可她怕萬一客人有什麼需要，總得找得著一個當事兒的人。

花廳裡比較單調，郁心蘭閒著無事，便拿了花剪，想去花園裡剪幾枝牡丹，插瓶用。

剛走過月亮門，來到小花園，便聽到假山後傳出明子恆的聲音：「我是真心想求娶，卻不知侯爺到底是中意何人？今日看來，似乎是更中意錢將軍和諶千總一點。」

赫雲策道：「皇上已經說要為他二人指婚了，若是指給二妹，方才就能定下來。王爺放心，我自會同父親相商，能與王爺結親是我赫雲家的福分。」

郁心蘭怔了怔，唐寧不是已經在治療了嗎？莊郡王怎麼還想娶二姑娘？

郁心蘭正待抬步離開，就聽到假山後的赫雲策喚道：「二妹，這裡。」一串腳步聲由遠及近，赫雲策又道：「莊郡王爺有話同妳說，你們好好談談，我還有事，先走了。」說完，真的走遠了。

赫雲策居然幫著明子恆私會自己的親妹妹？郁心蘭不由得直嘆氣，私相授受在這個時代可是品行上的大汙點，而且罪過往往都會推到女方的頭上，對男人來說，不過是風流韻事而已。

不知道明子恆是用怎樣的方法打動了赫雲策相助，但不管怎麼說，若是一會兒被人發覺了，吃虧的必定是赫雲慧。要知道，今日皇上還在侯府啊！

這個赫雲策也未免太不顧惜妹妹的名聲了。

郁心蘭幾乎是沒有遲疑的，提著裙襬，悄悄轉身，往女賓休息的客房而去。

很快便找到了唐寧休息的那間房，郁心蘭輕聲問在外間服侍的小丫頭：「郡王妃歇下沒？」

小丫頭忙福了福：「回大奶奶，郡王妃剛歇下。」

正說著，裡面傳出唐寧的聲音：「是心蘭嗎？」

郁心蘭彎唇一笑，挑了門簾進去，「可不是我嗎？我看園子裡的牡丹花開得好，想邀妳一同去剪幾枝插瓶呢。」

明知她歇下了，還特意來尋……唐寧笑了笑道：「那好，我反正也睡不著。」

待唐寧梳妝打扮好，郁心蘭便拉著她快步往小花園裡去。

唐寧隱約猜出是何事，腳下竟遲疑了起來。是她主動說要為王爺娶一房平妻的，也是暗示她的身子有可能病好，所以希望王爺不要娶平妻。王爺很溫柔地答應了她，只是之前深深地看了她一眼，這一眼讓她的心都懸到了嗓子眼，然後再重重地跌落，跌出一種鈍痛，瀰漫胸膛……

現在，她到底要不要去阻止？

唐寧遲疑著，腳步便沉重了起來，郁心蘭卻擔心已經有人撞見明子恆和赫雲慧，用力地拉著她往小花園趕。

她們倆走路的腳步太急太快，被假山後的明子恆和赫雲慧聽見。赫雲慧終於想起這般與有婦之夫私下見面，對自己的名聲有多大的影響，忙往後撤。

哪知剛走了幾步，就看見另外幾位王爺在三哥赫雲傑以及赫雲榮、赫雲璉的陪伴下，慢慢往這邊行來。她嚇得又半路轉彎，慌亂中腳步一下子踏空，踩著青苔一滑，竟撲進了小池塘裡。

侯府的小池塘，每年秋季收了蓮藕之後，就不會再打理，池水會慢慢乾涸、結冰，到了春季，化開凍土後，再注水養蓮。今日剛二月初六，正是化冰的時候，池底已經變成一小片沼澤，雖然不是很深，但是很滑，容易陷入。

赫雲慧一路滑到池底，撲騰了幾下，都沒能站起來，反而在稀泥中愈陷愈深，眼見淤泥快沒到了脖子，她忍不住驚惶得叫了起來：「啊！」

明子恆一見之下，大驚失色，他知道這樣的情況下，池底無處著力，赫雲慧又被淤泥吸住，是不可能用輕功救起人來的，忙一手握住池邊突起的一塊壽山石，一腳踩到池邊的青石上，伸出另一隻手，向赫雲慧喊道：「快，抓住我的手！」

郁心蘭恰好拖著唐寧趕到，見此情況心下一驚，忙大喊道：「王爺還是陪王妃在池邊看著吧，我立即喚下人來救二姑娘！」又對赫雲慧道：「二姑娘別掙扎，愈掙扎愈會陷進去的！」

唐寧也察覺池邊青石上的青苔很厚，一不小心，明子恆也會被拉到池底去，到那時，只怕王爺與赫雲慧會抱成一團，這可就難看了。再者，就算沒抱成一團，男男女女的一起跌入淤泥之中，傳了出去也是不妥。她忙上前抱住明子恆的胳臂往後拖，一面道：「王爺等下人來幫忙吧。」

赫雲慧聽了郁心蘭的話，放棄了掙扎，心慌地等待，她停下來後，反倒覺得沒有往下吸的力了，心跳也漸漸平穩下來。

這邊的動靜這麼大，幾位王爺自然聽到了，而另一條小徑上，赫雲連城陪著溫老爺子和郁老爺、錢勁、諶華等人散步，聽到喊聲也趕了過來。

對於如何「拔」出赫雲慧，眾人都一籌莫展，今日要侍奉聖駕，自然是不能帶一點兵器在身上的，竹竿這類的用具已經吩咐下人去取，卻不知要多久才能取來。

郁心蘭見赫雲慧急得想哭，想著一個未出閣的大姑娘，這般狼狽的模樣被一群外男瞧見，於名聲有損，乾脆將自己的蜀錦翻絨披風解下來，果斷地用花剪裁成一尺寬的布條，結在一起，丟給赫雲連城。

赫雲連城拿著一甩，拋到赫雲慧的眼前，赫雲慧連忙握緊，讓大哥將她拖上岸來。

一旁再無女眷，唐寧忙將自己的披風解下，裹住赫雲慧的身子，柔聲安慰道：「快回去更衣，喝碗薑湯，小心著涼。」

早有識眼色的僕婦抬來了小暖轎，赫雲慧打著哆嗦向唐寧和郁心蘭道了謝，坐著小轎走遠了。

赫雲璉不由得向郁心蘭問道：「二妹怎麼會跌進池子裡？」

明子恆的俊顏顯出一絲慚愧，正要解釋，郁心蘭卻搶著開口道：「我和二姑娘到這兒來散步，巧遇莊郡王爺和王妃，二姑娘有心讓路，卻不巧滑進了池子。」

這裡是小池塘的背面，有一扇月亮門通客院，平常只有下人才走這邊。小徑只有一尺餘寬，若要讓旁人通過，就只能站到池塘邊的青石上去，所以郁心蘭的這種說法是成立的。況且是個人就能瞧出，今日二姑娘的心情極差，找大嫂到這兒無人之處來談心，是很正常的事兒。

只是，大夥兒都很奇怪，莊郡王夫婦來這兒幹什麼？不過，這個疑問，旁人都聰明地沒問。

感覺到手臂一痛，明子恆忙悄悄拍了拍妻子的手，示意她放鬆一點。唐寧不好意思地鬆開緊握著王爺胳臂的手，悄悄退後半步，朝郁心蘭微微一笑。

幸虧郁心蘭反應快，否則若是遲疑一下，旁人只怕都會想到是王爺與二姑娘……有了郁心蘭這句話，加之莊郡王妃唐寧也在，旁人縱使有些異樣的目光，卻也說不出什麼暗示的話來，只得各自散去。

赫雲連城隨手招來一頂暖轎，硬將郁心蘭塞進轎子裡，命令道：「快回去加件衣，喝碗薑湯。」又從僕婦的手中接過手爐，放入她懷中。

郁心蘭悄悄捏了一下他的手，笑道：「我沒事。」不過就是少了件披風，這才多大會兒功夫，哪用得著喝薑湯。

明子恆陪著唐寧走了一段路，便朝她道：「妳先回去休息吧，我去水榭裡坐一坐。」

唐寧見他眉目平淡，似是有些不悅，忙問道：「王爺可是怪我方才攔了你去救人？」

明子恆拍拍她的手，「妳也是為我好，別胡思亂想。去休息吧，一會兒又要陪淑妃娘娘了。」

唐寧只得聽從，一步一回頭地走了。明子恆待妻子的身影消失在轉廊處，才沉下眸光來。心中忿恨，都是那個郁心蘭，居然壞了我的大事。

原來，以他的武功，郁心蘭在一牆之隔偷聽他們說話，他就察覺到了。原以為郁心蘭會衝出來阻攔他與赫雲慧私會。只要跳出來指責，他就有辦法讓所有人都知道，到那時，赫雲慧不嫁他，也得嫁他了。可偏偏郁心蘭沒有，找來了唐寧不說，還搶在他前面，將事情揭過去……這真真是，他要娶個有助力的妻子，怎麼就這麼難呢？

侯府的後花園，明子恆自小就在這兒跟赫雲連城玩捉迷藏，是極熟的。他三步兩步繞過了竹林，來到一排院牆前，見左右無人，輕輕一躍，便躍入了牆中。

甘老夫人正在打盹，忽覺眼前光線一暗，頓時驚醒，睜開眼睛，就見明子恆溫和的笑容。

明子恆遞上一物，笑問：「無意中拾得此物，似乎是甘將軍的，今日特來歸還給老夫人。」

甘老夫人一怔，待取過東西一瞧，一張老臉頓時駭得慘白，雙手劇烈地抖了起來，「這……這……」

「老夫人想來是認識的。」

甘老夫人立即揚聲，令婢女們退到房外去，這才撲通一聲跪下，老淚縱橫道：「王爺開恩！」

明子恆淡笑如優雅的君子蘭，「老夫人何出此言？我不過是見它本為甘將軍所有，這才物歸原主罷了，何來開恩一說？」

甘老夫人聞言，一顆心這才落入肚子裡，忙磕頭道：「王爺的大恩大德，我甘家無以為報，唯有來世結草銜環，做牛做馬，以期報答。」

明子恆伸手扶起甘老夫人，溫和地道：「老夫人言重了，何須做牛做馬？只要老夫人能將甘將軍的幾位朋友召集起來，介紹給我認識認識便可。」

甘老夫人聞言一怔，隨即用力扯了扯嘴角，「一定！一定！」

明子恆淡淡一笑，飛身從後窗躍出去，如同他來時一樣，悄無聲息，無人發覺。

下午的聚會改在屋內，定遠侯陪皇上下棋，諸王爺在一旁觀戰，郁老爺、溫老爺子、赫雲兄弟等，也想觀戰，可棋坪旁哪裡容得下這麼多人，於是乾脆到一旁去聊些風花雪月，或是各地見聞。

女人們則是在另外一間小花廳內閒聊，一切話題都圍著淑妃轉，淑妃很享受這樣簇擁的奉承。王姝如今已經有五個多月的身孕了，皇上本是許了她可以不來的，可她一想到必須要讓郁玫看一看她渾圓的大肚子，就硬撐著來了。

這會兒，她正輕撫著圓圓的肚子，嬌聲問郁心蘭：「不知赫雲少夫人當初有些什麼反應？」

郁心蘭仔細想了想，一一述說，王姝驚喜地揚眉道：「這些反應我也有，莫非我腹中的也是龍鳳胎？」

這話兒一出口，頓時得罪了好幾個人。

淑妃和郁玫是不必提的，就說這定遠侯府沒生兒子的，還有二奶奶和三奶奶呢。四奶奶進門眼瞧著也快一年了，這肚子也是沒動靜的。

幾雙眼睛火辣辣地盯向王姝，王姝越發得意，還不忘炫耀敬嬪的得寵，「到時母妃也會誕下小皇弟，兒子女兒就可以和小皇叔一同玩耍了。」

淑妃的俏臉越發的黑了，卻又不能說出什麼反駁的話來，便重重地一擱茶杯，「沒意思，摸骨牌吧！」

她說要摸骨牌，旁人自然只能陪著。當下便擺開了四桌，甘老夫人母女、二奶奶、程氏同在一桌，蓉奶奶、惜奶奶拉了兩位王妃一桌，溫府和郁府的女眷擺一桌，郁心蘭被淑妃硬拉著與長公主和王姝一桌。

人都坐下後，三奶奶發現自己是多餘的，可似乎沒人想起她來，都開始砌牌摸牌了。

以前三奶奶也是個八面玲瓏長袖善舞的，何曾受過這樣的冷落？三奶奶愈想心中愈不是滋味，想到自己事被家中人知曉，在府裡再也抬不起頭來，偏偏相公又不爭氣，大內侍衛副統領丁憂，這麼好的機會，也沒爭上副統領一職，她本是氣惱他不上進，現在卻被他給鄙視了……。

三奶奶愈想就愈難受，便悄悄地轉身，從後門出了花廳。

這一切，都瞧在了甘老夫人的眼中，待皇上和淑妃擺駕回宮之後，甘老夫人連夜傳來了甘氏和赫雲傑，開門見山地問：「老三，你到底打算將你媳婦如何？」

提到這個話題，赫雲傑就鬱悶，若是一般的男人，早就休妻了，可是他不行。他是御前侍衛，朝裡頭多少雙眼睛盯著，好不容易趁著謹王謀反一案，將這醜事兒壓下了，這時休妻，豈不是告訴旁人他戴了一頂綠油油的帽子？

可是若不休妻吧，他哪裡又吞得下這口氣？

這陣子他都是歇在小妾房裡，真是連看都不想看到三奶奶。

甘老夫人看了他的表情，還有什麼不明白的，便沉聲道：「你這媳婦若是要休，就得有別的藉口。等你沒了牽絆，也好上溫府求娶溫丹。我今日仔細瞧了，溫丹的人品相貌都極佳，最重要的是，她祖父是都察御史，清貴之流，對你日後的仕途只有好處，沒有壞處。」

說到溫丹，赫雲傑的心便蠢蠢欲動，真不愧與大嫂是表姊妹，都生得那般嫵媚動人……若能娶之為妻，實是人生一大幸事。

甘老夫人見老三願意，臉上滿意地笑笑，「如此一來，咱們得好好謀劃謀劃，使個別的方法，好讓你休妻。」

赫雲傑迫不及待地問：「不知外祖母有何高見。」

甘老夫人笑著說了一計，赫雲傑連連說妙。甘老夫人見他贊成，心下便是大慰，隨即又陰狠地想，明子恆，你自以為拿了點甘家的短處，就想讓我們支持你登基？黃口小兒，真是可笑！恐怕得讓老身教教你，什麼叫做薑還是老的辣！

赫雲傑自是不知道外祖母這一計裡還算計了莊郡王，若是知道，他當然是不會應允的。

入了夜，赫雲連城問起莊郡王夫婦如何會在那裡，郁心蘭將明子恆的舉動告知，赫雲連城不由得輕嘆一聲：「他也是著急了。」

「著急什麼？」

「德妃娘娘的娘家出了點事，若是追究起來，德妃這個封號都可以被褫奪了去。所以，子恆現在急著找強援，也是為了幫他母妃一把。在後宮裡，沒了娘家依仗，自己又失了勢的話，會很艱難。」

太多電視劇教導過，這種艱難往往會讓人送命。畢竟德妃曾經高高在上過，曾經只居於皇后和貴妃之下，從雲端跌落，旁人根本不會同情，只會將她往死裡踩，免得她仍有翻身的一天。

郁心蘭怔了怔，亦是嘆道：「果然是人人有難處！」這麼一想，倒也不是太討厭莊郡王了，「只是，娶了二姑娘就算是有強援了嗎？父親怎麼能幫到後宮裡去？況且，這樣也會傷了唐寧的心，燕王恐怕也不會幫他了呀！」

「已經是姻親了，燕王怎麼可能不幫他？」赫雲連城淡淡地道：「至於父親這邊，有父親的威望就夠了。聽說以前父親也沒明確支持皇上，但因為有了這層關係，皇上結交起朝中官員來，就順遂得多。」

「原來是想學皇上啊……最好還是別學！」郁心蘭篤定地道：「皇上以前做過的事，肯定不會希望自己的兒子做！」

「就比如說，每個皇子在爭皇位時，為了籌集銀錢，多少會犯些經濟上的錯誤，但等他們當了皇帝之後，卻不希望自己的臣子和兒子犯這種錯誤。自己當皇子時，可以與兄弟爭得你死我活，天天盼著父皇早死，好繼承皇位，卻希望自己的兒子能兄友弟恭，不要爭權奪位，勾心鬥角，更不要妄想他的皇位。」

赫雲連城扭頭看了看她，笑道：「妳怎麼懂這些？」

郁心蘭隨意地道：「歷史總是驚人的相似，看看史書就明白了。」

次日，赫雲連城拿了這些話去勸說明子恆。

明子恆怔了半晌，隨即笑道：「好吧，我聽你的勸。」

心裡卻在思忖，一個女人怎麼會懂這些？還偏偏一針見血……可惜是個女人，否則請來當個謀士，倒是一大助力。

❖ ❖ ❖

赫雲傑慵懶地坐起身，任由眼前的女子為他擦拭赤裸的身體，再一層一層穿上衣物。都收拾好後，他才拍了拍女子的臉道：「乖秋水，記得要哄妳家奶奶喝下那符水，爺會賞妳的。」

秋水羞澀地垂下頭，紅著臉小聲道：「婢子如今都是爺的人了，自然是什麼都聽爺的。」

每年的二月十九日是觀音誕，靜月庵中供奉著送子觀音，這一天，靜月庵中總是香客盈門。住持大師一早便設了香案，為一位高貴的女香客做法事，祈福求子。

郁心蘭也陪著三位求子心切的弟妹到靜月庵來參拜。上過香，添了香油錢後，眾人便到庵後的齋房休息，等待庵中的師傅安排聽佛經、做法事。

辰時正後，才有庵中的大師傅過來請人，眾人隨著她往住持的禪房走，迎面竟遇上唐寧。

郁心蘭微笑著打招呼道：「原來住持大師是在為妳主持法事。」

唐寧有些不好意思地笑笑，「是啊，妳也要去聽經嗎？」

一般誠心求子，聽過經後，都要留在庵中用過齋飯再走。唐寧知道郁心蘭無心求子，想拉她聊聊天，故此一問。

郁心蘭哪有什麼不明白的，便笑了笑道：「我只是陪著，不聽也行的。」

二奶奶和三奶奶、四奶奶便向莊郡王妃見過禮後，自行去了。

唐寧和郁心蘭攜手來到齋堂，小尼姑們奉上香茗，極有眼色地退了出去。

郁心蘭見唐寧今日的笑容總有些淡淡的憂傷，便主動問道：「怎麼了？有什麼心事？」

唐寧的笑容一滯，下意識地開口想要反駁，可瞥見郁心蘭明亮的眼眸中那真誠無偽的關心，心中一澀，情不自禁地伸手摸了摸自己的臉，喃喃地問道：「難道我的心事……這麼明顯？」

郁心蘭眉心微微一蹙，高高在上的郡王妃，應當沒人能讓她有煩愁才對……隨即想到，是不是莊郡王與二姑娘的婚事？聽長公主婆婆說，莊郡王前幾日又遣了朝中某位大人向侯爺委婉暗示，赫雲策和甘氏也努力促成，但被侯爺斷然拒絕了。

郁心蘭這麼想著，就自然地問了出來。

唐寧咬了咬下唇，才下定決心向郁心蘭訴說，她也實在是憋得太屈了，「我……當初提議娶二姑娘為平妻，的確是真心實意的，可是侯爺不答應，與我何干？但王爺他說……他說，對我很失望。」

郁心蘭訝然問：「失望什麼？」問完便想通了。

上回救二姑娘時，若是任由明子恆去拉人，然後跌到池塘裡與二姑娘滾成一團，這婚事自然就成了。可偏偏唐寧拉住了他，說明唐寧心裡其實是不希望他娶二姑娘的，這便與她之前主動提及的婚事成了反比。

莫非莊郡王覺得妻子出爾反爾，或者當面一套背後一套？

果然，唐寧的回答與她猜測的無異，哽咽著道：「王爺說，他從未嫌棄過我不能生育，要我不必這般故作大方。」

若是這樣，郁心蘭還真不知如何安慰了，想了想才勉強道：「妳也沒有刻意阻攔，是我公爹不願意，王爺日後定會想明白的。你們夫妻一場，他總該知道妳是多麼溫婉賢慧、善解人意。」

唐寧苦笑道：「我從小就知道自己會被許給皇子為妻，父母親從小就教導我如何服侍夫君、輔佐夫君，我太明白了，帝王之家的婚姻，若妻子無法在事業上助夫君一臂之力，這夫妻之間便少了恩情。至於溫柔賢慧這些，這是身為皇家的媳婦應當應分的。」

郁心蘭只能輕輕拍著唐寧的手，竭力安慰：「妳家自然是幫得上王爺的，他心裡有數，不過是一時之想罷了。妳明確告訴王爺，就說我告訴妳的，侯爺不願與任何皇子攀交情。」

唐寧聽了這話，眼睛一亮，柔柔地笑道：「那……多謝妳。」

這話若是明確地從侯府某人中的嘴裡說出來，自然是最好的，難得郁心蘭願為她擔這個責任。

正說著話兒，幾位弟妹已經聽完了經，也坐到齋堂中來。

三奶奶心神不安，不時往門口偷瞟一眼。不一會兒，大丫頭秋水輕輕走進來，跟三奶奶耳語幾句，三奶奶便向郁心蘭道：「大嫂，我有點事情要辦，一會兒齋飯之後，妳們先回府可以嗎？」

不等郁心蘭回答，二奶奶就嘲諷地笑道：「哎喲，妳這不是為難大嫂嗎？咱們家現在誰敢讓妳單獨一人外出『辦事』啊？」

郁心蘭本是不用求子的，這次隨她們出門，的確是有陪伴、保護、監視之責，當然不可能讓三奶奶獨自行動，便笑道：「若是有什麼事，一會兒我們陪妳去。」

三奶奶咬著唇焦急，卻不知如何說服大嫂。二奶奶見此情景，便又開始挖苦道：「二弟妹別擔心，就是親家有難，父親也會看在親戚一場的分上，能幫就幫的。」

秋水看不過眼，小聲地道：「大奶奶，我們奶奶只是想去一下言家村，很快就回的，況且今日有這麼多侍衛和粗使婆子跟著。」

郁心蘭問：「言家村在哪兒？去那兒何事？」

秋水低了頭不敢回話，三奶奶也知如今自己定是不能獨自去了的，便回話道：「往東三里就是言家村。那裡有一位神婆，製的符水喝下後能生兒子的。」

居然信這個？郁心蘭差點笑出聲，勉強忍住，開口勸道：「妳是從哪兒聽來的？若果真是如此，那城中信男信女為何還來靜月庵求子？全去求那位神婆不就得了？」

三奶奶見她不信，頓時急了，「那可不同，那位神婆平素很少為人製符水，我……我也不一定能喝到，因為神婆要先看面相，有緣之人才給喝的。」最重要的是，那是神水，喝下後與相公同房，無論相公如何，她都能懷孕，所以她非要喝到不可。

秋水也用力點頭，「大奶奶別不信，婢子的家鄉也有一位這樣的神婆，神婆們一般都只給普通百姓看診，富貴人家不知她們的名聲也是有的。」

郁心蘭當然知道任何地方、任何時代，都有這種混吃混喝的神棍，可她沒想到三奶奶看起來這般聰明的一個人，也會去信這些東西。

她正要開口再勸，一旁的唐寧卻道：「若真有如此靈驗，不如都去瞧瞧吧。反正只隔了三里地，來去也不過一個時辰的事。」

郁心蘭回頭瞧見唐寧眼裡的急切，以及二奶奶的躍躍欲試，更兼四奶奶岑柔望過來的滿是渴望的眼神，這下子真是愣住了。

原來，只要抓住了對方的弱點，就真的是攻城掠地，戰無不克。

就因為想生兒子，所以連高貴的郡王妃、聰明伶俐的官夫人們，都願意到小神婆家去求一道符水。若是不讓她們去，只怕還當她自個兒有了兒子，就不想再讓她們生兒子了。

郁心蘭暗自搖了搖頭，卻也只得答應，心裡道：希望這道符水能給她們一點心理暗示，多少對懷孕有幫助。

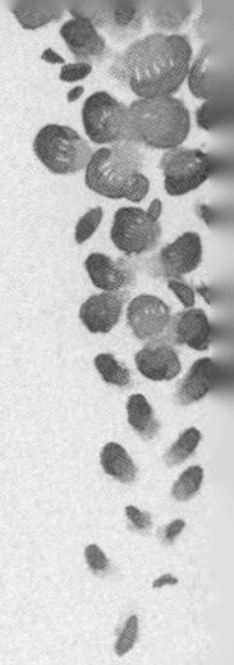

柒之章

陰謀敗漏擒神婆

用過齋飯，一行人便趕往言家村，在村民的指路下，很快找到了那位神婆的家。很簡陋的三間茅草屋，正堂裡擺著神龕和香案，香煙不斷，倒是有幾分神味。

那神婆倒像是有幾分本事的，見了幾位衣裳華美的夫人，不卑不亢地行了禮，「見過幾位夫人，幾位夫人是來求子的嗎？」

二奶奶和三奶奶急切地道：「自然是，若是真的靈驗，日後必定奉上豐厚謝儀！」

這神婆高深莫測地笑了笑，先向郁心蘭道：「這位夫人面相福厚，想來已是有兒有女，且請到屋外小坐。」

郁心蘭笑了笑，卻不動身，只道：「不能讓我看一看嗎？」

神婆淡然作高人狀，「這是小人的一點生存技能，不想外傳，還請夫人見諒。」

人家這樣說，郁心蘭也不好再強行留著，只好到屋外去等。

不一會兒，諸丫頭婆子都退了出來，二奶奶雖出來了，神情卻有幾分興奮，「她說我不久就會有兒有女，不用喝符水。」心裡盤算著這個有兒有女，是不是也如大嫂一般生對龍鳳胎？

稍後，四奶奶也出來了，鬱鬱地道：「她說我與她無緣。」

郁心蘭安慰道：「沒事，妳已經在觀音菩薩面前求了，定會靈驗的。」

心裡則在想，所謂符水，多半就是撒點香爐灰的井水，希望不要吃了拉肚子。可她這番出門，也有保護之責，總想著還是穩妥一點才好，便悄悄喚過李杼，讓李杼到屋子的前後左右查看一番。

不一會兒，李杼就跑過來悄悄回話：「那屋子後頭的雜物間裡，放著一個大罈子，裡面好多蟑螂、老鼠、毒蛇、蜈蚣……的屍體，還泡了水。婢子剛剛看到一個小丫頭用紅色小瓶打了一些進屋子。」說完，臉色還有些慘白。

郁心蘭聞言，立即扭身走到屋前，示意李杼撞開房門。

房門一開，裡面的情景便在眼前。
那神婆一臉高深地盤坐在蒲團上，唐寧和三奶奶也盤腿坐在兩側的蒲團之上，兩人跟前的地上放著兩只小白碗，碗裡有些許清水，那神婆正拿著一只紅色小瓷瓶往碗裡添水。
郁心蘭蹬蹬蹬地走進去，拉起唐寧和三奶奶道：「這符水不乾淨，不用喝了。」
神婆頓時惱了，「這位奶奶說的是什麼話？這符水乃是小人的家傳祕方所製，不知多少人喝下後一舉得男，什麼叫做不乾淨？就算您是官夫人，也不能如此冤枉小人！」
郁心蘭撇了撇嘴，冷笑著反問：「那妳可否說出這符水如何泡製的？」
神婆頓時明白，郁心蘭看過後頭的罈子了，既不急也不惱，仍是端著高人的矜持，「奶奶可識得藥材？可知紫河車是何物？可知蜈蚣是何物？可知虎鞭又是何物？可知黃阿堵是何物？這些東西都能入藥，為何小人的符水就不能？」
郁心蘭被她說得啞然，黃阿堵就是糞便，這個年代的確是有許多古怪的方子或是藥引，她雖不信，可這裡的人們信這些。
她也不好再多說，只得勸唐寧和三奶奶道：「妳們若是身子有病，只請大夫慢慢調理便可，不必吃這些個……或許只是對普通百姓有效呢？百姓們吃的五穀雜糧，妳們吃的山珍海味，若是屬性相剋，豈非得不償失？」
別的話一心求子的女人可能還聽不進去，最後一句總算是戳中了罩門，唐寧終是推開了眼前的小碗。三奶奶仍是想喝，郁心蘭用力推開小碗，怒道：「不許喝！說了不乾淨！」
三奶奶沒有辦法，只得跟著郁心蘭走了，當然，謝儀還是奉上了。
三奶奶回到府中，頗有些悶悶不樂，她其實是一心想喝的，偏偏大嫂不讓，會不會是因為知道自己的事，所以不想讓自己替夫君生孩子？

真是可惡！

正胡思亂想著，秋水走近三奶奶身邊，悄悄遞上一個小瓶，小聲道：「這是那位神婆給婢子的，她說奶奶您給的謝儀豐厚，無以為報，這符水，您若相信便喝下，不信，扔了便是。」

三奶奶眼睛頓時亮了，可一想到郁心蘭後來說起這符水的製法，又有些猶豫。

秋水也遲疑道：「怕是喝了會生病呢。」

三奶奶聽了這話，神色鎮定地道：「這麼多人喝了都沒事，怎麼我喝就會生病？神婆可說有何禁忌？」

秋水臉兒一紅，「有……半個月不同房，然後必定能一舉得男。」

三奶奶頓時心花怒放，仰頭一口喝下……很臊很臭的味兒，可是一想到能生兒子，自己日後的地位也有了保證，又強力嚥下。

❖　❖　❖

赫雲連城下衙回府後，郁心蘭便跟他說起了神婆的事，「……我就不信那樣的水喝下去，不會拉肚子。」

赫雲連城蹙眉道：「世上愚昧的人多了，的確是有許多人信這些，難為妳能拉住她們。」

郁心蘭只笑了笑，就是在現代社會，資訊那麼發達的年代，還專門有人上這種神棍的當呢，說到底，這些人就是抓住了某些人的小心思，她隨意地道：「那神婆只怕騙了不少銀錢，那三間茅草屋一定不是她的住處。」

赫雲連城笑道：「女俠又想去抓人了嗎？」

郁心蘭捶了他一記，「這話兒只是說說罷了，畢竟這樣的人抓不完，也只是騙些銀錢，沒鬧出大事。只不過，那樣的水，我總覺得會讓人生病，還是要讓人去嚇一嚇才好。」

哪怕只是放點香爐灰的符水，也比那種符水乾淨吧？

「這種事交給子期去辦最好，反正他每天閒得只泡在醉鄉樓裡。」

第二天，赫雲連城還真的去跟明子期說了，明子期笑著踢了赫雲連城一腳，「你當爺我真沒事幹啊，巴巴地要我去抓個神婆，這事兒怎麼不讓江南去？」

事情於是又推給了江南。江南再遊手好閒，也不願意去為難一個老婦人，這話兒只是聽在耳朵裡，嘴裡應下了，心裡卻沒真當成一回事。

過得兩天，三奶奶突然病了，而且還病得不輕，渾身起了紅疹子，皮膚下隆起一個一個的小疙瘩，並多處發生潰瘍，膿汁流了一頭一臉。

府醫只遠遠地看了一眼，就大驚失色地道：「這是麻瘋病！快，快將三奶奶隔開，否則……」否則整個侯府的人都得被逐出京城。

如此一來，甘氏和長公主頓時急了，立即著人將瘋了般大喊大叫的三奶奶，拿厚重的氈毯，由頭到腳裹住，強行塞進馬車，包括給她近身服侍的一眾丫頭婆子，關進了侯府在京郊的別苑。

侯府上下頓時人人自危，一個個抽空用燙皮膚的水拚命清洗身體、頭髮、指甲縫，長公主嚴厲地下了禁聲令，任何關於三奶奶病情的話題，在任何情形下都不許提起。

府醫忙開了藥，熬了濃濃的幾大鍋，闔府上下所有人等，包括守門的貓貓狗狗都喝了幾碗。

大老爺帶著程氏、赫雲榮、赫雲璉直奔過來，興師問罪，不過他們也不敢聲張。

若是在普通百姓身上發現麻瘋病，一人得病，整個村子的人都要燒死的。這麼大的事，若是被外人知道了，侯府就完了。這點子輕重，大老爺和程氏還是清楚的。

眾人糾結的焦點，就是三奶奶怎麼會無緣無故得這種病。丫頭婆子們都隨三奶奶去了，自然是沒人可問。一家子坐在一起商量了許久，沒得出結論來，目前只能走一步看一步。

郁心蘭生育之後，吳為原是又去遊歷江湖了的，赫雲連城只得急忙差賀塵去請他回來，看有沒有辦法給三奶奶醫治。

這般反覆商量之後，侯爺沉穩地道：「先瞧瞧情形，我聽說，即使是發了痲瘋病的村子，也不是所有人都會傳染。傳令下去，讓府中下人們相互監督，若是發覺哪個身體有異狀，就立即隔離開來。」

也只能如此了，眾人提心吊膽地各自回屋。甘氏待侯爺走後，急忙忙地乘轎直到松鶴園中，問娘親道：「娘親，不是說好了只讓老三家的得個惡疾嗎？怎麼成了痲瘋病？這下子可得把全侯府的人都給害進去了。」

甘老夫人也是愁眉不展，「說好了只是讓她皮膚長些紅疹子，就以惡疾之由休妻的……我怎麼知道會變成痲瘋病？也許真是她從哪裡染上的？」

「原來是妳們在搞鬼！」外面忽然傳來侯爺暴怒的聲音。

門簾一掀，定遠侯挺拔的身影便像一團燃燒的怒火，直直地衝了進來。他身後，跟著長公主、赫雲連城、郁心蘭等人。

甘氏嚇得臉色發白，期期艾艾地喊了聲：「侯爺……」

侯爺氣得一腳踢在甘氏的腰上，踢得她「哎喲」一聲撲倒在地。

侯爺看也不看她一眼，直直地盯著甘老夫人道：「還請岳母大人跟小婿說一說，這到底是怎麼回事？」

甘老夫人一張老臉也沒了血色，這事兒忒大，這個侯爺女婿定然不會輕恕了她，她只得硬著頭皮解釋道：「只是因為……老三家的犯下那種醜事，我替外孫子不值，這才……想了個法子，請人給她服了些藥，讓老三能以『惡疾』之由休妻再娶。」

侯爺深吸一口氣，強壓下胸中的怒火，沉聲問道：「是什麼人給她服的藥？」

這會子當然不能再瞞，甘老夫人道出了名字，郁心蘭訝然道：「是那個神婆？不是沒喝那符水嗎？」

甘老夫人扭開臉道：「後來想法子讓她服了。」

侯爺一揮手，守衛在外面的立即動身去言家村抓那個神婆回來。而這裡，侯爺冷冷地看著甘老夫人道：「請岳母大人還是回甘府去住吧，小婿這裡的廟小，供不起您這樣的大神。」

甘老夫人揚起頭，用渾濁的眼睛看了看定遠侯，長嘆一聲道：「也好。」

若再貪得無厭，只怕兒子相救的那些恩情都會被她給浪費光了。

打發走了甘老夫人，侯爺漠然地看了看甘氏，冷聲道：「以後妳就在宜安居靜心修身養性，沒事不要出院子了。」

甘氏潸然淚下，「侯爺，這回是母親所託非人，並非我刻意要挑事兒，老三家的的確留不得啊，她出了那種醜事，傳出去，不是給侯府抹黑嗎？」

侯爺定定地看著她道：「妳跟岳母做的這種事，難道不叫抹黑嗎？若是被外人知道，我整個侯府的人都會被燒死，妳知不知道？老三家的出了那種事，難道是她自己願意的嗎？妳就這般容不下？若真是不想要這個兒媳婦，只管跟她商量著和離便是，非要用這種下作的手段？妳就是這般的品行，我居然看走了眼！」

說到最後幾個字，已經是怒髮衝冠了。

甘氏撇了撇嘴唇，想反駁幾句，卻又無話可說，只得戚戚然地抹眼淚，希望侯爺能看在二十幾年夫妻的情分上，不要再繼續追究了。

隨即，侯爺又指著她問：「老三知不知情？」

甘氏忙道：「他不知情。」

侯爺這才重重哼一聲，一甩廣袖，怒氣沖沖地走了。長公主忙跟在丈夫身後，小心寬慰。

赫雲連城和郁心蘭回了靜思居，不由得感嘆：「大娘太過分了。幸虧妳機靈，發覺她神色不對，通知了父親，否則咱們一家人還被蒙在鼓裡。」

郁心蘭用力點頭，「還真是無所不用其極。希望能抓到那個神婆，查出幕後是誰要害咱們侯府。」她忽地想到，那天那個神婆也留下了唐寧，忙告訴赫雲連城：「為什麼她要留下唐寧？若是那符水有問題，為什麼要留下唐寧？」

赫雲連城心中一動，「甘老夫人也說，本不是要弄出這麼大的病症的，莫非是她們商量這事情時洩漏出去，被子恆的對手知曉了，用來害子恆？」

赫雲連城愈想愈覺得是這麼回事，連夜策馬奔到莊郡王府，通知了明子恆。

明子恆聞言大驚，立即使人去調查。

第二日下了朝，赫雲連城隨莊郡王回了王府，兩人在大書房坐下後，商議起這件事。

昨日定遠侯的親兵連夜出城，到了言家村，卻發覺那神婆早沒了蹤影，問了村民，說是她一向來無蹤去無影的，不過好像的確是會點醫術，所以在村裡頗有聲望。她住的那三間茅草房，裡面根本就沒什麼家具，李杼所稱的那個裝了各種動物屍體的罈子也早不知去向。

赫雲連城握緊拳頭，「不知是永郡王幹的，還是仁王幹的。」

明子恆的眸光閃了一閃，沉聲道：「或許，只是有人想殺人滅口。」

赫雲連城驚訝地抬頭，「怎麼說？」

明子恆輕嘆一聲：「不知你還記得甘將軍的事嗎？」

赫雲連城皺了皺眉，「舅父的事，聽父親提過。」

「當年父皇第一次去秋山圍獵，就被大量逆軍偷襲，幸得侯爺鎮定指揮，才化險為夷，甘將軍亦是那次英勇捐軀的。事後，父皇曾下令嚴查，發覺少了兩牌特製腰牌，其中之一就是甘將軍的。」

赫雲連城道：「我知道，掉下山谷，沒尋到。」

獵場平時由駐軍保護，到皇帝狩獵之前，會由御林軍接管。為了防止刺客混入，從來都是臨時製作特製的腰牌，只交給御林軍的高級軍官，供其出入獵場時用，而普通的士兵只能等到狩獵之後才能出獵場。

那一次，事後檢查時發覺少了兩塊腰牌，其中一塊是甘將軍的，但當時有不少人看到甘將軍在撕殺中，腰牌掉入了山谷，而且甘將軍以身殉職，所以人們想當然耳地認為，刺客就是用另一塊腰牌進入獵場的。

明子恆淡淡地道：「我拿到了甘將軍的腰牌。」

赫雲連城震驚地睜大眼睛，只聽明子恆緩緩地道：「我們不是一直派人跟蹤林軒嗎？他曾與一位入京述職的武官聚過，此人叫高輝，可能你還有印象，正是因謹王案被斬首的外駐軍官之一，但他也是甘將軍的好友。當時我覺得很奇怪，便令人跟著高輝。其中的過程我就不多說了，後來，我在高輝的手中拿到了甘將軍的那塊腰牌，還給了甘老夫人。這一次，想必是甘老夫人誠心想殺我滅口。至於為何要牽連到侯府，卻要由你們去查了。」

有些事情，還真的只能由侯爺出面去查，軍營裡，明子恆的確是插不進手去。

赫雲連城銳利地看了他一眼，心中起疑，「此等大事，為何從未聽你提起過？」

明子恆十分真誠地看向赫雲連城，「一開始我本是要告訴你的，卻又怕自己弄錯了。你也知道，你們赫雲家與甘家是姻親，若甘將軍真的曾參與過刺殺父皇之事，只怕侯府也會受牽連。我原是看著謹王已經落馬，牽連的官員已經足夠多了，想壓下此事。我將腰牌交與甘老夫人，只是怕她也是知道內幕的，想警告她一下，不要再行差踏錯。」

赫雲連城深深地看了明子恆一眼，明子恆的眼神真誠坦然，不躲不閃，所以最終赫雲連城選擇相信他，遂點了點頭道：「我會去與父親說。」

明子恆又補充道：「高輝還接觸過一個姓胡的商人……就是買下妳妻子果莊的那個人。」

赫雲連城一怔，果莊的事是明子期負責的，明子恆並不知情，可見高輝入京後，動作很多。

明子恆道：「接觸的都是謹王那一派的官員，這次都處置了。」

瞧著時候不早，赫雲連城便站起身來道：「我先回府了。」眸光往書架後掃了一下。

明子恆隨即笑道：「怎麼？想與我的侍衛交手？」

赫雲連城搖了搖頭，「你換了侍衛？」不是他熟悉的感覺。

明子恆笑道：「沒有，只是增加了一人。」

赫雲連城這才抬步走了。

他走之後，書架後的暗門一開，一抹修長的靛青色人影走了出來，摸著鼻子道：「這傢伙的武功什麼時候變得這麼厲害了？難道他已經練到了天闕神功的第九層？」

明子恆瞇了瞇眼睛道：「不可能，別說第九層有多難衝破，就說他要衝關的時候，正是新婚，況且，我那時尋了他外出公幹，他也沒時間練功。」

那人道：「對啊，若是洩了精元，至少得再過幾年，才能精進。」

明子恆點了點頭，但仍是道：「不過他的武功的確是鮮有敵手。」

那人笑道：「我又沒打算跟他交手，只要他不妨礙你，就不會是我的敵人。對了，您為何要與他說姓胡的事？」

明子恆笑了笑道：「因為我想知道那裡到底有什麼……神祕兮兮的。我點了一下，連城卻毫不驚訝，可見他是知情的，卻沒告訴我。呵呵，所以，他也不能怪我不信任他。其實，是他性子太耿直了，否則我可以多信任他一點。」

赫雲連城說過會盡力相助，可是赫雲連城的性子他知道，比如說，有些事情，赫雲連城就肯定不會去做，甚至還會勸阻他，這種盡力是帶有條件的，因而就大打折扣。所以，他從來不要求赫雲連城幫他，索性讓赫雲連城愧疚到底。

那人也道：「正是，非常時期要用非常之法，他與定遠侯都是一樣的頑固。」

明子恆淡淡地道：「不過，這樣的人當臣子是最好的。忠心、守制，比那些圓滑世故、陽奉陰違的人強上百倍。日後我若能登基稱帝，還是會重用他的。」

那人點了點頭，便不再談論這個話題，只是道：「姓甘的老女人膽子還真大，居然想反過來滅您的口。」

「所以說，我們一點也不能大意，這一次是我大意了，原是想收攏幾個可以利用之人……。」

明子恆想了想又笑，「連城的媳婦倒是個機靈的，也得虧她勸住了唐寧，否則若過了病給我……」那樣的情形，真是不敢想像。

那人皺眉道：「真是心有餘悸，希望侯爺能查出來，姓甘的當年依附的是誰，這樣也能清楚到底還有哪些人在爭這皇位……不可能是謹王，我總覺得那次的事與秋山案是一股勢力所為。」

「我也這樣認為。謹王若真有這樣的勢力，之前就不會隨意相信一個黑衣人的話了。對了，最近十三弟的動作挺多的，左右討好父皇，我瞧著，應當不是王丞相的人馬，他自己何時有了勢力？」

那人想了想道：「或許是敬嬪有喜，便有人投靠了，朝中多的是見風使舵之人。啊，忘了說，錢勁和諶華二人，皇上似乎真的有意招為駙馬，這消息比較確實。」

「那父皇就是打算分定遠侯的兵權了。」

「也是，定遠侯掌著天下七成兵馬，他長子又掌著幾萬禁軍，赫雲家的兵權太重了些，皇上遲早都會找人來分一分的。只是不知，這錢勁和諶華二人是否已經有人去籠絡了。」

「肯定有，但籠絡不分先後，只是看你能不能找出他們的軟肋來。」明子恆笑了笑道：「這事兒就交給你了。」

那人隨意地一笑，「沒問題。」

❖　❖　❖

赫雲連城回了府，立即向父親稟明甘將軍之事，定遠侯頓時驚訝得怔住。當時，他記得甘將軍的確是晚出現了一會兒，但是亂軍之中，一時沒找著一個人也是正常的，何況，後來甘將軍用身子幫他擋下了那支暗箭，他真的從來沒有懷疑過……

那一次偷襲，最後也沒能查出幕後操縱者，只是處罰了一批御林軍軍官，而七年前的山崩案，雖有多人指證，但謹王始終不承認。若年前高輝真的帶著甘將軍的腰牌入京，想是為了尋找以前的主子……

赫雲連城道：「或許可以順著神婆抓到咱們早就想抓的人。」

侯爺思慮了片刻，便道：「軍營之中我來查，舅兄有些什麼朋友，我還是知道的。至於神婆那裡，你用點心，我調十個人去幫你。」

赫雲連城應承下來，退出了書房。

神婆沒抓到，吳為卻找到了，連夜與賀塵趕回了侯府。赫雲連城也沒與他客氣，直接帶他去了別苑，遠遠地看見三奶奶，臉上已經開始潰爛，沒有一片好皮膚了。

吳為先給自己和赫雲連城服下一顆藥丸，才遮住頭臉走近，三奶奶被鎖在鐵籠子裡，連飯食都無人送，只有個大膽些的，從窗子裡扔兩個饅頭給她，沒有好的營養，身體自然更差。

見來了人，三奶奶很激動，用沙啞難聽的聲音問：「是神醫嗎？你可以治好我的對不對？」

吳為輕聲道：「先讓我診診脈。」

三奶奶忙伸出手腕，吳為診了診後，蹙眉道：「不是麻瘋病，是中了蠱，我能治好，不過要些藥引。」

三奶奶頓時就哭了出來，「一定、一定是那個神婆幹的！」她這些天前思後想，想得都快瘋了，想來想去，也只有那瓶古怪的符水有問題。

赫雲連城點了點頭道：「對，人我們會抓住，妳先安心診治。」說完，他就與吳為一同走出去，去尋藥引為三奶奶治病。

等三奶奶的蠱毒治好，已經是半個月後的事情了，因治療得不及時，皮膚潰爛了許多，此時治好，也已經毀了容，臉上坑坑窪窪的。

她回到靜心園中，赫雲傑正坐在窗前發呆。之前那般嫌憎三奶奶，可真當發現三奶奶得了重病，還很有可能被燒死後，他的良心又不安了起來。到底是少年夫妻，兼之三奶奶美貌體貼，休離倒是罷了，要他親手送三奶奶上死路，他卻是不忍的。

聽說她並不是得了痲瘋病，只是中了蠱，赫雲傑總算是鬆了一口氣，然後三奶奶失貞這件事又浮上了心頭。這些天來，他每天都在糾結到底要不要和離？一方面因愧疚，想作罷，另一方面又因自尊受挫，想堅持……

正在糾結著，耳邊聽到丫頭們請安的顫抖聲音：「請三奶奶安。」

赫雲傑猛一回頭，嚇得身子往後一仰，差點從小凳上翻到地下。

「妳、妳、妳……怎麼……這樣了？」

三奶奶捂著臉便哭，「三爺，您告訴我，甘老太婆關在哪裡了？我、我要殺了她，殺了她！」

甘老夫人還在整理行囊，沒來得及離開侯府，就被侯爺給關了起來，可是除了幾個人，連甘氏都問不出她被關在哪裡。

赫雲傑不敢看三奶奶的臉，別過目光道：「我……我帶妳去。」

只要妳能出口氣，不要再出現在我面前就好。

赫雲傑真的帶了三奶奶去地牢，甘老夫人彷彿蒼老了十歲，髮疏齒搖。三奶奶一見到她，就惡狠狠地撲過去，一口咬在她的老臉上。

甘老夫人痛得大呼，「傑兒，傑兒，快拉開她，快！」她一面說，一面用力去推三奶奶。

甘老夫人年輕時也曾習過武，怎奈年紀老邁，哪裡是年輕又憤怒的三奶奶的對手。她使出渾身解數，不停扯三奶奶的頭髮，掐其腰間軟肉，都無法將其推開。

最後，還是三奶奶自己一把推開了甘老夫人，嘴中銜著一塊血淋淋的肉。

甘老夫人捂著臉在地上翻滾，血水從指縫中快速地滲了出來，整個牢房裡，只聽得甘老夫人淒厲的叫聲。

神婆也知自己害的是位官夫人，四處躲藏了一段日子，終是被赫雲連城給抓獲了。

這事兒說起來是家醜，但涉及到了侯府之外的平民百姓，定遠侯亦不能濫用私刑，於是請示了皇上，在侯府的祕室中審訊神婆和甘老夫人，由大理寺卿方正會同莊郡王、賢王等人聽審。

甘老夫人右臉被三奶奶咬下一大塊肉，面部表情肌一動就會牽著痛，連吃飯都困難，更別提說話了。這會子用紗布纏了滿頭滿臉，仍有淡粉色的血絲滲出來，甚是嚇人。

那神婆被抓住時就嚇得屎尿失禁，這會子到了地牢，見到這麼多裝官服的大老爺，更是嚇得半死，不必用刑就哆哆嗦嗦地全說了出來。

甘老夫人不可能親自出馬去買通神婆，神婆自是不認識甘老夫人，只知道有人給了自己一筆不菲的銀錢，拿了兩張畫像，要她給這兩人「吃點好藥」。

這神婆有個祖傳祕方，專門幫些貴夫人整治小妾，當然，也會幫些小妾反攻正室夫人，反正看誰給的錢多就幫誰，若是一府裡的各個女主子都給了她銀錢，她絕對幹得出來每人送一碗神水的事。所以，收下銀子後，神婆心領神會，拍胸脯保證完成任務。

她說，她是依言行事的。

定遠侯冷冷地問：「哦？妳的藥如此厲害，為何以前從未聽說過京中有哪些人家的家眷得過這樣的病？」

神婆被侯爺威嚴的神情刺得一抖，慌亂地抬起頭來道：「是……是因為……一位奶奶。」

明子恆眸光一凜，厲聲質問：「是誰指使的？」

神婆被駭得一縮脖子，慌慌張張地抬起看了一眼聲音的方向，正好從幾位男子的縫隙間，瞧見坐在赫雲連城身後的郁心蘭，她忙伸手一指，「就是這位奶奶。」

明子恆的眸光一暗，赫雲連城的眼神卻銳利起來，冷冷地道：「說清楚點！」

那眼神，跟冰刀子似的戳到骨頭裡，神婆頓感四肢的血液都被凍得凝固住了，她忙解釋道：「這種藥水，只要滴幾滴到清水中就可以了的，兩位奶奶喝下後，就只會渾身起些紅疹子，那天我正要調符水，被這位奶奶阻止了，還強行將人帶走。小人……小人從未幹過收錢不辦事的事，有一位奶奶的丫頭回頭找小人要符水，催得又急，所以……小人只好將整瓶藥水都給了那個丫頭。但是，小人是告訴了她用法的。」

三奶奶也坐在赫雲傑的身後，聽到這話，騰地就站了起來，指著神婆問：「妳、妳快說，是哪個丫頭！」

忽地想到這次審訊，牢房裡只有侯爺的親衛，丫頭婆子們都在外面候著，三奶奶忙向侯爺請求道：「還請父親允許媳婦將幾個丫頭叫進來對質。」

侯爺點了點頭，便有親衛跑了出去，少頃，帶著三奶奶的兩個大丫頭秋葉和秋水進來。

神婆只瞧了一眼，便指認道：「是她。」手指正指向往秋葉的身後縮的秋水臉上。

秋水頓時惱了，低斥道：「妳這神婆指著我幹什麼？」

神婆翻她一眼，「這位奶奶在問是誰找我要的符水，可不就是妳嗎？還催得那麼急，害我想調製一下都不成。我可是告訴了妳用法的，我的丫頭可以作證。若妳按著我教的法子，調好了給妳們奶奶喝，可不會生什麼大病。」

然後又涎著臉朝定遠侯等人笑道：「所以說這事兒我不是主犯，本來……應該沒我什麼事。」

秋水聽了她的話後，只覺得全身血液都衝上了頭頂，激得眼前通紅一片，心虛地大吼：「明明是妳硬塞給我的……」

「閉嘴！」侯爺冷喝一聲，成功地卡住了秋水的喊鬧，轉而朝親衛道：「拖下去拷問。」

接下來審甘老夫人，甘老夫人無言地搖了搖頭，用手沾了水在地面寫道：「我認罪。」

不多時，神婆和秋水都被拖了上來。定遠侯的親衛中有專門從事審訊的人，兩個女人怎麼撐得住？很快就將真話都吐了出來，基本與神婆說的無異。

方正此人極是圓滑，見這事兒是侯府的家醜，被他知道了可是大大的尷尬，忙道：「既然事實確鑿，又是侯爺的家務事，下官就全憑侯爺定奪了。」

侯爺滿意地瞥了方正一眼，沉聲道：「神婆就請方大人帶回大理寺，應當如何判處就如何判處，甘老夫人年邁，就由本侯看押，方大人瞧這樣可行否？」

方正連連點頭，「可行！可行！」

明子恆卻道：「慢著，方才神婆也說了，甘老夫人是讓她給兩位奶奶下藥，除了侯府的三少夫人之外，還有一人是誰？」

那神婆早就向親衛交代清楚了，畫像也畫了出來，果然是唐寧。

明子恆便看向侯爺和方正，不再說話，意思卻很明顯，要一查到底。

方正也察覺出此事的蹊蹺之處，忙喝問甘老夫人。甘老夫人如何肯說出被明子恆威脅一事？自然是道：「以前與莊郡王妃有一點小過節，因而一念之差……」

謀害皇族可是大罪，要砍頭的，不過至少比甘將軍涉嫌刺王殺駕要輕一點，不會帶累滿門。

方正審問清楚了，趕緊著人押著神婆和甘老夫人告辭走了。

明子恆也鬆了一口氣，甘將軍的案子已經露了頭，侯爺和赫雲連城都會嚴查下去，而甘老夫人伏了法，以後都不會再有人知道他曾想收羅從前的逆子貳臣了。

一場審訊皆大歡喜……不對，三奶奶很不歡喜。

待明子恆、明子期等人走後，她一雙妙目死死地盯著瑟瑟發抖的秋水，厲聲問：「說！妳為何將那一瓶水都給我喝？」

若是稀釋過的藥水，可能她只是難受一下，斷斷不會毀了容貌，更不會在別苑裡過上那種豬狗般的生活。

若是眼神能殺人的話，那麼秋水至少已經被她殺死幾千次了。

秋水心虛地道：「婢子忘了，婢子一心希望奶奶能早日服下……這種藥水，好……好為三爺生兒育女。」

「妳說謊！」三奶奶淒厲地狂吼，聲音上揚到極致，破裂成了兩半。

秋水嚇得一哆嗦，下意識地便去看赫雲傑。

赫雲傑忙走到三奶奶身邊，由後扶住她的纖腰，道：「秋水有什麼必要說謊呢？算了，咱們回去休息吧。」

三奶奶猛地一回頭，那張坑坑窪窪的臉駭得赫雲傑手一鬆，立退了一步，嘴角抽了抽，才強自鎮定道：「我們回去吧，這裡交給父親和大哥處置就是了。」

三奶奶牽動臉頰笑了笑，「三爺急什麼，待我問清楚這個丫頭不遲。」

這一笑，更是跟鬼差不多，赫雲傑立即便扭了頭，戰戰兢兢地挪開目光。

看在秋水的眼中，以為他不想為自己求情了，她自小跟著三奶奶，知道自家主子的脾氣，若是生了疑，不論有沒有證據，她都會死得很難看。

當下，她便急得哭了，撲將過去，抱住赫雲傑的大腿道：「三爺，您好歹救救婢子，婢子都是按您的吩咐辦的啊！」

赫雲傑面色一僵，隨即惱了，用力一抖，將秋水給抖開，斥道：「來人，將這個滿嘴胡說八道的丫頭給我押下去！」

感覺到三奶奶殺人一樣的眼光，赫雲傑不敢回望過去，轉過身，卻正撞見父親失望至極的目光。一時之間，赫雲傑只覺得魂不附體，腦中一片空白，結結巴巴地道：「父親……不，不是，請聽我說……」

侯爺卻冷冷地打斷他道：「我們赫雲家還沒有出過這樣無恥的子孫，你倒真是開了先河了。」忽地想到甘氏的所作所為，只怕孩子們會這樣，也是她潛移默化所至，心中頓感到疲倦，擺了擺手道：「事情已經發生了，我也不再追究你什麼，但你想休妻，就先退出族譜吧。」

狠話撂到這個地步，不但赫雲傑沒想到，就連三奶奶也沒想到，當時就忍不住哭了，撲通一聲跪下道：「媳婦多謝父親！」

一想到要天天面對這麼一張臉，赫雲傑就覺得生無可念，急忙拉著父親的衣袖，小聲懇求道：「父親，您也知道她……那樣的事，哪個男人能夠忍受？」

侯爺淡淡地看了這個兒子一眼，一字一頓地道：「以前你可以不用忍受，但現在她被你害成這樣，不忍也得給我忍著。你若是實在忍不了，我就讓人將你屋裡的通房丫頭、侍妾們全部發賣出去，沒人對比，你也就能忍下了。」

赫雲傑的俊臉一白，再不敢吱聲了。

三奶奶抬頭看了他一眼，心中冷笑，赫雲傑，妳嫌棄我嗎？這輩子，我纏定妳了！

赫雲連城和郁心蘭在一旁瞧著這一幕，頗有幾分尷尬，忙向父親告罪，先回了靜思園。

❖ ❖ ❖

今日是春日裡難得的大晴天，晚間用過飯後，赫雲連城便攜了小妻子的手來到小花園賞月。

郁心蘭原本以為會是坐在涼亭裡，哪知赫雲連城卻摟著她，飛縱到一株百年老樹上。

此樹靠近侯府的圍牆，樹梢處拼著兩塊木板，上面放著兩個酒杯、一壺美酒和幾個醃果小碟。

郁心蘭小心地坐穩，向樹下望去，是京城十里長街，點著盞盞燈火，街道上遊人如織，盛世繁華，和往常在街上走著時看到的美麗截然不同。

一陣微風吹拂而過，掠起郁心蘭鬢邊的一縷長髮，輕拂上赫雲連城的俊臉。

赫雲連城伸手握住，繞於指尖之上。

不必說話，享受默契的寧靜與美好。

赫雲連城準備的是果酒，郁心蘭也能陪他喝上幾杯，待酒壺乾了，赫雲連城才輕聲道：「子恆說謝謝妳。」

郁心蘭回眸一笑，赫雲連城又接著道：「甘將軍可能與七年前秋山案的人是一夥的。」他慢慢地分析給郁心蘭聽，將高輝入京後找過胡老闆的事也告訴了她。

郁心蘭問道：「胡老闆那裡你們一直有人盯著，怎麼會不知道他與誰接觸過？」

「自他開始有所動作後，子期就將人撤開了些，沒盯得那樣緊了。」

郁心蘭搖了搖頭道：「再怎麼樣，他出了莊子與旁人相會，你們怎麼可能不知道？除非是有人故意干擾了你們的視線，讓他們相會。而這個人，就很有可能是幕後主使。」

赫雲連城笑道：「這個子期也想到了，這陣子正在查這個。」

郁心蘭看著赫雲連城道：「既然莊郡王的人看到了高輝與胡老闆見面，他的人就應當知道還有哪些人在一旁監視……他沒告訴你嗎？」

王爺的侍衛都是經過精力訓練的，不可能連這點警覺都沒有。

赫雲連城星眸一睞，轉了話題道：「明華公主要遠嫁，只怕幾位王爺都會爭這個送親大使。」

送親大使可以在大慶國待上幾個月，直至皇子與公主完婚，是與大慶國的三皇子結交的最好差事，若是能在大慶國得到讚譽，揚玥國之聲威，更是大功一件。

這麼好的差事，自然誰都想去。明子恆、明子信分別與各自的母妃商量要如何打動父皇，將差事派給他們。

❖ ❖ ❖

而明子恆卻一點也不著急，仍像往常那樣上朝退朝，並不進宮。德妃在宮中急得不行，差了一個內侍等在太和殿外，待朝臣們退朝之後，忙請了明子恆到辰宮。

一見面，德妃就問：「這件事你怎麼一點也不急？仁王妃都去梓雲宮送禮了。」

明子恆卻笑道：「出使大慶國自然好，但留在京城，少了一個對手，卻亦是一樁妙事。」

這樣說了，德妃才放下心來。

明子恆回到府中後，早有人在書房裡等他了。

那人神祕兮兮地道：「王爺，您猜我昨日見到了誰？」

「誰？」

「赫雲連城。」那人笑道：「我看到一個老頭總纏著他。其實，這是我第二次看見了，那老頭似乎是專門等著他的，我讓人去打聽了，你猜猜這老頭是誰？」

明子恆認真地看著他，他賣足了關子，才笑道：「這老頭是雪側妃的陪房，姓閔。」

明子恆斷然道：「不可能！母妃說過，當年服侍雪側妃的人全都被杖斃了！」

那人見明子恆不相信，頓時急了，賭咒發誓道：「可不是我說的，是我娘。上回我陪娘去進香，過東大街的時候，正見著那老頭在與赫雲連城說話。王爺，您知道的，我娘以前去探望過雪側妃幾次，有一回，那個老僕差點衝撞了我娘，那老僕額角有一塊暗青色胎記，所以我娘有些印象。」

明子恆聞言，便沉思道：「聽我母妃說，當年父皇寵雪側妃寵得不成樣子，就算是滿朝文武流言四起，也不放願休了她……」

那人訝異地問：「什麼流言？」

明子恆揚了揚眉，「不知道，那時我也沒出生，如何得知？後來父皇當上了太子，先帝倚重，似乎用了什麼手段，朝中再無人敢談論了，便是我現在去問母妃，母妃也不一定敢告訴我……宮中耳目眾多，更要小心謹慎。不如你回去，問一問你父親，他應當知道。」

那人只是挑了挑眉，「雪側妃已過身，知道也無益，不如想想那老頭為何要找赫雲連城。」

明子恆思量著道：「我只知雪側妃身故後，父皇當時尋了由頭，將服侍她的人全部打殺了，若是這個老頭能留下來，應當是被父皇重用的。那麼他去尋連城說話，必是父皇又派了什麼祕密差事給連城。」

那人的眼眸亮了起來，「若是能事先得知，幫皇上辦好，可是大功一件。」

通常建安帝祕密派的差事，都是與朝中重臣有關，會動搖到朝局根基的事兒。若是能事先知曉，暗中查明，當然是大功一件。

明子恆點了點頭，「連城那邊我去試探試探，那個老頭，你讓人跟緊……小心別被他發覺，或是父皇的人發覺。」

「知道。」

郁心蘭給寶寶們換上了新衣，紅彤彤的喜慶，又拿出自己紮的絹花逗著寶寶玩。兩個小傢伙就快半歲了，現在已經能趴著挪動，一個個的都想挪到娘親面前，抓住那朵漂亮的花，神情激動又興奮，逗得屋子裡的丫頭媳婦子們言笑晏晏。

❖ ❖ ❖

赫雲連城下了衙回到府中，隔著垂珠門簾就見到了這一幕，情不自禁舒眉展目，微微一笑。身後的明子期不等他抒發完情感，直接躍到前面，自己挑簾進去，撲上去就抱起悅姐兒猛親，「好寶貝，想表叔了沒？」

赫雲連城無奈地暗嘆一聲，做了個「請」的手勢，引著南平王世子韓建進屋。

郁心蘭忙令錦兒等人備上茶水和果品，一眾丫頭媳婦子輕巧地退出一半，另一半侍在門旁。

南平王與世子已經在京城留駐近半年了，建安帝對其的寵愛可見一斑。

只不過，韓建的心情似乎不大好，俊臉上表情鬱鬱的，隨意逗了逗兩個小寶寶，便坐到一旁的椅子上喝茶。

赫雲連城抱著兒子坐到主位上，小聲對郁心蘭道：「韓世子想請妳幫個忙。」

郁心蘭抬眸瞧了瞧丈夫，沒吭聲。韓世子要她幫的忙，不用猜也知道是什麼，可是如果南平王堅持不同意，珍妹妹硬嫁過去也不會幸福。就是在現代，一個女人結婚，也是嫁給了丈夫的所有社會關係的總和，萬一遇上幾個極品親戚，要處理的瑣事不知有多少，何況是這個年代？

韓建見她不表態，心下暗急，忙端出討好的笑容，低聲下氣地道：「想請嫂子給侄兒侄女辦個半歲宴。」

郁心蘭暈了，「哪有辦半歲宴的？等抓週的時候，自然會給他們辦週歲。」

韓建神情焦急，「那可不成。我在京城留多久都不成問題，可是父王過幾日就要回南疆了。我想在此之前，讓父王見一見珍兒。」

明子期也幫著勸道：「若是由我辦宴會，在前院宴客便是了，即便請了嫂子和郁小姐，也見不著南平王爺，只有以小侄女的名義，才好讓南平王爺移步到後院來一趟。」

赫雲連城也在一旁幫腔：「雖然說是古怪了一點，不過，總要讓南平王見一見珍妹妹，才好消了成見。」

郁心蘭奇怪地問：「什麼成見？」

韓建苦笑道：「我寫了信給母妃，母妃不反對我娶珍兒，還特意告訴我一件事。」

原來南平王並不是一個有門戶之見的人，不過，他年輕時曾納過一名窮秀才之女為妾，還曾非常寵愛。

那個窮秀才讀書不成，鬼主意倒是多，仗著女兒受寵，便開始四處招搖撞騙，最後竟幹起了賣官的勾當。一開始賣的是衙門裡的小吏這類，秀才只需跟那衙門裡的官員說一聲，別人看著南平王的面子，無不順從，秀才的膽子也就愈來愈大，到後面，竟開始打主意賣朝廷命官的職位了。

因為整個南疆都由南平王管轄著，官員也是由南平王直接任免，然後再上報朝廷便是。賣官所得極豐，那名小妾也上了心，跟南平王說，自己家有哪個親戚有功名的，想謀個官職如何如何。

南平王因著是小官，調看了檔案，也的確是有功名的，便允了小妾兩次。這麼一來，南平王賣官的醜惡名聲便傳了出去，待他發覺不對，徹底調查後，才知道是被小妾和她父親給騙了。當下便將秀才流放，將小妾給發賣了出去。

自此之後，南平王便覺得，讀書不好的人多半都是廢材，還比不上商販或農民，沒有半點價值。而郁珍家正好就是這種情況，出身世家書香門第，可是她父親卻連個秀才也沒考中，待日後結了姻親，肯定會攀著南平王家的權勢作威作福，所以南平王連見郁珍一面都不願。一般的宴會，男賓都會在前院，的確只有打著小寶寶的名義，才能讓南平王挪步到後院中來，看一眼小主角。

郁心蘭無奈地嘆了一聲：「王爺一聽這宴會的名頭，就會知道是怎麼回事了，說不定連來都不會來。」

韓建的眉眼頓時耷拉下去了。

郁心蘭換上嚴肅地表情問：「王妃真的願意你娶珍妹妹？」

韓建道：「這是自然。其實以一個外姓而言，我韓家已經是富貴到極致了，再與高官重臣們攀親事，反倒容易惹來麻煩，所以父王和母妃一早也是說，給我挑個低職官員的千金。我將珍兒的容貌品性一一告知，母妃自是贊同的。」

郁心蘭這才放下心，笑了笑道：「其實不必以曜兒和悅兒的名義，我娘家建了處溫房，不知韓世子聽說過沒？裡面種著反季的睡蓮，去冬種下的，想來這幾日應當可以賞花了，那溫房是建在後院花園中的。」

心裡卻又想，原來即使沒有珍妹妹，唐寧也是沒希望的，幾位王爺的盤算總是要落空的。明子期大笑，捶了韓建一記，「我就說嫂子主意多吧，比你這個辦半歲宴的強到哪去了！」

韓建又驚又喜，搓著手道：「卻不知是否真的會開花？」

郁心蘭笑了笑道：「前幾日我母親還差人送了信過來，已經長出花苞了，還問我打算何時請公爹婆婆一同過去賞蓮。即使是這幾日開不了花，世子也可以先將此事告訴南平王爺，想來這冷天裡開睡蓮，王爺也願意見一見。」

韓建連忙點頭稱是，「沒錯，沒錯，我這就回官驛去告訴父王！」

「哎，用過飯再走吧！」

明子期揚聲招喚，可惜韓建已經一溜煙兒地跑得沒影了。

沒了同盟，明子期仍是堅定地在侯府蹭飯，還無恥地提出要求，要郁心蘭炒幾樣拿手的菜色給他吃。

赫雲連城沒好氣地斥道：「找你自己的側妃炒去！」

郁心蘭笑著解釋道：「我現在很少炒菜了，因為寶寶聞不得我身上的油煙味兒，會打噴嚏。」

明子期哦了一聲，便也沒再強求。

郁心蘭見他與赫雲連城似乎有話要談，便讓丫頭們新沏一壺茶放在屋內，讓丫頭們都退了出去。她也站起身，想避到臥室裡去，卻被赫雲連城叫住：「我們在商量果莊的事兒，妳也聽聽吧。」

郁心蘭復又坐下。

明子期錯愕地看了赫雲連城一眼，不明白他怎麼會要郁心蘭旁聽，卻也沒說話阻攔。

赫雲連城將這幾日發現的情況一一細說，胡老闆自打發走了果莊裡原來的佃農之後，又買進了一批人手，開始拆房子打地基，說是原來的房子太少，要蓋一座大院子。這樣一來，果莊裡每天叮叮噹噹的，誰也不知道胡老闆到底在幹些什麼。而且果莊附近多了許多暗樁，他們的人想進去偵查也不容易，畢竟不想打草驚蛇。

郁心蘭不由得問：「果莊裡到底有什麼？」

「什麼都沒有。」明子期告訴她：「父皇登基十七年，只有最初的兩三年，幾位皇叔不太安分，這些年都是老老實實的。只是去年年初，父皇無意中得到一大塊隕石，提煉了不少玄鐵出來，給劍龍衛每人打造了一把玄鐵劍。」

「這消息不知怎的就洩漏了出去。之後，就不斷有刺客潛入宮中，在御書房、太安殿內翻找文書，想找出玄鐵的下落。父皇這才故意讓人放出一點風聲，說是點翠山上有玄鐵礦，誘惑那些居心叵測之人四處打聽。偏偏那附近只有妳的果莊，所以他們都爭著要買妳的莊子，這樣，在那兒幹什麼都不會有人知曉。」

郁心蘭偷笑，「我倒是占了大便宜了。既然這樣，你們還要調查什麼？胡老闆在那裡弄來弄去的，不就是想找玄鐵礦嗎？」

赫雲連城微蹙眉心道：「就是因為看起來不像，若要找，應當是到山中去找，他們卻是在莊子裡動土。」

明子期道：「而且，胡老闆這幾日外出頻繁，似乎是找到了什麼。可是，他接觸旁人時，我們都有人在附近監視著，卻沒聽到隻字片語。」

郁心蘭摸著下巴道：「不會真的有玄鐵礦吧？」

赫雲連城道：「就怕有這種可能，但最重要的是胡老闆與誰聯繫，這人才是我們要找的人。」

郁心蘭在腦海中飛速把以前看過的電視、電影的相似情節過了一遍，忍不住問道：「我能不能問一句，你們是怎麼確定他與外界聯繫的呢？是不是他們接觸的人都調查了？」

「都調查了，那些人也沒有什麼特殊的行動。」

郁心蘭想了想道：「會不會是弄在什麼不要的棄物上？」

赫雲連城道：「胡老闆只要離開了莊子，隨手扔的東西，我們都查看了。」

郁心蘭卻愈想愈覺得這種可能性大，流暢地道：「胡老闆可以將要傳的訊息當廢紙丟在字紙簍裡，讓僕人扔出去，再由外面的人去揀，不一定要他自己扔出去呀。人們查案的時候，都會盯著心腹親信這類的重要人物，往往會忽略小人物，他正好可以利用這一點。」

赫雲連城和明子期聽後精神一振，立即交換了一個默契的眼神，都覺得郁心蘭所說的有理。

赫雲連城欣喜又驕傲地看著妻子，自豪之情溢於言表，自己的妻子果然不是平庸的女子。

而明子期則若有所思地看看郁心蘭：這樣的見識遠超常人，就是一般的男子也很少能想得到，她卻只花了一會兒功夫就想到這一層……

郁心蘭接到四道目光送來的敬仰之情，矜持地抬高漂亮的小下巴，謙虛地道：「一點小提示，希望能對你們有用。」

明子期「噗」地就笑了出來，「嫂子，妳若是想讓我們稱讚妳，就直說好了！」

郁心蘭臉不紅氣不喘地道：「那就讚啊，為什麼剛剛一個好字都沒聽到？」

明子期收起笑，正兒八經地道：「對不住，是我們錯了，嫂子妳這般聰明，幫了這麼大的忙，我們應當給妳作揖才是。」說完繃不住又笑場。

赫雲連城無奈地輕笑，捏了捏郁心蘭的小手道：「回頭我自會讚妳，在外人面前還是要謙虛一點才好。」

郁心蘭衝赫雲連城暗暗做了個鬼臉。

明子期的笑聲一頓，心裡似乎有點不舒服，因著「外人面前」那幾個字，隨即，他又若無其事地道：「連城哥這話可就見外了，我跟嫂子也是一家人啊。」

赫雲連城便轉了話題道：「聽說仁王和永郡王都想出使大慶國？」

明子期點了點頭道：「是啊，不少朝臣都在舉薦送親大使呢，父皇還在問我願不願意去大慶國送親，我說了我不想去，本來推薦了九哥去，結果九哥也不想去。」

別人爭破頭的事情，明子恆竟然往外推。

郁心蘭聽了後不由得道：「我看這幾位王爺中，最聰明最有耐性的恐怕就是莊郡王爺了。」

人人都覺得送親大使是個好差事，沒錯，的確是好，很可能與大慶國的三皇子交好，將來相互扶持。可是，皇上會允許這樣的情形發生嗎？皇上願意幫助大慶國的三皇子，是因為有機會將手伸到別國去，扶持了三皇子後，在訂立盟約上可以占有先機，但反過來的情形，卻是任何一位帝王不願意看到的。

所以，這回去送親，若只是老老實實地送親倒沒什麼，但若是有任何的行動，只怕反而會變成催命符也不一定。

明子期一臉的傷感，「嫂子，妳也太偏心了，我明明也不想去，為什麼妳就不說我聰明呢？」

郁心蘭瞧他一眼，輕飄飄地道：「你是懶。」

赫雲連城的眸中又帶了笑意。

明子期則猛地展開摺扇，用力地搧，春光明媚，鳥語花香，小悅兒這麼可愛，不氣、不氣，不氣啊！

今日下衙下得早，用過午飯，赫雲連城便問郁心蘭想不想去哪兒逛逛。郁心蘭一聽可以外出，頓時來了興致，一連串地安排道：「可以先去我的店鋪轉一轉，然後再去溫府瞧瞧表妹，晚飯在聽風水榭用過再回府，這樣可好？」

赫雲連城寵溺地一笑，「隨妳。」

明子期涎著臉湊過來，「我也要去，妳那店鋪可有我的股份。」

小夫妻倆對望一眼，都從對方的眼裡看到了三個字：不識趣！

可是，的確是有他的股份，而且他也幫樓外樓拉了不少生意，兩人都說不出拒絕的話，只好讓他跟在後頭。

朱雀大街得月樓臨窗的雅間內，明子恆正與幾位官員飲酒作詩。有人見到一行三人，不由得微蹙了蹙眉，向他輕聲道：「您看下街上，什麼時候赫雲連城與賢王走得這麼近了？」

明子恆只瞥了一眼，淡淡地道：「就是這幾年的事兒。」

他與赫雲連城一同被皇上猜忌，為了避嫌，不敢過於親近，偶爾見面，也常是避人耳目的。可十四弟不一樣，想怎麼纏著連城都行，而且他也愛纏著連城。

那人搖頭道：「都說賢王爺無心朝堂，依我看也不盡然。」

明子恆的眸光一閃，仁王和永郡王他都沒放在眼裡，可是賢王……作為唯一的嫡皇子，又是深得父皇喜愛的皇子，明子期的競爭力太強了，幾乎可以將他瞬間擊倒。

連城難道打算支持十四弟了嗎？

明子恆握緊拳頭，眸光閃了又閃。

正在逛街的三人絲毫沒意識到有人看見了他們，此時已看過了店鋪的帳目，正往溫府而去。

赫雲連城剛扶著小妻子下了馬車，那隔壁的閔老頭就興沖沖地跑過來見禮：「小老兒給赫雲將軍、少夫人、這位公子請安。」

赫雲連城的嘴角不由得抽了抽，只冷峻地微點了下頭，便立即拉著郁心蘭往溫府裡衝，把閔老頭將要出口的話給堵在了嘴裡。他半張著嘴看著溫府的大門關上，不由得搖頭苦笑了笑，便回自家的宅子中去了。

街道轉角處，一個人影悄悄轉身離去……。

因為跟了明子期這個外男，而且他又沒有身為男人的自覺，居然晃到內宅裡，跟郁心蘭和溫舅母、溫表妹一起摸骨牌，堅決不與溫老爺子和溫舅父、赫雲連城等人商議什麼朝政，所以郁心蘭百般無奈之下，只得草草地結束了溫府之行，將這個宅男拖出溫府的後宅。

偏偏明子期還不肯好好走路，半道上發現這宅子裡有一個鎮山石排出的小陣，竟興致勃勃地研究起來。這個小陣是原主人說可以驅災避邪的護宅陣，郁心蘭依著記憶給他講解了一番。

赫雲連城在前院等得不耐煩，到二門處尋著二人，直接就帶他們走側門出府了。

剛出得側門，迎面來了一個人，滿身的戾氣，赫雲連城立即側邁出一步，將郁心蘭和明子期擋在身後。手背的血管忽地暴起，整個人瞬間變成一隻狩獵的黑豹，充滿蓄勢待發的力道，看似平靜的身體下，每一塊肌肉都能隨時出擊，他知道對面男子的武功修為並不低於他。

待看清來人，赫雲連城不由得一怔，「諶賢弟？」

諶華沒料到會在這裡見到赫雲連城和明子期，忙端出一臉笑，拱手作揖道：「見過賢王爺、赫雲將軍和少夫人。幾位怎麼會在此處？」

赫雲連城道：「我們是來探望長輩的，賢弟這是？」

諶華笑了笑道：「真是巧。卑職是來尋一位朋友，哪知找錯了地方……我才來京城不久，實在是不熟路。」

明子期搖著扇子問：「你朋友住在哪裡？」

諶華報了個地址，明子期收起摺扇，往東一指，「往那邊才是。」

諶華忙道了謝，施禮告辭。

待他走遠，赫雲連城肯定地道：「他的武功很強。」

絕不是那回在殿前比武時表現出來的程度，旁人都刻意在聖上面前表現，他卻要隱藏……

明子期的武功遠不如赫雲連城，感受不到那種氣聲，聞言恨道：「偏是今日沒帶暗衛出門。」

他們是下了朝直接回侯府，之後又是出門遊玩，暗衛沒跟在身邊，想去跟蹤都不行。

赫雲連城卻搖頭道：「最好不要跟蹤他，就連父親的親衛也最好撤遠一點。以他的武功，只怕早就發覺了，他到這裡來，若是有機密之事，父親的親衛肯定跟丟了人。」

儘管如此，赫雲連城和明子期還是差人去調查了一下，得知諶華的確是有個世交之子住在他所說的那個地方，這才放下了偶遇的這邊，派人盯著他的那位世交。

他們這廂放下了這條線索，卻不知諶華在他們走之後，便立即返回了離溫府不遠的一處宅子。宅子裡，幾個高大粗壯的婆子守著大門，見是諶華，忙恭敬地道：「大爺來了？奶奶剛喝了藥，歇下了。」

「又喝藥？」

一個婆子忙回話道：「是，爺一走，又鬧了一回，還趁幾個姊妹不注意跑到了門邊，幸好被老奴們給抓住了。她又哭又鬧的，老奴只得給奶奶喝了點藥。」

諶華一聽這話，眼眸裡的戾氣又暴了出來，若不是因為她一而再，再而三地胡鬧，他剛才也不會負氣離去，更不會遇上赫雲連城等人，差點洩露了痕跡。

都是這個賤人！

諶華帶著怒氣，旋風般地衝進二門的內室。

一個小小的絕美的女子正蜷縮在炕床上，濃長的睫毛像蝴蝶的翅膀一樣輕輕地扇著，眼角猶帶淚痕。

諶華的一腔怒氣在見到這幅美得驚人的畫面後，自動消了一半，他徑直走過去，揭開被子躺進去。裡面的人兒忍不住一縮，眼睛仍是閉著的。

他不由得嗤笑，「繼續裝睡啊！」

女子睜開明如秋月的眼睛，小聲告饒：「我……我不舒服，今日……你已經要過了。」

諶華掐著她精巧的小下巴道：「不夠。」說完，動作迅速抽開她的腰帶，三兩下剝去了衣裳，將其壓在身下，毫不溫柔地挺身進入……

淚水從女子的眼角慢慢滑落，諶華冷冷地一笑，一邊瘋狂運動，一邊咬著她的耳垂問：「是不是嫌我不溫柔？」

她不想回答。

諶華發洩完畢，穿戴好衣裳，看著她笑道：「正好，還有個人看中妳，正要我將妳送過去。」

女子驚恐地睜大眼睛，哆嗦著道：「你……你不能……」

不能這樣將她當成妓子一般，隨意轉送。

「沒有什麼不能的。」諶華輕佻地摸了摸她的小臉，「本來我也不願意，可是妳太不聽話了，害我今日被人發現，這裡，妳不能再住下去，總是要換地方的，不如將妳送個人情……」

說著，他從懷裡掏出一顆小藥丸，塞入女子的嘴中。女子不想吞下，可那藥丸入口即化，瞬間便流入了咽喉，帶出一股火燒般的灼痛感，她痛得雙手卡住喉嚨，赤著身子在炕上翻滾。

諶華冷地看著她道：「妳太不聽話，總是大吵大鬧，這邊沒什麼人住，也還由著妳，一會兒將妳換到聚居區，可由不得妳胡喊亂叫。還有，別太拿自己當回事，妳這張臉的確少見，可這身子跟別的女人也沒什麼區別，甚至還比不得醉鄉樓的花魁柔韌。」

那女子何曾受過這樣的污辱，當即便哭了出來，可是，這一回，她再也發不出任何聲音了。

❖ ❖ ❖

諶華打開麻袋，露出裡面裝著的絕美女子，那女子高傲地憤怒地瞪視著諶華，看也不看眼前的錢勁一眼。

錢勁癡癡地盯著看了半晌，才訝然道：「是、是榮琳郡主？」

諶華笑道：「是，便宜將軍了，王爺親口允了，堂堂郡主給妳做小。」

再次從諶華口中聽到父王竟將自己當成貨品一般，贈與這個、送與那個，榮琳郡主大大的杏眼中瞬間蓄滿了淚水，襯著她絕美的小臉，更顯得嬌豔柔媚，楚楚可憐。

錢勁的心頓時疼了。

在好些年前，錢勁第一次陪父親參加宮宴之時，遠遠地隔著紗幔見過榮琳郡主一面，當時就驚為天人，還曾偷偷躲在安王府的側門附近遠遠地偷窺過幾次。不過，那時的榮琳形容尚小，雖然美麗，但稚氣十足，加之兩人之間身分地位的差距，錢勁倒也沒怎麼沉迷，不過是純粹對美麗的欣賞罷了。

今日一見，卻頓時淪陷了一顆心，眸光中癡迷夾雜著柔情……

榮琳郡主隨意瞥了錢勁一眼，這樣的眼神，她在太多男子的眼中看到過，頓時心中便燃起了希望，忙含著淚，回了一個嬌怯怯、俏生生的眼波。

諶華在一旁看著不妙，厲聲道：「若是將軍不能把持自己，這人我還是帶回去吧。」

錢勁趕緊擺手道：「我能的，還是留下吧。」

諶華其實早得了上頭的指示，不得不將榮琳轉贈予錢勁，卻又怕錢勁對榮琳太過縱容，這個女人不是個省油的燈，才不過一兩回，就發覺出他得到滿足後，總是會對她格外寬容一點，於是便趁那時機辱罵於他，毒嘴辣舌，罵的話分外難聽且粗鄙，令他簡直不敢相信會出自一名郡主之口……若不然，昨日他也不會被她罵得怒火萬丈，不管不顧地衝了出去，還忘了收斂自身的戾氣……不知被赫雲連城發覺沒有。

思及此，諶華少不得要叮囑幾句：「將軍應當聽說過了，她已經是個死人，是不能出現在世人面前的，我這幾個婆子都是我從家鄉帶來的，十分忠誠，且都學過武藝，如今也一同贈與將軍，幫著將軍看好了她。」頓了頓，又補充道：「我已經給她吃了啞藥，她不可能再大喊大叫，但將軍還得謹防她逃脫。若她真有此舉，我建議將軍挑了她的腳筋，反正不能走路，一樣也能暖床生孩子。」

錢勁的臉上頓時露出幾分不忍。

榮琳郡主聽了這話，忍不住打了個哆嗦，用怨毒的目光狠狠地盯著諶華。

諶華不以為意地回望過去，呢喃似的道：「給我老實一點，否則我會親自動手。」說完又朝錢勁道：「將軍這處宅子，想來是讓家僕幫您置的，最好連錢老將軍都不要告之，另外，最好一個月只來個兩、三趟，我上回告訴過您，有人跟蹤我們，所以行事要千萬小心。」

錢勁擰緊眉頭道：「侯爺定是怕我背叛他……」

諶華笑著打斷錢勁的話：「將軍這樣說就錯了，您何曾背叛過侯爺？不過是政見不同罷了。侯爺喜歡做孤臣，是因為他已經位極人臣，可將軍您年輕有為，前途廣闊，自然要選個好主子跟從。日後新皇登基，您就是大功臣，若是旁的王爺登基，您照樣保家衛國，這沒有什麼不對。只是事先行事謹慎一點，不要過於張揚便是。」

錢勁聽後覺得有道理，點了點頭。他急著與榮琳溫存，便端茶送客。

諶華走在回程的路上，擔憂地思前想後，他初來京城時，人生地不熟，置了座宅院，誰曾想，竟就在溫府的後面。雖說是用家中老僕的名義置下的，但畢竟在那兒撞見了赫雲連城和賢王，心裡總覺得不踏實，那處宅子還是賣了為好。

正尋思著，忽然感覺到身後有人靠近，他忙繃緊了氣息，那人猛地一拍他的肩，就「哎喲」了一聲。聽聲音，正是他最近刻意結交的新科武狀元，忙回頭笑道：「狀元兄。」

武狀元揉著手嘀咕：「走在路上怎麼還提了內息？」

諶華忙陪笑道：「對不住，行軍打仗的人習慣了這般，還請狀元兄海涵。」

武狀元這才笑道：「沒事沒事。剛才在樓上看見你，便下來打個招呼，要不要一同上去坐坐？」又壓低了聲音道：「做東的是這京城裡最出名的冤大頭，忠義伯世子江南，你只要將哄他兩句，喝花酒都由他付帳。況且他妹子是如今最得寵的淑妃娘娘，跟他混熟了，自有你的好處。」

諶華拱手笑道：「那就多謝狀元兄引薦。」

武狀元帶著諶華上了雅間，江南正與一人拚酒，見又來了新人，笑道：「我道是誰，原來是新出爐的大紅人諶將軍啊！」

諶華趕緊擺手道：「卑職只是個千總，不敢稱將軍。」

江南是個人來熟，見諶華生得一表人才，便有了幾分喜歡，一把拉著他坐下，嗔道：「就算不是將軍，也不用說卑職，咱們就兄弟相稱。」序了齒後，江南自然是比諶華大幾歲，便以愚兄自稱，拉著諶華喝起酒來。

飯後，一眾人等又呼啦啦地直赴醉鄉樓。

江南十分豪爽地一擲千金，給每人配了一名絕色美女紅袖添香，自己則是左擁右抱，好不愜意。諶華邊與眾人玩鬧，邊冷眼旁觀，待尋了一個時機，只有他與江南兩個人時，才拐彎抹角地道：「世子爺為人豪爽，令愚弟佩服。」

江南被捧得高興，拍著諶華的肩膀道：「以後朝中有誰欺負你，只管跟哥哥說。我既認了你當弟弟，你就不必跟哥哥我客氣，以後有事沒事，只管找哥哥來喝酒。」

諶華笑著道了謝，意有所指地道：「愚弟前幾日見過爵爺，世子爺投胎投得好，爵爺是個有抱負的，世子爺想必也學了爵爺的幾分睿智。」

江南驚奇地睜大眼睛，「我爹爹也叫有抱負？整個京城的人都知道他跟我一樣，整日就是混吃等死的。」

這樣說自己的老子，諶華的嘴角抽了抽，心中萬分鄙視，放棄了勸解的意圖。

❖ ❖ ❖

春季雨水足，時常陰雨綿綿，只要一放晴，郁心蘭定然要將兩個小寶寶抱到園子裡，曬曬春日暖陽，長公主等人都急得不行，「這樣會把皮膚曬黑的。」

在她們的觀念裡，小主子是要嬌養的。

郁心蘭笑道：「不會的，我用絹紗擋了他們的臉。」

曬太陽可以增加體內的維生素D，讓寶寶更好的吸引鈣質，這一點，她是怎麼都不會妥協的。不去花園曬太陽，就在靜思園裡，將三張軟榻並排擺在園子內，讓兩個小寶寶爬來爬去。

今日赫雲連城下衙較早，一般過完年後，接連安排一段時間的軍務，禁軍那邊的事兒就比較少了。不過，他的身後照例跟著明子期和韓建。

見了面，明子期必然是要抱悅姐兒玩的，韓建一開口就是問睡蓮何時開。

郁心蘭只得耐心解釋：「快開的時候，郁府必然會發帖子給南平王和世子的。」

第一輪的賞花宴，郁老爺只打算邀請皇上皇后和幾位王爺、親家，以及朝中屈指可數的幾位重臣。請柬早已經準備好，只等花期了。

韓建也知急不得，連連搖頭道：「就算父王同意了，還得著欽天監合八字呢！」

郁心蘭神祕地笑笑，「放心吧，只要是真心相愛之人，老天爺必然相助。」

明子期回頭道：「嫂子愈來愈神婆了！」

郁心蘭差一點兒沒撲過去咬他一口，小心眼！不就是上回說他懶嗎？一連幾天，他都是這樣，逮著機會就要打擊她一下，好像不把那個「懶」字還給她，心裡就不舒坦似的。

赫雲連城握了握心蘭的手，低聲道：「別跟小孩子一般見識。」

明子期哼了一聲，抱起悅姐兒到花園裡玩「飛飛」去了。

韓建逗著曜哥兒，愈看愈愛，不住嘴地道：「日後我兒子肯定也這麼漂亮。」

赫雲連城很誠實很客觀地道：「作夢！」

連著幾日身後有跟屁蟲，這兩人每回都要賴到熄燈時分才會走，直接影響到了他們夫妻倆的生活品質，而到了晚上，郁心蘭又會被兩個寶寶占去大半的時候，因而赫雲連城的心情非常不好，這幾日說話都比較衝。

韓建聽了這話兒，俊臉一僵，郁心蘭呵呵地直笑。

正巧蓉奶奶身邊的丫頭過來送還花樣子，郁心蘭便招手讓她過來，問道：「榮爺回府了嗎？」

小丫頭俏生生地回話道：「回大奶奶，爺已經回府了，正在東府這邊，同二爺下棋呢。」

郁心蘭笑道：「嗯，沒什麼事兒，妳就去告訴榮爺，賢王爺和南平王世子在靜思園就成了。」

韓建轉眸問道：「告訴他幹什麼？」他與赫雲榮、赫雲策都不熟。

郁心蘭笑而不答，叫安嬤嬤著人去花園尋回明子期。

小丫頭走後不久，赫雲榮和赫雲策就過來了，遠遠地便抱拳拱手，「不知道王爺和世子爺大駕光臨，實在是失禮。」

明子期只掀了掀眼皮，回了個笑。

韓建也是個對什麼人說什麼話的主兒，當下便抬高了下顎，倨傲地笑笑，「客氣。」

可他倆仍是低估了赫雲榮哄人的功力，赫雲榮若想將話說得動聽，那就會非常動聽，而且風趣幽默，幾句話過後，他倆就被帶進了話局裡，跟他們閒聊了起來。

郁心蘭給赫雲連城使了個眼色，兩人將小寶寶交給紫菱和乳母抱著，悄悄從側門出了靜思園。郁心蘭咬著赫雲連城的耳朵道：「我們去外面用飯吧。」

赫雲連城為人比較誠懇，還有些不好意思，問道：「我們把他們丟在府中好嗎？剛剛忘記吩咐安嬤嬤去廚房安排一下飯食了。」

郁心蘭笑嗔了他一眼，「有榮哥在，你還怕餓著兩位貴客？」

赫雲連城一想也是，遂不再糾結，抱著小妻子從側門溜出府，同乘一輛馬車，慢慢地在街上轉悠。郁心蘭靠在他懷裡，有一搭沒一搭地說著話，走到德美樓前，郁心蘭指著道：「連城，我們在這兒用晚飯好不好，上次路過時，我看到有人吃烤乳豬，我就想吃了。」

赫雲連城卻笑道：「還有一個多時辰才到飯時，我們先訂個雅間，去別的地方看看吧。」

郁心蘭點頭應了，可馬車在街上轉了一圈，實在也找不到別的娛樂。赫雲連城軟玉溫香地抱了個滿懷，難免有些心猿意馬，掐了掐她的小臉道：「光這麼轉圈兒也沒意思，做些別的事好不好？」

郁心蘭仰頭問他：「什麼事？」

赫雲連城摟緊她，讓她感覺到自己腿間的昂揚。郁心蘭頓時臊紅了俏臉，赫雲連城在床笫間一向很熱情，可這些天兩個寶寶有些咳嗽，郁心蘭不放心交給乳母，夜間都是親自帶著的，所以兩人雖然夜夜同床共枕，實際上卻沒有夫妻生活。

現在兩個寶寶已經好了，放下心來，赫雲連城年少氣盛，兩人又挨坐得這麼近，有想法也很自然，可、可是，這裡是大街上呀。

赫雲連城附在她耳邊問：「好不好？」

郁心蘭咬了咬唇道：「現在回去嗎？可是子期他們還在……」

「不用回去。」赫雲連城將車門打了一條縫，報了個地名，駕馬車的賀塵立即一提韁繩，打馬飛奔，不一會兒到了一條小弄。

小弄這兒有扇小側門，裡面應當是套不大的四合院。

赫雲連城立即躍下馬車，扶著妻子下來，猴急地拉著她進了屋子。

郁心蘭還有些納悶，「這是哪裡？」

赫雲連城哪有時間解釋，兩隻手忙著解郁心蘭的扣子，唇都黏在了她的俏臉上，含糊地道：「以前買下的。」

郁心蘭被他吻得有些氣喘，忽然發現被陽光打在窗紙上的背影，不由得一把推開連城，指了指外面。

赫雲連城立即清了清嗓子，吩咐道：「賀塵，你去德美樓買兩份包子來。」

賀塵在外面應了聲：「是。」不過稟著盡忠盡職的原則，他還是建議道：「德美樓的包子不如悅心樓的出名，主子要不要換一家呢？」

郁心蘭捂住嘴偷笑，赫雲連城有絲惱羞成怒，「隨便，挑遠的酒樓買，不得傳喚不許進來！」

賀塵要說平時也是個聰明人，偏偏今天腦子被門夾了，竟沒聽出主子的惱意，以為是在反諷他，立時想到主子可能是突然餓了，忙旋風一般地去了。

赫雲連城閂上房門，迫不及待地吻上佳人的嫣唇。郁心蘭立即熱情地回應，她對他的慾望一點也不比他少。

再說這廂，賀塵以為主子著急用包點，又怕主子身邊無人保護，一路打馬飛奔，挑了最近的悅心樓，連在櫃檯處等都不願，二話不說跑入廚房。這會子還沒到飯點，包子才剛剛上籠罩蒸，他心急地等了半炷香的時間，待籠子從火上取下後，立即從廚子的手中買了三籠各式小包，由樓裡的夥計打好包，又迅速返回。

等賀塵提著一溜兒三籠熱呼呼的包子來到房間門口時，房內早已是熱情洋溢，羞人的嬌吟不絕於耳，與男子動情的低吼交相應和。

儘管賀塵還沒有成親，但並不表示他什麼都不懂，當時就尷尬了。杵在門口，愣了半晌，才悄悄退到院門處，無語問天。

「主子，您怎麼不早告訴屬下您是要辦事啊？我就不這麼早回來了。」

待屋內的動靜停了下來，賀塵便很盡職地跑去廚房，升了火，將已經冷掉的包子放在籠子裡再熱一熱。

郁心蘭媚眼如絲，雙唇紅豔，額上滲著細微的汗水，神情全是滿足後的慵懶。赫雲連城動情地吻吻妻子的紅唇，「心蘭，等曜兒和悅兒長大一點後，妳再為我生個孩子好不好？」

郁心蘭咬了咬唇，嬌笑道：「好啊！」

赫雲連城高興地擁著她躺在床上，兩人親暱地說笑了一會兒，郁心蘭瞧了眼窗外的天色，道：「好像快到飯時了吧？我餓了，賀塵怎麼還沒回來？」

賀塵在門外尷尬地回道：「屬下在，主子要用包子嗎？」

赫雲連城這才想起這一碴，「哦，你買了嗎？」

賀塵只覺得萬分悲切，「您叫屬下去買，屬下怎麼能不買回來？」

郁心蘭問清楚是包子，哪裡比得上德美樓的烤乳豬有魅力，便道：「我們還是去德美樓吧。」

赫雲連城自然依著她，「好，賀塵，這包子你自己若不想吃，就送給附近的小孩子吧。」

賀塵再次無語望了望天，迅速轉身出去，尋了戶人家，直接就將包子塞到人家手裡，話都不多說一句。

赫雲大爺和郁大奶奶並不知道賀塵心裡有多麼悲憤，親親密密地在德美樓用飯。郁心蘭原是要叫賀塵一同坐下用飯的，這位同志今日心氣兒比較高，堅持到雅間外站崗，就連赫雲連城都被他弄得莫名其妙。

烤乳豬的確鮮美，不過一整隻這麼大，要慢慢地吃。郁心蘭掃完了上半場，端了杯茶坐到欄杆邊，看著夜色中的街景。

「咦！」郁心蘭忽然輕訝了一聲。

赫雲連城將蘋果削成小塊，用小碟盛了，端著坐到她身邊，餵她吃了一塊道：「怎麼了？」

「我剛才看到我嫡母了。」郁心蘭看了看馬車的方向，判斷道：「似乎是從丞相府出來的。」

赫雲連城不在意地道：「大概是回門省親吧。」

要說這段時間，王氏還真是挺老實的，可愈是這樣，郁心蘭愈覺得不對勁。按說一個人的脾氣和性情不可能忽然改變的，怎麼王氏現在變得一點脾氣都沒有了？

她想著回去後，得多提醒娘親注意才是。

用過飯，小夫妻倆又跑到京城最大的珠寶樓珍品軒買首飾。

郁心蘭按照自己以前在博物館見過的精美古代首飾說了個大概，樓裡的工匠依言畫了圖，修改了兩次後，也就八九不離十了。赫雲連城痛快地付了訂金，約好十日後來取。

原是應當打道回府，郁心蘭卻在臨走前一刻看上一套金鑲紅藍綠寶石的玉蘭吐蕊頭面。

記得前年她隨娘親上京的時候，舅母怕她們母女到了京城寒酸，拿出自己的嫁妝，挑了些值錢的細軟給溫氏，讓她們在郁府也好隨手打賞。這份禮，以她現在的經濟條件來看，自然是不重的，可情義卻令她感動，她一直想還，可是總覺得沒還夠。

今日見到這套頭面，莊重典雅中又不失少女的俏麗活潑，與表妹溫丹十分相襯，於是便打算買下來送給溫丹。

掌櫃歉意地道：「奶奶可否等明日來取？這套頭面裡有一支釵被我們的一位大主顧拿去當式樣了，明日才能還回來。」

郁心蘭想了想道：「這樣吧，這套頭面我很喜歡，銀錢我先付了，明日換個人來取就是。若是她不喜歡，那就讓她換一套，銀錢多退少補，你看成不成。」

掌櫃自然是非常樂意，這夫妻倆一看就是有錢人，自然要當大主顧對待的。

赫雲連城道：「明日下了衙，我來取就是。」

郁心蘭笑著搖頭，「不用，我是打算送給表妹的。」也不讓他付銀子，自己掏了腰包。

兩人又攜手逛了夜市，算著那兩個滿心憤怒的客人應當也告辭了，才回到府中。

次日，郁心蘭拿出自己的名帖交給回事處，讓他們送去溫府，請溫丹自己去取首飾。

沒過多久，溫丹便來了，笑著道了謝：「讓表姊破費了，這套頭面我很喜歡。」

郁心蘭笑嗔道：「這值當什麼，快過來坐。」

女人都喜歡小孩子，溫丹膩著兩個寶寶玩了好一會兒還不願鬆手。

郁心蘭便取笑她道：「這麼喜歡小孩子，趕緊找個婆家嫁了，自己就可以……」

溫丹的小臉頓時便臊紅了，揚手將帕子丟到郁心蘭的身上，「哪有妳這樣的表姊，淨說些三不著兩的話！」

郁心蘭斂了笑，很認真地道：「我是說認真的。妳今年也十五了，舅母想來也在操心了。」

溫丹不再笑了，咬了咬唇，她們溫家到京城才不過幾個月，祖母已經過世了，父親的官職不高，母親能出席的聚會有限，至今還只一位上門來提親，聽條件，父母親都比較滿意，還託人四處打聽錢將軍的為人。

那回在侯府的宴會上，她遠遠瞧見了年輕英俊的錢勁，心裡頭如小鹿亂撞，還沒等她開始憧憬，皇上就說要給錢勁指婚，肯定是沒她的份。

郁心蘭小心翼翼地瞧著溋丹的臉色，心裡暗道：糟糕！榮鎮那小地方，並不會把少女拘在一方小院裡，不過能見到的才俊也沒幾個，自然是比不得錢勁的英俊和軍人氣質的。

「妳不會是……看上那位錢將軍了吧？」

溋丹趕緊搖頭，「哪能呢，話都沒說過一句的，何況……他有心上人了。」

郁心蘭挑了挑眉，「他有心上人？這我倒是沒聽說。」

溋丹道：「方才我去珍品軒取頭面時，正遇上錢將軍給心上人挑首飾，很時興的款式，絕不會是送給長輩的。」

郁心蘭只「哦」了一聲，並沒放在心上。

待赫雲連城下了衙，明子期和韓建又跟了來，四人一起閒聊時，郁心蘭無意之中提了一句，明子期頓時驚訝地反問：「可是真的？父皇有意為他指婚，他竟敢給女子買首飾？」

郁心蘭這才意識到不對勁，誰敢肯定皇上會將自己喜歡的人指給自己？在皇上沒指婚之前，他就是有心上人，也得將這份感情壓在心底，若皇上願意問一問他的意思，他再提及才對。

韓建不在意地道：「怕是送給粉頭的吧。」

郁心蘭搖了搖頭，「表妹說那首飾很貴重，送粉頭會花這麼多銀子嗎？」

赫雲連城道：「也是，就算要送粉頭，他也應當有可送的。」

郁心蘭有點不明白，赫雲連城便解釋道：「武官保家衛國都是提著腦袋上戰場的，一般出征的將軍，朝廷的賞賜都十分豐厚，而且有個不成文的規定，但凡有戰利品，只須交七八成給國庫，另外二三成，領兵的將軍可以留下自用。」

明子期也接著道：「梁王在梁州城盤踞二十幾年，家產肯定豐厚，兼之梁州境內其他謀逆官員的私產，這趟出征，錢勁應當撈足了才對，金銀首飾肯定得了不少。況且梁王府搜出來的東西，必定都是上等貨，不論是青樓的粉頭，還是錢勁自己金屋藏的俏寡婦嬌逃妾之類，哪會有不喜歡的，他幹麼要特意去買？」

郁心蘭想了想，迷惑地問：「那這能說明什麼呢？」

赫雲連城淡淡地道：「說明他有了心上人，而且不是一般人。」

明子期嗤笑一聲：「難道是預備送給我哪個皇妹的？」

韓建隨意地道：「你們派人跟緊了這小子便是，他膽子可大得很呢。」

赫雲連城搖了搖頭，「別小看了錢勁，一般的侍衛跟不了他。」

若是個隨便誰都能跟蹤的人，侯爺當初也不會推舉錢勁去討伐叛黨了。

郁心蘭還是想不出錢勁看上的是什麼人，遂也懶得去想了，讓男人操心去吧。

而錢勁拿了從珍品軒買的羊脂玉簪子，終於哄得佳人一笑。榮琳郡主嬌羞地偎進他的懷裡，順手將簪子插在髮間，仰起絕美的小臉看向他，用水汪汪的眼睛問：「好看嗎？」

錢勁癡迷地看著她的小臉，柔聲道：「真美！」

送了她幾樣首飾，她都不滿意，錢勁這才冒險到珠寶樓去購買，好在，這個險冒得值。

榮琳郡主低了頭，心中冷笑，以後你就多多去珍品軒吧，那裡我以前也經常光顧，掌櫃肯定會察覺出我們的喜好一致，或許會透露給誰知道也不一定。

她是個聰明人，很快就發覺錢勁比諶華好哄得多了，於是這幾日刻意地柔順，讓錢勁卸下心防。錢勁已經被她迷得暈頭轉向了，就算這一招引不來人救她，接下來，只要將門外守著的幾個粗使婆子給打發掉，她也一樣能逃出去。

她要回王府質問父王，為什麼這樣對我？

捌之章

詭計連篇待參破

郁府終於發了賞花的帖子，韓建一大早就趕到了靜思園，問郁心蘭：「咱們約個法子，讓珍兒在父王面前表現一下。」

郁心蘭無奈地問他：「你覺得珍妹妹有什麼特別出眾的地方可以表現的？」

韓建用力想了想，半晌後，頹廢地搖了搖頭，「似乎沒有。」他的珍兒就是個乖巧可人的小人兒，好像是琴棋書畫、烹飪女紅什麼都會一點，但都不算是出色的。

韓建恨得想撓牆，「我又不想娶多出色的女子，我只要珍兒這樣的就好了！」

郁心蘭嘿嘿一笑，「既然南平王爺是怕你娶個想攀龍附鳳的女子，你就讓你父王知道珍妹妹不是這種人就好，為什麼要特意去表現她不擅長的東西？」又朝韓建勾了勾手指，「附耳過來。」

韓建正要湊過來，被赫雲連城一手撐在他的俊臉上，推出老遠。

赫雲連城繃著臉對郁心蘭道：「妳有什麼主意告訴我，我來告訴他。」

郁心蘭這才知道老公吃醋了，汗顏，她一得意，居然忘記這世間是男女授受不親的了。

❖　❖　❖

到了郁府，溫氏在後院接待了女兒，將她拉到一旁道：「王氏說，她二兄長有意將庶女王嫣許配給心和。」

郁心蘭吃驚地道：「為什麼？」雖說是庶女，但是王嫣好歹是王丞相的孫女，若是嫁給郁心和，可算是下嫁了。

溫氏道：「我也不知道，妳父親不太想結這門親，可是王家已經派人上門來提親了。而且，好像還想將小女兒許給心瑞。」

還真是反著來了，人家都是一家有女百家求，到了王家就成了強行送貨上門。

郁心蘭思忖著，這麼想跟郁府結親是為什麼？難道還是因為父親不願說的那個祕密？

郁玫亦是早早地陪著夫君仁王明子信到了郁府，準備迎接聖駕。此時，她正坐在菊院的內室裡，與母親祕談：「母親與外祖父談了沒？」

王氏輕嘆道：「怎麼沒談？妳說的那些話，我全都轉告給妳外祖父了，想請妳外祖父幫襯著仁王爺，可是妳也知道，王姝是妳大舅父的嫡親女兒，妳外祖父還沒說什麼，可妳大舅父就竭力反對。」

郁玫急道：「您沒告訴他們，永郡王有自己的人馬，日後不見得會重用王家嗎？」

「說了，妳外祖父說這不可能。」

郁玫急切地想說什麼，張了張嘴，卻又沒有理由，永郡王的勢力超出了他們的想像，卻又看不見摸不著，她只得換個角度道：「大舅父應當知道，外戚最難當權，若是輔佐夫君，王家畢竟與我還隔著一層，父親又是個圓滑世故的，不可能會與他們爭權。日後外祖父也好，舅父也罷，都能掌權，這樣豈不是兩全其美？」

王氏輕嘆：「這些都說了，妳外祖父的意思只是想與郁府結親，別的都不談。」

郁玫失望了一會兒，隨口問道：「結什麼親？」

「將妳大舅父的庶女嫁給心和，二舅父的嫡女嫁給心瑞。」王氏想到當時談話時的情形，冷笑一下，「虧是他們沒有才週歲的女兒，否則，說不定還要跟龍哥兒定門親。」

郁玫儘管失望透頂，情緒低落，也覺出這裡面有些不對勁，不由得蹙起眉頭問：「外祖父為何非要與郁家結親？當年外祖父將母親下嫁的時候，母親可曾問過？」

王氏的神情有些忸怩，「父親只說是個人才……」

其實王氏一開始也是極為不願的，想她堂堂丞相千金，才貌雙全，下嫁給狀元郎倒也罷了，偏偏郁老爺當時不過是個進士而已，一次科舉就能中出二十來個，半點也不稀罕。不過，後來在躲在屏風後，見到玉樹臨風的郁老爺，她也就沒堅持了。

現在想來，好像是有些古怪呢。

郁玫擰著眉頭思索了許久，「沒聽說過父親有什麼過人之處呀。」

王氏也是百思不得其解，想了良久才道：「誰知道呢？總之，妳外祖父從不行無道理之事。」

郁玫也點了點頭，這件事她自然是要跟王爺商議商議的。

那廂，郁心蘭也在問著娘親同樣的問題：「父親有什麼特別的長處嗎？」

要溫氏說郁老爺的長處，那是一落一落的，什麼玉樹臨風啦，什麼文采非凡啦，什麼溫和謙遜啦，不過，朝裡不少大臣，年輕的時候也是玉樹臨風的，文采也是不錯的，要說郁老爺特別過人的地方，還真是想不起來。

郁心蘭正想再提示一下，引誘母親想起點什麼，張嫂挑了門簾進來，遞上一張帖子，說是郁老太太臨時要求加購的物品。

溫氏接過帖子，只掃了一眼，就回身到內間，從多寶格上取下一只漂亮的小葉紫檀木的小匣，打開來，取了印章蓋了個印，然後吩咐張嫂道：「取了銀兩後，著個回事處得力的小廝親自跑一趟，買好了送給老祖宗過目，看合用不合用。」

張嫂應了一聲，拿了蓋好章的帖子和對牌，去帳房取銀子了。

這還是溫氏掌家後，郁心蘭第一次見母親行使當家主母的權力，不由得好奇地跟著看，好玩地隨手拿了印章，在一張空紙上按了個印。

「咦，這不是被弟弟摔壞的那個印章嗎？不對呀，顏色不對。」

郁心蘭看著這方印，仔細研究。溫潤的鵝黃色壽山石材質，印底刻著變體的溫婉二字，左下角還有一朵細小精緻的蘭花。

以前溫氏特別寶貝一方小印，總是隨身攜帶，據說是郁老爺親手刻了，送給她的定情信物。同這方印差不多，也是壽山石的材質，不過顏色黃中略青，但是這字體和蘭花卻是一模一樣的，因為郁心蘭曾經把玩過，所以能辨認出來。

只是那方印在上京的途中被弟弟偷拿著玩時給摔壞了，壞了一角，再印不出完整的蘭花來。

溫氏笑了笑，從女兒手中拿過印章，眼底裡都是炫人的幸福之光，臉兒微紅，「這是妳父親重新替我刻的。」

郁心蘭有些驚訝，「居然刻得跟以前一樣？」

溫氏只笑了笑，「嗯，我也沒想到呢。那時老祖宗說將內務交由我管理時，我就說沒了印章，妳父親說幫我刻一個，問我喜歡什麼樣的，我說還是喜歡以前那個，結果，妳父親就真的刻了個一模一樣的給我。」

她收好印章，上了鎖，將匣子歸於原位，隨口道：「其實，以前妳父親很喜歡篆刻，收集過不少名石，做的印章也漂亮，還送了幾枚給妳外祖父。妳外祖父拿去送禮，人人都喜歡呢。不過現在公務繁忙，早就沒再玩了。」

母女正絮叨著，郁心和與郁心瑞進來請安。

溫氏笑著讓人搬椅子，「也該來看看你們四姊。」又問郁心和：「跟衙門裡請了假？」

郁心和恭敬地回道：「請了，王大人很開明，立時便准了假。」

郁心瑞盤算著時辰道：「皇上應當還要再過一個時辰才能駕臨，不如我和姊姊先去說說話兒吧。我都有兩個來月沒見過姊姊了。」

上回見面就是小外甥們滿月的時候，可那時姊姊還在坐月子，他只在床前問候了兩句，就被溫氏給拉開了。他平時學業甚忙，有機會自然是想黏著姊姊。

溫氏哪裡不知他們姊弟的感情，卻拿眼瞟了心和一下。

郁心和端了茶，低頭喝著，卻看不清表情。

溫氏略帶責備地道：「你就想跟姊姊親近，你五哥就不想嗎？」

郁心瑞立即明白了娘親的意思，忙笑道：「自是和心和哥哥一塊兒說話啊。」

郁心蘭抬眸看向郁心和，郁心和放下手中的茶盅，欠身道：「是，小弟也許久沒見四姊了。」

郁心蘭便笑道：「那就在小廳裡聊好了，也免得挪地方。」

丫頭們忙將一旁的小廳收拾好，椅子都墊上錦墊，沏上了新茶。今日事多，溫氏自去忙碌不提，姊弟三人便圍坐到小圓桌旁，聊起閒天。

郁心蘭有心要試試郁心和的態度，便提起了他的親事。

郁心和只是恭謹地道：「但憑父母親作主。」神情一點兒也不熱絡，聽著這意思，是不太想與王家結親的。

這事兒正好也戳中了郁心瑞的心事，不由得噘起小嘴道：「姊姊，妳幫我跟父親和娘親說一說，我可不想這麼早就訂親，尤其還是……那家的女兒。」

郁心和也忙看向郁心蘭，他其實也是一個意思，他想娶個高門之妻，卻不想娶王家的女兒。一來是生母秋容的死多少跟王氏有關，二來是王家的門檻太高，若是妻子的性情如同嫡母，以後他如何振夫綱？

郁心蘭見他如此，心下大安，就怕郁心和心氣兒高，想攀丞相家的門第。如今王家已經是風頭太勁了，若是跟王家再有什麼牽扯，只怕王丞相落馬之時，也會拖累郁家的。

她笑了笑道：「父親自是會思量，哪家求親不是先使熟人上門試探，私下先說定了，再令媒婆正式上門的？既然王家的保山還沒上門，這事兒也不過就是大娘一個人的意思罷了。」

兩兄弟聽了，頓時舒了口氣，尤其是郁心瑞，小臉上笑得得意，他在姊姊面前素來是不裝模作樣的。

郁心和笑了笑，看著郁心瑞道：「你不是說要給四姊看你新得的硯臺嗎？」

郁心瑞這才想起，忙起身去外面，喚個小丫頭去他書房拿來。

廳裡只餘下了郁心蘭和郁心和，郁心和趁機道：「這幾日小弟下衙回府的時候，發現父親總是先往三多胡同去，然後再回府。」

郁老爹每日下朝先去三多胡同？那裡是商戶聚居地，以郁老爺戶部侍郎的身分，就算是有事要尋這些商戶問話，也可以使人傳喚，並不一定要親自去的，除非是見什麼人。

想著上回郁心和告訴自己黃柏偷炭的事兒，郁心蘭自然覺得他這句話別有深意，便道：「我知道了。」

郁心和也沒多說別的，端起杯子輕啜一口，彷彿只是隨意提及。

正說著話兒，就聽郁心瑞在外面揚聲喚道：「姊夫來了，姊姊在裡面小廳。」

又聽郁玫道：「瑞弟好像總是叫四姑爺姊夫，叫我們王爺卻只是王爺，也太生分了些。」

郁心蘭聽著就不喜，若是心瑞託大叫三姊夫，只怕還又會被郁玫說是不懂禮數。

那廂赫雲連城已經說了：「王爺身分尊貴，自不能隨意攀附，瑞弟也是謹守祖制。」

郁玫訕訕地一笑，郁心蘭迎了出來，向郁玫見了禮，見赫雲連城身後並無其他人，不由得問道：「怎麼你獨自進來了？」

赫雲連城作勢扶了扶額頭，「有些頭暈，向岳父大人告了罪，先進來歇一會兒。」

郁心蘭就向郁玫告了罪，扶著赫雲連城去槐院休息。

赫雲連城躺到軟榻上，還真的闔眼小睡了一會兒，郁心蘭為他蓋好薄被，就尋了本書，坐在他身邊翻看。

好半晌，他終於動了動，睜開眼睛，卻不起身，只躺著看向郁心蘭。

郁心蘭輕輕一笑，問他道：「有什麼事兒就說吧，丫頭們我都打發出去了。」

赫雲連城垂了眸，聲音有點悶悶的：「子恆剛才問我閔老頭的事。」

郁心蘭眨了眨眼，「閔老頭有什麼問題嗎？」

赫雲連城搖了搖頭，不是閔老頭有沒有問題，而是子恆問他的話……為什麼不能開誠布公地問，偏要那樣拐彎抹角？這讓他的心裡很不舒服……只是他不想說出來，他感覺得出小妻子其實不是太喜歡子恆，雖然她從來沒在他面前說過子恆什麼壞話，可是他就是有這種感覺。他不希望自己說出來後，更加深妻子對子恆的惡感。

郁心蘭還在想著閔老頭的事兒，「難道他真有什麼問題？」

赫雲連城道：「我派個人去查查就知道了。」

以前不查，是因為像閔老頭這樣喜歡緊巴著他的人有很多，他也就沒多想，可是子恆既然會問……

正說著話兒，紫菱進了外間，站在門簾處回話道：「侯爺和長公主來了。」

這麼說皇上也快到了。兩人忙起身拾掇拾掇，到前院正堂裡拜見父母親，順便等消息。

不多時，建安帝帶著皇后和淑妃一同駕臨郁府，郁老爺帶著家眷和幾位賓客在正門外跪倒迎駕。皇后最愛睡蓮，自是想來溫房賞花，而淑妃聽了訊兒，立即跑到太安宮中撒嬌，建安帝便允了她一同前往。

眾人自是隨著皇上轉，淑妃好不容易尋了空檔，將王氏拉到一旁，小聲道：「姨母手中可還有白鹿胎？」
王氏一愣，忙道：「娘娘，上回的白鹿胎是仁王殿下孝敬您的。」
淑妃心下恚怒，面上卻不顯出來，只是也著眼道：「誰不知道姨母手下有個藥材鋪子，專進些名貴的藥材？」
王氏聽了這話兒，不好再說什麼，她的陪嫁藥鋪裡的確是剛來了一副白鹿胎，可那是要給玫兒用的。玫兒自上回滑了胎，也是傷了氣血的，淑妃怎麼就不肯為自家的表妹想一想？雖然她自個兒是年輕，可是皇上畢竟老了，怎麼可能個個妃子都能傳喜訊？
王氏強嚥下這口氣，擠出笑容道：「那白鹿胎可不比雪鹿胎容易尋，我這就讓手下人好好地找，若是有了消息，一早兒就會給娘娘送去。」
淑妃這才滿意地點了點頭，暗示道：「姝兒和玫兒都是我的表妹，我自是一視同仁的，只看誰與我親近些，我自當多幫襯一點。」
王氏忙又欠身道：「玫兒日後要仰仗娘娘的地方還很多，娘娘有什麼話兒，只管吩咐我們母女便是。」
淑妃揚高了尖尖的小下巴，正要賞她幾句好聽的，身後傳來一名女官的聲音：「娘娘，皇上請娘娘過去賞花。」
淑妃便提了裙，扶著蔡嬤嬤的手走了。
女賓這邊，皇后正與長公主和溫氏等人閒聊著天，其他的女眷陪笑著坐在一旁。皇后也年過半百，目力卻好，一眼就瞧見個不熟的，笑問道：「這是哪家的丫頭，生得真是水靈，過來讓本宮看看。」
所有人的目光一下子集中到溫丹身上，把她嚇了一跳，忙低眉順目地走過去，行了大禮。

溫氏介紹：「這是我娘家兄長的女兒，閨名溫丹。」

皇后笑道：「妳父親是個正直的，皇上前幾日還在誇呢。」又細看了溫丹幾眼，小小的臉兒既嬌且媚，卻又不顯輕佻，很是端莊，心裡就十分喜歡，讓女官賞了溫丹一對翡翠鐲子。

溫丹忙磕頭謝賞。

皇后便讚道：「這郁家和溫家的女孩兒都生得俊，清容，妳說是不是？本宮幫妳挑的兒媳婦，妳還滿意吧？」

長公主笑道：「皇嫂挑得極好，我滿意得不能再滿意了。」

眾人便陪著笑。

淑妃便在一旁笑道：「其實我倒覺得溫姑娘更漂亮……赫雲少夫人聽了可別生氣。」

郁心蘭暗地裡翻了個白眼，面上卻笑道：「娘娘說得極是，臣婦哪裡會生氣。」接著又道：「其實臣婦還有一位堂妹也生得極美，只不過其父是白身，不敢來拜見皇后娘娘。」

提也不提淑妃一句，把個淑妃氣得倒仰，偏又不能越過皇后質問難道就不用拜見我？

皇后那樣的人精，哪裡不知道郁心蘭忽然說這句話的意思，便笑道：「既然都來了郁府，就讓妳們家的姑娘都出來見一見吧。」

溫氏忙使人去西院請幾位妯娌和小姐，待得郁府的女眷都跪在皇后跟前，皇后才問郁心蘭：「妳剛才說的妹妹是哪一位？」

郁心蘭指了郁珍出來，皇后聽了她的名字，便笑而不語。

建安帝正好帶著男賓們走了過來，見狀便笑道：「這些都是誰？」

郁老爺忙回了話，建安帝也頗有興致地看向最前排的郁珍，笑睇了韓建一眼，韓建極難得地紅了臉，南平王卻扭了頭，看也不看。

建安帝和皇后便問了郁珍幾個問題。郁珍雖然緊張，聲音發抖，但還是大大方方地回答了。帝后心中也算頗為滿意。

明子期跳出來道：「哈哈，上回見到這位珍姑娘，就覺得她與眾不同，難得的是，見了誰都不卑不亢！」

皇后笑道：「就你有慧眼嗎？韓世子眼力也不錯。」

當著這麼多人的面說出來，郁珍的臉頓時便紅了，羞得差點將腦袋埋進胸脯裡。

南平王見狀，倒是沒那麼排斥了，至少她沒故作謙虛，也沒趁機表現「不卑不亢」。

韓建一直在一旁觀察父王的臉皮，此時見到一絲鬆動，立即替心上人進言。

建安帝忍不住笑罵道：「哪有你這般猴急的！」南平王也斥道：「正是！」

不過，建安帝又接著道：「愛卿不可一葉障目啊，有時可得好好跟你兒子學學。」

皇上發了話，南平王自是不好再端著架子，連連稱是，過後便同郁心蘭的二伯父談了談，漸漸覺得這家人並不像他想像的那般趨炎附勢，對兒子的請求自然是又鬆動了幾分……

賞完花，恭送皇上等人回宮後，已經是快掌燈時分。

郁老爺有意再留客人們用晚飯，客人們都一一婉拒，各自回府了。

❖ ❖ ❖

赫雲連城真的讓人去查了閔老頭的身分，還有那處宅子的戶主，得回的訊息，他隨手交給了郁心蘭，自己抱著兒子女兒親熱去了。

郁心蘭邊看邊唸：「鵬城商戶江家的家僕？這宋元又是誰呀？閔老頭既是江家的家僕，怎麼會在宋元的宅子裡當管家？」

赫雲連城搖了搖頭道：「不知道，得派人去鵬城打聽打聽。」

琉璃簾子清脆地晃動，明子期不請自入，先撲過來一把搶過了悅姐兒，猛地親了幾口。

赫雲連城看不過眼，輕踢了他一腳，「打住！男女有別你懂不懂？」

明子期哈哈大笑。郁心蘭偏了頭往他身後看了一眼，笑道：「今日怎麼不見韓世子？」

明子期笑道：「他老子終於同意了他的婚事，抱得了美人歸，哪還會理我們？」又看著郁心蘭手中的紙條，一瞧就是侍衛們傳訊兒用的，便問：「在看什麼？」

郁心蘭拿給明子期看，明子期蹙著眉頭道：「鵬城不知有幾戶姓江的商戶……」

赫雲連城抬眸問：「怎麼說？」

「父皇早年亡故的那位雪側妃，就是出自鵬城江家。」明子期說完也沒當回事，「不過，雪側妃的陪嫁都被打殺了，這人應當是別的江家的。」

江在玥國是大姓，這也不是沒可能的事兒，不過赫雲連城和郁心蘭還是去了宜靜居問母親。

長公主回憶道：「嗯，她的閨名是叫江雪，而且懷孕後，皇兄特意另置了宅子安頓她。」

郁心蘭的八卦因子立即活躍了，忙問道：「為何不在王府中安胎啊？」

長公主笑了笑道：「皇兄寵愛的雪側妃，與母妃生得很相似，因此朝中不少臣子非議皇兄。」說到這兒，她頓了頓，見兒子媳婦都在認真聆聽，只好紅著臉接下去道：「其實母妃生得如何，臣子們並不知曉，但我生得與母妃十分相似，所以他們認為皇兄是……對親生皇妹有妄念，一直以此為由彈劾。」

郁心蘭「啊」了一聲，如果這理由被先帝採信了，建安帝便是個「意圖違背倫常」之人。

長公主接著道：「其實皇兄一開始應當只是思母心切，才會寵著雪側妃，不過，雪側妃的確是個溫柔如水的女子，後來皇兄是真的很喜愛她，兼之她的身子不太好，懷了身子後，又怕……在王府中保不住，所以才讓我想法子，另外置了座宅子。她都已經死了這麼久了，這些流言蜚語也早就沒人再敢提了。」

郁心蘭心中一動，忙問道：「母親，您幫著置的宅子嗎？」

長公主點了點頭道：「是，當時……唉，告訴你們聽也沒什麼。皇兄當時為了奪取太子之位，娶了幾位高官重臣家的嫡女為妃，這幾個人，哪個是好相與的？江雪只是一個商戶的千金，是以侍妾的身分進王府的，可是皇兄卻讓府中人稱她為側妃，又格外寵愛，自是暗中得罪了不少人。」

「江雪懷孕後，皇兄又正好得了一個巡察的差事，常不在府中，所以才請我幫忙置宅子，也不讓告訴任何人，所以我是派柯嬤嬤去辦的。好像是用柯嬤嬤一位表兄的名字買下的宅子，可惜這樣防著，還是抵不過命。」

可惜，郁心蘭也暗暗搖頭，若是雪側妃能撐著多活個一年，等到皇上被立為太子，好日子也就來了。

赫雲連城卻問：「母親還記得那處宅子在哪裡嗎？」

長公主道：「自雪側妃身故後，那宅子就廢在那裡了，二十幾年了，我哪裡還會記得？你若想問，我叫柯嬤嬤進來。」

喚了柯嬤嬤進來一問，柯嬤嬤也尋思了半晌，才報出一個地名。赫雲連城和郁心蘭面面相覷，竟然就是溫府隔壁的那處宅子，那麼閔老頭和閔婆子自然就是雪側妃的陪房了。

長公主瞧著二人神色不對，忙問是怎麼回事，赫雲連城一一告知，「卻不知他總是纏著我說話，到底是何意。」

長公主細細想了想，抿唇笑道：「你生得有幾分像我，我跟江雪又生得相像，他恐是覺得你可親吧。」

赫雲連城和郁心蘭恍然道：「原來如此。」這事兒他們便懶得理會了。

不過，另外一件事，卻讓郁心蘭氣得幾乎要發狂。她請赫雲連城幫著查一查，郁老爹每日去三多胡同幹什麼，查出來的結果竟是郁老爹在那兒養了個外室，是名俏麗的年輕寡婦，還帶著一個拖油瓶。

還真是養外室上癮了！

赫雲連城攔腰抱住跳起來就要往外衝的小妻子，連聲安慰道：「妳這般不管不顧地衝過去理論，傳了出去，岳父大人的官聲也就壞了，妳娘親知道了，定會傷心，何苦來哉？」

郁心蘭氣惱地道：「那你說怎麼辦？」

赫雲連城道：「先由我去勸勸岳父大人，讓他自己推了這個外室才好。若仍不行，妳再尋岳父大人不在的時候，將那女子打發了，這樣才不傷顏面。」

郁心蘭靜下心來想了想，也只有這樣了，畢竟鬧大了，郁老爹丟了官聲，娘親也跟著沒臉。

只不過，赫雲連城的勸說行動出師不利，郁老爹言之鑿鑿地道：「賢婿放心，我並非沉溺於誰，只是受人之託，代為照顧一下她們孤兒寡母，你不要聽信那些個流言蜚語。」

房子是郁老爺買的，月銀是郁老爺給的，說只是幫著照顧一下，誰信！

郁心蘭乾脆親自去尋了父親問，郁老爺仍是那句話：「我自有分寸，你們就別多心了，此事萬不可告訴妳娘親，別惹得她心生煩惱才好。她整日裡要管理後宅，還要教養龍哥兒，很是辛苦。」

一句話把郁心蘭堵得差點吐血，可郁老爺的確只是每日下朝去那宅子裡一段時間，也不好說他真的跟那寡婦做了什麼，郁心蘭只好撂下一串威脅的話，氣呼呼地回了。

赫雲連城摟著她安慰：「不要緊，我讓黃奇緊盯著岳父。」

郁心蘭恨恨地道：「要跟到屋子裡去！」

赫雲連城咳了一聲，在郁心蘭威脅的目光下，勉強點了點頭，「好。」

幾日過去，黃奇報回的消息，都說郁老爺只是跟那寡婦閒聊幾句，多半都是在教那個小孩子，郁心蘭這才放了一點心……卻又奇怪，自家的兒子沒教過癮嗎？上趕著去教別人的兒子。

❁　❁　❁

一晃眼便到了三月下旬，大慶國來迎接明華公主的大使已經到了，郁琳又搬入宮中居住，從現在開始，她的身分就是陪嫁女官了。

公主要遠嫁，皇宮裡早早地掛出了象徵吉慶的大紅宮燈，京城裡的街道每日精心灑掃，店鋪門前亦是掛起紅燈籠，或是布上各色鮮花，整個京城一派喜氣洋洋。

在這祥和的氣氛裡，辦起事來也是格外爽利。

赫雲連城和明子期派出監視果莊的人，也在這喜慶之日內得到了好消息。赫雲連城下衙回了府，便直衝入靜思園中，打發走一眾丫頭媳婦子，小聲告訴郁心蘭：「妳那果莊裡，還真的有一大塊玄鐵。」

他們加了人手去盯著出入果莊的每一個下人，以及果莊裡丟出的每一個垃圾，今日才發現有人翻找果莊裡丟出的一堆破布片。然後他們跟蹤此人，終於得到一個消息，果莊裡還真有一大塊隕石，就在房舍附近，也就是開工地點。

郁心蘭半張了唇想了半天，「啊」了一聲：「就是那塊大磨石？」

房舍附近有塊巨大的半截埋在土裡的石頭，以前果莊的人常在石頭上曬衣服或者磨刀子，沒想到竟是塊隕石。

她想了想道：「說起來，自皇上放出消息後，我那果莊應當只有我、你、子期、府中的幾個兄弟妯娌，還有秦公公去過。」

赫雲連城笑了笑，「子期也懷疑是秦公公。」

一塊不顯眼的石頭，他能一眼認出是隕石，這可不是一般的本事。就是在現代，也還得要用儀器測試屬性，才能知道。

赫雲連城接著道：「子期已經入宮回稟皇上了，想來皇上會有進一步的指示。」

郁心蘭也是這般認為，卻沒想到皇上竟然沒時間指示這個，因為淑妃娘娘懷孕了。

當時建安帝正在御書房批閱奏摺，聽了黃公公來報喜，很淡定地問：「查了冊子嗎？」

黃公公忙道：「查了，那些日子，皇上的確是宿在梓雲宮中的。」

建安帝用力在一張摺子上寫下「准奏」二字，放了筆，將唇角揚起一個詭異的弧度，「嗯，那去看看吧。」

梓雲宮中一片歡騰，宮中的宮女內侍們一個一個喜氣洋洋，遠遠地看見建安帝明黃色的儀仗，呼啦啦地跪伏在地，山呼萬歲。

建安帝揚著志得意滿的笑容，走下龍輦，雙手負於身後，滿面春風地道了聲：「黃公公，看賞。」然後快步走入內殿。

淑妃正嬌弱弱地歪在軟榻上，滿殿的內侍宮女們手捧著各色玉碗、瓷杯，輕聲地哄著勸著，請娘娘再用一點粥或是湯。

見到皇上進來，淑妃嬌弱地勉力支撐起身子，建安帝忙疾走幾步，來到榻邊坐下，用手扶住淑妃的香肩道：「愛妃好生歇著，千萬別動了胎氣。」

又從宮女手中接過盛著芙蓉玉珠粥的玉碗，用小銀勺親自餵至淑妃的唇邊。

淑妃眸中全是受寵若驚的欣喜，微張了唇，秀秀氣氣地將粥含下。

建安帝十分有耐性，慢慢地將一碗粥全數餵下，又親自扶了她躺下，才著意安撫道：「剛剛懷孕，有些害喜不適是常事，萬不可因此便廢了食，會餓著腹中的胎兒。」

淑妃輕微地點點頭，小意兒地乖巧應承：「嗯，臣妾謹遵皇上的吩咐。」

建安帝伸手刮了刮她的小鼻子，寵溺地笑道：「何來吩咐？朕只是心疼愛妃罷了。」

這一會兒的功夫，黃公公已經領著一隊太監捧著各式各樣的賞賜候在內殿之外了。

建安帝令他們進來，黃公公躬身立在一旁，每上一件賞賜物品，他就在一旁解說一番，滿嘴的吉利話兒，聽得淑妃心花怒放。

待一樣一樣看過，賞賜品早已堆滿了內殿裡大大小小長的短的几案。

淑妃嬌滴滴地拉著皇上的衣袖道：「皇上這般厚愛，臣妾怕姊姊們會怨皇上偏心……」

建安帝故意板起臉，「朕想賞誰就賞誰，誰敢多言！」

哄得淑妃羞澀地一笑，建安帝又說了會子溫柔關切的話，黃公公再三催促，說是工部尚書大人在御書房等候許久了，有要事稟報，建安帝這才起身離去。

等皇上的龍輦行遠，淑妃立即坐直了身子，哪裡還有方才半分嬌弱弱氣喘喘的樣子。

蔡嬤嬤打發宮女和內侍們退到外殿，這才過來福了福身，喜孜孜地道：「老奴恭喜娘娘，賀喜娘娘。」

內殿裡沒了外人，淑妃漂亮的小臉上，得意的笑容再也掩飾不住，矜持地翹著尾指，端起皇上剛剛賞賜的鬥彩嬰戲茶杯，放在手中旋轉把玩。

「這只嬰戲杯，敬嬪怕是想過很久了。」淑妃得意地輕哼：「可惜皇上賞給我了。」

蔡嬤嬤立即恭維道：「可不是，老奴聽敬嬪身邊的宮女說，敬嬪委婉地求過皇上幾次，想要這只嬰戲杯應吉，皇上都沒答允，娘娘這還沒開口呢，皇上這就賜給您了。可見啊，皇上是希望娘娘您添個皇子呢。」

宮裡的瓷器比之官員家的，自然都是珍品，但珍品中還有珍品，這只鬥彩嬰戲杯便是，瓷質和釉色、做工自不必說了，最重要的還是意頭好，杯身上幾個浮雕的憨態可掬的小男嬰，天天捧在掌心，可不就是能生個皇子出來嗎？

淑妃笑得越發得意，轉而又微蹙起眉心，「也不知是不是皇子……」

蔡嬤嬤便道：「老奴聽得民間有求子的祕方，在三個月前使用，必定能生男孩兒。」

淑妃聽得心動，忙道：「嬤嬤可知何處可尋到那祕方？」

蔡嬤嬤諂媚地笑道：「夫人可是一早就盼著娘娘能為皇上誕個皇子呢，自是早就準備著了。」

淑妃聞言大動，「對對對，妳馬上去內務府，讓他們安排我母親入宮。」

蔡嬤嬤得了令，立即出宮辦差。

再說建安帝，回到御書房後，在書房裡來回走了幾圈，才頓下腳步，吩咐道：「宣賢王入宮覲見。」

黃公立即安排人傳旨，見皇上似乎想獨自靜靜，便極有眼色地將門關上，守在御書房外。

建安帝踱到龍案後坐下，伸手打開抽屜，取出一個巴掌大的荷包，放在鼻端嗅了嗅，又丟了回去，嫌惡似的關上抽屜，冷冷一笑，用了避子香都能懷孕，這個淑妃還真是好本事。

天邊響過幾聲春雷，大團的烏雲瞬間侵占了天空，眼見著天色暗沉了下來，就要下雨了。

黃公公在門口輕聲詢問後，進來為燃了幾盞燈，換了新茶，又靜悄悄退了出去。

建安帝坐在龍椅上，鎮定自若地批閱奏摺，他思維敏捷，行事果斷，許多奏摺只看上一眼就做出了指示，案上厚厚的一疊奏摺很快被他批閱完畢，便喚了黃公公進來，將奏摺分送至各部衙門。

此時，春雨已經綿綿密密地下了起來，明子期還未入宮，建安帝便從袖袋中抽出一份密摺，就著燈光仔細閱讀。

這份密摺送入宮中已經有段時日了，一早建安帝嗤之以鼻，原是要燒毀的，卻不知為何又留了下來，大約是因為奏摺上那個久違的名字吧。

隔了幾日，再拿出來翻閱一下，心裡又生出些別的想法來。

就這樣隔幾日看一看，隔幾日看一看的，心底裡竟像是長出了蔓延的野草，不管不顧地愈來愈旺，大有長成參天大樹之勢。

建安帝再瞧了一遍，將密摺合上，塞入袖袋之中，抬眼看了看天色，又看了看條几上的漏刻，不由得蹙眉，揚聲問：「黃泰，怎麼回事？那混小子怎麼還沒來？」

黃公公忙推門而入，躬身稟道：「傳旨的何山還未回宮，恐怕是……尚未尋到賢王爺。」

建安帝頓時就鬱悶了，一疊聲地吩咐道：「多派人出宮去找，醉鄉樓、半月樓、賭場、茶樓，哪裡荒唐無恥往哪去找！」

這話兒黃公公可不敢接，直接「喏」了一聲退下去了。

饒是這樣，建安帝仍是直等到晚膳後，伸手不見五指，才見到晃晃悠悠蹓進門來的十四子。

他氣得「啪」一拍龍案，「又跑哪裡混去了，滾過來！」

明子期嬉皮笑臉地往前湊，「父皇大喜呀，又要當爹了，是不是後宮裡侍寢的妃子少了，火氣才這麼大呀！」

建安帝差點沒被這個逆子給氣得暈厥過去，想也不想地隨手抓起桌案上的一樣物品，狠狠地砸了過去。

明子期側身一避，伸手一撈，看了一眼，大喜，「前朝的三彩雙獅戲珠鎮紙？好東西呀！兒臣謝父皇賞，不過，這東西是一對，父皇不如將另一個也賞了兒臣吧。」

建安帝這才發覺隨手砸過去的竟是自己最喜歡的一個鎮紙，當下清了清嗓子，「胡扯，朕何時說賞你了，還過來！」

明子期從腰間掏出汗巾子包妥當了，往腰帶上一繫，拱了拱手道：「父皇，您龍手一抬，出手無悔的。」又扭頭朝黃公公道：「黃總管可要記得在賞物冊裡記上一筆，別日後又說這鎮紙是我偷拿的。」

黃公公抽了抽嘴角，這話要他怎麼接？要他怎麼接？

建安帝深知這個兒子的臉皮厚度，那是長戟都戳不穿的，只好瞪了明子期一眼，「找你是來談正經事的。」

明子期立即低眉斂目，雙手垂於身側，作洗耳恭聽狀。

瞧見他這副樣子，建安帝的手又癢了，在桌上拿起一物，細看一眼，放下，再拿起另一物，細看一眼，又放下……好吧，這御書房裡書桌上的用具全是他最喜愛的，哪個都捨不得再砸過去，那叫肉包子打狗，有去無回呀。

「果莊那邊果然是在煉玄鐵嗎？」

「是，兒臣今日上午不就向父皇稟報過了嗎？」

建安帝氣到內傷，「問你話直接回答就是了，囉嗦什麼？你今夜就帶人去搜查，將那裡的人一網打盡。」

建安帝直接下令。

明子期詫異地看向父皇，「不是說要等到調查出幕後之人再動手嗎？可以想法子激一激他們，卻不必將人都抓起來吧，這樣不是斷了線索了嗎？」

建安帝冷哼了一聲：「朕不想等了，是人是鬼，抓了那個胡老闆審就是了。」

他已經夠有耐性的了，原本的確是要等到獵物進籠再動手，可是他現在發覺有妄念的人不止一批，相互牽制著，都在按兵不動，那還不如乾脆打草驚蛇，說不定藏在草叢裡的蜈蚣、蠍子、豺狼虎豹也會跑出來幾隻。

明子期還是覺得不妥，「這樣一來，會逼那些人提前動手的，父皇，您這邊若是沒有準備得妥當，萬一……」

建安帝擺了擺手，「沒有萬一。」

明子期蹙眉道：「可是這樣一來，就怕對方有些暗子不會動用……日後又有得麻煩，況且，那胡老闆說不定只認識中間人，幕後之人或許躲在暗處，並不會現身。」畢竟只是一處兵器加工坊，最多少了些助力，總不至於為了這個拚命。

建安帝斜睨著他，「如何逼他們動手，並且動用所有的力量，這就是你的事了，下去好好想一想吧……若是你覺得靖兒可以信任，找他商量亦是可以的。」

明子期驚愕地一抬眸，發覺父皇的眸光似笑非笑，頓時便明瞭，他私下找赫雲連城幫忙的事兒並沒能瞞過父皇去，當下又嬉皮笑臉地道：「父皇如此吩咐，想來也是覺得連城哥可以信任啦！」

建安帝輕哼了一聲，隨手打發他走了。

❖　❖　❖

郁心蘭用過晚飯，正在跟赫雲連城下五子棋，她已經連輸五盤了，這一盤眼瞧著也要輸了……

這女人在自己心上人面前就是格外嬌縱一些，郁心蘭竟輸得有了絲火氣，心中不滿地哼道：明知我棋藝差你一籌，居然也不讓讓我！

正在那裡哼哼唧唧地不肯落子，想磨得赫雲連城自己主動說這盤算我輸了，結果赫雲連城這傢伙做什麼事都一本正經，就是不說這話兒，反而朝著她道：「妳還下不下？不下我就去看書了，反正妳也不可能贏。」

士可殺不可辱！

郁心蘭氣哼哼地落下一子，赫雲連城搖了搖頭，「這不是自尋死路嗎？」

「要你管！」

赫雲連城看著腮幫子鼓得老高的小妻子，心中暗暗發笑，正要落子時，曜哥兒順著如意雲紋羊毛地毯爬了過來，伸手抓住父親的褲管，赫雲連城一低頭，手中的棋子跌落到棋盤上。郁心蘭低頭一看，哈哈大笑，「你下錯了，舉手無悔。」立即在一旁落下一子，這下子局面立馬改了過來。

赫雲連城只笑了笑，彎腰抱起兒子，一邊逗兒子一邊與妻子下棋，這一局自然是郁心蘭贏了……雖然有點取巧，可贏了就是贏了。

郁心蘭志得意滿，向寶貝女兒招手，「悅兒寶貝，到娘親這兒來。」

悅姐兒只是趴在地，努力仰頭看著娘親，咯咯直笑。女孩兒的骨頭軟，爬得沒有男孩子早，悅姐兒還不會爬，雙腿無力支撐，只會用肚皮頂在地上，四肢游泳似的亂撲騰。這會子見娘親召喚她，更是著急，小手小腳撲騰得更厲害了，卻一步也沒移動。

郁心蘭含笑走過去，蹲下身子與女兒聊天：「不急不急，再過兩個月，咱們悅兒寶貝一定跟哥哥一樣會爬了。」

悅姐兒好似聽懂了，便不再撲騰，咯咯直笑。

紫菱打了簾子進來，笑著福了福，稟道：「賢王爺在大書房，侯爺請大爺您過去呢。」

赫雲連城將兒子交給乳娘，往套間裡面走。郁心蘭取了他的外裳跟進去，一面為他更衣一面問道：「都快宵禁了，怎麼這時尋你？難道要出門？」

赫雲連城道：「多半是。妳不必等我了，自己先睡吧。」

說罷，垂眸瞧著小妻子，她正為他扣著領口的扣子，長而卷翹的睫毛在燈光下打出一片弧形陰影，擋住了那雙秋水眼眸，卻令挺俏的小鼻子和紅潤的嫣唇格外醒目。

他情不自禁地低下頭，含住她的唇，半晌才放開，輕笑道：「下棋妳輸了，回頭讓妳壓我上頭，贏回來可好？」自上回試過一次女上男下後，他便覺得這個姿勢非常好。

郁心蘭的臉頓時燙了，啐了他一口：「不正經。」

赫雲連城笑著又親了她一口，才抬腿走了。

這一去就是一整夜，直到第二天晌午，赫雲連城才回府，滿臉疲憊。郁心蘭什麼話也來不及問，忙讓人將飯食布好，用過飯，赫雲連城泡了個澡，倒頭便睡。

待他醒來後，才告訴郁心蘭，昨夜臨時出兵去果莊抓人，只是後來點人時，發現少了一名管事，不過胡老闆被抓住了。

郁心蘭嘖道：「接消息的那個人，你們抓了沒？」

「沒抓，讓他去通風報信。」

郁心蘭似懂非懂地點了點頭。赫雲連城握了握她的手道：「子期說，皇上要親自審訊胡老闆，所以胡老闆不是關在天牢，而是宮中的地牢。」

郁心蘭眼眸一亮，「難道是……」

赫雲連城點了點頭，不讓她說下去，雖然他能肯定四周無人，不過謹慎一點總是好的。

一批亂黨被捕的消息，很快在朝野上下傳了開來，百姓們都在談論紛紛：「哪朝哪代也沒這麼多的亂黨吧？」

「難道是因為遲遲不立太子之故？」

「肯定是。你想啊，沒有繼承人，若是皇上那個了，這皇位由誰來坐呢？當然是這京城裡的王爺都有資格呀，哪個不想來試一試？」

郁心蘭和赫雲連城坐在珍品軒的二樓雅間內，聽到門外的小二也在議論，不由得微微蹙起了眉頭。一般來說，百姓們議論朝政都是沒根沒據地亂猜，猜的結果也會五花八門，畢竟普通百姓不曾識過什麼字，見識自然就會少一些，像這樣有條有理，而且基本言論方向一致的猜測，必定是有人暗中引誘的結果。

會是誰暗中將此事給引到冊立太子一事上？

郁心蘭思來想去，似乎哪個都有可能，畢竟這是幾位皇子最想要的結果。

她看向丈夫，赫雲連城卻彷彿沒聽見一般，只斂神端坐著，眼睛放在她的臉上。

郁心蘭被他看得不好意思，拿手肘頂了頂他的肋骨，要他坐開一點。

赫雲連城不著痕跡地握住她的手臂，往懷裡一拉，又將她拉近了一步。

丫頭們早就見怪不怪了，十分鎮定地研究地面。

珍品軒的掌櫃拿了一個金絲楠木的匣子進來，放在郁心蘭面前的小几上，打開來，退後兩步，恭敬地道：「這是奶奶您訂製的頭面，您看合意嗎？」

郁心蘭一樣一樣地仔細看過做工和材質，表示十分滿意，示意紫菱付了尾款。

那掌櫃的接了銀票，驗過數據，又殷勤地問：「不知大爺和奶奶是自己帶走，還是讓小的差人送至貴府？」

郁心蘭道：「我們自己帶走。」

赫雲連城道：「一會兒送妳回府後，我還要回軍營一趟。」

郁心蘭「嗯」了一聲，站起身來，讓錦兒幫著穿披風。她的眸光隨意地往街道上一掃，正好看到錢勁躍下馬背，看方向，應當是進了珍品軒，她忙附耳告訴赫雲連城。

赫雲連城立時閃身出了門，屏息靜氣地靠在樓梯扶手上，往一樓大堂裡看。

原來是錢勁訂做的首飾本已經拿回去了的，這會子不知怎麼又想將藍寶石改為紅寶石。

郁心蘭在雅間裡拚命招手，赫雲連城只得走過去，悄聲問：「什麼事？」

郁心蘭笑了笑道：「是不是想跟蹤他？」

赫雲連城果斷點頭，郁心蘭躡手躡腳地拉他進屋，將丫頭們都打發出來，小聲道：「我剛剛才想到，其實不必要派會武功的人去跟蹤，派普通人就好，多派一些，配合上你的侍衛或是父親的親衛。」

她仔細說了自己的想法，會武功的人，腳步聲格外輕一些，那麼錢勁發覺後，就會心生戒心，他又是個武功高強的，自然不容易跟蹤，可若是跟在他身後的只是一名普通老百姓，他定會以為恰巧同路，街上這麼多行人，走在他身後不奇怪吧？當然，不能由一個人從頭跟到底，這樣也會露餡兒，必須多派些人手，在各個路口設一個交接班，一人跟一段。但在人少的街道就得配合上武功高手，由一個普通人裝作貨郎或者小菜販，而高手則隔一條街道追蹤，這樣最後一定能發覺錢勁的去向。

玥國的京城規劃得十分齊整，街道都是南北向、東西向的，整整齊齊，看起來就像一個大型的棋盤。只要在幾個大的十字路口安排上人手，就一定能成功。

赫雲連城聽了她的建議後，覺得十分可行，便道：「普通人要找到可靠的才行。」

郁心蘭想了想道：「現在莊子裡的秧苗都出齊了，佃農們活計不多，早上讓他們除完草，澆了水後，就到城裡來守著，一會兒去打聽一下錢勁何時再來取首飾便行了。」

下得樓來，錢勁已走遠，掌櫃的正在吩咐夥計，讓將首飾和寫了要求的字條送去手工作坊。

紫菱笑著上前，向掌櫃福了福，問道：「不知掌櫃可否將這支釵借與我家奶奶看一眼？我家奶奶很喜歡鑲藍寶的首飾。」

掌櫃自然應允，郁心蘭裝模作樣地鑒賞一番，然後又差紫菱來問：「可否借我家奶奶回去打個樣兒？」

掌櫃很為難，「這支釵要換成紅寶石，剛才那位爺又要得急，明日未時三刻就要來取的。」

郁心蘭略有些失望地道：「那就太遺憾了，罷了，日後再說吧。」

說完扶著赫雲連城的手，上了馬車。

❈　❈　❈

再過兩日便是明華公主出嫁的吉日了，皇上終於下旨封永郡王明子岳為送親大使。

聖旨下達之日，建安帝賜宴，朝中正四品以上的官員都攜眷出席。宴會上，使臣呈上大慶國三皇子準備的兩份回禮──兩名大慶國大臣的嫡女，十四、五歲的年紀，千嬌百媚的各種美好，看得一眾大臣們眸光銳亮，拈鬚微笑。

郁心蘭不由得暗笑，這個大慶國的三皇子還真是個不吃虧的人物。他這番與玥國結親，雖得了建安帝的支持，卻也落了下乘，讓建安帝安插了人手進大慶國。所以，他來個禮尚往來，送上兩名大慶國大臣的美貌女兒，看起來是討好，其實也是反安插人手。

建安帝自然要將這兩名美女賜給朝中大臣或者哪個勳貴之子，甚至是皇子，而且做為兩國友好邦交的象徵，這兩位美女肯定至少是大臣的正妻，或者哪位皇子的側妃，總之地位不會差，日後她們能得到的情報和能起到的作用，也就不會差。

兩位美女盈盈下拜，建安帝龍目精光四射，含著笑，上上下下打量一番，不住口地稱讚：「都說大慶國出俊男美女，果然！果然！」

使臣謙虛地拱手，「吾皇謬讚了，其實玥國亦是地靈人傑。」

建安帝哈哈大笑，「好好好，我們兩國都是人才輩出之邦，正適合長久友好。請使臣代為謝謝三皇子殿下，就說這份禮物，朕十分喜歡。來人啊，引兩位才人入宮歇息。」

郁心蘭驚訝地張大了小嘴，不單是她，整個宴會廳都靜了一下。

建安帝還真是不怕別人說他臨老入花叢，這麼兩個嬌滴滴粉嫩嫩小丫頭，就這麼被他給收進後宮了。當然，這是最好的結果，以皇上現在的年紀，加上他的手段，這兩個小丫頭懷孕的可能性基本沒有了，而且宮中妃子的名額已滿，才人已經是能封的最高級別了。日後皇上駕崩，按祖制，沒有生育且品級不高的後妃，就要住到皇陵附近的行宮中去養老，相當於就是被圈禁了。

三皇子白白地安排了這一步棋了。

郁心蘭隔著半透明的紗幔，看著使臣僵硬的笑臉，忍不住低頭笑了起來。

淑妃因「害喜」得厲害，沒有參加宴會，此時正焦急地在內殿裡走過來走過去。蔡嬤嬤著急地跟在她身後，不住嘴地念叨：「娘娘還是坐下等吧，這般走動，怕動了胎氣啊！」

淑妃一驚，忙扶了蔡嬤嬤的手，坐到榻上。

蔡嬤嬤安慰她道：「娘娘放心，夫人必定能將藥材帶進來的。」

宮裡可不是能隨意帶東西進來的，過宮門時都要查驗，可是這樣的方子，淑妃不想讓別人知道，就看大王氏能不能想到法子，偷偷弄進宮來了。

剛說完，大王氏就在殿外求見，淑妃忙將母親讓進來。大王氏見內殿裡沒外人，這才從自己寬大的衣裙內拿出兩個紙包，小聲叮囑：「這是熏的香料，妳燃在殿內，早中晚各一個時辰，連續一個月就成了。」然後將聲音壓得更低，「若是請皇上也聞一聞……別的妃子就難有身孕了。妳恐怕還不知道，皇上剛剛才冊封了兩位才人。」

淑妃訝然道：「誰家的千金？」

「大慶國送來的美人，身分不同尋常，妳得小心她們。」

大王氏急急地說完，又匆匆跑回宴會現場。

淑妃恨恨地道：「大慶國的人真討厭！」

蔡嬤嬤陪著恨道：「可不是嗎？好好的，送什麼美人！」

淑妃細細一想，咬了咬唇道：「妳去到前面看一看，若是發現宴會散了，就告訴黃公公，我吐得暈倒了，讓他立即稟報皇上……出去之前，記得把香料燃上。」

先將皇上纏在梓雲宮裡幾日，等香料起效後，就不怕那兩個大慶國的美人如何得寵了。

蔡嬤嬤鄭重地點頭，將紙包藏好，從中取了些粉末，背著淑妃摻些別的粉進去，撒在青銅香爐裡，用火摺子燃了，輕手輕腳退了出去。

宴後，建安帝並未直接回後宮，而是先去了御書房，卻並不點燈。一名劍龍衛鬼魅般的出現，跪在書桌前的地上，輕聲稟報：「忠義伯夫人宴中去了梓雲宮，送了淑妃娘兩包香料……蔡嬤嬤往裡摻了些別的東西。」

建安帝的身影在黑夜裡佇立不動，聽完話也只是頷首讓那名劍龍衛退下去。

在御書房裡又坐了一會兒，才起身去了梓雲宮。

大臣們出了宮門，登上各自府中的馬車，回府去了。

明子岳回了府，心情無比舒暢。王妃王姝因身懷六甲，所以留在府中，指揮人馬替他打包行囊。此時見王爺回府，忙迎上前道：「臣妾恭喜王爺。」

明子岳笑著扶了她的腰，柔聲道：「可惜我趕不及回來看著孩子出生，讓姝兒妳孤單了。」

此去大慶國，來回的路程就有兩個多月，還要在大慶國待到大婚之後才能回國，一去半年也是有可能的。而王姝，只有兩個月就要生了。

王姝嬌羞地笑道：「只要王爺能得皇上垂青，臣妾就心滿意足了。」

明子岳笑了笑，示意一旁的嬤嬤扶王妃進屋休息，「我還要去書房與幕僚們商議行程。」

王姝乖順地回了屋，明子岳到前院書房，召集幕僚們開會。

一名幕僚道：「王爺此去送親，有利有弊，利是可以揚名立威，與大慶國結成同盟；弊是離京幾個月，恐怕他人在皇上面前得了好處。」

明子岳蹙眉道：「本王今日召你們前來，就是商議對策。」

那名幕僚胸有成竹地一笑，「後日起程，明日別的王爺難道不要來王府為王爺送行嗎？」

明子岳抬眸看他。

他繼續道：「餞行酒餞行酒，只要沾了個酒字，就好辦了。若是有人酒後失德，皇上難道還會願意見他嗎？朝臣們還好意思舉薦他嗎？」

那人輕笑，「若是明日王爺們來餞行，不如選一家酒樓，請上諸位王爺和王妃，讓人將媚藥下在酒中，但王爺您關心王妃，早早地離席，此後他人如何醜態百出，就與王爺沒有干係了。」

其他幕僚都說此計甚妙，只要想好如何下藥、如何毀去證據就行。

商議到深夜，眾人才散了。那名幕僚回到自己的屋內，在一個小紙條上畫上一個符號，綁在鴿子腿上。鴿子在夜色中，飛入一人的手中。

那人展開來看後，微微一笑，「一切依計行事。」

一旁便有人恭維道：「真是好計，沒了皇子，皇上又重病，這朝政必要推舉德高望重之人來主理，自是非主公莫屬了。」

那人將紙條在掌心一搓，紙條就化為了紙屑。

另一隨從笑讚道：「永郡王以為這一次能壞了幾位兄弟的名聲，卻不曾想，是他親手送幾位兄弟上了斷魂橋，縱使他獨自多活得片刻，揪出真相之後，也會被腰斬於市。可憐他妄自尊大，還以為能將主公控在掌心，隨意利用，卻不知俗話有說，薑還是老的辣。」

那人只笑了笑，隨即肅整容顏，正色道：「你要切記，沒到最後時刻，不得放鬆一絲一毫。」

隨從立即應道：「謹遵主公教誨。」

❖　❖　❖

第二日一大清早，溫氏便遞了帖子到侯府。郁心蘭微感驚訝，這個時辰，娘親不是應當在郁府主持中饋嗎？不及細想，忙讓紫菱將娘親迎進來。

溫氏的玉容有幾絲憔悴，張嫂跟在溫氏身後，懷裡還抱著龍哥兒。

郁心蘭笑著將龍哥兒接過來，抱在懷裡逗了逗，親了幾口，然後放到臨窗的短炕上，令乳娘將曜哥兒和悅姐兒也放在上面，讓三個小傢伙自己玩兒。

龍哥兒比兩個小外甥大一歲，已經會一點簡單的詞彙了，此時指著兩個小外甥道：「弟、弟、妹、妹。」

發音倒是挺準確的，逗得大夥兒直笑。

張嫂笑著糾正道：「輩分錯了，是外甥、外甥女。」

龍哥兒只不過一歲半，哪裡聽得懂這麼多，只揪著炕上花色鮮亮的引枕兒玩。兩個小外甥倒是很想跟小叔叔玩兒，悅姐兒在炕上左一翻右一滾地直往龍哥兒身邊蹭去。曜哥兒已經會爬了，方便得多，手腳並用的，幾下便爬到了龍哥兒身邊。

小孩子都喜歡跟大孩子玩兒，可大孩子多半不願跟小孩子玩。龍哥兒只是低頭看了看爬到他腳邊的曜哥兒，又專心玩引枕去了。

溫氏和郁心蘭站在炕邊看了一會兒，郁心蘭見娘親似有話說，便吩咐下人們帶好了孩子，拉著娘親進了套間兒。

紫菱親手捧了新茶上來，又識趣地退出套間，守在門外。

郁心蘭握著娘親的手問：「娘親今日不用處理家務嗎？」

溫氏輕嘆一聲：「一早兒就處理完了。今日來，是想跟妳說一件事。」她遲疑了一下，才繼續道：「妳父親……有個同窗過世了，託了他好生照顧孤兒寡母，妳父親的意思是，一個婦道人家帶著孤兒住在外面總歸不便，不如收留在郁府之中，要我打掃一處獨立的小院，讓給那對母子住。」

郁心蘭瞪大眼睛，「娘親同意了？」

溫氏略有些惱意地道：「妳父親又不是要納妾，若是納妾，還須我點個頭，他不過是說幫人照顧遺孤，又是單獨闢個院落，我若是不同意，豈非太不明事理？」

郁心蘭頓時惱了，「哪裡是什麼同窗？我早讓人查過了，那個故去的同鄉不過是與父親同拜一個師門的，小了不知多少歲。父親十六歲就離開寧遠城赴京趕考，只怕上京前兩人連面都沒照過，何來的託孤之誼？」

溫氏抬眸看向女兒，「妳早讓人查過？」

郁心蘭尷尬地紅了臉，「哦……咳咳，是這樣的，查過，之前是租住一處四合院，我見父親也沒什麼逾越之舉，所以才沒跟娘親提……」

溫氏似乎信了，可是神色遲疑，「但到底是同鄉……」

這年代的人鄉土觀念濃厚，一般舉子上京趕考，若是去投奔同鄉的大官，當官的就算不收留，也得贈些銀兩應急，免得被人說忘祖。溫氏也是怕郁老爺失了名聲，可收容一個年輕寡婦，心裡又格外膈應。

郁心蘭撇了撇嘴道：「那就多給些銀兩，請個好鏢局託鏢送回寧遠去。」

溫氏神情更加鬱悶，「這我也提了，可妳父親說，就他們孤兒寡母的，跟幾個鏢師回鄉，怕壞了名聲。」

郁心蘭忍不住氣惱地一拍桌子，「旁的官員外放，不也是託鏢局護送妻兒老小到任地？怎麼到了她這裡就怕壞了名聲了？」

溫氏小聲道：「好歹人家有家僕跟著，她們母子沒有。」

郁心蘭思索片刻道：「對了，二伯父他們不是還沒回寧遠嗎？應該快了吧？」

欽天監合過韓建和郁珍的八字，說是天作之合，南平王已經遣了官婚上門納采，這婚事算是定下來了。二伯父一家一直住在寧遠，這些年應當也賺了些家私，若是不想女兒嫁入豪門太過寒酸，至少要回寧遠變賣一些房產田產，給郁珍陪嫁才是。

溫氏眼睛一亮，竟再也坐不住，忙忙地起身道：「我回去問問妳二伯和二伯母去。」

若是二伯一家回寧遠，帶著那對母子上路是最好的了。

郁心蘭也站起來送娘親，卻聽外面的丫頭請安道：「大爺回來了。」話音方落，赫雲連城就挑了門簾進來，見到岳母忙施禮。

溫氏笑道：「你們聊，我正要走了。」

郁心蘭將娘親送至二門上了馬車，才返身回屋。赫雲連城歪在炕上，逗一雙兒女玩。

郁心蘭不由得問：「今日下朝怎麼這麼早？還不到晌午呢。」

「皇上龍體不適，所以今日早朝免了，我是從禁軍營回來的。」

「龍體不適呀？」

郁心蘭想著，明明昨晚宴會時還龍馬精神的，難道是洞房太累了？她邪惡地笑了兩聲。

赫雲連城輕敲了她額頭一記，「少胡思亂想！」

郁心蘭才不會承認自己想歪，理直氣壯道：「我是看子期那個傢伙沒來，才高興地笑兩聲。」

赫雲連城斜睨著她，表明了不信，又道：「幾位王爺都入宮探病去了，一會兒他肯定會來。」

❖ ❖ ❖

幾位王爺在宮裡探病，建安帝卻並不想見他們，只打發了黃公公和何公公出來說道：「請幾位王爺回府休息吧，皇上只須靜養自會康復。」

幾位王爺沒有法子，只得再次說了些關切的話，請兩位總管轉達，然後一同出了宮。

王丞相的馬車等在宮門口，見永郡王上了馬車，便讓人繞行至永郡王府。永郡王早得了信兒，在正門處候著，迎了王丞相和王奔二人入內。

王丞相端坐首位，明子恆陪坐在次位，王奔則在下手邊坐下。

王丞相蹙著眉頭問：「你今晚要宴請幾位王爺？」

明子恆笑道：「正是。本是幾位皇兄說要為小王餞行的，可是地點選來選去，誰都不滿意，小王便想，送親是個好差事，不如由小王做東請客好了。」這也正是他想要的，若是將宴會擺在哪家王府，他的人怎麼施展手腳？

王丞相淡淡地道：「就怕他們以為你是刻意炫耀，你不在京城的這幾個月裡，若是被人參上一本，連辯駁的機會都沒有。」

明子恆想了想，覺得自己要辦的事情，最後其實很難瞞天過海，索性將計畫原原本本告知。

王丞相聽後大蹙眉頭，「這是誰給你出的主意？鬼扯淡！你幾位皇兄皇弟都是習武之人，一點子媚藥怎麼可能讓他們喪失心智，做出穢亂之事來？就算他們中了招，也會強壓著回府。到時你就吃不了兜著走！況且也不可能一勞永逸，賢王還未成親，若是你離開了，他也會跟著走。」

明子恆卻是胸有成竹，詳細闡明細節：「天香樓是小王暗中的產業，旁人並不知曉，裡外都是自己人，下藥什麼的都很方便。小王會將侍衛們都遣開，不會讓旁人來妨礙計畫。再者，藥是江湖中鬼見愁的獨門祕方，不單是媚人，還能讓人神思不清，況且也不是一定真要他們淫猥，只要他們胡亂配對，這兒占弟妻的名聲傳出去就行。」

「另外，姝兒也會去，小王中途離席，只說是先送姝兒回府，一會兒還會返回，他們如何能離開？十四弟這裡，小王也想好了，剛才已經故意透了風，不會招侍女服侍，他必定會去請江南夫婦或是赫雲靖夫婦同往，否則他一個人有什麼意思？」

王奔細細思量了一番，拍著大腿應和：「父親，依孩兒看，只要能把握住下藥和藥效這兩環，這計策是可行的。日後就算是皇上知曉此事為賢婿所為，又能如何？幾位王爺的名聲被毀，只能立賢婿為太子。」

王丞相沉吟不語，良久才道：「必須要謹慎。」

明子恆做出受教的樣子，「知道了。事成之後，還請祖父多在朝中相助。」

必須不遺餘力地將這醜聞推廣出去，才能達到他所要的目的。

再說郁心蘭和赫雲連城沒聊上幾句，明子期便來了，張嘴便問：「晚上去給十三哥餞行，連城哥去嗎？」

赫雲連城興致缺缺，「好似只有你們幾兄弟去吧，我去幹什麼？」

明子期輕嘆一聲：「唉，他們都攜家帶口的，我一個孤家寡人去了有什麼意思？不去又似乎不好……你就當陪我好了，你也是我們的表兄呀。要不，嫂子也一起去吧，九嫂他們都去的。」

唐寧倒還好，可郁心蘭不想見到郁玫和王姝二人，當下便搖頭道：「我不去，我若去了，你不還是孤家寡人，我在家中帶寶寶好了。」言下之意，就是不反對赫雲連城去。

明子期只好努力磨赫雲連城，「陪我去坐坐，開了宴，咱們隨意用些，就尋個藉口告罪離開便是了。反正是十三哥想炫耀，我也沒必要去捧著他。」

赫雲連城不得已，只好答應道：「好吧，在永郡王府嗎？」

明子期當時就樂了，「不是，在天香樓。」

郁心蘭一聽這個名字心裡就膈應，怎麼聽都像是從事某種行業的場所，她忙問道：「是誰做東？我也去算了。」

明子期自然是熱忱歡迎：「嫂子去也好。做東嗎？自然是那個想炫耀的人。」

郁心蘭一怔，「永郡王？這也叫餞行？餞行不應當是送行的人請客嗎？」

明子期描述了一下當時的情形，誰都想表示自己並不嫉妒，爭著做東，表示自己府中已經備好酒席，「因此，為了不得罪人，最後就由十三哥自己掏腰包了。」

郁心蘭覺得怪異，「他若是真要炫耀，讓你們爭個頭破血流才過癮呢，哪會這麼好心又怕得罪人？」隨即哼了一聲道：「事出反常必為妖……那個天香樓是不是青樓呀？」

明子期一怔，隨即笑倒在炕桌上，「原來妳是擔心這個！天香樓不是青樓，不過妳若想留宿，也是有房間的，不過美人要自帶！」

可以留宿，還要求王爺們自帶王妃，又主動請客，怎麼聽都覺得彆扭又古怪。郁心蘭輕哼了一聲：「反正我覺得不大對勁，讓人去打聽一下在哪裡擺酒，飯菜有沒有問題。」

明子期輕笑，「妳會不會想得太多了？他怎麼敢這樣明目張膽下藥毒死我們？」

郁心蘭「呿」了一聲：「要真是都毒死了？皇上敢將賭注放在十五殿下和兩位娘娘的肚子上嗎？還不得由著他了。」

老早聽人說那個十五皇子腦子不靈光，讀書不成，習武不成，太傅們提到他都嘆氣。建安帝肯定不會讓這樣的兒子當太子，可是萬一兩位后妃生的都是公主呢？要他將好不容易爭來的皇位讓給侄子們，估計他也不幹，到最後，還不是只能睜一隻眼閉一隻眼，封永郡王為太子，好歹是自己的兒子。

「當然了，這也只是我的猜測而已。」郁心蘭謙虛地表示：「我只是說萬一，萬一你懂吧？」

明子期將眉頭擰成一團麻花，禁不住她這麼一說，便派了隨身太監小桂子去打聽。

不多時，小桂子來回話道：「席面訂在水榭上，酒水是從老窖坊新購的，飯菜有永郡王府的管事守在廚房裡盯著。」

聽起來沒什麼問題，郁心蘭不想顯得自己「以小人之心度君子之腹」，遂斂容正色道：「不管怎麼說，哪有餞行酒讓遠行的人自掏腰包的？怎麼說都說不過去。若是被百姓們知道了，也會說你們幾個眼皮子淺……不如這樣吧，把席面擺在樓外樓，銀錢嘛，就由你們幾個王爺均攤，這樣誰也不必爭了。」

明子期摸著下巴道：「不是不行，而是十三哥已經開始準備了。」

郁心蘭不以為然，「你們才商定了多久，他能準備多少？馬上差個人告訴他，就說你們幾兄弟已經商議好了。至於仁王和莊郡王那邊，我想是會同意的。」

赫雲連城自是贊成妻子的主意，支持道：「若是在樓外樓辦，我立即差人去天勝寺新購幾壺甘霖酒來。」

甘霖酒可不是一般的酒，就是有錢，天勝寺也不一定會賣給你。

明子期聞言自是十分心動，「得，就這麼辦吧。小桂子，你立即去一趟永郡王府，再叫兩人去給仁王和莊郡王送信。」

不到晌午，仁王和莊郡王都回了訊兒，表示贊同。永郡王差點沒氣得吐血，那種藥要下到酒中，用酒香蓋住味兒，才不會令人生疑，可酒是赫雲連城買的，若是一般的酒，他還可以將自己準備好的酒奉上，偏偏是千金難尋的甘霖酒……若是堅持要自己請客，就太著痕跡，一定會令仁王等人起疑心。

明子恆恨恨地將一桌子的筆墨紙硯掃到地下，叮叮噹噹地摔了個粉碎。

那名幕僚急忙趕來問道：「王爺為何如此氣惱？」

待明子恆說明原委，那名幕僚比他的火氣還要大，就將幾位王爺罵了個狗血淋頭。

明子恆暗暗蹙了蹙眉頭，他遺傳了父皇的多疑，當下便揣測道：他為何如此激動？難道只是因為少了一個立功的機會？

這場宴會少了陰謀，最後自然是賓主盡歡。樓外樓拿出了諸多招牌菜和名貴的菜色，郁心蘭的腰包又鼓了一圈，自是笑得合不攏嘴。

次日是黃道吉日，宜婚嫁，宜遠行。

建安帝在兩名太監總管的攙扶下，勉強到宮門口送行。明華郡主拜別了父皇，登上豪華喜轎，說是喜轎，其實是一輛四馬拉動的大型馬車，車轅寬闊。兩名陪嫁女官身著粉紅嫁衣，站在兩旁的車轅上守護公主。

明子恆則向天祭酒，希望一路一帆風順。

儀式過後，送嫁的隊伍緩緩起程。

郁心蘭身著品級正裝，站在女眷的隊伍中觀禮。這儀式足足花了兩個時辰，正裝又是金線繡成，格外沉重，她只覺得雙腿都要斷了。偏頭看向高臺上，年逾半百的皇后神情也露出了一絲憊色，而建安帝只是露了一下面，便由太監扶著回宮了。

郁心蘭不由得皺了皺眉頭，皇上怎麼忽然病得這麼重了？真的是因為年紀大了嗎？

不單是她這麼想，文武百官亦是這般猜測。儀式結束後，本當在內侍的引領下退出宮門的百官們都聚著不走，圍住幾位總管太監問長問短，當然，都是打著關心皇上龍體的幌子。

黃公公最是清楚在什麼時候應當拿架子，當下便沉了臉道：「皇上不過是偶感風寒，被幾位大人一說，倒像是病入膏肓似的，咱家敢問幾位大人，這是何意啊？」

妄論龍體亦是大罪，當下便不敢再有人多言，可是心底裡的算盤卻都開始撥得啪啦啪啦響，出了宮，都各自聚到自己新認的主子府中。

❖　❖　❖

安王讓馬車從北側門入府，入了府後，直接拐向西角門。他在馬車裡換了一身深色衣服，到西角門，換乘了一輛極不起眼的、普通小康之家才會乘的小馬車，繞了半個京城，來到一座小小的兩進四合院內。

安王下了車，直直地進了後院的正房，裡面正有人等著他。

他先是問道：「皇上的身體到底如何了？」

那人回道：「宮裡傳了消息出來，一整天就是昏昏沉沉的，今日一早，也是太醫給用了祕藥，才勉強能起身。」

安王沉吟半晌，又問道：「前天晚上，確定他去了梓雲宮？確定他召人侍寢了？」

「確定。淑妃纏了他至少兩個時辰，後半夜時，他才去了新才人那兒，要了水，確定合房了。那藥效應當是開始發作了。」那人一一回了，又問：「不知主公打算何時行事？」

安王這才點了點頭道：「他素來狡猾，還是再看一看比較好。讓宮裡的人再查一查胡老闆被關在哪裡，最好趁他還沒吐出什麼來，先做了他。」

那人忙應下後，安王忽地想到昨晚沒能成事，不由得斂眉含怒地問道：「查清楚沒？是誰壞的事？」

那人回話道：「查清楚了，是赫雲少夫人提議的，樓外樓是她的產業。」

安王砰地一聲擊碎了酸梨木的几案，咬牙切齒道：「無知婦人，只為一點蠅頭小利就壞我大事，不殺不足以洩我心頭之憤！」

郁心蘭正坐在家中算帳目，連打了三個噴嚏，忙扯過一方帕子，擤了擤鼻子，嘀咕道：「這是誰在那咒我呀……」

紫菱笑道：「大奶奶銀子賺的多，自是有人嫉妒。」

「誰嫉妒？」赫雲連城的聲音傳來，錦兒將門簾一挑，他便疾走進來。

郁心蘭道：「說著玩呢，軍營的事就處理完了？」

「完了。」赫雲連城先進裡內更了衣，復坐到炕邊，炕上的兩個蠶寶寶立即往他身邊湊。他先抱起不會爬的悅姐兒親了親，這會子功夫，曜哥兒已經爬到了他的身邊，他騰出一隻手，將曜哥兒也攬到懷裡。

郁心蘭打發了丫頭們退出去，小聲問：「難道錢勁那兒還沒跟蹤上？」

赫雲連城道：「這幾日軍中事忙，想是他沒去珍品軒取貨吧。」

郁心蘭一邊翻著帳目一邊道：「我總覺得跟他在一起的那個女人有問題。你不是說他自從梁州回來之後，跟以前不大一樣了嗎？估計就是那個女人給害的。其實我覺得，若他之前為人不錯的話，你們應當暗中點醒他，挽救挽救他。」

赫雲連城沉吟道：「父親暗示過他。」

郁心蘭伸出食指搖了搖，「那不一樣。師長訓話，學生多半是聽一半漏一半的，反倒是同輩說的話，容易聽進去得多。」

赫雲連城想了想道：「我試試吧。」

正說著話兒，紫菱拿了張名帖遞給郁心蘭，郁心蘭見是溫舅母的，忙讓請進來。

常氏一個人來的，郁心蘭將她讓到炕上坐下，她是個直性子，立即說明來意：「是想找丫頭妳借幾個得用的人。上回老爺子在府中宴客，客人都說府第太小，輸了三品大員的氣勢，老爺子便讓我四處問一問，看有沒有更大的宅子賣。」

「要說這京城啊，真是不缺有錢人，雖是寸土寸金，可還真是沒一處閒置的宅子，我打聽了許久，才聽說我們府裡後巷的宅子要賣，忙忙地去商量著買下來。原本中間還隔著一戶的，昨日也被我給打動了，將宅子讓了出來。」

郁心蘭想到舅母是個爽利潑辣的，一頓舌燦蓮花之後，只怕人家都沒多要她銀子，就乖乖地交出了地契，於是忍笑道：「那我就恭喜舅母了。」

常氏得意地一笑，「後面這兩處宅子，我們想把牆打通後改造成三門，原來的前兩進擴充為前院，後一進呢，就當作二門。可是我們府上的人都是入京後才買來的，沒什麼得力的，所以想找妳借兩個得力的管事使一使。待宅子修好後，再還給妳。」

郁心蘭笑道：「這有什麼，我手下辦事得力的人不少，不過相對來說，佟孝現在沒有實事，倒是清閒一點，我再讓他挑幾個人去幫襯著。他管著店鋪裡的事，哪兒有人手閒，比我清楚。」

常氏爽快地道：「那就這麼說定了。」

郁心蘭送走舅母後，立即寫了封信，著人送給了佟孝。

這廂一忙完，也到了掌燈時分，小夫妻倆正在用飯之時，宮裡差了人來傳皇上口諭，說是姓胡的已經熬不住刑，開始吐口了，皇上傳赫雲連城進宮審訊。

這事兒很急，赫雲連城丟下碗筷便走。

郁心蘭猜測著他恐怕會很晚才回來，用過飯便先沐浴梳洗，打算等頭髮乾了就上床歇息。

剛歪在臨窗的短炕上，西府的蓉奶奶就過府來拜訪。

蓉奶奶笑咪咪地道：「今日是來約弟妹陪我一同去白雲山許願的。我們爺說，想讓我再添個兒子，我便想去白雲寺許個願。老人們都說，要個有福氣的親人陪著去才靈驗。我尋思著，咱們府裡還有誰比弟妹的福氣好，這才厚著臉皮上門來求妳。」說著紅了臉。

只是陪著拜拜神靈，郁心蘭倒是不好拒絕，便問了日期，約好一同去。

蓉奶奶得償所願，心情自是極好，跟郁心蘭閒話了一陣子家常，轉頭四下看了看，問道：「靖弟這麼晚還去書房忙公務嗎？」

郁心蘭搖了搖頭道：「沒，皇上傳他進宮了。」

蓉奶奶微訝道：「這麼晚進宮？」

「說是審個什麼人，很急。」

蓉奶奶便點了點頭，見時辰不早，也就沒多坐，告辭走了。

郁心蘭招了安嬤嬤和紫菱進來問：「有讓人陪著許願才靈的說法嗎？」

安嬤嬤搖頭道：「我卻是從來沒聽說過的。許願要靈驗，唯有心誠。」

紫菱也道：「我也從來沒聽說過，想是哪地方的風俗？」

郁心蘭撇了撇嘴，「想法子去問一問巧兒。」

紫菱「啊」了一聲道：「剛才巧兒還打發了人來問千荷要花樣子，我去尋千荷進來。」

過得片刻，千荷進來回話：「是巧兒姨奶奶身邊的大丫頭絹兒姊姊來的，也沒說什麼，只是巧兒姨奶奶覺得委屈罷了。榮爺平日裡看著對她挺上心的，這會子想再要個兒子，卻使了蓉奶奶來請奶奶陪著去許願，半句也沒提到她。」

郁心蘭的眸光一閃，原來這事兒是赫雲榮提的，面上卻笑了笑道：「她們那邊的事兒咱們不摻和，她要花樣子給她就是了，妳別多嘴陪著說三道四。」

千荷忙道：「婢子省得。」

郁心蘭點了點頭，賞了幾十個大錢，打發了千荷下去。

剛到子夜，赫雲連城就回府了，郁心蘭睡得迷迷糊糊的，隨口問道：「可審出了些什嗎？」

赫雲連城換了衣服，揭開被子躺進去，摟緊了她的身子，輕聲道：「沒審，皇上剛到地牢就撐不住了，送回了太安宮。沒留下口諭讓我們審，誰也不敢多事，黃公公讓我們先回來，明日再說。」

郁心蘭迷迷糊糊地「嗯」了一聲，又睡著了。待她睡下後，赫雲連城卻又悄悄地起身，換上一身夜行衣，從窗口躍出，隱入黑暗的夜空之中。

四更天時，是人一天之中最睏乏的時候，皇宮後院西北角的地牢裡，十來名看守的侍衛也禁不住打起小盹。

春末夏初之際，夜風最是強勁，地牢的大門雖然牢固，但也有幾絲裂隙，幾縷強風從縫隙中吹了進來，將燈火吹得搖搖擺擺，幾欲熄滅。

一道黑色的人影如同閃電一般直撲向地牢，小心地挑開一點裂隙，取出煙筒，往裡吹了十幾口白煙。他將耳朵附在大門上，片刻後，聽得裡面傳出幾聲撲通聲。

「一、二、三、……」默默地數了數，黑衣人這才從懷中取出一把精巧的小匕首，只輕輕一揮，就將大門挨著門框挑開了一條裂隙，再一揮，內鎖應聲落地。

重刑犯胡老闆被十字形綁在刑架上，迷糊間察覺有人靠近，忙睜開紅腫的眼睛，看清來人，心中一喜，小聲道：「終於來救我了。」

那黑衣人覆著面紗，見他這樣都能認出自己來，不由得眸光一寒，揚手便揮出了匕首。

忽然，一道玄色人影從斜裡衝了出來，手腕一震，劍鋒搖擺，光芒刺目。

黑衣人忙回身應招，兩人瞬間便交手了十幾個回合。

隨著兵器交擊聲，地牢中的光線愈來愈亮，十幾名劍龍衛不知如何出現的，將兩人團團包圍在中間。

玄衣人一招泰山壓頂架住黑衣人的長劍，冷冷地道：「秦公公，你跑不了的，束手就擒吧！」

（未完待續）

漾小說 104

妾本庶出 4

國家圖書館出版品預行編目資料

妾本庶出 / 菡笑著. -- 初版. -- 臺北市 :
麥田, 城邦文化出版 : 家庭傳媒城邦分公司發行,
2013.10
冊 ; 公分. --（漾小說 ; 104）
ISBN 978-986-344-002-4（第4冊 : 平裝）

857.7 102016933

作者	菡笑
封面繪圖	畫措
責任編輯	施雅棠
副總編輯	林秀梅
編輯總監	劉麗真
總經理	陳逸瑛
發行人	涂玉雲
出版	麥田出版 城邦文化事業股份有限公司 104台北市中山區民生東路二段141號5樓 電話：（886）2-25007696　傳真：（886）2-25001966
發行	英屬蓋曼群島商家庭傳媒股份有限公司城邦分公司 104台北市中山區民生東路二段141號2樓 客服服務專線：（886）2-25007718；25007719 24小時傳真專線：（886）2-25001990；25001991 服務時間：週一至週五上午09:00~12:00；下午13:00~17:00 劃撥帳號：19863813；戶名：書虫股份有限公司 讀者服務信箱：service@readingclub.com.tw
麥田部落格	http://blog.pixnet.net/ryefield
香港發行所	城邦（香港）出版集團有限公司 香港灣仔駱克道193號東超商業中心1樓 電話：852-25086231　傳真：852-25789337 E-mail：hkcite@biznetvigator.com
馬新發行所	城邦（馬新）出版集團【Cite (M) Sdn Bhd】 41, Jalan Radin Anum, Bandar Baru Sri Petaling, 57000 Kuala Lumpur, Malaysia. 電話：(603) 90578822　傳真：(603) 90576622 Email：cite@cite.com.my
美術設計	洸譜創意設計股份有限公司
印刷	鴻霖印刷傳媒股份有限公司
初版一刷	2013年10月31日
定價	250元
ISBN	978-986-344-002-4